SOPHIE DUFFY

Rote Kirschen, schwarze Kirschen

ROMAN

Aus dem Englischen
von Angelika Naujokat

Die englische Originalausgabe erschien 2011 unter dem Titel
»The Generation Game« bei Legend Press, London.

Besuchen Sie uns im Internet:
www.knaur.de

FSC
www.fsc.org
MIX
Papier aus ver-
antwortungsvollen
Quellen
FSC® C083411

Vollständige Taschenbuchausgabe März 2017
Knaur Taschenbuch
© 2011 Sophie Duffy
© 2013 der deutschsprachigen Ausgabe Droemer Verlag
Ein Imprint der Verlagsgruppe
Droemer Knaur GmbH & Co. KG, München
Covergestaltung: Franzi Bucher, München
Coverabbildung: Stocksy / Aleksandra Jankovic
Satz: Adobe InDesign im Verlag
Druck und Bindung: CPI books GmbH, Leck
ISBN 978-3-426-51247-0

2 4 5 3 1

Für meine beiden Dads

Stephen Nigel Stenner (1933–1978)
und
Ralph Albert Parry Pritchard (1924–2007)

Leben lautet die Devise
Bruce Forsyth

2006

Ach du liebe Zeit! Wie konnte das nur passieren? Eben noch musste ich mir bloß Gedanken um mich selbst machen. Jetzt habe ich dich. Einen anderen Menschen. Gestern noch warst du in meinem Bauch, hattest keine Ahnung, was dich erwartet. Jetzt bist du auf der Welt, müde und geschafft, und du hast die bedeutendste, furchteinflößendste Reise deines Lebens hinter dich gebracht. Hast dich ausgeschrien und schläfst nun selig und süß, wie es ein Baby tun sollte.

Und was jetzt? Wie soll es mit uns beiden weitergehen?

Wie wäre es mit einer Reise in die Vergangenheit? Zurück an den Anfang. Während du ruhig und still hier in meinen Armen liegst. Bevor sie uns rauswerfen und nach Hause schicken.

Nach Hause.

Aber wo soll ich nur beginnen? Wo genau ist dieser Anfang?

Lange bevor ich die Taschen mit Windeln und Creme und klitzekleinen Stramplern vollpackte. Bevor die aufregende Taxifahrt über die Fahrbahnhöcker von East Dulwich begann, ich mir den Kopf an der Wagendecke stieß, während der irische Fahrer seine Ave Marias herunterbetete, und ich in voller Lautstärke *The Best of The Monkees* auf meinem iPod spielte, um die Laute zu übertönen, die

9

ich unfreiwillig von mir gab. Als ich die Stimmen und Tamburine hörte, fühlte ich mich in eine Zeit zurückversetzt, in der ich noch einen besten Freund auf dieser Welt hatte, von dem ich glaubte, dass ich ihn heiraten würde. Von dem ich glaubte, dass er immer da sein würde. Der mich lehrte, dass alles vergeht. (Die Beteiligung deines Vaters an deiner Geburt beschränkte sich auf diese Zusammenstellung von Monkees-Songs – wenn man einmal von der schnellen Nummer absieht, die mir durch die verheerenden Auswirkungen meines vierzigsten Geburtstages nicht wirklich in Erinnerung geblieben ist.)

Lange davor. Ganz am Anfang, meinem Anfang, damals, als mich meine Mutter zum ersten Mal in ihren Armen hielt.

Waren meine Finger auch jemals so klein? Und meine Zehennägel? War meine Haut jemals so weich und runzlig zugleich? Mein Haar so flauschig? Mein Griff so fest? Meine Nase so zerdrückt? Hat meine Mutter mich in ihren Armen gehalten und sich die gleichen Dinge gefragt?

Ich weiß es nicht.

Und so sehr ich mich auch bemühe, so kann ich dir doch nicht alles erzählen, was vorausgegangen ist. Jeder, den ich hätte um Hilfe bitten, an den ich mich mit meinen Fragen hätte wenden können, ist fort, auf die eine oder andere Art verloren. Aber ich werde dir erzählen, was ich kann. Ich werde dir von den Menschen erzählen, die mich geliebt haben. Die mich irgendwie, allen Widrigkeiten zum Trotz, großgezogen haben.

Ich werde dir von Lucas erzählen, dem Jungen, den ich heiraten wollte.

Und von deinem Vater (auch wenn ich es eigentlich lieber nicht tun würde).

Und ich werde dir von einem kleinen dicken Mädchen namens Philippa erzählen.

Ich werde dir meine Geschichte erzählen. Unsere Geschichte. Denn es gibt nichts Schlimmeres, als sich mit Fragen herumzuquälen. Es ist immer besser, zu wissen, woran man ist.

KAPITEL 1

1965

A m 29. Juli 1965 erblicke ich das Licht der Welt in ei
nem hell erleuchteten winzigen Entbindungsraum
hoch oben im St.-Thomas-Krankenhaus. Um mich herum
herrscht Geschrei. Der Arzt brüllt die Hebamme an, die
Hebamme brüllt meine Mutter an, und meine Mutter brüllt
so laut, dass ihre Schreie wahrscheinlich bis über die Themse hinweg von sämtlichen honorigen Herren im Westminster Palace gehört werden könnten, möglicherweise sogar
vom Premierminister selbst, wenn nicht gerade Urlaubszeit wäre. Meine Mutter ist derart mit Brüllen beschäftigt,
dass sie gar nicht zu bemerken scheint, dass ich schon da
bin. Aber das bin ich. Es ist ein stilvoller Auftritt. Fahnen-
schwenkend kündige ich meine Geburt an. Ich bin froh,
hier zu sein, auch wenn sie sich da nicht so sicher ist. Wenn
ich gekonnt hätte, hätte ich alles mit Wimpeln geschmückt
und Wackelpudding und Eis gegessen.

(Jahre später erst finde ich die Wahrheit heraus, nämlich, dass man mich in Wirklichkeit mit einer um meinen
Kopf befestigten Saugglocke aus ihr herausgezerrt hat
und ich dabei ihre (unwirksame) Spirale in meiner winzigen Faust umklammert hielt. Ich habe Glück, dass ich
überhaupt hier bin.)

Ich verbringe meine erste Woche in den unsanften
Händen korpulenter Krankenschwestern in gestärkten

Uniformen. Sie knuffen und stupsen mich und kippen mich ohne ersichtlichen Grund auf den Kopf. Alle paar Stunden bringen sie mich zu meiner Mutter (»Zeit zum Stillen, Mrs. Smith! Linke Seite zuerst!«) und nehmen mich ihr schnell wieder weg, damit ich ein anständiges Bäuerchen mache und um mir ein Kolikmittel zu verabreichen, so dass ich überhaupt keine Chance habe, einen genaueren Blick auf sie zu werfen oder mir liebevolle Worte in meine Neugeborenenohren flüstern zu lassen. Stattdessen muss ich in einem großen Raum in einem kleinen Behälter auf dem Bauch liegen. Ich bin eine von vielen. Die anderen weinen oft. Ich gebe auf und stimme mit ein.

Als ich sieben Tage alt bin, bringt man mich ans Bett meiner Mutter. Es ist leer. Sie sitzt auf einem Stuhl daneben und liest eine Zeitschrift. Vollständig bekleidet sieht sie ganz anders aus. Sie hat lange Beine und rote Lippen und grüne Augen und riecht nach etwas anderem als der üblichen Milch. Die Schwester reicht mich ihr zögernd, als könnte ich in den falschen Händen explodieren. Aber das hier sind die richtigen Hände. Die Hände meiner Mutter.

»Zeit zu gehen«, flüstert sie mir zu, nachdem die junge Schwester verschwunden ist. »Du bist lange genug hier gewesen.«

Sie macht sich daran, ihren Plan, uns beide aus St. Thomas herauszuschmuggeln, in die Tat umzusetzen, und wickelt mich trotz der brütenden Augusthitze in eine gelbe Decke (»Das Baby immer schön warm halten, Mrs. Smith!«). Kein leichtes Unterfangen, da der Oberstabsfeldwebel von einer Schwester der festen Überzeugung ist, dass frischgebackene Mütter unfähig sind, etwas

Anstrengenderes zu tun, als sich die Fingernägel zu lackieren.

Aber ich finde langsam heraus, dass meine Mutter eine geschickte Lügnerin ist. Sie überzeugt einen Fremden in einem Nadelstreifenanzug – der eigentlich seine Tante besuchen wollte und sich auf dem Weg zu ihr verlaufen hat –, seine Zeit lieber damit zu verbringen, sich als ihr Ehemann und als mein Vater auszugeben (der Erste in einer Reihe solcher Versuche). Er ist nur allzu gern dazu bereit, und in einem sorgfältig gewählten Moment, als die Oberschwester sich einen Tee macht, überlässt die junge Schwester Mutter und mich seiner Verantwortung. Lammfromm folgen wir ihm über quietschende Flure und in alte Aufzüge, bis wir endlich durch die Vordertür hinaustreten und ich zum ersten Mal frische Luft atme. (Nun ja, nicht ganz so frisch, denn schließlich sind wir in London.)

Mutter gibt dem armen Kerl mit einem umwerfenden Lächeln und einem fröhlichen Winken zu verstehen, dass seine Dienste nicht mehr länger benötigt werden, um sich dann mit ihrer Jackie-Kennedy-Sonnenbrille und in ihren mörderischen Stöckelschuhen, mich wie ein Paket mit zerbrechlichem Inhalt an ihre Brust pressend, in Richtung Westminster Bridge aufzumachen. Sie hält mit einer viel zu großen Leichtigkeit ein schwarzes Taxi an und nimmt mit mir im Fahrgastraum Platz, während der Fahrer sich unserer weltlichen Besitztümer annimmt: eine Tüte von *Harrods,* die mit Windeln gefüllt ist, und – viel wichtiger – der Schminkkoffer meiner Mutter.

Im Taxi rumpeln und schwanken wir mit unglaublicher Geschwindigkeit über die Londoner Straßen. Es ist nicht so bequem wie in meinem kleinen Behälter. Oder wie im

Bauch meiner Mutter, wo ich sicher und glücklich und von keinerlei Sorgen geplagt daumenlutschend in ihrem Fruchtwasser herumgeschwommen bin und ihrem Herzschlag gelauscht habe.

Schließlich kommen wir an der Paddington Station zum Stehen. Mein kurzes Leben als Londonerin ist beinahe vorbei.

Nach einer Weile liege ich in den noch ein wenig unbeholfenen Armen meiner Mutter im Zug. Mir ist heiß, und ich bin unruhig. Wir haben ein Abteil für uns. Sie füttert mich mit der Flasche. Ihre eigene Milch wäre mir lieber gewesen. Die schmeckte nach Weintrauben und Krankenhausessen; jedes Mal ein bisschen anders. Dieses Flaschenzeugs schmeckt immer gleich, und ich hinterlasse kleine Pfützen geronnener Milch auf ihrer Schulter, als sie mir ein wenig zu energisch auf den Rücken klopft (»Komm schon, mach ein schönes Bäuerchen!«). Ich habe Schluckauf, und mir tut der Bauch weh. Weiß sie denn nicht, dass ich noch zu jung bin für die Flasche? Weiß sie denn nicht, dass Stillen das Beste ist? Meine Mutter sagt »Na, na!« und wischt sich mit dem Ärmel über die Augen. Vielleicht leidet sie an Heuschnupfen. Ich weiß so wenig über sie. Das hier ist das erste Mal, dass wir alleine sind.

Über ihrer Schulter jagt die Welt so schnell am Fenster vorbei, dass es meinen winzigen Augen weh tut, mir mein kleiner Kopf schwirrt. Vielleicht bin ich betrunken. Vielleicht hat sie mir zu viel von diesem Kolikmittel gegeben, um mein Weinen zu stoppen. Sie könnte wahrscheinlich selbst einen Gin Tonic vertragen.

Nach einem unruhigen Schlaf werde ich vom Ruckeln des Zuges geweckt. Wir fahren in ein diesiges Grau hinein, auch bekannt als Reading. Schwere Türen knallen und krachen, aber wir bleiben, wo wir sind, gemeinsam gefangen in unserem Abteil. Mutters grüne Augenlider sind geschlossen, aber es ist unwahrscheinlich, dass sie schläft, da ihre Finger auf einem unsichtbaren Klavier zu spielen scheinen. Die Reise geht weiter und ebenso das Bäuerchen-Machen, die Pfützen und das Geschnüffel.

Wir steigen auch in Swindon nicht aus, einer neuen Stadt mit neuer Hoffnung. Wir fahren weiter über Bristol Richtung Süden, durch Somerset nach Devon, bis wir die Küste erreichen. Sandstrände, Buchten und Palmen. Das ist die englische Riviera. Torquay.

»Unsere neue Heimat, Philippa.«

Meine Mutter seufzt – ob es ein Seufzer der Erleichterung oder des Bedauerns ist, sei dahingestellt –, ehe sie mich und unser Gepäck aus dem Abteil auf den Bahnsteig schleppt, wo sie für einen Augenblick stehen bleibt und sehnsüchtig die Gleise entlang in die Richtung schaut, aus der wir gerade gekommen sind. Dann wendet sie ihr Gesicht der Sonne zu und genießt die leichte Berührung der warmen Brise. Sie seufzt wieder, als sie die fremde Luft einatmet. Luft, die mich in den kommenden Wochen glücklicherweise schläfrig machen wird.

»Also gut, Philippa, auf geht's!«

Ich habe keine Ahnung, wohin wir gehen. Wie auch. Unser Ziel könnte eins dieser Hotels auf den Klippen sein oder eine dieser farbigen viktorianischen Villen mit Blick auf die Bucht. Unser Leben liegt vor uns, alles ist möglich. Ich könnte dazu bestimmt sein, die höhere Mädchenschule zu besuchen. Tennisstunden zu nehmen. Sprechunterricht. Cellostunden. Ich könnte Teil einer glücklichen Familie sein … Leider befinden wir uns im Jahr 1965, und meine Mutter ist ledig.

Daher entpuppt sich mein erstes Heim als eine Zwei-zimmerwohnung über einem Autohändler. Nichts Protzi-ges – keine Rolls-Royce oder Daimler oder Jaguare. Nein. Die Wagen im Verkaufsraum unten sind nicht einmal neu. Und der Verkaufsraum ist eigentlich der Platz davor, der mit Gebrauchtwagen vollgestellt ist und von einem Kerl namens Bernie aus Wolverhampton betrieben wird.

»Sheila und ich haben hier 1960 Urlaub gemacht und uns in den Ort verliebt«, teilt er meiner Mutter mit ver-dächtig glänzenden Augen mit, als er die schäbige Woh-nungstür aufhält, um uns unser neues Heim zu zeigen. »Wir haben niemals zurückgeblickt, immer nur nach vorn.«

Ein Rat, den wir wohl alle beherzigen sollten. (Leider zu spät. Jetzt habe ich einmal damit angefangen, also wer-de ich die Sache auch beenden.)

Mein zweiter Geburtstag. Mutter (auch bekannt als Hele-na) hat mir einen Kuchen in ihrem Baby-Belling-Back-ofen in der Kochnische unserer Wohnung über *Bernie's Motors* gebacken. Es ist ein großer Kuchen, Schokolade mit stacheliger Minzglasur. Es fühlt sich toll an, als ich ihn auf meinem ganzen Hochstuhl verschmiere. Ich verbrin-ge eine Menge Zeit in meinem Hochstuhl. Dreimal am Tag werde ich darin für ungefähr eine Stunde festge-schnallt. Weniger lang, wenn ich es schaffe, mein ganzes Gemüse aufzuessen, ohne Andy, unser Kätzchen, damit zu bewerfen. Ich bin noch nicht gerissen genug, um es in meinen Taschen zu verstecken, aber bevor das Jahr um ist, werde ich diesen Trick spitzgekriegt haben. Allerdings auch meine Mutter, da sie diejenige ist, die all unsere Anziehsachen mühsam im Spülbecken waschen muss.

Da heute mein Geburtstag ist, darf ich ausnahmsweise auf das Gemüse verzichten und bekomme ein großes Stück Kuchen. Trotz all ihrer Allüren lässt mich meine Mutter wie eine Wilde essen. Sie erlaubt mir nicht, Besteck zu benutzen, da dies zuvor schon einmal zu einer kleinen Verletzung sowohl bei mir als auch bei Andy geführt hat. Ich drücke mein Gesicht in den Kuchen. Er ist sehr klebrig. Mutter ist keine besonders penible Hausfrau, aber als sie mich sieht, stößt sie einen schrillen Schrei aus. Die Zigarette fest zwischen die roten Lippen geklemmt, reißt sie mich aus dem Stuhl, hält mich auf Armeslänge von sich weg, verfrachtet mich ins Spülbecken und rückt der Sauerei in meinem Gesicht rasch mit der Schlauchbrause zu Leibe. Es ist keine sehr angenehme Prozedur. Das Wasser ist mal heiß und mal kalt.

»Der verdammte Boiler spinnt mal wieder«, jammert sie, als sei sie wieder in London.

Nicht, dass sie in Dulwich Village wie eine Cockney gesprochen hätte. Denn dort ist sie aufgewachsen, im piekfeinen Teil südlich der Themse. Was meinen Vater angeht (ich benutze diese Bezeichnung im allerweitesten Sinne), so bin ich mir nicht sicher, woher er stammt. Aber ich weiß, dass er ein Dandy in einem schicken Anzug gewesen ist und sie ihn tunlichst hätte meiden sollen.

Meine Mutter hat eine Schwäche für elegant gekleidete Männer und sich von diesem Kerl ins Kino ausführen lassen, wo sie sich *Goldfinger* angeschaut haben. Der Film hat ihnen so gut gefallen, dass sie am nächsten Abend gleich noch einmal hingegangen sind. Und an einigen weiteren Abenden. Mit jeder Vorführung hat sie es zugelassen, dass sich seine Goldfinger ein bisschen weiter wagten, bis sie schließlich – *Volltreffer!* – schwanger war. (Obwohl sie sich als verheiratete Frau ausgegeben und sich die zuvor erwähnte neumodische, aber wirkungslose Spirale hatte einsetzen lassen.) Keine besonders kluge Entscheidung, wenn man bedenkt, dass sie erst achtzehn war und mein Großvater ein Richter, der einen guten Ruf zu wahren hatte. Und es war auch nicht gerade hilfreich, dass meine Großmutter kürzlich an einer Krebsart erkrankt war, über die man nicht sprach. Bevor sich Helena darüber schlüssig werden konnte, ob sie es meinem Vater sagen sollte, war es bereits zu spät. Er war verschwunden. Hatte einen Flug nach Peru gebucht. Ohne Rückflugticket.

Das ist also der Grund, warum wir die Hauptstadt und all die Möglichkeiten, die sie in den Swinging Sixties bot, verlassen haben. Das ist der Grund, warum wir in einer Zweizimmerwohnung über *Bernie's Motors* in Torquay gelandet sind.

Torquay war der einzige Ort, den meine Mutter außerhalb Londons kannte. Sie hatte hier als Kind einen zweiwöchigen Urlaub verbracht. Hatte mit ihren Eltern im Palace Hotel gewohnt. Der Richter verbrachte seine Tage damit, die hiesigen Golfplätze auszuprobieren. Meine Großmutter Elizabeth und die kleine Helena füllten ihre Tage mit all den Dingen, die Urlauber so tun, mit Sandburgen und sandigem Eis, einer Vorstellung im Princess Theatre, einer Busfahrt nach Widecombe-in-the-Moor. Meine Mutter verliebte sich im Alter von acht Jahren. Damals allerdings in einen Ort anstatt in einen Mann.

Aber jetzt ist mein Geburtstag. *Ich* stehe im Mittelpunkt ihres Interesses. Nachdem ich wieder sauber bin, singt sie mir mit heiserer Stimme (denn zu dieser Zeit raucht sie mindestens vierzig Consulate am Tag) ein Geburtstagsständchen. Ich klatsche in die Hände und schenke ihr ein breites Grinsen. Sie lacht und blitzt mir mit dem Fotoapparat ins Gesicht. Ich wünschte, sie würde das nicht tun. Das bringt mich immer zum Weinen. Und das reicht meistens aus, um sie ebenfalls in Tränen ausbrechen zu lassen. Mutter hat nahe am Wasser gebaut.

Es ist ein warmer, windiger Tag. Mutter und ich gehen zum Strand. Sie hat mir ein Windrädchen gekauft und es an meinen Kinderwagen gesteckt – einen Silver-Cross-Wagen, der ihr ganzer Stolz ist. Aber trotz seiner Geräumigkeit bin ich zu groß für ihn. Mutter besteht darauf, ihn zu benutzen, obwohl sich meine Knie meinem Kinn nähern. Ich sollte eigentlich ermutigt werden, zu laufen. Ich hätte nichts gegen Laufgurte einzuwenden gehabt, aber Mutter sagt, ich sei kein Pudel. Möglicherweise ein Bullmastiff. Alte Damen machen gern Bemerkungen wie: »Was für ein Wonneproppen« oder »Ist sie nicht ein strammes Mädel?« Mutter behauptet, ich sei groß für mein Alter. Aber in Wahrheit bin ich zu dick. Mutter gibt mir immer noch unzählige Flaschen mit Milch, obwohl ich bereits Zähne habe und schon längst an die Schnabeltasse hätte gewöhnt werden müssen. Aber Mutter hat überhaupt keine Ahnung. Sie hat ihren Dr. Spock nicht gelesen. Und sie hat keine Mutter, mit der sie reden kann. Ihr einziger Kontakt zur Außenwelt besteht aus den alten Damen auf der Straße. Und aus Bernie.

Bernie hat es sich angewöhnt, des Öfteren abends vorbeizukommen. Mutter bringt mich zu einer lächerlich frühen Zeit ins Bett. Um sechs Uhr! Das ist praktisch noch Nachmittag. Jetzt im Sommer bleibt es ewig hell. Ich muss mich in meinem Gitterbett selbst beschäftigen, bis der Schlaf endlich kommt. Mein Lieblingszeitvertreib besteht darin, die rosa (Blei-)Farbe von den Gitterstäben meines Gefängnisses zu kauen. Außerdem höre ich den Vögeln zu. Ich kann zwischen einer Möwe, einer Blaumeise und einer Holztaube unterscheiden, obwohl ich natürlich noch nicht die Bezeichnungen für sie kenne. Aber ich weiß schon, wie sie aussehen, da Mutter sie mir hin und wieder, wenn sie Lust hat, sich erzieherisch zu betätigen, gezeigt hat. In Torquay gibt es überall Möwen. Ich habe beobachtet, wie sie im Sturzflug Pensionäre auf der Promenade angegriffen haben – die, die ein bisschen schludrig mit ihren Pommes frites hantieren. Mir haben sie mal ein Eis direkt aus der Hand gestohlen, und ich habe zugesehen, wie meine Mutter der fraglichen Möwe ihre Handtasche hinterherschmiss. Ich war angesichts dieses solidarischen Akts derart geschockt, dass ich keinen Laut von mir gab.

Heute interessieren sich die Möwen mehr für einen Trawler in der Bucht, daher lassen sie uns in Ruhe. Wir suchen uns ein Fleckchen auf dem roten Sand, und Mutter breitet eine karierte Wolldecke für unser Picknick aus. Hartgekochte Eier, Tomaten, Käsebrötchen, Äpfel. Die Standard-Picknickkost im Jahr 1967. Ich trage einen eng sitzenden Badeanzug. Er schneidet mir in meine weißen Beine und kneift unter den Armen. Ich bin mit Sonnencreme eingeseift (»Wegen deiner Haut, Philippa«) und mit einer Cricket-Kappe gekrönt, die wir auf dem Trödel gekauft haben.

Helena trägt einen Bikini. Ihre glatte Haut ist von all den Nachmittagen, die sie draußen in der Sonne hinten in

Bernies Hof sitzt, während ich mit einer wassergefüllten Spülschüssel und einem Holzlöffel spiele, braun wie kräftig aufgebrühter Typhoo-Tee. Nicht ein einziger Dehnungsstreifen ist auf ihrem flachen Bauch zu sehen. Nichts spricht dafür, dass sie ein Kind hat, säße der lebende Beweis nicht neben ihr auf der Decke. Aber selbst das ist fragwürdig, denn wir sehen kaum wie Mutter und Tochter aus.

»Hast du Lust auf ein kleines Bad, Philippa?« Sie nimmt mich an die Hand und führt mich den Strand hinunter, zwischen Familien hindurch, die sich alle auf karierten Decken drängen und das Gleiche essen wie wir.

Das Wasser ist warm, aber es brennt auf meinen Beinen. Eine Welle wirft mich beinahe um, doch Helena streckt die Hände aus und fängt mich gerade noch rechtzeitig. Sie ist eine gute Mutter. Sie liebt mich.

Schon wieder Schlafenszeit. Wenn ich bereits weiter zählen könnte als die Finger einer Hand, wäre ich mit Hilfe der Glocken von St. Bartholomew imstande herauszufinden, dass es sieben Uhr ist. Aber ich bin viel zu sehr mit der Sicherheitsnadel an meiner Windel beschäftigt, als mich darum zu kümmern, zählen zu üben. Sollte ich nicht eigentlich inzwischen schon auf den Topf gehen? Trotz all meiner Konzentration auf die Nadel vernehme ich Bernies Stimme. Und Helenas vorgetäuschtes Kichern. Ich stelle mir vor, Bernie wäre ein Vogel. Eine fette, sich putzende Holztaube. Ich mag Bernie nicht. Er hat ein rotes Gesicht und riecht feucht. Wie meine Windel am Morgen. Ich möchte Schlüpfer tragen wie ein großes Mädchen.

Hurra! Es ist mir endlich gelungen, die Sicherheitsnadel zu öffnen. Ich ziehe mir die (trockene) Windel herunter und werfe sie über die Seite auf den Boden. Ich bin nackt! Was für ein herrliches Gefühl! Mir ist danach, auf und ab zu hüpfen, doch meine Freude ist nur von kurzer Dauer, als mich etwas in den Fuß pikst. Die Sicherheits(!)nadel hat meine Haut durchstochen. Meine Schreie tun mir in den Ohren weh, aber nicht so weh wie mein kleiner Fuß.

Die Tür fliegt auf, und plötzlich ist Mutter da, beugt sich über das Bett. Ihr Mund ist geöffnet, aber es kommt kein Ton heraus, obgleich sie in Tränen aufgelöst ist. Ein weiteres Gesicht taucht neben ihr auf. Ich will mir dieses große, breite Gesicht nicht anschauen, aber weiter unten, wo sich ein haariger Bauch gegen die Gitterstäbe presst, ist es noch schlimmer. Einer von Bernies Nylonhemdknöpfen ist aufgeplatzt. Also blicke ich wieder nach oben, in sein Gesicht, das röter ist als gewöhnlich, seine Resthaarkünstlerfrisur, mit der er versucht, die kahlen Stellen zu verbergen, ganz schief, so als stehe er in einem Windkanal. Sein Mund bewegt sich auch, wie der von Mutter, aber ich kann nicht hören, was sie sagen. Ich muss wohl taub sein. Doch meine Mutter hat jetzt angefangen, so laut zu heulen, dass mich das abrupt verstummen lässt.

»Jetzt nimm sie schon heraus, Helena«, drängt Bernie.

Aber meine Mutter steht einfach nur da, so dass sich schließlich Bernie mit einiger Mühe vorbeugt und mich aus dem Bett hebt. Ich kann seinen schweren Atem hören, als wäre er gerade die Hundertmeterstrecke gelaufen – obwohl es eher unwahrscheinlich ist, dass Bernie jemals irgendwohin läuft.

»Was ist denn los, Kleines?«, gurrt er (die fette Taube) und wickelt mich in ein herumliegendes Handtuch.

Ich reibe meine Nase an seinem orangefarbenen Hemd und hinterlasse dabei eine Rotzspur in Form einer Elf. Danach fühle ich mich besser, aber meine Mutter hat inzwischen den Blutstropfen auf dem Laken im Bett entdeckt und die danebenliegende Sicherheitsnadel, und sie zählt eins und eins richtig zusammen.

Auch Bernie begreift, was vor sich geht. Er ist nicht umsonst ein so erstklassiger Autoverkäufer.

»Sollte sie nicht langsam aus den Windeln raus sein, Hel?«, wagt er zu fragen.

Meine Mutter antwortet nicht etwa ›Ja, du bist da vielleicht auf der richtigen Spur‹, sondern stürzt auf ihn zu und reißt mich aus seinen fleischigen Armen.

»Erklär du mir nicht, wie ich mich um mein Kind zu kümmern habe!«, kreischt sie.

»Schon gut, reg dich ab. Ich mein ja nur. Unser Terry und unsere Toni brauchten mit zweieinhalb keine mehr. Es gab hin und wieder ein kleines Malheur über Nacht, aber Sheila hat 'nen Gummibezug über die Matratze getan und …«

»Lass die verdammte Sheila aus dem Spiel«, blafft ihn Mutter an.

»Ich mein ja nur.«

»Dann behalt deine Meinung für dich.«

Bernie geht kurz danach. Er versucht meine Mutter zu umarmen, aber sie lässt es nicht zu. Bernie begreift, dass er heute Abend nicht bei ihr landen kann, und verschwindet wieder, zurück zu Sheila.

Ausnahmsweise wäre es einmal gut gewesen, wenn Mutter auf Bernie gehört hätte. Er hatte es ja nur gut gemeint. Aber sei's drum, ich trage jedenfalls nie mehr eine Windel. Das erspart Helena die ganze Wascherei und literweise Milton. Am nächsten Tag nimmt sie mich stolz mit zum Einkaufen und holt mir eine Packung Schlüpfer – einen für jeden Tag der Woche (was meinen Zählkünsten unglaublich zugutekommt). Und sie muss sich noch nicht einmal die Mühe mit einem Gummibezug machen, was für die verdammte Sheila ein Schlag ins Gesicht ist.

»Das hier ist kein Internat«, erklärt mir Mutter, als sie mich ins Bett legt. (Sie kennt sich nur zu gut mit Internaten aus, da sie selbst beinahe ein ganzes Jahrzehnt mitten in Wales in einem eingesperrt gewesen war.) »Du bist nicht dafür bestimmt, ein Bettnässer zu werden.«

Ach herrje. Was ist, wenn ich sie enttäusche?

2006

Ich werde dich bestimmt enttäuschen, auch wenn es gar nicht meine Absicht ist. Ich werde mir natürlich alle nur erdenkliche Mühe geben, es nicht zu tun, aber das Leben tendiert nun einmal dazu, außer Kontrolle zu geraten und auch die besten Absichten zu plätten.

Dann ist da noch Adrian, der Mann, den du eigentlich »Daddy« nennen solltest. Er und ich hatten uns schick gemacht, ein paar unbequeme Klamotten übergezogen und uns vor dem schäbigen Haufen von Freunden und Familienmitgliedern (die, die zu kommen bereit gewesen waren) das Jawort gegeben, und ich bin davon überzeugt, dass er es an diesem Tag im Standesamt auch wirklich so gemeint hat. Zumindest hoffe ich es irgendwie. Aber seine guten Absichten gingen den Bach runter, blieben auf der Strecke, etc. pp., als er zu dem Schluss kam, dass ich ihm nicht reichte. Er versäumte es angesichts der Tatsache, dass ich deinetwegen Krampfadern und Dehnungsstreifen bekam, eine ganze Weile, mich darüber in Kenntnis zu setzen. Aber schließlich, eines Abends, vor ein paar Wochen, als ich über der Küchenspüle hing und Gaviscon in mich reinschüttete, rückte er nach einigem Hin und Her und Rumgedruckse damit heraus, dass es jemanden gibt, der nur zu gern die Lücken füllen, in meine Fußstapfen treten, das Ruder übernehmen würde, etc. pp.

Und geben wir dem Leben daran die Schuld? Oder ihm? Ich bin mir da wirklich nicht sicher. Ich weiß nur, dass ich ihn nicht zurückhaben will. Ich möchte nicht, dass du dich an seine Gegenwart gewöhnst und er dann eines Tages verschwunden ist. Ich weiß selbst nur zu gut, wie es sich anfühlt, wenn sich Leute aus dem Staub machen.

Und hier sitze ich nun. Wieder einmal verlassen. Die Angeschmierte, wie es so schön heißt.

KAPITEL 2

1969

Spulen wir vor zu einem windigen Montagmorgen im September zwei Jahre später, als mich mein wackeliges Schiebefenster mit seinem Klappern weckt. Oder vielleicht ist es auch Mutter, die unten herumpoltert. Es gibt jetzt ein Unten und ein Oben. Ich habe mein eigenes Schiebefenster und mein eigenes Zimmer. Wir sind aus den zwei Zimmern über *Bernie's Motors* in ein kleines Reihenhäuschen in einer besseren Nachbarschaft gezogen. Bernie kann nach der Arbeit nicht mehr »auf einen Sprung« vorbeikommen. Genau genommen besucht er uns gar nicht mehr. Nicht, seitdem sich Mutter mit Sheila angefreundet hat.

Ich frage mich, ob es sicher ist, aufzustehen, als ich etwas an der Rückseite meiner geschlossenen Tür erblicke: ein paar komische Anziehsachen, die ganz steif auf Metallbügeln hängen. Ein marineblauer Trägerrock und eine passende Strickjacke. Als Mutter fröhlich ins Zimmer hereingeschneit kommt, veranstalten die Bügel ein unheilverheißendes Klirren, das mir durch und durch geht. Dies ist kein normaler Tag. Kein Spiel mit Abwaschschüssel und Wasser und Holzlöffel. Keine Ausflüge zum Strand. Keine Eimer und Schaufel. Keine Eiscreme.

»Komm schon, Philippa. Aufwachen! Raus aus den Federn!«

Oje! Warum diese gespielte Heiterkeit? Für gewöhnlich bekommt Mutter morgens erst nach der dritten Tasse Kaffee ein Wort heraus. Und sie ist schon fertig angezogen, anstatt wie sonst immer in ihrem Morgenmantel herumzuschlurfen und sich den Kopf zu halten. Genau genommen hat sie sich in Schale geworfen. Trägt ihr bestes Kleid und dazu passenden roten Lippenstift. Sie sieht hübsch aus. »Eine Wucht«, würde Bernie wohl sagen. Aber hier bin nur ich, und ich kann nichts anderes tun, als sie anzustarren, als sie nach den komischen Anziehsachen auf der Rückseite der Tür greift und mir klarwird, dass die Zeit gekommen ist, sie zu tragen.

Es ist meine Uniform. Ich werde zur Schule gehen.

Leider hat Mutter meine Taille unterschätzt, und es kostet einige Anstrengung, mich in den Rock zu quetschen.

»Ich hätte einen neuen kaufen sollen«, sagt Mutter. »Toni ist ein so zierliches Persönchen. Ich hätte wissen müssen, dass er zu klein ist.«

Ja, Toni. Unsere Toni. Bernies und Sheilas Toni. Mutter ist jetzt so gut mit Sheila befreundet, dass sie gern abgelegte Kleidungsstücke von ihr annimmt. Toni, die nun im ersten Jahr am Mädchengymnasium hier in Torquay ist. Sheila hat ihre Schulkleidung all die Jahre in Seidenpapier eingewickelt auf dem Speicher aufbewahrt, um sie irgendwann einmal einem kleinen Mädchen zu geben, dem sie passen. Obwohl ich erst vier bin, bin ich beim besten Willen nicht klein. Was hatte sich Sheila nur dabei gedacht, als sie sie Mutter anbot?

Mutter nimmt jede Woche an Sheilas Kaffeemorgen teil. Ausnahmslos. Endlich hat sie Freundinnen in Torquay. Einen ganzen Haufen. Sheilas Freundinnen. Zu Bernies großem Entsetzen.

»Wieso willst du mit diesen alten Schachteln befreundet sein?«

»Was stimmt denn an denen nicht? Sie sind nett. Sie haben mich mit offenen Armen aufgenommen.«

»Und was ist mit meinen Armen? Die waren dir mal groß genug, Hel.«

»Ich brauche Freunde, Bernie. Nicht dich.«

Und das war das letzte Mal, dass Bernie zu uns nach oben durfte. Kurz nach diesen offenen Worten zog Mutter mit mir in ein neues Haus. Sie hat sich aufgrund der Zusage für ihren neuen Job, mit dem sie an diesem historischen Tag beginnt, von irgendwoher genug Geld für die Kaution und die erste Monatsmiete und einen kleinen Kühlschrank geliehen. Sie ist nun wieder eine freie Frau, jetzt, wo ich mit der Schule beginne.

Der Schule.

Ich weiß nicht, ob es an dem zu engen Rock liegt oder an dem gekochten Ei (»Du brauchst ein anständiges Frühstück, Philippa«) oder auch an der Art und Weise, wie Mutter an meinem widerspenstigen Haar zerrt, das sie zu Zöpfen bindet und immer wieder sehr freigiebig mit Haarspray besprüht, um der Krause zu Leibe zu rücken, oder ob es an dem Fußmarsch selbst liegt, diesem windigen Marsch zur Schule, dass mir so schlecht ist. Eigentlich ist mir nie schlecht. Weder zu viel Kuchen noch zu viel Eiscreme noch zu viel Grünzeug und auch keine Fahrt in einem von Bernies Wagen über die Landstraßen von Devon führen bei mir zu Übelkeit.

Hier ist eindeutig irgendetwas im Gange.

Der kurze Fußweg zur Schule ist in null Komma nichts vorbei. Viel zu bald schon treten wir durch das Tor auf den Schulhof. Hier herrscht ein wildes Durcheinander.

Schreiende Kinder, wohin man auch schaut. Kläffende Hunde rennen im Kreis und zwischen Beinen herum. Weinende Mütter, die sich Taschentücher an ihre Nasen pressen. Mütter, die so ängstlich aussehen wie ihre Kinder. Kein Vater weit und breit. Vielleicht sind doch alle Familien so wie meine. Vielleicht sind die Familien in den Büchern, die ich mir ab und zu in der Bibliothek ausleihen darf, wenn Mutter sich an meine Bildung erinnert, doch die Ausnahme. Die mit Mummy und Daddy und einem Jungen namens Peter und einem Mädchen namens Susan. (Noch habe ich nicht die Bücher in meinem neuen Klassenzimmer gesehen, die diese keimende Hoffnung schon bald zunichtemachen werden.)

Ich blicke zu Mutter auf. Sie ist die einzige Mutter ohne ein feuchtes Taschentuch. Ihre Augen sind vollkommen trocken. Und sie ist bei weitem die hübscheste. Das liegt nicht nur an ihrem Kleid und an ihrem Lippenstift und an ihren Stöckelschuhen. Es liegt an ihrem Auftreten, an der Art und Weise, wie sie geht und steht, ganz so, als befände sie sich auf einer Bühne. Hüfte herausgestreckt, Schultern zurück. Die kurvige, aber dennoch schlanke Figur. Ihre Jugend.

All die anderen Mütter nehmen sich eine kleine Auszeit von ihrer Betrübnis, um sie zur Kenntnis zu nehmen. Um ihre Köpfe von ihren heißgeliebten Kindern abzuwenden und zu starren. Und genießt Helena es? Bemerkt sie es überhaupt?

Ganz egal, denn Mutter wird den Schulhof irgendwann hassen. Wird die anderen Mütter verachten. Das hohle Geschwätz am Tor. Das Gerede. Den grimmigen mütterlichen Beschützerinstinkt und Stolz, den sie wie unerlässliche Accessoires tragen. Sie wird die Gesellschaft von

Sheilas Freundinnen bevorzugen. Angesehene Frauen, deren Kinder weiterführende Schulen besuchen, die die Gespräche über die Kinder hinter sich gelassen haben und stattdessen über Geld und Häuser und Ehemänner reden. (Was bei Mutter noch Mangelware ist.)

Sie beginnt heute, wie sie in Zukunft fortzufahren gedenkt. Sie begleitet mich bis zur Klassenzimmertür und übergibt mich dort vertrauensvoll meiner Lehrerin, einer Frau, der keiner von uns zuvor jemals begegnet ist. Helena kann es gar nicht erwarten, dort wegzukommen, und lässt mich so bald wie möglich zurück. (Zu früh, Mummy! Hier gefällt's mir nicht! Es stinkt nach Kohl und vollen Hosen!) Ich gebe mir alle Mühe, um sie vom Gehen abzuhalten, um sie dazu zu bringen, sich wie die anderen Mütter zu verhalten, die viel Aufhebens um ihre Lieblinge machen, ihnen dabei helfen, ihre Plätze zu finden, ihnen ein letztes Mal mit dem Kamm durch die Haare fahren. Betteln zeigt keine Wirkung bei ihr, daher beginne ich zu heulen. Aber es nützt nichts. Meine Nöte lassen sie kalt.

»Du wirst dich bald daran gewöhnt haben, Philippa. Deine Großeltern haben mich ein Jahrzehnt lang im hintersten Ende von Wales abgeladen. Das hier ist gar nichts dagegen. Ich werde dich um drei wieder abholen. Das sind bloß sechs Stunden.«

Sechs Stunden! Mutter hat ja keine Ahnung, was diese langsam dahinkriechenden sechs Stunden mit sich bringen werden. Sie weiß nichts von Christopher Bennett, der seine Popel ableckt und nach Lagerfeuer riecht. Nichts von Mandy Denning, die sich, als ich von meinem Stuhl falle, die Augen aus dem Kopf heult, um die ganze Aufmerksamkeit der Lehrerin auf sich zu ziehen. Sie weiß nichts von den Demütigungen des Turnunterrichts, für den wir uns bis auf unsere Unterhosen und Hemdchen ausziehen und so tun müssen, als wären wir so klein wie Mäuse. Sie weiß nichts von der endlos langen Essenszeit, in der wir in das Gewühl des Pausenhofes geworfen und von den großen Jungen und Mädchen geschubst und angerempelt werden und man mich Dickerchen nennt.

Stattdessen drückt sie mir einen ihrer seltenen Küsse auf den Scheitel und verzieht das Gesicht, als sie das Haarspray schmeckt.

»Ich muss los, Philippa. Darf nicht zu spät zur Arbeit kommen.«

Und weg ist sie.

Es ist heiß und drängend eng auf dem Teppich, auf dem ich eine von vielen bin, die versucht, »hübsch ordentlich im Schneidersitz auf dem Popo zu sitzen«, was mit meinen dicken Beinen gar nicht so einfach ist. Es gelingt mir, Christopher Bennett auszuweichen, der auf einem Ehrenplatz zu Füßen von Miss Hitchcock herumzappelt und geschickt die Schnürsenkel ihrer Männerschuhe löst. (Ich hatte Mutter dabei erwischt, wie sie sie heute Morgen mit einem finsteren Blick bedacht hatte, als sie sich für einen kurzen Moment in Miss Hitchcocks Umlaufbahn aufhielt). Stattdessen bin ich eingezwängt zwischen Mandy Denning mit ihrem blonden Haar und den Puppenhänden (ob sich ihre Augenlider wohl mit einem Klicken schließen, wenn sie sich hinlegt?) und einem ruhigen Jungen mit unordentlichen Haaren und Haut von der Farbe und Glätte von Enteneiern, bei dem es gut möglich sein könnte, dass er einen Sprung bekommt, wenn er auf dem Schulhof hinfällt, so zerbrechlich sieht er aus. Vielleicht ist das der Grund, warum er in der Pause in einer wie durch ein Wunder ruhigen Ecke allein gespielt hat und seine Arme auf und ab, von einer Seite zur anderen und im Kreis bewegt hat, wie bei einer Art von anmutigem Regentanz.

Miss Hitchcock sitzt auf ihrem Stuhl und liest uns aus einem Buch mit lustigen Bildern vor. Es handelt von zwei Kindern, deren Eltern nicht da sind, und ich erwärme mich sogleich dafür, insbesondere, als dann auch noch ein Kater mit einem ziemlich hübschen Hut auf dem Kopf auftaucht und Chaos verursacht. (Wieso steht dieses Buch nicht in der Bibliothek?) Gerade als wir glauben, dass es nicht mehr unordentlicher zugehen kann, stellt der Kater zwei seiner Freunde vor. Ding eins und Ding zwei. Chaos! Aber keine Sorge: der Kater sorgt wieder für Ordnung, bevor die Mutter nach Hause kommt. Alles, was wir von ihr zu sehen bekommen, als sie die Haustür öffnet, ist ein flüchtiger Blick auf ihren roten Mantel und die hochhackigen Schuhe. (Und auch wenn ihre Schuhe Schnürsenkel haben wie die von Miss Hitchcock, weiß ich einfach, dass sie Lippenstift trägt wie Helena).

Als es zum Unterrichtsende läutet, fühle ich mich besser. Ich hab's geschafft. Ich bin in der Schule gewesen. Ich bin jetzt ein großes Mädchen. Wir preschen zur Garderobe, ein Tumult aus schlurfenden Füßen und fuchtelnden Armen – die Freiheit winkt. Daher ist es ein ziemlicher Schock für uns, als Miss Hitchcocks dröhnende Stimme durch das Getöse dringt: »Christopher Bennett, vergiss nicht, morgen dein Essensgeld mitzubringen.« Wir schauen uns alle erschrocken an. Morgen?

»Ja, morgen, Philippa.« Helena reicht mir ein Taschentuch am Schultor. »Ich dachte, ich hätte es dir erklärt. Schule ist jeden Tag.«

»Jeden Tag?«

»Außer samstags und sonntags. Und in den Schulferien.« Sie knöpft mir den Mantel zu. »Aber es dauert noch einige Wochen, bis die anfangen«, fügt sie hinzu und kann die Erleichterung in ihrer Stimme kaum verbergen.

Dann bugsiert sie mich flink durch das Gewimmel wiedervereinter Mütter und Kinder und schreitet, so schnell es ihre Stöckelschuhe erlauben, mich an der Hand hinter sich herziehend, über den Gehweg davon.

Wie lang ist eine Woche? Ich schaue zu Helena hinauf, deren Blick nach vorn gerichtet ist, aber es folgen keine weiteren Informationen. Alles, was ich mit Sicherheit weiß, ist, wie lang sechs Stunden dauern. Es ist eine Ewigkeit, gefüllt mit Popeln und Lagerfeuern.

Schließlich biegen wir um eine Ecke und machen am Bordstein halt (ich bin ein ausgebildetes Mitglied des Tufty-Kinderverkehrsclubs).

»Schau nach rechts, schau nach links, Philippa«, befiehlt Mutter. »Und schau noch mal nach rechts.«

Ich bin mir immer noch nicht so ganz sicher, was was ist, daher beobachte ich Helena aus dem Augenwinkel.

»Wenn die Straße frei ist, dann geschwind hinüber.« Und weg sind wir.

Helena ist eine glühende Verfechterin der Verkehrserziehung. Sie versucht mich auf mein späteres Leben vorzubereiten, wenn ich die Straßen allein überqueren muss, wohl wissend, wie gering die Hoffnung ist, dass Autos jemals so für mich anhalten werden, wie sie es für sie tun (mit quietschenden Bremsen und einem komischen Pfeifen). Daher nehme ich es auch sehr ernst und kenne die Vorsichtsmaßnahmen vor dem Überqueren einer Straße auswendig.

Meine Stimmung bessert sich jedoch, als Helena vor einem Zeitschriftenladen stehen bleibt, einem, in dem wir bisher noch nicht gewesen sind, vermutlich, weil uns der Schulweg aus unserer gewohnten Umgebung herausgeführt hat. Sie schaut interessiert auf die Schaufensterauslage mit ihrem Tabak und den Pfeifen, bevor sie die kleinen handgeschriebenen Anschlagzettel neben der Tür überfliegt. Dann lächelt sie zu mir herab, und ich bemerke zum ersten Mal, dass ihr Gesicht ganz komisch aussieht: fleckig und gescheckt. Hat sie etwa geweint?

»Geht es dir gut, Mummy?«, erkundige ich mich höflich. Aber das bringt sie nur wieder zum Weinen.

»Oh, Philippa«, schnieft sie. »Ich wünschte, du wärst ein Junge.«

Ein Junge? Das wäre ja schrecklich. Weiß sie das denn nicht?

»Aber Jungs bohren in der Nase, Mummy«, erkläre ich ihr, in meinem Stolz gekränkt.

Daraufhin lacht sie und schneuzt sich ihre hübsche rote Nase, bevor sie mich durch die Tür in den Laden schiebt und dabei das Zauberwort »Naschzeit« sagt.

Drinnen ist es wie in Aladins Höhle. Ein Glasgefäß neben dem anderen, gefüllt mit Rubinen und Smaragden, Diamanten und Amethysten, Gold und Silber und Perlen. Zitronenbrausebonbons, saure Drops, Anissstäbchen, Karamellbonbons und all die anderen Sorten, deren Namen ich noch nicht lesen kann, deren Formen und Farben und Düfte ich aber auswendig kenne.

»Du kannst dir ein Viertelpfund von dem aussuchen, was du haben möchtest«, sagt sie zu mir. Dann ist auch sie verloren in ihrer eigenen Welt des Trostes, angelockt von den Reihen ordentlich gestapelter Zigarettenpackungen hinter dem Tresen, wo ein Mann beim Klang von Mutters Stimme von seiner Zeitung aufblickt.

»Guten Tag, Madam«, sagt er. »Was kann ich für Sie tun?«

Ich bin viel zu sehr darin vertieft, meine Entscheidung zu treffen, und abgelenkt von der großen Auswahl an Comic-Heftchen zu meinen Füßen, um zu hören, was sie erwidert.

Eine Weile später finden wir uns draußen auf dem Gehweg wieder (ich mit einer Papiertüte voller Weingummis in der einen Hand und in der anderen eine liebevoll umfangene Ausgabe von *Twinkle*), als Mutter mir eröffnet, dass ihr der nette Mann eine Stelle angeboten hat.

»Aber du hast doch schon eine Stelle, Mutter. Brauchst du denn zwei Stellen? Sind wir so arm?«

»Das andere war eine schlechte Stelle.« Sie reißt bei der Erinnerung an diese schlechte Stelle eine frische Packung Consulate mit einer gewissen Heftigkeit auf. »Das hier ist eine großartige Stelle, Philippa. Eine bombige Stelle, wie man hier unten sagt.« (Hier unten ist der einzige Ort, den ich kenne, aber immer noch Fremde für Helena.)

»Denk doch nur an all die Süßigkeiten, Philippa!«, sagt sie. Und zum zweiten Mal an diesem Tag drückt sie mir einen Kuss auf den Scheitel, den ich nicht für sämtliche Süßigkeiten im Laden eintauschen würde.

Endlich ist Samstag. Hurra! Kein Uniformtag. Kein Christopher Bennett. Keine Miss Hitchcock mit ihren Männerschuhen und ihrer unheilvollen Stimme. Aber Mutter hat ihre Stelle, und ich muss den Morgen über mit meinem Matchbeutel voller »Sachen, damit ich mich ruhig verhalte« zu Tante Sheila.

Ich bin gern bei Tante Sheila – solange Bernie im Laden ist. Terry ignoriert mich, da er neuerdings ein Teenager ist. Er verbringt seine Zeit in der Garage, probiert Gitarrenriffs aus und spielt Darts. Toni behandelt mich wie das Pony, das sie nie haben durfte, weil Sheila glaubt, dass Reiten krumme Beine macht, was fürs Ballett nicht tauglich ist. Toni kämpft mit meinem krausen Haar, versucht, französische Zöpfe hinzubekommen, und zerrt an meiner Kopfhaut, dass mir die Tränen in die Augen schießen. Aber die hübschen Bänder, die sie hineinflicht, sind es wert. Toni baut eine Hindernisstrecke im Garten auf, und ich muss galoppieren und traben und über Bambusrohre springen, die sie aus Bernies verwahrlostem Gewächshaus stibitzt hat.

Heute Morgen habe ich eine blaue Rosette verliehen bekommen, die Toni an meinen Pullover (ein weiteres ihrer abgelegten Kleidungsstücke) gesteckt hat. Sie hat sie aus einer alten Cornflakesschachtel und aus Streifen ordentlich zugeschnittenen Krepppapiers gebastelt. »Was hältst du davon, Philly?«, fragt sie mich mit verschränkten Armen, während sie ihr Werk anstrahlt.

»Ich habe letzte Woche gesehen, wie es Valerie Singleton in *Blue Peter* gemacht hat.«

Ich habe keine Ahnung, wer Valerie Singleton ist, da wir zu Hause keinen Fernseher haben. Aber ich weiß, dass ich diese wunderschöne Rosette haben will.

»Darf ich die behalten, Toni?«, frage ich mit meiner süßesten Stimme.

»Aber natürlich«, sagt sie, tätschelt meinen Kopf und holt ein Stück Würfelzucker aus ihrer Tasche, das sie mir auf ihrer ausgestreckten Handfläche hinhält.

Ich wünschte, Toni wäre meine große Schwester. Meine einzige Hoffnung ist, dass ich noch eine kleine Schwester bekomme, aber als ich Mutter einmal danach gefragt habe, hat sie ihren Tee mit einer solchen Wucht quer durch die Küche gespuckt, dass er an die Wand gespritzt ist. Daher hege ich keine allzu große Hoffnung.

»Komm, fragen wir Mum, ob wir eine Tasse Nesquik bekommen. Dann bleibt dein Fell schön glänzend.«

Und mit einem Zungenschnalzen und einem Ruck an den Zügeln (eine von Bernies besten Polyesterkrawatten) machen wir uns auf den Weg in die Küche.

Tante Sheila backt einen Kuchen. Sie hat einen Mehlfleck auf ihrer mit Rouge geschminkten Wange. (Sie ist beinahe so glamourös wie Mutter – aber es ist schon eine ganze Weile her, seit Helena etwas gebacken hat.) Sie schiebt den Kuchen in den Ofen und tupft sich das Gesicht mit einem Geschirrtuch ab. Wir setzen uns hin und schauen zu, wie sie das Pulver in zwei Gläser Milch mischt und eines davon – mit einem Finger an den Lippen, da Mutter meinen Konsum von Milchprodukten eingeschränkt hat – vor mich auf den Tisch stellt.

An jenem Abend bewegt sich meine (leicht zerknitterte) Uniform – die auf der Rückseite meiner Tür hängt, wo sie darauf wartet, von Mutter gewaschen zu werden – wie ein Geist in dem Luftzug vom Fenster. Meine Rosette steckt an meinem Pyjamaoberteil.

Es ist (natürlich) immer noch taghell, aber das kümmert mich nicht weiter. Ich bin nach dieser ersten Schulwoche und meinem Tag auf dem Reiterfest so müde, dass es nur ein paar Minuten bedarf, das Muster in meinen Vorhängen auszutüfteln, bevor mich der Schlaf in eine Traumwelt entführt, in der ein Pferd mit Hut von einem Jungen mit unordentlichem Haar und einer Haut wie Eierschale geritten wird.

Das Muster der Krankenhausgardinen ist ein Alptraum. Laura Ashley Schrägstrich Ikea. Es verbraucht all meine Energie, dabei soll ich doch meine Kräfte für meine naheliegende Aufgabe – die Mutterschaft – schonen, die vermutlich noch kniffliger werden dürfte, als ich dachte.

Fran, meine überfreundliche Hebamme, sagt, ich könnte Schwierigkeiten haben, eine Beziehung zu dir aufzubauen. Sie macht sich Sorgen, dass du mich an deinen Vater erinnern wirst (den sie erst noch kennenlernen muss, über den sie aber schon alles gehört hat) und dass das zwangsläufig zu Verbitterung führen wird. Ich glaube, Verbitterung ist die geringste meiner Sorgen. Verbitterung ist ein Luxus, von dem ich mir wünschte, dass ich mehr Zeit für ihn hätte.

Meine Freunde haben Adrian nie gemocht. Sie finden, er sei herablassend und ein Heuchler. Damit mögen sie recht haben. Aber diese Eigenschaften stören mich nicht besonders an ihm. Es ist diese Casanova-Nummer, von der ich nicht so begeistert bin. Oder das Golfen. Oder seine Mutter. Oder seine Kokainsucht, die er angeblich (»Versprochen, mein Schatz!«) schon in den 90ern hinter sich gelassen hat – zusammen mit den Spice Girls und den Teletubbies. Wieder mal eines dieser Versprechen, die sich alle nur als leere Worte herausgestellt haben.

Also gibt es nur dich und mich, mein Baby. Und du riechst himmlisch. Ich könnte deinen Duft ewig einatmen.

Der Junge, den ich einmal heiraten wollte, roch nach Rosinenbrötchen.

KAPITEL 3

1969

Der Name des Jungen ist Lucas Jones. Obwohl er nur eine Straße weiter wohnt, habe ich ihn bis zu diesem schicksalhaften Tag, als uns die Schule zusammenbringt, noch nie gesehen. Am Ende der zweiten Schulwoche hat Mutter den Grund hierfür herausgefunden: Er ist erst kürzlich mit seiner Mutter, die von seinem Vater geschieden ist – was bedeutet, dass sich seine Eltern nicht mehr mögen –, von London hierhergezogen. Meine Mutter mag seine Mutter, denn jetzt, wo sie weiß, dass sie nicht die Einzige ist, die einen solchen Leichtsinn begangen hat und die Hauptstadt verlassen hat, fühlt sie sich nicht mehr so schlecht.

Sie würde Lucas und Mrs. Jones gern zum Tee einladen, aber sie will nicht, dass sie die erbärmlichen Zustände sehen, in denen wir leben, daher verabredet sie sich mit ihnen an einem Samstagnachmittag nach ihrer Arbeit im Zeitschriftenladen in einer Teestube in der Stadt. Ich muss weiße Handschuhe und ein Blümchenkleid anziehen, in dem man meine dicken Knie sieht. Sie entwirrt die französischen Zöpfe, die ich in dieser Woche trage, und versucht, die Nester in meinem Haar auszubürsten.

»Jeden Tag hundert Bürstenstriche, Philippa ... neunundfünfzig, sechzig ... Wenn ich dir auch nichts anderes beigebracht habe, so doch zumindest das ... zweiundsechzig, dreiundsechzig ...«

Die Teestube ist voller vornehmer Damen, die Sahnetorte essen und Tee aus feinem Porzellan nippen. Lucas und ich bekommen jeder einen Orangensaft mit einem Strohhalm und ein mit Zuckerguss überzogenes Teilchen. Helena und Mrs. Jones bestellen Earl-Grey-Tee ohne Milch, was die uniformierte Bedienung in Aufregung versetzt.

Die Unterhaltung ist anfangs ein wenig zäh, aber unsere Mütter kommen schon bald in Schwung.

»Lass das Schlürfen, Lucas.«

»Zieh deine Handschuhe aus, Philippa. Sie werden sonst klebrig.«

»Kau nicht mit offenem Mund, Lucas.«

»Sitz aufrecht, Philippa. Du siehst aus wie ein Sack Kartoffeln.«

»Nimm die Ellenbogen vom Tisch, Lucas.«

»Iss langsamer, Philippa. Du wirst dich noch verschlucken, wenn du nicht aufpasst.«

Und so weiter.

Nach ein paar Minuten, als sie entdecken, dass sie benachbarte Vorbereitungsschulen besucht haben (vor Wales) und gemeinsame Freunde hatten, sind wir vergessen und können nach Lust und Laune lümmeln und schlürfen. Dann beschließe ich, dass es an der Zeit ist, die Unterhaltung mit Lucas in Gang zu bringen.

»Kannst du Miss Pitchfork leiden?«, frage ich ihn.

»Nein«, sagt er.

(Hurra!)

»Kannst du Christopher Bennett leiden?«

»Nein.«

(Hurra!)

»Kannst du Mandy Denning leiden?«

»Die ist in Ordnung.«

(Pah!)

Zumindest zuckt Lucas mit den Schultern, als er dies sagt, daher nehme ich an, dass er sich über Mandy Denning keine großen Gedanken macht. Es ist dieser Moment, diese Geste, die mich den Entschluss fassen lässt, dass ich mit ihm befreundet sein will. Wenn jemand Lucas Jones in Zukunft fragen wird, ob er Philippa Smith leiden kann, soll er sagen: »Ja. Sie ist meine beste Freundin.«

Als wir mit unserem Tee fertig sind, fragt Mrs. Jones: »Wie wäre es mit einem Spaziergang an der Strandpromenade und einem Eis?« Sie versichert sich mit einem Blick bei Helena, ob ihr dies recht ist. (Ich habe gesehen, wie sie meine Knie angeschaut hat, als ich versuchte, sie unter dem Tischtuch zu verstecken.)

»Gute Idee«, sagt Mutter.

Wir sammeln unsere Hüte und Handschuhe ein, während Mutter Münzen abzählt, darauf besteht, zu zahlen.

Als wir uns auf dem Weg zum Ausgang zwischen den Tischen durchschieben, schreit Lucas plötzlich mit einer erstaunlich lauten Stimme: »Rote Kirschen ess ich gern, schwarze noch viel lieber!«

Und jede einzelne der vornehmen Damen dreht sich zu unserer kleinen Gruppe um und starrt uns an. Sie geben ein missbilligendes Ts-ts von sich und rühren heftig in ihren Tassen. Mrs. Jones sagt »Lucas!« in einer Weise, wie ich es noch oft zu hören bekommen werde – eine Art knurrendes Fauchen, eine Kreuzung zwischen Bärenmutter und Schlange. Dann versetzt sie ihm einen Schlag auf den Oberschenkel, so dass ein Handabdruck in der Farbe von Himbeersirup auf seiner Eierschalenhaut zurückbleibt.

Ich will diesen Jungen unbedingt heiraten.

Die Schule ist erträglicher, jetzt, wo ich Lucas zum Freund habe. Er mag vielleicht klein und dünn sein, aber er hat eine Stimme, die ihm selbst Miss Pitchfork neiden dürfte. Eine Stimme wie eine Krähe, die einen schlechten Tag hat. Eine Stimme, die er nur selten benutzt, um den bestmöglichen Effekt zu erzielen.

Lucas und ich eignen uns schon bald eine gemeinsame Routine an, die uns durch die scheinbar endlos dauernden sechs Stunden hilft. In der Pause spielen wir zusammen in unserer Ecke. In der Turnhalle wählen wir einander in die Mannschaft. Ich halte ihm einen Platz auf dem Teppich frei. Er hält mir mittags einen Platz in der Schulkantine frei, wo ich ihm mein Gemüse gebe und er mir seine Kartoffeln. (Er steckt voller Rätsel.)

Nach der Schule sehen wir uns auch. Wenn ich zu ihm nach Hause eingeladen bin – Lucas wohnt in einem größeren Haus als wir, das in Bezug auf Sauberkeit und Ordnung beinahe so wie das von Tante Sheila ist –, nimmt Mutter voller Energie unser schäbiges Reihenhaus in Angriff, beginnend mit dem kleinen Zimmer vorn, das sie als Empfangszimmer bezeichnet. Sie kauft billige blassrosa Farbe, und ich darf ihr dabei helfen, sie an die Wände zu klatschen. Glücklicherweise haben wir keinen Teppichboden, nur nackte Dielen, so dass unsere unfachmännische Herangehensweise keine Rolle spielt. Wir streichen den Boden auch an. In einem dunklen Grün. Und Helena tauscht in dem Trödelladen auf der Belgrave Road ein Paar Ohrringe gegen einen Perserteppich und ein paar Drucke des Großstadtlebens ein, die sie in einen Tagtraum versetzen.

Und schließlich, nachdem sie die Küche mit Ajax zum Blitzen gebracht und die Toilette unten mit so viel Vim geschrubbt hat, dass ihr die Augen tränen, lädt sie Lucas mit Freuden zu uns zum Spielen ein.

Der große Tag ist da. Mrs. Jones trinkt mit Mutter Kaffee, während Lucas und ich oben in meinem Zimmer mit Hilfe von Decken, einem Schirm, dem Wäscheständer und einer Menge Phantasie eine Höhle bauen. Ich bin Ding eins und Lucas ist Ding zwei. Wir versuchen, Andy meine Pudelmütze überzuziehen, aber er will nichts davon wissen, daher benutzen wir stattdessen einen Teddy. Als Schwanz dient ein mit Taschentüchern vollgestopfter Strumpf. Nach einer Weile möchte Lucas aufräumen, da er sich wegen der Unordnung unbehaglich fühlt.

»Lass uns in den Hof rausgehen«, schlage ich vor, als wir fertig sind und über meinen Teppich springen, der nun wieder sichtbar ist.

»Meinetwegen«, sagt er.

»Durch ein Loch im Zaun kannst du in ein Zauberland schauen«, eröffne ich ihm.

»Man darf nicht schwindeln«, sagt er.

»Tu ich auch nicht. Warte nur ab, wirst schon sehen.«

Und um die ganze Sache noch mysteriöser zu gestalten, erzähle ich ihm, dass es ein Geheimnis ist und unsere Mütter es nicht erfahren dürfen, damit sie es uns nicht verderben. Wir gehen auf Zehenspitzen nach unten – und ich bin trotz meines Gewichts ziemlich gut darin, da ich viel Übung habe, so zu tun, als sei ich gar nicht da, wenn Helena wieder einmal eine ihrer Launen hat. Wir hören verzückte Stimmen aus dem Empfangszimmer, und daher ist es leicht, den Korridor entlang und zur Küchentür hinaus in den Hinterhof zu schleichen. Helena zieht es vor, ihn als Innenhof zu bezeichnen, und hat eine Menge

Töpfe mit roten Geranien dort aufgestellt, weil sie sie an Italien und Sofia-Loren-Filme erinnern. Der Innenhof verliert allerdings ein wenig durch das alte Außenklo, das ich nicht benutzen darf, wo ich aber alle meine Schätze aufbewahre (einen goldenen Knopf, eine Haarlocke, drei Muscheln und eins von Andys Schnurrhaaren). Ich werde sie Lucas eines Tages zeigen, aber heute soll er erst einmal einen Blick auf das Zauberland werfen.

»Da, Lucas.«

Ich zeige zum Zaun hinüber. Es sieht aus, als habe sich unten in der Ecke ein Riesenkaninchen durchgegraben. Lucas hockt sich so schnell auf seine Hände und Knie, um auf die andere Seite zu spähen, dass ich nicht einmal mit der Nase zucken kann.

»Mensch!«, sagt er voll Staunen. »Du hast recht.«

Denn auf der anderen Seite dieses schäbigen alten Zauns befindet sich ein Land voller knorriger Bäume, versteckter Pfade, Steinsäulen und Engel und blumenge-schmückter Tempel. Und einem strengen Geruch, von dem Lucas behauptet, dass es sich um Fuchs-Pipi handelt. Offenbar hatte er in ihrem Garten in London einmal eine Fuchsfamilie, der Glückliche. Das Einzige, was wir auf unserem Hof haben, sind große dicke Möwen, nach de-nen ich mit Mutters ausdrücklicher Erlaubnis Steine wer-fen darf. Manchmal lässt sich auch Andy blicken, wenn er an einem Sommertag ausnahmsweise einmal Lust auf ein kleines Sonnenbad hat und seinen tigergestreiften Bauch neben Helenas flachem braunem entblößt.

»Komm, lass uns durchkrabbeln«, sagt Lucas.

Dafür könnte ich ihn knutschen. Sein unglaublicher Mut verschlägt mir den Atem.

»Nach dir«, bringe ich gerade so heraus.

Dann folge ich seinen dürren Beinen durch den Zaun, quetsche mich so schnell es nur geht hindurch, denn er ist bereits aufgesprungen, rennt einen Steinweg entlang und wird in der Ferne immer kleiner. Als ich ihn endlich einhole, brennt meine Brust wie Feuer, und ich muss mich eine Weile vorbeugen, um wieder zu Atem zu kommen. Lucas bemerkt gar nicht, wie es um mich steht. Er ist völlig darin versunken, einen der Steine zu untersuchen. Er hat die Form eines großen Kreuzes. Von Tante Sheila, die ein goldenes Kreuz an einer Kette um ihren Hals trägt, weiß ich, dass es etwas mit den Sonntagen zu tun hat, an denen Bernie mit seinen Wagen und seinen Geschäftsbüchern beschäftigt ist. Dann geht sie nämlich mit Terry und Toni wegen Brot und Wein in die Kirche (was vermutlich etwas mit ihren berühmten Käse- und Weinpartys zu tun hat). Aber ich habe keine Ahnung, wofür das Kreuz gut ist. Und noch weniger Ahnung, welche symbolische Bedeutung dieser Moment eines Tages haben wird.

Ich sehe, wie sich Lucas' Lippen bewegen. Er liest auf eine Weise in seinem Kopf, über die ich mich nur wundern kann. Ich kann gerade einmal mit Ach und Krach meinen eigenen Namen lesen (und es wird noch eine verdammt lange Weile dauern, bis ich ihn buchstabieren kann – was hatte sich Mutter nur dabei gedacht, als sie ihn auswählte?). Seine Haut sieht noch bleicher aus als sonst. Seine Augen sind dunkel und traurig.

»Was ist denn, Lucas?«

»Da liegt ein toter Junge.«

»Wo?«

Ich blicke mich hektisch um, weil ich glaube, dass wir zufällig auf eine Tragödie gestoßen sind (was gewissermaßen natürlich auch der Fall ist).

Lucas sagt: »Nein, du Dummerchen«, und macht sich daran, mir das mit den Gräbern und Grabsteinen und Friedhöfen zu erklären. Denn ganz offenbar ist es das, als was sich mein Zauberland entpuppt: der Friedhof von St. Bartholomew, wo – unter der Erde, auf ebender wir gerade stehen – tote Menschen begraben liegen.

Über tote Menschen weiß ich Bescheid, ich bin ja nicht völlig ahnungslos. Praktisch alle meine Großeltern sind tot. Selbst mein Vater ist mutmaßlich tot, vermisst bei einer Forschungsexpedition in den Dschungeln Südamerikas. Ich klammere mich an die Hoffnung, dass er ebenso verlorengegangen ist wie meine weißen Handschuhe (die in Wirklichkeit in dem Schornstein in meinem Zimmer stecken, weil sie so abscheulich sind) und dass er eines Tages wieder auftauchen wird. Ich lebe in der ständigen Sorge, dass meine Mutter sterben könnte, bevor dieses Wunder geschieht, und ich in einem Waisenhaus lande und niemals von einer netten Familie aufgenommen werde, weil ich keine Puppenhände wie Mandy Denning habe. Ich kenne mich also ein bisschen mit dem Tod aus (wenn auch nicht in solch großem Maße, wie ich es mit der Zeit tun werde – was wohl auf jeden zutrifft). Aber ich bin ebenso fasziniert von dem Stein wie Lucas und bitte ihn, mir die moosbedeckte alte Schrift darauf vorzulesen. (Ich bin nicht umsonst in der Gruppe für langsame Leser.)

Er holt tief Luft, und ich erwarte wieder einmal »die Stimme« zu hören, doch stattdessen kommt nur ein heiseres Flüstern heraus: »Albert Morris, verstorben im Alter von sieben Jahren. Lasset die Kindlein zu mir kommen und wehret ihnen nicht; denn solcher ist das Himmelreich.«

Und eine einzelne perfekte Träne rollt über seine Eierschalenwange. Ich strecke die Hand aus und wische sie mit meinen Fingerspitzen fort.

»Iiieh, Philippa!«, schreit er, und mit einem Mal ist diese Stimme wieder da. »Deine Hände stinken!«

Also bewerfe ich ihn mit Dreck, und er stößt mich um (er ist stärker, als er aussieht, mein Lucas). Dann hören wir plötzlich Stimmen … es kommt jemand! Wir rennen so schnell wir nur können den Steinweg zurück – für den Fall, dass uns der tote Junge auf den Fersen ist – und schlüpfen durch das Kaninchenloch in den rettenden Hof. Nachdem wir uns ins Badezimmer geschlichen haben, machen wir uns mit feuchter Watte sauber, bevor Helena oder Mrs. Jones überhaupt bemerken, dass wir fort waren. Als Mutter mich später wegen der Schlammspritzer in ihrem mit Vim geputzten Becken ausfragt, fällt es mir nicht leicht, unser Geheimnis für mich zu behalten. Aber ich reiße mich zusammen und mache das, was ich immer mache. Ich gebe der Katze die Schuld.

Wieder mal ein Samstag. Aber dieser wird anders werden. Tante Sheila ist von ihren Babysitter-Pflichten befreit, da sie Toni zu einer Ballettprüfung begleiten muss (Stufe 4 – sie ist eine richtige kleine Margot Fonteyn). Mutters Alternative, Mrs. Jones, steht auch nicht zur Verfügung, denn sie ist mit Lucas für ein paar Tage nach London zu seinen Großeltern gefahren (ein weiterer glücklicher Umstand). Er darf sich das Planetarium ansehen und den Wechsel der Wache. (Ich bin mir nicht sicher, was die Wache dort wechselt. Ihre Uniform vielleicht? Weil sie dringend eine saubere benötigt?) Aber auf mich wartet etwas anderes Aufregendes: ein ganzer Morgen in dem Süßwarenladen mit meiner Mäuschenstill-Tasche im Hinterzimmer, wo ich niemandem in die Quere kommen kann.

Der nette Mann, der Mutter die Stelle gegeben hat, heißt Bob. Sein richtiger Name ist Mr. Sugar – Herr Zucker –, was Lucas veranlasst, sich vor Lachen auf dem Boden zu wälzen, als ich es ihm erzähle. Ich finde, es ist ein hübscher Name. Viel hübscher als Smith. Mr. Sugar ist so nett wie sein Name, und ich darf mir ein Comic-Heftchen aussuchen. Ich entscheide mich wieder für *Twinkle,* weil man damit nichts falsch machen kann. Außerdem darf ich mir eine Tüte mit Kaubonbons füllen, und als Zugabe gibt er mir noch ein Paket mit Buntstiften aus dem Schreibwarenbedarf, den er als Nebensortiment führt.

»Nimm das hier auch noch mit«, sagt er und legt mir ein Malbuch *(Idyllisches Devon)* oben auf den Stapel von tollen Sachen in meinen Armen, so dass ich balancierend herumwanke wie ein Kandidat in der Kindershow *Crackerjack,* wo man für jede richtige Antwort einen weiteren Preis aufgeladen bekommt. (Ich habe die Sendung bei Toni gesehen und komme langsam auf den Geschmack, was die populäre Kultur anbelangt.) Mutter ist zu sehr damit beschäftigt, die Zigarettenregale aufzuräumen, um seine gute Tat zu bemerken, daher sehe ich mich gezwungen, auf meine Höflichkeitsreserven zurückzugreifen, und murmele ein Vielen-Dank-auch-Mr.-Sugar.

Im Hinterzimmer lasse ich mich am Schreibtisch nieder und schaffe Platz inmitten der Rechnungen und Quittungen, bevor ich mich an ein Kaubonbon mit Erdbeergeschmack und an ein Bild von einer in Devon lebenden Elfe mache. Ich habe die Möglichkeit einer Existenz von Elfen für mich noch nicht gänzlich ausgeschlossen. Ich hatte gehofft, eine im Zauberland zu sehen, doch wird mir klar, dass ich meine Suche auf einen Ort ausweiten muss, der keine toten Menschen beherbergt, da ich nicht glaube, dass sie Elfen anziehen. Nur Engel. (Ist mein Vater ein Engel? Vielleicht ist er auch auf diesem Friedhof. Ich werde mich mit Lucas darüber beraten, wenn er zurück ist.)

Ich habe den Fliegenpilz, auf dem die Elfe sitzt, zur Hälfte ausgemalt, als Mr. Sugar seinen Kopf zur Tür hereinsteckt.

»Alles in Ordnung bei dir, Philippa?«, fragt er und lässt eine Tüte Salt-'n'-Shake-Chips auf den Schreibtisch segeln.

Dann zwinkert er mir zu. Es ist kein gruseliges Zwinkern. Nicht die Art von Zwinkern, die der Eisenwarenhändler Helena zuwirft, wenn sie gezwungen ist, seinen stinkenden Laden zu betreten, um Nägel oder andere Sachen zu kaufen, weil sie »keinen Mann im Haus hat«. (Ob das der Grund ist, warum sie sich wünscht, dass ich ein Junge wäre? Damit ich eine Steckdose auswechseln und den verstopften Abfluss frei machen kann?) Es erinnert eher an das Zwinkern, das Bernie Toni zuwirft, wenn er etwas getan hat, von dem er weiß, dass Sheila es nicht gutheißen wird, wie zum Beispiel seine dreckigen Quadratlatschen auf ihren Ercol-Couchtisch zu legen.

»Vielen Dank, Mr. Sugar«, sage ich höflich.

»Du darfst mich Bob nennen«, sagt er.

Ich muss wohl angesichts von so viel Freundlichkeit erschrocken geguckt haben, denn er fügt hinzu: »Ich bin mir ziemlich sicher, dass das mein Name ist.« Und er blickt prüfend in seinen Kragen auf der Suche nach einem imaginären Namensschildchen. »Ja. Definitiv. Bob. Abkürzung für Robert.«

Dann füllt er den Wasserkessel und stellt ihn auf einen kleinen Herd, der wie der aussieht, wie wir ihn über der Autohandlung hatten. Vorn ertönt die Ladenglocke, aber Mr. Sugar bleibt, lehnt sich gegen die mit Tassenrändern übersäte Formica-Arbeitsplatte. Ganz offenbar vertraut er darauf, dass meine Mutter in seiner Abwesenheit allein mit Kunden fertig wird.

»Eine Tasse Tee, Philippa?«

Ich bin das noch niemals zuvor gefragt worden, lasse es mir aber nicht anmerken. »Ja, gern«, erwidere ich so beiläufig wie möglich. (Ich möchte nicht, dass Lucas der Einzige ist, der an diesem Wochenende neue Erfahrungen sammelt.)

Er beginnt, über die Schule zu plaudern. Erzählt mir, wie er den Unterricht gehasst hat, sich aber nun wünschen würde, er hätte durchgehalten. Er hatte die Schule ohne einen Abschluss abgebrochen und war als Kellner in einem der großen Hotels gelandet, bis er ein wenig Geld geerbt und den Laden gekauft hatte.

»Aber was könnte es denn Besseres geben?« Ich bin entgeistert darüber, wie er seufzt, während er von seiner angeblich enttäuschenden Karriere erzählt.

Er lacht. »Weißt du was, Philippa? Du könntest recht haben. Es ist gar kein so schlechter kleiner Laden, nicht wahr?«

Der Kessel beginnt wie aufs Stichwort zu pfeifen, und Bob gießt Wasser in die Kanne. Während er zieht (die Teezubereitung ist mit einer Menge Warterei verbunden), hören wir deutlich die laute Stimme einer Frau im Laden. Die Kundin schreit Mutter an. Warum tut sie das? Hat Helena einen Fehler mit den Pfefferminzbonbons gemacht? Ihr die falschen Zigaretten gegeben? Sie übers

Ohr gehauen? Ich schaue Bob an, der nur die Schultern zuckt. Dann späht er kurz durch den Türspalt in den Laden, bevor er den Kopf wieder zurückzieht.

»Kein Grund, sich zu sorgen«, sagt er fröhlich und kehrt wieder zur Arbeitsplatte zurück. »Nur eine Freundin deiner Mutter. Eine kleine Kabbelei. Keine Ahnung, worum es geht.«

Ich male weiter in meinem Buch, allerdings ein wenig zurückhaltender, denn ich spitze die Ohren, um etwas von dem mitzubekommen, was draußen vor sich geht. Bob beginnt wieder zu reden, als die Lautstärke im Laden zunimmt. Dieses Mal stimmt meine Mutter mit ein.

»Also«, sagt er und gießt den Tee aus großer Höhe in drei Tassen, von denen zwei angeschlagen sind. »Hat deine Mutter einen Verehrer?«

»Wie bitte?«

»Einen …«, er hustet und seine Wangen erglühen, »… einen Freund?«

Ich denke darüber nach, kaue am Ende meines neuen Stifts und versuche den Krach vorn im Laden zu überhören.

»Also, da wäre Lucas«, sage ich schließlich hilfsbereit.

Er ist ein Junge. Aber er ist mein Freund. Ob er das damit meint?

»Und wie ist er so, dieser Lucas?«, erkundigt sich Bob und stellt eine der Tassen vorsichtig vor mir ab.

»Er hat wunderschönes Haar und Haut wie Eierschalen, und er ist viel kleiner als ich.« Ich deute mit einer Hand an, bis wohin er mir reicht.

Bob sieht mich verdutzt an. »Wie alt ist er denn?«

»Fünf.«

»Ah«, sagt er erleichtert. »Diese Art von Freund.«

»Welche andere Art gibt es denn?«, frage ich verwirrt.

Aber Bob antwortet nicht. Inzwischen ist der laute Wortwechsel vorn im Laden zu einem ausgewachsenen Streit geworden. Ich höre Sätze wie *Du dreckiges Flittchen* und *Du widerwärtige Schlampe*. Mir ist bewusst, dass Mutter ein wenig nachlässig ist, was die Hausarbeit angeht, aber ich habe keine Ahnung, warum die Frau deshalb so böse ist. Und warum unternimmt Bob nichts? Schließlich ist es sein Laden, und Mutter wird offensichtlich nicht allein damit fertig.

Ich schaue Bob an. Er ignoriert meinen Blick und hilft mir stattdessen dabei, die Rüschenärmel des Elfenkleides auszumalen, die eine besondere Herausforderung darstellen. Er zeigt mir, wie man innerhalb der Linien bleibt, womit ein weiteres Geheimnis des Lebens für mich gelüftet wird. Ungeachtet seines Widerstrebens, meiner Mutter zu helfen – oder vielleicht gerade deshalb –, wünsche ich mir, dass Mr. Bob Robert Sugar sie heiratet. (Mein eigener Vater wird halt lernen müssen, sie zu teilen, sollte er jemals wieder aus diesem Dschungel herausfinden.)

Schließlich wird die Ladentür mit einer solchen Wucht zugeschlagen, dass eine Glasscheibe klirrend zu Boden fällt. Das veranlasst Bob schließlich doch, die Elfe Elfe sein zu lassen und nach vorn zu eilen, um nachzusehen, was geschehen ist. Ich folge ihm.

Helena steht ruhig inmitten der Glassplitter, zündet sich eine Zigarette an und starrt einer Frau hinterher, die mit großen Schritten, ein Mädchen im Schlepptau, die Straße hinuntereilt. Mutter weint nicht, obwohl sie nicht mehr weit davon entfernt ist. (Ich erkenne die verräterischen Zeichen in Form von fleckiger Haut.) Aber als ich noch einmal durch das gezackte Glas der Tür die Straße hinunterschaue, sind es meine eigenen Augen, die sich mit Tränen füllen. Das Mädchen, das seiner Mutter hinterhereilt, trägt das Haar zu einem ordentlichen Knoten zurückgebunden. Eine kleine Margot Fonteyn.

Lucas hat in London in der Tat neue Erfahrungen gesammelt. Seine Großeltern haben mit ihm das Planetarium besucht, wo er sich unter anderem die Geburt der Erde angeschaut hat. Und sie waren mit ihm beim Wechsel der Wache. (Offenbar gab es viele Wachleute, und sie behielten alle ihre Kleidung an, was ich ein wenig enttäuschend finde, aber das sage ich Lucas nicht, denn ich will ihm seine Erinnerungen nicht verderben.) Dann hat ihn seine Mutter zu einem Spitzelist im Krankenhaus gebracht. Aber wenn das einer ist, der die Leute ausspitzelt, warum arbeitet er dann im Krankenhaus? Als ich Mutter danach frage, erhalte ich nur vage Antworten, und es gelingt ihr nicht, das Streichholz beim ersten Mal anzuzünden, obwohl sie eigentlich eine Expertin darin ist.

Also frage ich Lucas, als er zusammen mit Mrs. Jones vorbeikommt, um uns beim Packen zu helfen (denn wir ziehen wieder einmal um).

»Das ist ein besonderer Arzt«, sagt er.

»Was ist denn so besonders an ihm?«

»Er weiß über bestimmte Sachen genau Bescheid, und deshalb ist er der beste Arzt dafür.«

»Ist deine Mutter denn krank?«, frage ich erschrocken.

Seine Mutter sieht immer so picobello aus wie meine, und ich kann mir einfach nicht vorstellen, wie sie blass und elend im Bett liegt.

»Nein«, sagt er.

»Oh, dann ist es ja gut.«

»Nein. Es geht um mich. Ich bin krank.«

Und als er dies sagt, weiß ich irgendwie, dass es dabei nicht um einen Schnupfen oder eine Mandelentzündung geht. Ich weiß, es geht um etwas, das außerhalb meines Begriffsvermögens liegt. Warum sonst sind sie den ganzen Weg nach London gefahren? Warum sonst hat Helenas Hand gezittert? Warum sonst hat sie mich so fest umarmt, als sie mich gestern Abend zu Bett brachte?

Aber heute Morgen ist mit einem Mal alles so hektisch. Ich habe gar keine Zeit, weitere Fragen zu stellen (und würde wahrscheinlich sowieso keine Antworten bekommen). Mutter und ich packen all unsere Sachen in unserem kleinen Haus zusammen (leb wohl, Kaninchenloch!). Wir müssen ausziehen, weil uns der Vermieter hier nicht mehr haben will.

Es gibt allerdings einen Silberstreif am Horizont. (Warum muss der eigentlich immer silbern sein?) Wir ziehen bei Mrs. Jones und Lucas ein, die ein Gästezimmer haben. Lucas wird mein Vermieter!

»Wir werden bleiben, bis wir etwas anderes gefunden haben«, sagt Helena.

»Bitte bleibt, so lange ihr wollt«, drängt sie Mrs. Jones.

Und sie werfen verstohlene Blicke in Lucas' Richtung, der auf dem Sofa liegt und Lucozade trinkt, während er sich mit Augen wie Kieseln, die an einen Strand gespült wurden, die Kindershow *Blue Peter* ansieht, von der er mir dauernd erzählt. Ich bin mir nicht ganz sicher, was diese Blicke besagen, aber ich erkenne, dass sie ernst und bedeutungsvoll sind. Zumindest weiß ich jetzt, wer Valerie Singleton ist.

ch werde heute nach Hause entlassen. Mein Zuhause, das sind keine zwei Zimmer über einem Autohandel, und es ist auch keine der anderen Wohnungen, in denen ich als Kind gelebt habe. Es ist ein sehr teures viktorianisches Haus im überaus trendigen und allzu hochpreisigen East Dulwich, wo wir die kleine glückliche Familie spielen wollten.

Du und ich. Jetzt können wir zwei allerdings noch nirgendwo hingehen, denn zuerst muss der Arzt einen letzten Blick auf uns werfen. Ich bin eine alte Mutter und könnte offenbar jeden Moment auseinanderfallen. Aber um mich mache ich mir keine Sorgen. Ich scheine immer irgendwie durchzukommen, egal welche Herausforderungen das Leben auch für mich bereithalten mag. Du bist es, um die ich mir Sorgen mache. Ich werde erst glücklich und zufrieden sein, wenn mir jemand mit jahrelanger medizinischer Ausbildung versichert hat, dass bei dir alles so ist, wie es sein soll. Alles drin und alles dran. Du magst gesund und munter erscheinen, aber wer weiß schon, was in deinem kleinen Körper vor sich geht, das nicht zu sehen ist? Der äußere Schein kann trügen, das sollte ich am allerbesten wissen.

»Es ist vollkommen normal, sich Sorgen zu machen«, sagt Fran. »Sie sind jetzt Mutter. Das ist Ihr Job.«

Ich kann mich nicht daran erinnern, dass das in der Aufgabenbeschreibung meiner eigenen Mutter gestanden hätte, aber ich habe vor, gewissenhafter zu sein.

»Wer wird Sie nach Hause bringen?«

Das ist eine gute Frage. Ich habe niemanden, der uns nach Hause bringen könnte. Ich besitze nicht einmal so ein Kindersitzdingsda fürs Auto. Eigentlich wollte ich den teuersten Kindersitz, den Mothercare im Angebot hatte, aber dieser Wunsch ging mitsamt »Daddys« hastig gepacktem Koffer den Bach runter.

Fran hat sich ein Musselintuch über die Schulter gelegt, an der sie dich wie der Profi, der sie nun einmal ist, schaukelt, während ich mein mit Kartoffelbrei überbackenes Hackfleisch aufesse, das Erinnerungen an das Schulessen mit einem braunäugigen Jungen in mir weckt. Das Gericht hat das Gewicht und die Konsistenz von Beton, und man könnte damit eine Leiche versenken, aber ich habe Kohldampf, und Not kennt nun einmal kein Gebot.

»Das liegt am Stillen«, erklärt Fran, »man könnte ständig essen.«

Sie ändert deine Position und wiegt dich, betrachtet dich dabei prüfend mit einem konzentrierten Ausdruck in den Augen, hält dich am Fenster ans Licht, auf der Suche nach Zeichen für eine Gelbsucht. Du hast tatsächlich einen leichten Gelbstich. Oder ist es eher blau? Enteneierblau wie bei Lucas? Welche Farbe es auch sein mag, irgendetwas scheint nicht zu stimmen, das sehen selbst meine ungeübten Augen. Aber wahrscheinlich gibt es dafür eine ganz einfache Erklärung.

»Und was meinen Sie?«, frage ich.

Sie seufzt. »Sie ist wunderschön.«

(Das bist du, oh ja, das bist du.)

Dann verkündet sie, dass ich nun an der Reihe bin, und gibt dich, du mein Baby-ohne-Namen, an mich weiter.

»Wer auch immer Sie genäht hat, hat gute Arbeit geleistet«, erklärt sie. »Eine Sorge weniger!«

In der Tat.

KAPITEL 4

1971

Die folgenden Monate stellen eine verwirrende, emotionsreiche Zeit dar. Das Leben ist zu dieser berüchtigten Achterbahn geworden und gleicht nicht mehr einem rostigen alten Karussell. Lucas und ich wissen nie, was wir von unseren Müttern zu erwarten haben. Wir haben keine Ahnung, wo uns der Kopf steht oder was uns hinter der nächsten Ecke erwartet (etc., etc.).

Manchmal haben Lucas und ich sämtliche Freiheiten, Freiheiten, die man Sechsjährigen heutzutage ohne ernsthafte Sorgen um ihre Sicherheit und Gesundheit niemals zugestehen würde. Wir streifen durch die Straßen unseres Viertels. Wir tragen unser Taschengeld gern zu *Toy Town* am Ende der Straße, um unsere wachsende Sammlung von Begleitbüchern zu irgendwelchen trivialen Fernsehsendungen zu ergänzen. Wir schauen gern bei Mr. Bob Sugar vorbei, der uns mit Süßigkeiten eindeckt und uns manchmal mit der Pfeifenauslage spielen lässt. Und auch wenn wir nicht mehr das Riesenkaninchenloch zur Verfügung haben, ist es nur ein kurzer Fußmarsch zum Albert-Morris-Friedhof, wo wir Stunden damit verbringen, uns zwischen den Kreuzen und Engeln zu verstecken oder inmitten der Büsche und des Gestrüpps Errate-die-Tierkacka zu spielen. Aber am glücklichsten bin ich dort, wenn Lucas mir mit dem Lesen hilft. Ich habe schon eini-

ge biblische Verse gemeistert und all die alten Familienna-
men von Torquay. Er ist ein guter Lehrer.

Zu anderen Zeiten werden unsere Freiheiten beschnit-
ten, und wir müssen im Haus bleiben, dürfen nicht einmal in den kleinen Garten gehen und mit den Schnecken
herumhantieren. Aber solange Lucas und ich zusammen
sind, gibt es immer etwas zu tun. Wir können auf dem
alten Klavier im Esszimmer spielen. Uns die Monkees auf
Mrs. Jones' Plattenspieler anhören. Oder uns mit den
Spielen in der Anrichte beschäftigen: Schiffe versenken,
Flohhüpfen, Dame und (mein Lieblingsspiel) Quartett.
Und wenn wir einmal unserer Phantasie freien Lauf lassen wollen, können wir Süßwarenladen spielen (dann bin
ich Mr. Sugar, und Lucas ist der Zeitungsjunge) oder
Schule (Lucas ist beinahe so streng wie Miss Pitchfork,
aber viel leichter zu verstehen) oder auch Tierarzt (wenn
Andy ausnahmsweise einmal willig ist, mitzumachen).

Manchmal ist Mrs. Jones – oder besser gesagt, Tante
Nina, wie ich sie jetzt nennen darf – der fröhlichste
Mensch, den man sich nur vorstellen kann (einmal abgesehen vom Weihnachtsmann). Sie hat ein breites Lächeln,
das ihre silbernen Zahnfüllungen aufblitzen lässt. Mutter
gibt sich auch alle Mühe, ein kleiner Sonnenschein zu sein
und nicht in ihren Launen zu versinken, was ihr sicherlich
nicht leichtfällt, da sie immer noch einen Groll wegen der
Vertreibung aus dem Haus hegt. Ich vermute inzwischen,
dass die Vertreibung etwas mit Tante Sheila zu tun hat, da
ich schon lange Zeit nicht mehr mit Toni gespielt habe.
(Ich bin ziemlich aus der Übung als Dressurpferd.)

Dann gibt es Zeiten, in denen Tante Nina wie ein Vulkan
vor sich hinbrodelt. Ich schaue ihr manchmal im Garten
zu, wie sie Schnecken mit der Küchenschere in zwei Hälf-

ten schneidet und die Rosenbüsche stutzt, bis nur noch eine Reihe traurig anzusehender Stummel übrig bleiben. Und sie verbringt viel Zeit damit, einfach vor sich hinzustarren. Es kommt vor, dass sie ein Zimmer betritt und plötzlich innehält, weil sie vergessen hat, warum sie gekommen ist. Sie bleibt dann für eine ganze Weile so stehen und starrt ins Nichts. Ich frage mich, ob sie vielleicht genau aus diesem Grund ins Zimmer gekommen ist, bloß um ins Leere zu starren und sich an einen anderen Ort zu versetzen, wo sie sich keine Sorgen mehr machen muss.

Die Sorgen fordern ihren Tribut bei Tante Nina. Sie ist nicht mehr dieses makellose Geschöpf, das anfangs die Aufmerksamkeit meiner Mutter über einen vollgestopften Schulhof hinweg auf sich gezogen hatte. Selbst Mutter schafft es dieser Tage nicht immer, ihre Schuhe und Handtaschen farblich aufeinander abzustimmen. Sie sorgen sich beide um Lucas. Er hat eine Krankheit, die wie sein Name auch mit »L« anfängt. Er darf die Schule schwänzen, weil er so oft zum Krankenhaus muss, wo sie ihm Medizin geben, von der er sich elend fühlt. »Geh ins Bett«, drängt Tante Nina ihn immer, wenn sie zurückkommen. Aber er will seine Lieblingssendungen nicht verpassen, daher darf er in eine grüne Decke gehüllt unten auf dem Sofa liegen. Unter dieser Decke ist er so spindeldürr wie unsere Gespenstheuschrecke Graham in der Schule. Und er liegt genauso regungslos da wie Graham auf seinem Ligusterzweig, so dass ich ihn hin und wieder einmal anstupsen muss. Bloß um sicherzugehen.

Lucas fährt ein weiteres Mal nach London, um bei seinen Großeltern zu bleiben. Dieses Mal nehmen sie ihn mit in den Tower, zeigen ihm die St. Paul's Cathedral und bringen ihn zu einem superwichtigen Doktor in der Harley Street. Bei seiner Rückkehr ist Lucas so erschöpft, dass er sich nicht einmal die Monkees mit mir anhören möchte. Er bleibt drei (endlos) lange Tage im Bett, während ich nach der Schule mit Mutter zum Laden gehen muss, um ihm etwas Ruhe und Frieden zu geben. Ich helfe Mr. Bob Sugar mit der Inventur. Er sagt, ich sei ein Naturtalent, und ich fühle, wie meine Wangen glühen, so wie es Lucas' Wangen von Zeit zu Zeit tun.

Lucas beginnt eine Mütze zu tragen. Eine Torquay-United-Pudelmütze. Blau und gelb wie die schwedische Flagge (laut seinem Flaggenbuch). Lucas mag Fußball eigentlich nicht, aber Mr. Bob Sugar behauptet, dass jeder Junge eine solche Pudelmütze besitzen sollte. Und was ist mit jedem Torquay-Mädchen? Das würde ich nur zu gern wissen. Aber ich halte meinen Mund. Hierbei geht es nicht um mich.

Lucas darf immer noch die Schule schwänzen.

»Ich möchte, dass er eine glückliche Zeit verbringt«, höre ich Tante Nina zu Mutter sagen. »Wir werden uns ein paar wunderbare Tage machen.«

Nach einer ganzen Reihe von wunderbaren Tagen, die sie in Museen und Schlösser und auf Landsitze führt, fleht Lucas sie an, wieder in die Schule gehen zu dürfen.

»Aber warum denn?«, protestiert Tante Nina.

»Weil ich gern zur Schule gehe.«

Schock, Entsetzen. Aber es stimmt.

Also geht Lucas wieder in die Schule mit der besonderen Erlaubnis, seine Pudelmütze auch im Unterricht tragen zu dürfen und – Glücksfall Nummer zwei – vom

Sport befreit zu sein! Während sich der Rest von uns bis auf die Unterhose und das Hemd ausziehen muss, geht er mit einem Buch ins Klassenzimmer nebenan.

Lucas ist glücklich, und das ist das Einzige, was zählt.

Ich bin nicht glücklich. Wir dürfen nicht mehr auf dem Friedhof spielen. Und ich glaube nicht, dass das etwas damit zu tun hat, dass wir mit roter Erde bedeckt zurückkommen, was nicht sehr hygienisch ist für Lucas, der immer sauber bleiben sollte, um sich keine Bakterien einzufangen (winzig kleine fremdartige Lebensformen, die keiner sehen kann). Es steckt noch mehr dahinter. Es hat etwas mit Albert Morris zu tun, dem toten Jungen.

Ein komischer Mann taucht an unserer Tür auf. Er ist klein für einen Mann. Viel kleiner als Bob und Bernie. Aber seine bleiche Haut und die dunklen Augen kommen mir bekannt vor. Mutter bittet ihn auf eine Tasse Tee ins Wohnzimmer. Tante Nina ist gerade in der Apotheke, um ein Medikament abzuholen.

»Hör auf, mir wie eine Möwe zu folgen, Philippa«, schnauzt mich Mutter an.

Ich folge ihr in die Küche, wo sie den Kessel füllt.

»Wer ist dieser Mann?«

»Mr. Jones.« Sie vermeidet es, mich anzusehen.

»Mr. Jones?«

»Ja. Mr. Jones.« Sie macht den Gasherd an und stellt den Kessel darauf, bevor sie mit leiser Stimme hinzufügt: »Lucas' Vater.«

»Vater?«

»Ja, Vater«, flüstert sie laut, und ihre grünen Augen zucken zur Decke hinauf, wo ich Lucas' Mäuseschrittetrappeln auf den Dielen in seinem Zimmer hören kann, in dem er sich mit seinem Geheimprojekt beschäftigt.

»Ich habe keine Ahnung, was Nina sagen wird«, fügt Helena hinzu, die sich eine Zigarette an der Hintertür anzündet.

Und dann fällt mir wieder die Scheidung ein. Lucas' Mutter und Vater mögen sich ja nicht mehr.

»Sie wird sich nicht freuen, ihn zu sehen, nicht wahr, Mummy?«

»Nein, Philippa«, erwidert sie. »Aber das Mindeste, was ich tun kann, ist, dem armen Mann einen Tee anzubieten.«

Während wir darauf warten, dass das Wasser zu kochen beginnt, dringt Musik aus dem Wohnzimmer. Mr. Jones muss sich wohl ans Klavier gesetzt haben. Es ist ein bisschen verstimmt, aber man hört gleich, dass er ein guter Musiker ist. Die Melodie ist sehr viel anspruchsvoller als der Flohwalzer, was so ziemlich das Einzige ist, was Lucas und ich zustande bringen. Kurze Zeit später vernehmen wir auch Mäuseschritte auf der Treppe. Mutter gießt rasch den Tee ein, und die Tassen scheppern auf den Untertellern, als sie ihn zu Mr. Jones hineinträgt. Ich bin ihr dicht auf den Fersen, folge dem Klackern ihrer Stöckelschuhe.

Und da ist Lucas. Er steht am Klavier und beobachtet, wie die bleichen Hände des Mannes einem Mottenschwarm gleich über die dunklen und hellen Tasten huschen. Der Mann muss weder auf die Noten noch auf die Tasten sehen. Er spielt auswendig. Stattdessen sieht er Lucas an.

Und da stehen wir nun im Türrahmen, Helena und ich, Zeugen der Szene, die sich uns darbietet: Mr. Jones, der seinen Sohn betrachtet, und Lucas, der die Hände seines Vaters betrachtet. Sie bemerken nicht einmal, dass wir da sind.

Meine Kehle tut furchtbar weh, weil ich versuche, nicht zu weinen. Ich gebe mir die größte Mühe, fröhlich zu sein, denn ich weiß, dass ich das tun muss, aber dennoch rutscht mir der Satz »Bitte nimm ihn mir nicht weg« heraus.

An wen ich diese Bitte richte, weiß ich allerdings nicht so genau.

Nach der zweiten Tasse Tee erklärt Mr. Jones, dass er wieder gehen müsse. Er wohnt im Imperial, wird aber morgen früh noch einmal vorbeikommen, weil er ein paar Worte mit Nina wechseln will, bevor er den Zug zurück nach Paddington nimmt. (Eines dieser Worte wird vermutlich »Lucas« sein.) Lucas bittet ihn, noch ein Lied auf dem Klavier zu spielen, doch er bekommt keine Gelegenheit mehr dazu. Keiner von uns hat die Haustür gehört. Keiner von uns hat bemerkt, dass Tante Nina das Wohnzimmer betreten und uns um das Klavier gedrängt vorgefunden hat.

»Lucas. Geh in dein Zimmer«, sagt sie und versetzt uns zurück in die Tage, als wir noch die Energie hatten, ungezogen zu sein.

»Ja, kommt mit, Kinder«, sagt Helena, ganz Joyce Grenfell. Sie wedelt uns aus dem Zimmer wie einen üblen Geruch und schließt die Tür hinter sich. Es mögen zwar massive viktorianische Türen in diesem Haus sein, aber wir bekommen immer noch etwas von dem Drama mit, das sich im Esszimmer abspielt.

Tante Nina: Wie hast du uns gefunden?

Mr. Jones: Deine Eltern waren der Ansicht, dass ich über das Bescheid wissen sollte, was vor sich geht.

Tante Nina (wiederholt): Meine Eltern? Wovon sprichst du?

Mr. Jones (lediglich): Das mit Lucas.

Danach hören wir nichts mehr, da wir nach oben abgeschoben werden, wo Helena uns in unsere Schlafanzüge steckt und das Zähneputzen überwacht. Sie raucht am offenen Badezimmerfenster, während Lucas und ich auf dem Treppenabsatz sitzen und darauf warten, dass seine Eltern wieder aus dem Esszimmer herauskommen.

Fünf Minuten später wird die Tür geöffnet, und Mr. Jones folgt der Frau, die er einmal geliebt hat, in den Flur hinaus. Er blickt kurz auf, lächelt seinem Sohn zu – ein Kobold mit einer Pudelmütze –, und in diesem Moment erblicke ich einen so sehnsuchtsvollen Ausdruck in seinem Gesicht, den ich niemals vergessen werde.

Der nächste Morgen ist ein Samstag. Mutter geht zum Laden, und Lucas und ich warten auf Mr. Jones. Aber er taucht nicht auf.

»Wahrscheinlich gab es einen Notfall bei der Arbeit, und er musste wieder zurück«, sagt Tante Nina.

»Was macht er denn?«, frage ich, um eine unbehagliche (und gefährlich lange) Pause zu füllen.

»Er ist Zahnarzt.«

Ich stelle mir all die Zähne in London vor, die auf Mr. Jones' Rückkehr warten, und ich frage mich, warum sie nicht warten können, bis das Wochenende vorüber ist. (Ich hatte bislang nicht einmal einen wackeligen Zahn, geschweige denn Zahnschmerzen, so dass ich den Ernst eines zahnärztlichen Notfalls nicht ermessen kann.)

Als feststeht, dass Mr. Jones nicht kommen wird, begibt sich Lucas wieder in sein Zimmer, um die Arbeit an seinem Projekt fortzusetzen. Tante Nina spießt eine Schneckenfamilie auf, bevor sie den Sommerflieder zurückschneidet. (Die armen Schmetterlinge werden im nächsten Sommer obdachlos sein.) Ich frage mich, ob wohl alle Familien so wie die meine sind. Aber nur ganz flüchtig, da ich weiß, dass es nicht so ist. Ich habe die Bücher gesehen, die es beweisen. Und dank Lucas habe ich manche davon sogar gelesen.

Lucas geht nicht mehr zur Schule. Ich muss wieder zusehen, wie ich allein überlebe. Da ist niemand, der für mich einen Platz in der Kantine freihält. Niemand, für den ich einen Platz auf dem Teppich freihalte. Aber wenigstens nennt mich jetzt keiner mehr Dickerchen. Vielleicht liegt es daran, dass Miss Pitchfork ihnen aufgetragen hat, nett zu mir zu sein. Oder aber vielleicht auch, weil sie bemerkt haben, dass ich eigentlich gar nicht mehr dick bin.

Lucas muss ins Krankenhaus. Ich darf ihn in seiner Ecke auf der Station besuchen, habe aber die strikte Anweisung, ihn nicht aufzuregen – wenngleich ich keine Ahnung habe, wie ich ihn an einem so trostlosen Ort überhaupt mit irgendetwas aufregen sollte. Der einzige Unterschied zwischen dieser Station und den anderen besteht in den Kacheln an der Wand: Auf diesen hier sind Märchen dargestellt. Über Lucas' viel zu großem Metallbett – an dem ein von Tante Nina festgeknoteter Torquay-United-Schal hängt, den Bobs Nachbarin für ihn gestrickt hat – kann man *Dick Whittington* auf seinem Weg nach London beobachten, überzeugt, die Straßen dort mit Gold (anstatt mit Hundedreck) gepflastert vorzufinden.

Es ist ein bisschen so wie an meinem ersten Schultag. Um all die anderen Kinder machen Mütter mit Tränen in den Augen ein großes Getue. Ich fühle mich völlig verloren. Während Tante Nina mit dem Doktor redet, setze ich mich zu Lucas. Seine Augen sind geschlossen, aber ich weiß, dass sie unter diesen Enteneierlidern ganz dunkel sind.

»Wirst du mein Projekt zu Ende bringen?«, fragt er, immer noch mit geschlossenen Augen.

»Ja, Lucas«, verspreche ich ernst, spüre die Last der Welt auf meinen Schultern.

Er öffnet kurz die Lider und schenkt mir ein Lächeln, das mir das Herz versengt.

»Danke, Philippa«, sagt er.

Ich habe keine Ahnung, worum es bei seinem Projekt geht, da ich sein Zimmer nicht mehr betreten durfte, seit er damit begonnen hat. Ich hoffe nur, dass ich in der Lage sein werde, es zu Ende zu bringen. Lucas ist der klügste Junge auf der ganzen Welt, und ich bin bloß die dumme Philippa aus der Gruppe für die langsamen Leser (wenngleich ich jetzt zumindest nicht mehr die dumme fette Philippa bin).

Es bleibt mir nicht mehr viel Zeit, um mich auf meine Aufgabe vorzubereiten. Zwei Tage später kommt Tante Nina aus dem Krankenhaus zurück und marschiert sogleich in den Garten, wo sie einen alten Stuhl nach den Babymöwen schleudert und dann die Forsythienhecke massakriert, die nie wieder blühen wird. Helena beobachtet sie von der Hintertür und raucht eine Zigarette nach der anderen. Schließlich hält sie es nicht mehr aus. Sie geht zu ihrer Freundin und windet ihr mit sanfter Gewalt

die Schere aus der Hand. Dann schlingt sie in der Abend-
sonne die Arme um sie und versucht, ihr ein wenig Trost
zu spenden, auch wenn sie weiß, dass es vergeblich ist.
Tante Ninas Tränen werden niemals versiegen.

Lucas – der Junge, den ich heiraten wollte, mein bester
Freund, mein Ding zwei – ist fort. Er ist nicht verloren-
gegangen, und er hat sich nicht verlaufen. Er ist so tot wie
Albert Morris.

2006

Fran ist zurück, lässt sich mal wieder darüber aus, dass du
untergewichtig bist, obwohl du eigentlich längst überfäl-
lig warst und dich schon letzte Woche hättest blicken lassen sollen. Ich war selbst überrascht, als ich dich das erste
Mal gesehen habe, deinen kleinen feuchten Körper in
meinen Armen hielt. Ich war mir sicher gewesen, dass du
ein Neunpfünder werden würdest. Meine Haut war derart straff gedehnt gewesen, dass du dein Spiegelbild darin
hättest sehen können, wärest du auf der anderen Seite gewesen. Aber als du auftauchtest, da sahst du wie eine Puppe aus. Die Art von Baby, die Mandy Denning bekommen würde. Die Art von Baby, mit dem Helena gerechnet
haben musste, als sie mit einem Mal mich am Hals hatte.

Aber hier bin ich nun, Mutter eines so zierlichen kleinen Persönchens.

Fran möchte nicht, dass du so zierlich bleibst. Sie sorgt
sich darum, dass du dich nicht richtig anlegen lässt. Scheinbar ist bei dir etwas anders, und deshalb fühlt es sich so an,
als seiest du bereits mit einem Satz Zähne geboren. Sie

macht sich an meinen Brüsten zu schaffen, als wären sie aus Miss Pitchforks Spielteig gemacht, versucht verzweifelt, mehr davon in deinen winzigen Mund zu bekommen, aber du hast das Interesse verloren und dein kleiner Körper zuckt, als du wieder in den Schlaf zurückgleitest.

»Wahrscheinlich müssen wir Sie doch nach unten auf die Station bringen«, sagt Fran.

»Ich dachte, ich dürfte nach Hause.«

»Es wäre wahrscheinlich besser, wenn Sie über Nacht blieben. Wir sollten sichergehen, dass es mit dem Stillen klappt.«

»Oh.«

Fran kritzelt etwas in meine Unterlagen.

»Wann kommt der Arzt?«

»Er hat bereits mit der Visite begonnen.« Fran tätschelt mitfühlend meine Schulter, als sie bemerkt, dass mir die Tränen in die Augen schießen. »Er hat ein Recht darauf, es zu erfahren«, sagt sie.

»Der Arzt?«

»Ihr Ehemann.«

»Hatten Sie nicht gesagt, dass er mich im Stich lässt?«

»Was ich von ihm halte, spielt keine Rolle«, sagt sie. »Es ändert nichts daran, was das Richtige ist.«

Es ist ziemlich offensichtlich, dass es wenig Sinn hat, mit Fran zu diskutieren, wenn sie sich einmal etwas in den Kopf gesetzt hat, und ich bin auch viel zu müde dazu. Man muss auf Zack sein, um mit ihr zu streiten. In der Hinsicht ist sie wie Lucas.

Mein Lucas.

Und dann ist sie fort, und zurück bleibt nur der Geruch von Latexhandschuhen.

Und wir sind allein.

KAPITEL 5

1971

E s ist ein sehr heißer Tag. Urlauber strömen, mit Schwimmreifen und Sonnenschirmen bewaffnet, an die Strände. Mutter und ich dagegen haben etwas weniger Belangloses zu tun.

Eigentlich sollte ich den Nachmittag im Zeitschriftenladen verbringen, aber schließlich wird entschieden, dass ich mit den Erwachsenen gehen darf. Bob schließt den Laden und kommt ebenfalls mit – in Begleitung seiner Nachbarin, Mrs. Gracie, die Lucas den Schal gestrickt hatte. Es ist eine ziemlich eindrucksvolle Versammlung, die sich am Ende zusammenfindet, aber es ist kein schönes Ende, kein gerechtes Ende.

Es heißt ja immer, dass die Dinge niemals schwarz und weiß seien, aber an diesem Tag, als wir mit schleppendem Schritt die kühle Kirche betreten, sind sie es offenbar schon. Die Blumen in St. Bartholomew sind alle weiß: in der Vorhalle, am Ende jeder Bankreihe, vorn, wo der Pastor in seinem langen Gewand und mit seinem ernsten Gesicht inmitten einer Rauchwolke wie ein Zauberer erscheint. Im Gegensatz dazu tragen alle Schwarz: schwarze Anzüge, schwarze Röcke, schwarze Jacken. Und sämtliche Damen haben schwarze Hüte auf. Bei Tante Nina ist es ein eleganter Pillbox-Hut mit Schleier. Bei Mutter ein breitkrempiger Hut, wie ihn Audrey Hepburn in dem

Film getragen hat, in dem sie Diamanten haben will und ein Lied auf ihrem Fensterbrett singt. Mrs. Gracies Kopf wird von einem Alte-Damen-Strohhut beschwert, an dessen Seite ein Beerenzweig mit einer gefährlich aussehenden Nadel befestigt ist. Ich trage eine schlabberige Wollbaskenmütze, die meinen Kopf auf die gleiche Weise zum Jucken bringt wie damals, als ich Kopfläuse hatte (ein weiterer Grund, Christopher Bennett nicht zu nahe zu kommen). Ich muss mich zwischen Mutter und Bob setzen. Mrs. Gracie nimmt am Ende der Reihe Platz, damit sie ihr lahmes Bein in den Gang hinausstrecken kann. Tante Nina sitzt zwischen ihrer Mutter und ihrem Vater in der Reihe vor uns und starrt auf die kleine Kiste, in der ihr Sohn versteckt ist. Ich rechne ständig damit, dass er den Deckel hebt, als wäre er der Gehilfe des Zauberers, und mit einer theatralischen Geste die weißen Rosen auf die großen Steinplatten verstreut. Dass er sich aufsetzt und ruft: »Rote Kirschen ess ich gern, schwarze noch viel lieber!« Aber Lucas ist ruhig und still und tot.

Wir singen ein Lied, das ich von den Schulversammlungen kenne, wo wir *Bleib bei mir, Herr* oft anstimmen. Bob hat eine gute Stimme, klar und laut und nicht im mindesten verlegen, so, wie es seine normale Alltagsstimme niemals sein wird. Mrs. Gracie singt wie alle alten Damen – ein hohes, etwas zittriges Trällern, das von einer längst vergangenen Ära zeugt: Krieg, Gasmasken, uniformierte Männer in Zügen, die Selbstgedrehte rauchen, und die weißen Klippen von Dover (was nur schwer vorstellbar ist, da unsere so rot sind).

Der Pastor räuspert sich, um unsere Aufmerksamkeit zu erlangen, so wie es Miss Pitchfork auch immer tut. Dann stimmt er ein unmelodisches Lied an, das von alten

Zeiten in muffigen Klöstern auf windumtosten Hügeln erzählt. Er bittet uns, Platz zu nehmen, und Tante Nina sinkt zwischen ihren Eltern auf die Bank. Ein Kind trauert um sein totes Kind. Das auch noch das Kind eines anderen Menschen ist: Mr. Jones, der seine eigenen Eltern in London gelassen hat, um abseits von den anderen allein zu trauern, die Finger still, toten Motten gleich, in seinem Schoß.

Lucas hätte das hier gefallen. Seine Familie. Seine Freunde. Es ist nicht fair. Er ist an einem Ort versteckt, von dem er nie wird fliehen können. Vielleicht kann er uns dort hören, wie wir *Bleib bei mir, Herr* singen. Er mochte dieses Lied. Er hatte die Stimme eines Chorknaben und bekam unzählige Sternchen, weil er sich zu Wort meldete, wenn kein anderer den Text kannte. (Es ist durchaus hilfreich, wenn man lesen kann.)

Vielleicht klopft er ja mit seiner bleichen kleinen Hand an den Deckel der Kiste, aber es kann ihn niemand hören, weil wir alle so damit beschäftigt sind zu singen.

Oder vielleicht ist er gar nicht wirklich da drin. Vielleicht hat er alle zum Narren gehalten und ist bloß weggelaufen. Vielleicht schleicht er sich heimlich hinten herein und lauscht den Worten des Pastors, den muffigen Sprechgesängen, dem Geträllere und den Tränen.

Oder vielleicht auch nicht. Vielleicht werde ich ihn niemals wiedersehen, so lange oder so kurz ich lebe.

Mein Lucas.

Mein bester Freund.

In jener Nacht liege ich wach in meinem Bett. Es ist, gelinde gesagt, ein ereignisreicher Tag gewesen. Nicht nur, dass ich Lucas für immer verloren habe, ich habe auch meinen ersten Zahn verloren. Ich hatte neuerdings viel Zeit, um daran zu wackeln, und vom ersten Lockersein bis zur endgültigen Entfernung vergingen lediglich ein paar Tage. Ich habe diesen Meilenstein ganz allein passiert, ohne ein großes Theater darum zu machen. Ich erzähle Helena nicht einmal davon, da sie den Kopf mit anderen Dingen voll hat, hauptsächlich damit beschäftigt ist, Tante Nina zu trösten und dafür zu sorgen, dass wir nicht verhungern und verdursten (was bedeutet, dass es jede Menge hartgekochter Eier und Schinkensalate gibt. Ich werde immer dünner, aber niemand scheint es zu bemerken). Ich untersuche den kleinen gelben Zahn (zu viele Süßigkeiten zur Hand, was würde Mr. Jones wohl davon halten?), bevor ich ihn in ein Taschentuch wickele und unter mein Kopfkissen lege. Dann warte ich auf die Zahnfee.

Niemand hat daran gedacht, meine Vorhänge zuzuziehen. Ich kann den Mond sehen, der klein ist und rund und vielleicht wegspringen könnte wie ein Pingpongball, wenn die Einwohner von Torquay alle zur selben Zeit ausatmen würden. Ich frage mich, ob Lucas wohl irgendwo dort oben ist, ein Körnchen Sternenstaub, das Tante Sheila wohl aufsaugen würde, wenn sie ein Engel wäre und Putzdienst hätte. Ich entschließe mich, nicht aufzustehen und die Vorhänge zuzuziehen, falls er mich beobachtet und dort oben einsam ist ohne Tante Nina oder Mr. Jones.

Der Schlaf kommt schließlich doch noch, schüttelt sich über mir aus, schüttet mir Träume ins Ohr. Da ist der Geruch von Palmolive. Wasserspritzer. Ein Flüstern, das einen Vater und einen Sohn und (beängstigenderweise) einen eiligen Geist erwähnt. Dann ist es plötzlich Morgen, und nachdem ich überall gesucht habe, ist es offensichtlich, dass sich die Zahnfee nicht hat blicken lassen. Noch am selben Tag finde ich den Grund dafür heraus: Helena hat sie verschreckt. Ich weiß, dass es Helena war, weil ich zufällig mitbekomme, wie sie es Bob erzählt, als der mit einer Schachtel Milk-Tray-Pralinen vorbeikommt. Ich sitze auf der obersten Treppenstufe (wo ich neuerdings viel Zeit verbringe) und belausche ihre Unterhaltung unten in der Küche.

»Alles klar bei dir, Helena?«

»Nun, da du schon einmal fragst, nein, es ist nicht alles klar bei mir. Ich glaube, ich werde langsam verrückt. Ich bin auf eine grausige Art und Weise eifersüchtig auf Nina.«

»Was meinst du damit?«, fragt Bob entgeistert.

»Ich weiß, dass das fürchterlich klingt, aber es kann ihr niemals wieder etwas widerfahren, dass sie sich so schrecklich fühlt wie jetzt. Das Schlimmste ist vorbei.«

Bob sagt nichts, aber ich höre seinen tiefen Seufzer.

Dann fährt Helena fort: »Du wirst niemals erraten, was ich gestern Nacht getan habe.«

Bob versucht es gar nicht erst, daher sagt sie es ihm.

»Ich habe Philippa getauft. Ich habe mich mitten in der Nacht in ihr Zimmer geschlichen, Wasser auf ihre Stirn geträufelt und diese Zauberworte gesprochen.«

»Oh«, sagte Bob. »Das ergibt durchaus einen Sinn. Aber du könntest es auch richtig machen lassen, weißt du? In der Kirche.«

»Es ist jetzt erledigt«, konstatiert Helena, bevor sie sich entschuldigt, weil sie noch mehr Eier und Schinken kaufen muss.

Ich sehe zu, wie sie Bob hinausbegleitet. Als er fort ist, bleibt sie vor dem Spiegel im Flur stehen und seufzt ihr

Spiegelbild an. »Ja, ich weiß. Ich bin zu früh gealtert«, stimmt sie der Frau zu, die sie dort sieht. Dann blickt sie auf, scheint zu spüren, dass ich sie beobachte, und mir wird klar, dass die Frau im Spiegel sie anlügt. Helena ist so jung, mehr Mädchen als Frau. Sie lächelt, und ich sehe, wie sich mein eigenes Gesicht in dem ihren spiegelt, und ich weiß, dass sie nicht will, dass ich sterbe. Aber falls ich es doch tun sollte, will sie diesen Schutz haben. Sie möchte vermeiden, dass ich dazu bestimmt bin, zu einem Körnchen Sternenstaub zu werden, das von einem kosmischen Staubsauger aufgesaugt wird.

Sie ist eine gute Mutter. Sie liebt mich.

Aber sie täuscht sich, was Tante Nina angeht. Das Schlimmste beginnt für sie gewiss gerade erst.

Tante Nina ist fort. Die Männer vom Umzugsunternehmen sind hier gewesen, haben all ihre Sachen in große Kartons gepackt und diese in einem großen Lastwagen weggefahren, zurück nach London. Sie wollte eines Tages ohnehin zurück nach Hause, aber sie hatte nicht erwartet, es allein zu tun.

Die arme Tante Nina.

Aber wir sind auch arm dran. Mutter und ich müssen ebenfalls ausziehen, da das Haus verkauft wird. Ich wünschte, wir könnten es kaufen, damit wir hierbleiben dürfen. Und ich so tun könnte, als würde Lucas immer noch über meinem Kopf in seinem Zimmer auf und ab trippeln. Mutter mochte immer wieder Geld für Schuhe und Lippenstift und Handtaschen auftreiben, aber nicht für ein neues Haus.

Wir packen unsere eigenen Sachen mit der Hilfe von Mrs. Gracie zusammen, die langsam ebenso zu meinem

Alltagsleben gehört, wie es Lucas einmal getan hat, wenn auch auf völlig andere Art und Weise.

»Nenn mich Wink«, sagt sie.

»Warum?«, frage ich.

»Weil ich so heiße«, sagt sie und wickelt eins von Mutters Figürchen in Zeitungspapier ein.

Ich kann mir nicht vorstellen, welche Mutter ihr Kind »Wink« nennen würde. Aber andererseits kann ich mir auch nicht vorstellen, dass Wink überhaupt jemals eine Mutter gehabt hat, weil sie so aussieht, als wäre sie schon immer eine alte Dame gewesen. Wink scheint zu wissen, was ich denke.

»Ich bin erst zweiundsechzig«, sagt sie.

Als wäre das jung. (Sechs ist jung, so viel ist sicher.)

»Die Leute glauben immer, ich sei viel älter«, fährt sie fort und legt das Figürchen in einen orangefarbenen Pappkarton. »Wegen meiner verflixten Multiplen Dingsbums.«

Multiple Dingsbums ist eine Krankheit, die Wink hat, eine Krankheit, die sie strapaziert, es ihr erschwert, herumzukommen und all die Dinge zu tun, die sie einmal getan hat, wie gärtnern und einkaufen und der ganze Kram. Ich hoffe, diese Krankheit ist nicht tödlich wie die von Lucas.

Am letzten Nachmittag, als die Sonne das Haus aufheizt, so dass es sich anfühlt, als würde ich gebacken wie einer von Tantes Sheilas Rührkuchen, knie ich inmitten von Staub und vergessenen Murmeln und Haarspangen auf den nackten Dielenbrettern des Esszimmers und starre auf die Stelle, wo Mr. Jones' Finger über die Klaviertasten gehuscht sind. Ich erinnere mich daran, wie Lucas ihn dabei beobachtet hat. Ich erinnere mich an mein Versprechen. Oder besser gesagt, Mutter erinnert mich daran.

»Das hier ist für dich«, sagt sie. »Tante Nina hat es für dich dagelassen … Na ja, es war wohl eher Lucas, denn er wollte, dass du es bekommst.« Sie zieht wieder einmal ihr Taschentuch hervor und putzt sich kräftig die Nase, bevor sie mir die *Quality-Street*-Schokoladendose reicht.

Sie zündet sich eine Zigarette an, als ich den Deckel öffne und nicht etwa Süßigkeiten zum Vorschein kommen, sondern der Inhalt seines Geheimprojekts. Es ist nicht ganz das, was ich mir vorgestellt hatte. Ich hatte mir in den Wochen vor Lucas' Tod alle möglichen Dinge ausgemalt und das Ganze dann völlig vergessen. Und nun halte ich es in meinen Händen, nehme den Deckel ab und …

Lucas hat die Dose mit einem geblümten Stoff ausgeschlagen, der mir bekannt vorkommt.

»Jetzt weiß ich, wohin meine Laura-Ashley-Bluse verschwunden ist«, sagt Mutter. Eine Sekunde lang ist sie fast ein wenig sauer, aber bald schon umspielt ein trauriges Lächeln ihre Lippen, und sie nimmt einen tiefen Zug von ihrer Consulate.

Ich ziehe den Stoff ganz vorsichtig zur Seite, als befände sich darunter eine Bombe. Und in gewisser Weise handelt es sich auch um eine Bombe. Eine Zeitbombe, bereit, zu irgendeinem unbekannten Zeitpunkt in der fernen Zukunft, den wir nicht voraussagen können, zu explodieren. Noch bevor ich Lucas' Brief lese, weiß ich, was es ist. Es ist eine Zeitkapsel, wie die, die John Noakes, Peter Purvis und Valerie Singleton in der Kindershow *Blue Peter* vergraben hatten, die Lucas sich immer so gern angeschaut hat. Natürlich hätte ich wissen müssen, was Lucas im Schilde führte. Er war ganz fasziniert gewesen, als wir es uns zusammen angesehen hatten und Zeugen wurden, wie sie ein Begleitbuch zur Sendung, einige Fotografien und einen Satz Dezimalmünzen einpackten (deren Einführung für Bob und seine Süßigkeiten ziemlich knifflig gewesen war, aber schlimmer noch für alte Damen wie Wink, die noch im Umgang mit Lebensmittelmarken geübt waren).

Ich öffne den verschlossenen braunen Umschlag, auf dessen Vorderseite mein Name in Blasenschrift geschrieben steht. Sein Brief an mich lautet folgendermaßen:

Liebe Philippa,
es tut mir leid, dass ich gehen musste und du zurückbleibst. Ich wünschte, wir hätten mehr Tage zusammen auf dem Friedhof verbringen können. Aber vergiss nicht, mich dort zu besuchen. (Vielleicht werde ich in der Nähe von Albert Morris sein.) Erzähl mir von Miss Pitchfork und Bob. Erzähl mir, was du gerade liest. Erzähl mir, was in *Doctor Who* passiert. Erzähl mir alles, was du willst. Selbst wenn du erwachsen bist. Bitte hör niemals auf, mir von dir zu erzählen. Und finde eine gute Stelle, um die Zeitkapsel zu vergraben. Dann komm bitte eines Tages zurück, wenn du selbst Kinder hast. Öffnet sie gemeinsam und erzähle ihnen von mir.
Dein (bester) Freund
Lucas xxx

Zum ersten Mal seit Wochen bin ich glücklich. Tränen fallen auf das Papier hinab, aber es sind Freudentränen. Lucas ist immer noch mein bester Freund, auch wenn ich ihn nicht sehen oder ihn berühren oder seinen Rosinenbrötchengeruch einatmen kann.

Am nächsten Tag ziehen Mutter und ich (und ein verdrossener Andy) über den Laden. Bob hat darauf bestanden, dass dies die Lösung für all unsere Wohnprobleme ist. Er hat jede Menge Platz in der darüber befindlichen Maisonettewohnung, und er würde sich über Gesellschaft freuen. Während er und Mutter und Wink sich also alle Mühe geben, damit dieses Arrangement funktioniert, sitze ich mit Lucas' Dose im Garten und überlege, wo ich sie vergraben soll. Es liegt natürlich auf der Hand, sie irgendwo auf dem Friedhof zu verbuddeln, aber wie kann ich sicher sein, dass die Dose nicht irgendwann einmal wieder ausgegraben wird, um Platz für neue Bewohner zu schaffen? Daher entscheide ich, dass dieser Ort hier so gut ist wie jeder andere. Bobs Garten. Ich füge noch das eine oder andere zu Lucas' kostbarer Sammlung hinzu – meine Schätze aus dem alten Außenklo –, bevor ich mich in Bobs angebautem Schuppen auf die Suche nach einer Schaufel mache. Ich finde die perfekte Stelle in einer Ecke unter seinem einzigen und nicht identifizierbaren Strauch.

Nun muss ich mich nur noch zurücklehnen und abwarten, bis ich erwachsen bin.

2006

Jetzt sind wir also auf der Station. Rechts und links und gegenüber von uns sind schreiende, trinkende, schlafende Babys. Du dagegen liegst herzig anzuschauen in deinem Plastikbettchen und gibst keinen Schrei von dir. Nicht mal ein Murren. Solltest du nicht inzwischen hungrig sein?

Fran hat diesen komischen Ausdruck in ihren Augen, den sie vor mir zu verbergen sucht, indem sie wie eine Verrückte in deinen Unterlagen herumkritzelt, die von Minute zu Minute umfangreicher werden – wie eine Anwältin, die sich daranmacht, den hoffnungslosen Fall eines Kriminellen zu übernehmen, dem eine lebenslange Strafe droht.

»Alles in Ordnung, Fran?«, frage ich.

»Zeit, den Blutdruck zu messen«, erwidert sie und wickelt dieses scheußliche Klettding um meinen Arm und quetscht ihn, als würde sie bei mir Brennnessel machen – so wie Terry es immer getan hat, wenn ich auf der Suche nach Tonis Rollschuhen einen Fuß in die Garage setzte.

Ich würde dich gern stillen. Fran schert sich nicht darum, was ich tue, solange wir nur etwas in deinen kleinen Körper kriegen. Sie munkeln schon etwas von einer Magensonde, wenn du nicht fix in die Gänge kommst. Aber du scheinst ganz und gar nicht beunruhigt zu sein. Ich frage mich, warum sie dich nicht einfach schlafen lassen. Das solltest du doch eigentlich tun, solange du noch so winzig bist, oder? Ich wüsste es doch, wenn du am Verhungern wärest, nicht? Ist das nicht etwas, was jede Mutter instinktiv spürt? Hat Helena es gewusst? Sie hat mich mit einem ständigen Strom von Fläschchen versorgt. Deshalb sah ich auch aus wie ein »Wonneproppen«. Du dagegen bist dürr und blass. Dunkeläugig und klein wie Lucas. Vielleicht hat Fran recht. Ich weiß es nicht. Was würde Helena tun?

KAPITEL 6

1972

Mutter sieht jetzt weniger aus wie Audrey Hepburn und mehr wie Carole King. Sie hat ihre Maßstäbe hinsichtlich Schminken und Mode im Interesse der Bequemlichkeit gesenkt (im Sommer wird es im Laden heiß und stickig, und sie läuft gern barfuß herum). Sie ist inzwischen sehr geübt im Verkauf von Süßwaren, im Erledigen der Inventur und im höflichen Umgang mit alten Damen, und sie wird mit all diesen Aufgaben (und zahllosen anderen) spielend fertig. Bob sagt, dass er keine Ahnung hat, wie er nur jemals ohne sie zurechtgekommen ist. Was er wahrscheinlich nicht ist und Mutter ihm auch sogleich unter die Nase reibt.

Bob und Mutter verbindet inzwischen so etwas wie eine Partnerschaft. Sie bewegen sich im Laden – und im Umgang miteinander – mit einer großen Leichtigkeit. Wenn sich einer von ihnen bückt, um ein Bonbonpapier vom Boden aufzuheben, dann greift der andere über ihn hinweg, um etwas im Regal zurechtzurücken. Egal wie oft sich ihre Wege auch kreuzen mögen, egal wie geschäftig es auch zugehen mag – und es kann sehr hektisch werden, besonders wenn sie nur halbtags geöffnet haben und die ganze Nachbarschaft ihre Totoscheine abgeben will –, laufen sie nicht ineinander hinein. Ihre Bewegungen sind flüssig und geschmeidig. Es ist ein choreografierter Tanz.

Eine Doppelconférence. Aber das ist wohl einfach so mit der Zeit. Sie bringt dich dazu, deinen Platz zu finden, dich einzufügen. Mutter und ich haben uns in den Laden eingefügt. Schließlich sind wir jetzt beinahe ein Jahr hier. Und er ist ohne jeden Zweifel unser Zuhause.

Aber Mutter ist einsam. Sie vermisst Tante Nina so sehr, dass sie Kontakt zu Tante Sheila aufnimmt. Tante Sheila ist so bestürzt über Lucas, dass sie Helena vergibt. Mutter und Sheila erneuern schon bald ihre alte Freundschaft. Sie gehen zusammen einkaufen, ins Theater, trinken an schönen Sommerabenden zusammen Gin Orange. Mutter wird wieder in ihren alten Freundeskreis aufgenommen, da sich die Situation nun ein bisschen anders darstellt. Und es liegt nicht nur daran, dass Lucas und Nina jetzt fort sind, weshalb sich die Dinge verändert haben. Bernie hat dafür gesorgt.

Er ist mal wieder in seine alten Fehler verfallen. Was bedeutet, dass Helena nicht mehr länger das Flittchen ist, für das Sheila sie gehalten ist. Es ist sehr viel wahrscheinlicher, dass Bernie die Schuld trägt.

»Du konntest nichts dafür, Helena. Es war dieser verdammte Bernard. Er ist jetzt bei dieser Waliserin eingezogen, die den Antiquitätenladen in St. Mary hat.«

»Ich weiß, hab ich gehört.«

»Sie kann ihn meinetwegen geschenkt haben.«

»Sie wird ihn schon bald satthaben.«

»Er soll bloß nicht zu mir zurückgekrochen kommen, wenn es so weit ist.«

Sheila schaut des Öfteren im Laden vorbei, um sich die *Western Morning News* oder ein Päckchen extrastarke Minzpastillen zu holen – ein Vorwand für ein Tässchen Tee und einen Schwatz mit Helena. Wenn Helena nicht da

ist, ist Bob froh über die Gelegenheit und setzt das Teewasser auf.

»Nehmen Sie Zucker, Mrs. Siney?«

»Ich sollte es eigentlich nicht.« Sie tätschelt ihren
Bauch. »Und bitte nennen Sie mich Sheila.«

»Was das angeht, müssen Sie sich wirklich keine Sorgen
machen, Sheila«, sagt Bob, der alte Charmebolzen.

Und Sheila kichert auf eine Weise, dass mein Herzschlag für einen langen Moment aussetzt. Meine Hoffnungen werden vor meinen Augen zunichtegemacht.

Als eines Tages ein anderer Mann in den Laden tritt –
und in Mutters Leben –, wird das letzte Fünkchen Hoffnung, das ich noch hatte, für immer zunichtegemacht.

Jetzt kann ich wieder zu Toni gehen, um mit ihr zu spielen. Aber die Dinge haben sich auch dort geändert. Toni
ist zu alt, um Pony zu spielen. Sie schließt jetzt lieber die
Tür ihres Zimmers ab und übt sich gemeinsam mit ihren
Freundinnen vom Gymnasium in Schminktechniken. Ich
erhalte Zutritt ins Allerheiligste, aber nicht etwa, weil ich
zu den wenigen Auserwählten gehöre, sondern weil sie an
mir üben wollen. Ich verkörpere einen Mädchentraum.
Gehe mit glitzerndem Lidschatten und so roten Wangen
nach Hause, dass es nur noch mit Mutters Ellenbogen-
fettcreme heruntergeht (inklusive einer ganzen Haut-
schicht).

Ich *muss* nicht mehr wie früher samstagmorgens zu
Tante Sheila, aber ich bin gern in ihrem Haus, wenn sich
dort all diese Teenager herumdrücken. Es kümmert mich
nicht weiter, dass sich Terry und seine langhaarigen
Freunde in Bernies Doppelgarage treffen (in der nie irgendwelche Autos stehen). Angeblich spielen sie dort

Darts und Billard, aber in Wahrheit rauchen und fluchen sie und kichern über Bräute. Manchmal, wenn sie für ein Match einen Mann zu wenig haben, lassen sie mich mitspielen, doch nur, weil sie dann selbst gut dastehen. Aber ich verbringe meine Zeit ohnehin lieber damit, Toni und ihre kultivierten Freundinnen zu beobachten, die so tun, als seien sie Pan's People aus *Top of the Pops*. Sie tragen dann fließende Nachthemden und springen in geübten Formationen und mit wunderlichen Gesichtsausdrücken durch Sheilas Wohnzimmer. Ich bin gern dort inmitten des wuseligen Treibens. Ich bin gern dort, weil ich dann vergessen kann, dass ich Lucas nicht mehr habe. Obwohl es da natürlich noch Wink gibt.

Zur Erinnerung: Wink ist Bobs Nachbarin. Sie lebt allein, zwei Türen weiter vom Laden. Ihr Mann, Mr. Gracie, ist schon vor langer Zeit gestorben. Auf ihrem Schwarzweiß-Fernseher steht ein silbergerahmtes Foto von ihm. Eines Tages erwischt sie mich dabei, wie ich es betrachte.

»Keine Sorge, Liebelein«, sagte sie. »Ich bin nicht einsam. Ich habe meinen Captain.« Sie deutet mit dem Stock auf ihren Papagei, der oben auf dem Fernseher hockt – ihre drei wertvollsten Schätze ganz eng beisammen.

»Und vergiss Bruce nicht«, erinnere ich sie.

»Nein, mein Engel«, sagt sie. »Wie könnte ich Bruce vergessen?«

Wink hat eine kleine Schwäche: Sie ist süchtig nach einer neuen Spielshow der BBC, die von Bruce Forsyth und der reizenden Anthea Redfern (ein Mädchen von hier, das es zu etwas gebracht hat) moderiert wird. Es ist eine Familienshow, und ich sehe sie mir samstagabends immer gemeinsam mit Wink an. In der Regel kommen auch

Mutter und Bob vorbei, und wir essen Fisch mit Pommes von Tellern, die wir in Winks Wohnzimmer auf dem Schoß balancieren.

Winks Wohnzimmer stinkt nach Vogelscheiße, aber man gewöhnt sich rasch daran. Anfangs dachte ich, ich müsste mich übergeben, als ich durch die Tür trat. Mir blieb nichts anderes übrig, als mein Essen in Essig und Ketchup zu ertränken, um meine Sinne zu betäuben.

»Das ist nicht Winks Schuld«, erklärte mir Mutter beim ersten Mal, als Wink sich in die Küche quälte, um uns einen Tee zu kochen. »Sie kann nicht mehr so, wie sie möchte. Sauber machen ist schwierig für sie.«

Wir duckten uns, als Captain – wie um zu beweisen, dass sie recht hatte – über unsere Köpfe hinwegschoss und dabei einen dicken Klatscher Vogeldreck auf dem Bildschirm hinterließ, der Frank Boughs Gesicht mit einer Kriegsbemalung bedeckte.

Jetzt kann ich Captain kaum noch riechen. Ich bin viel zu sehr damit beschäftigt, ihm neue Sätze beizubringen wie: »Ich bin hier der Boss.« Es war nicht leicht. Er zog es vor, an seinen bewährten Sprüchen festzuhalten wie »Scheiß Möwen« und »Ruhig Blut«.

»Lass ihm etwas Zeit«, sagt Wink. »Er muss in der richtigen Stimmung sein.«

Inzwischen gehören der Fisch mit Pommes vom Imbiss und *The Generation Game,* das »Generationenspiel«, zu unserer samstäglichen Routine. Ich fange sogar langsam an, mich darauf zu freuen. Ich verspüre eine Zuneigung für Wink, die begann, als sie einen Schal für Lucas gestrickt hat, und wuchs, als sie mit ihrem lahmen Bein in den Gang hinausgestreckt in der Kirche saß und ihr Tränen über ihre allzu stark geschminkten Wangen liefen.

(Vielleicht hatte Toni auch an ihr geübt?) Sie gehört zu diesen Leuten, die man einfach mögen muss, egal wie ihre Wohnung auch riecht. Sie ist eine Überlebenskünstlerin, die sich mit ihrer Zähigkeit und Liebenswürdigkeit durchschlägt, so dass sie, obwohl sie verwitwet und behindert ist, ziemlich gut über die Runden kommt. Selbst Helena hat sie ins Herz geschlossen. Es ist eine merkwürdige Freundschaft, da Wink weder Interesse an Mode hat, noch in der Lage ist, bei jeder sich bietenden Gelegenheit einkaufen zu gehen, aber sie ist auf eine Weise freundlich zu Helena, die sie möglicherweise an ihre eigene Mutter erinnert. (Obwohl diese als Richtergattin wohl kaum allzu begeistert von dem Vergleich gewesen wäre, da Wink eine Vorstrafe wegen Ruhestörung hat, von der sie mir eines Tages, wenn ich alt genug bin, erzählen will. Ich hoffe nur, dass Wink es noch erleben wird, dass ich alt genug bin, da diese Krankheit, die sie hat, ein ziemliches Mistding ist.)

Man bemerkt die Veränderungen nicht wirklich, weil sie so schleichend vonstattengehen, aber wenn man genauer darüber nachdenken würde, würde man feststellen, dass Wink immer weniger tut. Dass sie begonnen hat, Mutter oder Bob dazu zu bringen, das Teewasser aufzusetzen oder Einkäufe für sie zu erledigen.

Wink bringt mich auch dazu, Dinge für sie zu tun.

»Deck Captains Käfig ab«, sagt sie an einem Samstag zu mir. »Es ist beinahe Zeit für Bruce.«

Also lange ich mit der Reisedecke bewaffnet hinauf und tauche Captain in Finsternis. Wir alle wissen, was passiert, wenn wir es nicht tun. Sobald Bruce auftaucht und *Leben lautet die Devise* anstimmt, fliegen die Federn, und ein Gekreische, das dem Schreien eines Neugeborenen gleicht und das man unmöglich ignorieren kann, ertönt. Captain teilt Winks Liebe zu Bruce ganz und gar nicht. Wahrscheinlich ist er eifersüchtig.

Heute Abend sind nur Wink, Bob und ich da (und natürlich Captain, Bruce und Anthea). Helena ist mit Tante Sheila ins Kino gegangen, um sich *Der Untergang der Poseidon* anzusehen. Vorher haben sie sich noch zu einem frühen Abendessen im (welch eine Ironie!) Berni Inn verabredet. Als Bob den Fisch und die Pommes hereinträgt, spielen die Kandidaten zur Begeisterung des Publikums Tellerdrehen. Wink und ich lachen uns schief, als die Teller zu Boden krachen. Das Programm rast auf gewohnte Weise dahin, und bald schon sitzen wir in gespannter Erwartung des Finales da.

»Ich wäre so gern als Kandidatin dabei, Philippa«, sagt Wink. »Gott, was gäbe ich dafür, wenn ich dort sitzen dürfte.«

Ich muss ihr zustimmen. Es ist der Gipfel der Kultiviertheit – die Musik, die Spannung, die wundervollen Elektroartikel, die aus einem idealen Heim der Zukunft zu stammen scheinen. Aber während wir die Namen der Dinge rufen, die wir uns gemerkt haben – Fondue-Set! Kosmetikkoffer! Picknickkorb! –, ist da auch dieses nagende Gefühl, das der gespannten Erwartung den Glanz nimmt und ihn in Staub verwandelt.

Werde ich jemals in einem idealen Heim leben? Was ist ein ideales Heim?

Ich dachte, Sheila und Bernie hätten es, aber wie sich herausstellte, war ihr angeblich stabiles Fundament auf nichts anderes als Sand gebaut.

Ich bin mittlerweile alt genug, um allein von der Schule nach Hause zu laufen. Manchmal stelle ich mir vor, dass Lucas an meiner Seite ist, wenn ich die vertraute Strecke mit Ranzen und Schulbeutel beladen entlangtrotte. Aber meistens genieße ich einfach das Gefühl der Freiheit, nachdem ich einen Tag lang mit meiner neuen Lehrerin, Miss Turnbull, eingesperrt war. Die Ladenglocke läutet immer auf die gleiche halbherzige Weise, wenn ich zur Tür hineinpurzele und in meiner zerknitterten Uniform wie ein ungemachtes Bett aussehe. Und da ist Mutter, so adrett wie eine glatt gezogene Tagesdecke, und ihr Gesicht trägt einen überraschten Ausdruck, als hätte sie ganz vergessen, dass sie eine Tochter hat.

Heute ist Mutter nicht da. Bob wird von Tante Sheila unterstützt, die sagt, sie habe die Ärmel hochgekrempelt, um ihm eine helfende Hand zu reichen, womit es ihr gelungen ist, gleich eine doppelte Phrasendrescherei in einem einzigen Satz zu betreiben. Miss Turnbull, oder Miss Mottenkugel, wie wir sie getauft haben, hätte das gefallen, denn sie liebt Phrasendrescherei und ermutigt uns immer wieder, sie zu jeder sich bietenden Gelegenheit zum Zwecke der Zeitersparnis zu nutzen. (Sie hat es nicht so mit der Phantasie.)

»Wo ist Mutter?«, frage ich.

Sheila wirft einen verdächtigen Blick zu Bob hinüber, der sich umdreht und an den Schachteln mit den Panini-Aufklebern herumfummelt.

»Sie ist nur mal kurz weg, Schätzchen«, sagt Sheila fröhlich.

»Wohin?«

»In die Stadt.«

»Mit wem?« (Aber ich weiß bereits, mit wem. Ich weiß es einfach.)

»Mit einem Herrn«, sagt sie.

»Einem Herrn?«

»Ja, aus Kanada. Er verbringt seinen Urlaub hier.«

Kanada. Ich weiß einiges über Kanada. Es ist ein großer pinkfarbener Fleck in Lucas' Atlas, den Tante Nina mir zusammen mit seinem Flaggenbuch dagelassen hat. Daher weiß ich auch, dass die kanadische Flagge rot und weiß ist mit einem großen Blatt darauf. Und ich weiß, dass kanadische Polizisten auf Pferden reiten und lustige Hosen tragen. Es gibt dort auch Grizzlybären und Waschbären und Indianer und Ahornsirup und jede Menge Berge und riesige Seen und einen gigantischen Wasserfall, der ein so lautes Tosen von sich gibt, dass man keinen klaren Gedanken fassen kann. Wieso sollte jemand ein solches Land verlassen und in seinem Urlaub nach Torquay kommen? (Selbst wenn wir Palmen und Agatha Christie haben.)

»Ist es der große Mann?«, frage ich, um sicherzugehen. »Der, der diese französischen Zigaretten raucht?«

»Ja, man könnte ihn wohl als recht groß beschreiben«, erwidert Bob, der sich wieder umdreht und seine ganzen ein Meter sechsundsiebzig Komma fünf reckt. »Und ja, er scheint zu glauben, dass er Sacha Distel ist. Dabei ist er noch nicht mal Frankokanadier. Er ist der Ansicht, dass seine Familie aus der Gegend um Torquay stammt.«

Hatte ich es mir doch gedacht. Ich kenne diesen Kanadier. Ich habe ihn vor ein paar Tagen zum ersten Mal gesehen, als er in den Laden kam, um eine Postkarte zu kaufen, die er seiner Familie zu Hause in Labrador schicken wollte. Groß und dunkel und gutaussehend. Und er hatte meiner Mutter ein Lächeln zugeworfen, wie diese es schon lange Zeit nicht mehr gesehen hatte. Bob versucht schon seit zwei Jahren, ihr ein solches Lächeln zu schenken, aber es will ihm einfach nicht gelingen. Mutter hat keine Ahnung, dass Bob in sie verliebt ist. Oder zumindest tut sie so, als habe sie keine Ahnung. Bob würde für sie bis ans Ende der Welt und wieder zurück marschieren, aber sie lässt sich nicht einmal auf einen Spaziergang mit ihm entlang der Strandpromenade ein, damit die Leute keinen falschen Eindruck gewinnen. Das wäre zwar genau der Eindruck, der Bob vorschwebt, aber Mutter kann es sich einfach nicht vorstellen. Obwohl er uns aufgenommen hat, als wir wieder einmal kein Dach über dem Kopf hatten, obwohl er sich um mich kümmert und mir Fußballspielen beibringt und obwohl er Mutter mit jedem einzelnen seiner zusammengewürfelten Teile liebt, kann sie es sich nicht vorstellen. Sie sieht nur die kahle Stelle auf seinem Kopf und die schlabbrigen Strickjacken. Sie sieht nur, dass Bob Bob ist, und das war's. Sie werden niemals mehr sein als Partner bei ihrem Tanz im Laden.

Und jetzt ist da dieser Kanadier. Und Tante Sheila.

»Mach nicht so ein Gesicht, Philippa«, sagt Tante Sheila. »Hier, ich spendiere dir ein Orange Maid. Du siehst ziemlich sauer aus.«

Sie steckt ihren Arm in die Tiefkühltruhe und holt mein Lieblingseis hervor. Schon allein deshalb bin ich froh, dass Mutter und sie wieder Freundinnen sind. Aber all meine Hoffnungen, dass Bob mein neuer Dad werden könnte, sind den Bach runtergegangen (eine von Winks Lieblingswendungen – vielleicht sollte ich versuchen, sie in eine meiner Geschichten einzubauen, um zu sehen, was Miss Mottenkugel davon hält).

Der Kanadier wollte eigentlich nur drei Tage in Torquay bleiben, hat seinen Urlaub aber auf drei Wochen verlängert. Er ist im Auftrag seiner Mutter hierhergekommen, für die er so etwas wie Ahnenforschung betreibt. Sie lebt auf der östlichen Spitze der Insel Neufundland (nächster Halt die Britischen Inseln). Er soll versuchen, irgendwo eine Verbindung zu finden. In dieser Zeit haben er und meine Mutter sich jeden Tag gesehen, und sie hat viel über ihn herausgefunden, was sie Bob und Sheila weitererzählt (und mir auch, denn ich höre heimlich hinter der Tür mit).

Der Kanadier heißt Orville Tupper und ist weder ein Farmer noch ein Mountie, wie ich es erwartet hatte, sondern ein Dressman, der von seiner Insel weggezogen ist und den Sankt-Lorenz-Golf überquert hat, um sich in der Großstadt Toronto auf den langen, langen Weg zu Ruhm und Reichtum zu begeben. Es war ein schwieriger Weg voller Widrigkeiten in Form von Rückschlägen und Enttäuschungen, weshalb Orville Tupper bislang noch nicht die Art von Dressman geworden ist, der auf geheimnisvolle Weise posiert und die Frauen in Verzückung geraten lässt, aber Tante Sheila ist dennoch beeindruckt.

»Oh, und was hat er bisher so gemacht?«, fragt sie und glüht förmlich angesichts der Aussicht auf etwas Glamour in ihrem Leben.

»Werbung oder so«, erwidert Helena wegwerfend.

Aber Sheila lässt sich nicht so leicht abbringen. »Wofür denn?«, hakt sie nach. »Wofür?«

»Für Vicks Sinex«, sagt Helena.

(Ein Nasenspray?) Aber vielleicht habe ich mich auch verhört, da sie es so leise murmelt, dass ich es hinter der Tür kaum verstehen kann, und außerdem in dem Moment im Laden die Türglocke ertönt.

Ich verlasse das Hinterzimmer und geselle mich zu Bob und Sheila hinter den Tresen. Wir drei stehen da und sehen Orville Tupper in seinem cremefarbenen Anzug und seinem Panama-Hut an.

»Guten Morgen.« Er nickt seinem Empfangskomitee zu, bevor er sich dazu zwingt, mich kurz mit einer besonderen Aufmerksamkeit zu würdigen. »Wie geht's, Kleine?«

Er nennt mich »Kleine«, um Helena zu beeindrucken, aber in Wahrheit kann er sich nicht an meinen Namen erinnern. Er wartet gar nicht erst auf meine Antwort, sondern wendet sich gleich meiner Mutter zu.

»Bist du so weit, Helena?«, fragt er und hält ihr seinen muskelbepackten Arm hin, als sei sie plötzlich nicht mehr imstande zu laufen – was angesichts ihrer neuen fünfzehn Zentimeter hohen Absätze durchaus im Bereich des Möglichen liegt. (Wo bekommt sie nur immer das Geld her?)

Mutter bläst den Rauch ihrer Zigarette aus, frischt ihren Lippenstift auf und sagt mit ihrer schönsten Stimme: »Ja, Orville, ich bin so weit«, und hakt sich bei ihm unter.

»Dann lass uns verduften«, sagt er. Und fügt hinzu: »Bis dann, Kleine.«

Aber er sieht mich gar nicht an, als er es sagt. Er ist nur an einer Person interessiert, und das ist Mutter.

»Philippa«, flüstere ich. »Mein Name ist Philippa.«

Aber es ist zu spät. Sie sind schon fort.

Trotz der pharmazeutischen Wendung, die sein beruflicher Weg genommen hat, achtet Orville auf sein Äußeres – anders als Bob, der glaubt, sich mit dem Kamm durchs Haar zu fahren und die Strickjacke zuzuknöpfen, sei in Bezug auf die männliche Körperpflege das Höchste der Gefühle. Aber zusehen zu müssen, wie Orville Tupper jeden Morgen und jeden Abend in seinen Laden stolziert, veranlasst Bob dazu, einen langen Blick in den Badezimmerspiegel zu werfen. An dem Tag, an dem Bob den Laden früher schließt, fährt er kurzerhand nach Exeter und blättert Geld für eine Lederjacke hin. Und beginnt noch am selben Abend, sich Koteletten wachsen zu lassen. Er hätte vielleicht noch etwas länger in diesen Spiegel schauen sollen, denn nun sieht er aus wie ein zwielichtiger Privatdetektiv – und davon gibt es jede Menge im Fernsehen, in allen Formen und Größen. Aber keiner sieht so verwahrlost aus oder ist so herzensgut wie Bob. Nicht etwa, dass es eine Rolle spielen würde, denn Helena hat nur Augen für Orville.

Daher wendet Bob seine Aufmerksamkeit Sheila zu, die geduldig auf ihre Chance wartet.

Sheila ist nur allzu froh über Bobs Aufmerksamkeit, da es schon eine ganze Weile her ist, seit Bernie ihr die seine geschenkt hat. Sie hat niemals vergessen, was es heißt, eine Frau zu sein, und kleidet sich immer entsprechend in Kleider und Röcke und Blusen – das Beste und Feinste, was St. Michael zu bieten hat. Dies ist teilweise der Grund, warum sich Mutter gleich zu Sheila hingezogen fühlte, auch wenn Sheila nicht gerade in Tante Ninas Stil-Liga spielt. Aber Sheila ist das Beste, worauf Bob hoffen kann. Und so entwickelt sich zwischen den beiden auch eine Art Partnerschaft – eine Kameradschaft mit einem Schuss Romantik, gerade genug, um beiden das Gefühl zu geben, real zu sein. Damit beide nicht von der nächsten Windböe fortgeweht werden.

In den kommenden zwei Wochen, während Helena und Orville miteinander turteln (wo genau, weiß ich nicht, denn sie wollen mich nie dabeihaben, da ich ein ziemlicher Lustkiller bin), wursteln Bob und Sheila vor sich hin, ein wenig linkisch, ein wenig unbeholfen, doch mit einem Mal wieder sehr quicklebendig. (Eine grässliche Peinlichkeit für Toni und Terry, die den Gedanken nicht ertragen, dass ihre Mutter die gleichen Hormonwallungen hat wie sie.) Das geht so lange, bis die Waliserin aus dem Antiquitätenladen in St. Mary im Zeitschriftenladen auftaucht. Bob stellt gerade Sheilas Tasse auf den Tresen, während sie die Fahnen für die Sandburgen auszeichnet. (Lucas hätte seinen Spaß an einer Schachtel davon gehabt.)

»Es ist wegen Bernie«, sagt die Frau. »Er ist im Krankenhaus.« Und als sie Sheilas Gesicht sieht, fügt sie hinzu: »Keine Sorge, er ist nicht tot – aber es war verdammt knapp. Ein Herzinfarkt. Ein schwerer noch dazu.« Sie hält einen Moment inne, lässt die Neuigkeit richtig ankommen, wirft einen verstohlenen Blick zu den Zeitschriftenständern hinüber. »Er liegt im Torbay Hospital, und er hat nach Ihnen gefragt«, fährt sie fort. »Und ganz ehrlich gesagt, er braucht Sie mehr als mich. Er braucht seine Familie.« Sie geht auf die Tür zu, aber bevor sie den Laden verlässt, dreht sie sich noch einmal um und sagt: »Das Ganze ist ein bisschen unangenehm, wissen Sie. Ich gehe wieder zurück nach Cardiff, zurück in die Tiger Bay. Ich habe genug von all dem hier. Tut mir leid. Es war ein Fehler.«

Mit diesen Worten verschwindet sie, und die Türglocke verkündet halbherzig ihren Abgang.

Ich mag Orville Tupper nicht. Er bemerkt mich gar nicht, macht sich selten die Mühe, aus seiner schwindelerregenden Höhe auf das Land hinabzublicken, wo ich lebe. Ich habe nicht die kleinste Bedeutung für ihn. Und für Helena offenbar auch nicht, denn als ich an einem späten Samstagnachmittag vom Friedhof zurückkehre und auf meine gewohnte Weise zur Tür hineinpurzele, ist Helena nicht da. Sie ist fort. Verschwunden. Verduftet.

Ich rufe die Treppe hinauf. Ich sehe in ihrem Zimmer nach, das neben meinem liegt. Es ist sehr aufgeräumt, was ungewöhnlich ist, und ich erkenne sofort, dass sie nicht hier ist. Ich sehe sogar in Bobs Zimmer oben im Dachgeschoss nach, wohin er nach unserem Einzug übergesiedelt ist, damit wir unser eigenes Stockwerk haben. Da ist eine umfangreiche Sammlung von Strickjacken in seinem Kleiderschrank, aber keine Spur von meiner Mutter.

Sie ist fort. Aber sie hat sich nicht verlaufen. Ist noch nicht einmal verlorengegangen. Sie ist davongeflogen, aber nicht etwa auf einer Wolke in den Himmel wie Lucas, sondern in einer Boeing 747 nach Kanada, wenn man Bob glauben darf, der einer Siebenjährigen diese Nachricht beibringen muss.

»Vielleicht wurde sie ja von Orville Tupper entführt?«, sage ich hoffnungsvoll.

Doch Bob erwidert nichts darauf, was mir alles sagt. Stattdessen tätschelt er mir sanft den Kopf und reicht mir ein Päckchen Opal Fruits. Aber mir ist nicht danach zumute, sie zu essen.

Ich werde niemals wieder Vicks Sinex kaufen. In meinem ganzen Leben nicht. Egal wie verstopft und verschnupft meine Nase auch sein mag. Ich will nicht an diesen Mann erinnert werden, der mir meine Mutter gestohlen hat.

Sie haben uns in einen Nebenraum verlegt. Um uns etwas Ruhe und Frieden zu verschaffen, denn es herrscht Chaos auf der Station. Zu viele Brüste und Babys und verwirrt dreinblickende Männer. Und ich bin eine alte Mutter. Alt.

»Dürfen wir bitte nach Hause?«, flehe ich Fran an.

»Alles zu seiner Zeit«, erwidert sie, bevor sie selbst nach Hause geht, um ihren wohlverdienten Schlaf zu bekommen. (Was ist mit meinem Schlaf, verdiene ich denn keinen?)

Und jetzt ist er hier. Draußen auf dem Flur. Ich kann hören, wie er auf dem Linoleum auf und ab geht. Seine Schritte quietschen wie ein verletztes Tier. Ich weiß, dass er es ist, auch wenn ich ihn noch nicht zu Gesicht bekommen habe. Eine mir unbekannte, von Fran instruierte Schwester steckt ihren Kopf zur Tür herein, um mir mitzuteilen, dass mein Ehemann mit einem Teddybär aufgekreuzt sei. Ja, mit einem Teddybär. Für dich. Aber so leicht wird er mich nicht rumkriegen. Ich werde mich nicht bestechen lassen.

Diese Bezeichnung, dieses Etikett – »Ehemann« – verbindet Adrian auf eine Weise mit mir, dass mir übel wird. All die Bilder, die dieses Wort heraufbeschwört, überschlagen sich in meinem Magen, brausen durch mein Blut, verleihen meiner Milch einen leicht widerlichen Geschmack, so dass ich panische Angst habe, dass du sie nun niemals mehr trinken willst.

Zueinander stehen. Wo war er denn, als ich dich aus mir herausgepresst habe? *Dich lieben und ehren.* Wo war er, als er bei mir sein sollte? *Bis dass der Tod uns scheidet.*

Am liebsten würde ich ihn gleich hier und jetzt abmurksen. *Allen anderen entsagen.* Ja, klar.

»Sagen Sie ihm, er soll nach Hause gehen«, blaffe ich die Schwester an, als sie das nächste Mal vorbeischaut.

Sie schenkt mir ein engelhaftes, mitfühlendes Lächeln. »Sind Sie sicher?«

»Absolut sicher.«

Also zieht mein Ehemann von dannen. Das Quietschen wird leiser, und dann ertönt das entfernte dumpfe Zuschlagen einer Tür. Er macht sich nicht einmal die Mühe, auch nur den kleinsten Wirbel zu veranstalten.

Ich habe keine Ahnung, wohin er gegangen ist. Gewiss nicht zu uns nach Hause. Aber ich habe ja dich, und du bist da zu Hause, wo ich bin.

KAPITEL 7

1972

Heutzutage wäre ich wohl ein Fall für das Jugendamt geworden und in eine Pflegefamilie mit einem Haufen anderer verlassener Kinder gekommen. Aber das steht nicht zur Debatte. Ich bleibe im Laden bei Bob. Keiner von uns glaubt daran, dass diese Regelung ewig dauern wird. Helena wird zurückkommen und irgendwann, in naher Zukunft schon, wieder ihren rechtmäßigen Platz hinter dem Tresen einnehmen. Vielleicht ist sie nur in Urlaub gefahren und hat es in all dem Durcheinander, das beim Packen und Organisieren einer Auslandsreise herrscht, schlichtweg vergessen, es zu erwähnen. Vielleicht wird sie mir eine Postkarte eines hoch zu Ross sitzenden Mounties schicken oder mich bei ihrer Rückkehr mit einer Waschbärschwanzmütze (à la Davy Crockett) überraschen.

Aber es ist keine Postkarte, die durch den Briefkasten im Laden auf die Embassy-Fußmatte fällt. Es ist ein Luftpostbrief mit einer Reihe von Briefmarken, für die Lucas mit Freuden sein Taschengeld ausgegeben hätte. Der Brief trifft an einem Samstagmorgen, einige Wochen nach Helenas Verschwinden, ein. Ich will mich gerade auf den Weg zu Tante Sheila machen, als der Briefträger ihn mir so vorsichtig überreicht, dass ich mich frage, ob es sich womöglich um eine Briefbombe handelt. Auf der Vorderseite steht in Helenas Schulmädchenschrift mein Name (die sehr viel ordentlicher ist als meine Schulmädchenschrift, da sie in ihrem Internat in Wales mehrere Stunden pro Tag mit Üben verbracht hat, während sich Miss Mottenkugel nicht die Mühe macht, darauf zu achten, dass wir ordentlich schreiben, solange wir nur leise dabei sind). Behutsam öffne ich den Brief und falte das Blatt auseinander, das so hauchdünn ist wie Seidenpapier und einen Dufthauch von Helenas Parfüm-Zigarettenrauch-Mischung mit sich bringt.

Meine Lesekünste haben gelitten, seit ich nicht mehr in den Genuss von Lucas' Unterricht komme. Daher reiche ich den Brief an Bob weiter, der in der Nähe herumschleicht und einige Dosen Tic Tac auf ihrem Ständer hin- und herschiebt. Er räuspert sich auf dramatische Art und Weise (und es ist definitiv ein dramatischer Moment, denn meine Zukunft hängt inmitten der Tüten mit Lutschern und Knisterbrause und der *Daily Mails* in der Schwebe), um dann zu beginnen:

Liebe Philippa,
ich hoffe, es geht dir gut und du bist ein braves Mädchen. Es tut mir leid, dass ich mich nicht von dir verabschiedet habe. Orville hat mich gefragt, ob ich ihn heiraten möchte, und ich habe ja gesagt. Im Moment ist für dich kein Platz in der Eigentumswohnung in Toronto. Er ist sehr beschäftigt mit seiner Arbeit, und ich bin auf der Suche nach einer Stelle, damit wir eine größere Wohnung kaufen können, in der auch für dich Platz sein wird. Ich glaube, du bist im Augenblick im Laden besser aufgehoben. Du kannst zur Schule gehen und dich mit deinen alten Freunden treffen, und Bob ist der beste Vater, den du dir wünschen kannst.

(An dieser Stelle versagt Bob die Stimme, und er muss sich die Nase putzen.)

Bitte sei nicht böse auf deine Mummy.
In Liebe,
Helena

Und da haben wir es. Die Wahrheit ist in diesem Namen zu finden. Helena. Ich begreife, dass sie ebenso durcheinander ist wie ich. Sie ist nie mit Leib und Seele Mutter gewesen. Ein großer Teil von ihr ist immer Helena geblieben. Und das ist der Teil, den sie nun in Orville Tuppers kleiner Eigentumswohnung in Toronto lebt, während sie den Mummy-Teil auf Armeslänge entfernt hält. Auf der anderen Seite des Ozeans.

Bob schenkt mir dieses Lächeln, das seine Wirkung auf meine Mutter immer verfehlt hat.

»Sie dachte, sie tut das Richtige für dich«, sagt er. »Sie dachte, du seist bei mir besser aufgehoben.«

Er sieht so verwirrt aus, wie ich mich fühle, und seine Hände gleiten suchend in die Taschen seiner schlabbrigen Strickjacke, als könne er dort Antworten finden. Aber irgendwo tief in meinem Inneren kehrt dieses nagende Gefühl zurück. Vielleicht bin ich bei Bob wirklich besser aufgehoben.

Bernie tanzt nicht mehr aus der Reihe, seit ihn sein schwaches Herz, das in seinen Schürzenjägertagen einmal zu viel überanstrengt wurde, zum Invaliden gemacht hat. Er kann nun den Angelegenheiten in seiner näheren Umgebung mehr Beachtung schenken, und das schließt auch die Frage ein, warum sämtliche Bambusrohre aus seinem verwahrlosten Gewächshaus verschwunden sind. Heutzutage traut er sich nicht mehr, sich anzustrengen. Er traut sich nicht mehr, etwas Strapaziöseres zu tun, als ein bisschen im Garten herumzuwerkeln, das Unkraut im Steingarten zu jäten und die Rosen zurückzuschneiden. Er hat den Gebrauchtwarenhandel aufgegeben. Es gab eine Feier, als er in Rente ging, die (passenderweise) im Berni Inn stattfand, wo Männer mit beschmierten Krawatten lahme Witze über kaputte Pumpen und defekte Anlasser rissen. Aber die größte Veränderung in seinem Lebensstil ist das Meiden von Frauen. An der Schwelle zu seinem zwanzigsten Hochzeitstag hat er zu guter Letzt doch noch allen anderen entsagt.

Sheila möchte Bob allerdings nicht aufgeben. Sie sehnt sich immer noch nach ihm, nach seinem guten Herzen und seinem liebenswerten Lächeln, das sich als wirkungslos erwies, wenn er es der wahren Frau seiner Träume schenkte (Helena/Mummy). Sheila kommt wie früher unter dem Vorwand in den Laden, eine *Western Morning News* oder ein Päckchen extrastarke Minzpastillen kaufen zu wollen, aber in Wirklichkeit möchte sie mit Bob zusammen sein, nach mir sehen und ein Auge auf Patty haben.

Patty ist eine Schulabgängerin, die Bob an Land gezogen hat, damit sie sich die Ärmel hochkrempelt und ihm eine helfende Hand reicht, auch wenn Patty dies für einen armseligen Lohn tut, den sie für Klamotten und Schminke ausgibt. Es sind die Klamotten und die Schminke, die Sheila Sorgen bereiten, denn wenn Patty damit ausstaffiert ist, kann man sie (zu Tonis großem Verdruss) leicht mit einem Mitglied der Pan's People verwechseln. Patty hat so lange Beine wie eine Giraffe und das Lächeln von

Marie Osmond. Sheila hätte sich aber gar keine Sorgen machen müssen. Denn Bob ist gänzlich blind gegenüber Pattys Reizen. Er ist einfach erleichtert, eine billige, tüchtige Arbeitskraft zu haben. Und was mich betrifft, so ist Patty eine weitere heißersehnte große Schwester, was auch gut ist, da ich die andere (gemeint ist natürlich Toni) leider bald verlieren werde. Ihre vielen Ballettstunden haben dazu geführt, dass man sie an der Royal Ballet School angenommen hat. Sie wird nächste Woche nach London abreisen (die Glückliche).

Ich bin zu einer letzten Einkaufstour zu *Tip Taps* eingeladen, einem Geschäft für Tanzbedarf in Paignton. Es ist ein kleiner Laden, vollgepackt mit rosafarbenen Strumpfhosen und Trikots in allen nur erdenklichen Farben. Einige der Kostüme scheinen hier bereits seit der Vorkriegszeit zu hängen. Der ältere Herr, dem *Tip Taps* gehört, entspricht mit seinem gedrungenen Körperbau, seinen Dennis-Healey-Augenbrauen, seinem Schnauzbart und seinem Harris Tweed nicht im mindesten der Vorstellung, die man von einem Tänzer hat. Er erweckt vielmehr den Eindruck, als würde er sich eher im Cockpit einer Spitfire zu Hause fühlen. Sheila überreicht ihm die Liste, die man ihr von der Ballettschule zugeschickt hat, und jedes Mal, wenn Toni eine Pirouette drehend aus der Umkleidekabine kommt – ein hauchdünner Vorhang in der Ecke hinter einem Stapel Schuhkartons –, muss Tante Sheila nach einem frischen Taschentuch greifen (sie ist sehr gut vorbereitet), und das Gesicht des älteren Herrn nimmt einen Rotton an wie die Ballettschuhe, die über dem Tresen hängen. Toni ist zur Frau geworden und niemand hat es bemerkt, bis wir in dieser kleinen Ecke von Paignton damit konfrontiert werden. Sie ist eine Frau, und sie wird nach London gehen, und die arme Tante Sheila ist außer sich. Aber ich habe kein Mitleid mit ihr. Ich bin sauer und wütend auf sie, und mich quält der Gedanke, wer sich wohl wegen mir grämen wird, wenn meine Zeit gekommen ist, auf und davon zu gehen. Aber vielleicht bin ich ja auch dafür bestimmt, auf ewig an der Küste zu bleiben.

Zwei Jahre später, und es hat sich wenig geändert (abgesehen davon, dass es einen neuen *Doctor Who* gibt). Ich habe immer noch keine Mutter, bin aber zumindest Teil einer Mädchenclique in der Schule. Ich wurde offiziell in ihren Kreis aufgenommen – wenn ich auch meist an der Peripherie bleibe –, und das vermutlich wohl nur deshalb, weil sie Verstärkung bei ihren Auseinandersetzungen mit den Jungs benötigen, die den Schulhof mit ihrem Fußball und ihrer Spuckerei regieren. Ich bin nicht mehr länger die Freundin des armen Lucas. Irgendwie ist es mir gelungen, Lucas in meine Person aufzunehmen und eine Aura stiller Stärke auszustrahlen, wie er sie besessen hatte. Ich bin Philippa, die »harte Nuss«.

Außerdem bin ich Aufsichtsschülerin der Bibliothek und als solche im Besitz eines Ehrenzeichens. Dies entbehrt nicht einer gewissen Ironie angesichts meiner holperigen Anfänge auf diesem Gebiet, aber die ganze Schwerstarbeit auf dem Friedhof inmitten der Grabsteine muss sich wohl doch ausgezahlt haben, und ich lese endlich wie ein alter Hase. Ich habe so viele Bücher gelesen, dass ich den Kleinen bei ihrer Bücherauswahl helfen kann und sie, wenn möglich, vom B-Bereich (Blyton) fernhalte und sie in die Richtung von *Ein Freund wie Stig* oder *James und der Riesenpfirsich* steuere. Für diejenigen, die

die Kunst des Lesens noch nicht ganz beherrschen, gibt es immer noch weiter unten in der Nähe des undichten Sitzsacks die illustrierten Geschichten von Dr. Seuss.

Ich bin nicht allein mit meinen Pflichten. Miss Parry, die aussieht, als wäre sie in einem früheren Leben eine Tudor-Königin gewesen, ist eine Bibliothekarin, wie sie im Buche steht (haha): Sie ist streng und ruhig und kennt ihre Bücher in- und auswendig. Sie ist gewillt, das Dewey-System mit ihrem Leben zu verteidigen, und wäre durchaus bereit, Andersgläubige auf dem Scheiterhaufen zu verbrennen, um die Bibliotheksregeln aufrechtzuerhalten. Die Bibliotheksregeln – VERBOTEN ist: Reden, Herumrennen, Essen, Trinken – sind in Fettdruck an mehreren markanten Punkten in der kleinen Bibliothek befestigt, so dass niemand, der hier hindurchgeht, so tun kann, als kenne er sie nicht. (Außer natürlich, man kann nicht lesen. In diesem Fall versagen die Regeln für gewöhnlich.)

»Philippa, würdest du dich bitte um den C-Bereich kümmern? Die Erst- und Zweitklässler haben dort wieder einmal gewütet.«

»Jawohl, Miss Parry.« Ich nicke wie ein eifriger Jack Russell. Die Vorstellung kleiner Wilder, die mit blauverschmierten Wangen und nackten Oberkörpern über die gefährlich glatt gebohnerten Dielen der Bibliothek rennen, treibt mich an.

Und ich muss Miss Parry in diesem Fall zustimmen. Die Erst- und Zweitklässler sind eine Schande, wenn es um die korrekte Ablage geht. *Cas* und *Cos* und *Cis* sind völlig durcheinandergeraten.

Und mit einem Mal sehe ich es. *Die Geschichte Kanadas* vom Penguin-Verlag. Während ich durch das Erwachsenenbuch blättere, das irgendwie in die Schulbibliothek gelangt ist, flattert ein einzelnes rotes Ahornblatt aus seinem Einband. Ich spüre, wie mir die Knie weich werden und mir mit einem Mal die Kraft herausgesaugt wird wie beim Abzapfen von Ahornsirup.

»Alles in Ordnung mit dir, Philippa?« Miss Parry kommt auf eine noch nie da gewesene Weise auf mich zugeeilt und legt ihre kühle Hand auf meine Stirn. »Niedriger Blutzucker« lautet ihre überzeugende Diagnose. »Tief durchatmen, Philippa«, ermahnt sie mich, als stehe ein Angriff der Armada bevor. »Nicht bewegen«, befiehlt sie, und ich muss mich auf den einzig wirklich bequemen Stuhl der Bibliothek setzen. »Ich bin gleich wieder da.«

Sie verschwindet, ich bleibe mit meinem Kopf auf den Knien allein zurück und lausche den entfernten dumpfen Geräuschen von Kindern, die zum Spielen hinausgelassen werden, kleine Füße, die einem Sturmtrupp gleich über den Flur und hinaus auf den Asphalt hasten. Das Kreischen von auseinanderstiebenden Möwen. Der Pfiff aus der Pfeife eines Lehrers. Eine schwere Tür, die sich mit Endgültigkeit schließt. Dann sind alle Geräusche verklungen, und ich bin allein in der muffigen Bibliothek, mit dem Geruch von alten Büchern und Bienenwachs. Die Wärme des Stuhls unter meinen Beinen, mein Kopf, die Übelkeit in meinem Magen, ein Schmerz in der Brust, Gefühle in mir drin, die schon so lange vor sich hingluckern, ignoriert und unbenannt, und die nun kurz vor der Explosion stehen. *Kanada ... Orville Tupper ... Helena.*

»Setz dich wieder aufrecht hin, Philippa«, ruft Miss Parry quer durch den Raum, während sie mit einem halb gefüllten Glas Milch und einem Rich-Tea-Plätzchen auf mich zuhastet, das sie aus einer unbekannten Quelle beschafft hat (und auf einen Schlag gegen all die goldenen Regeln verstößt, das ganze Spektrum des Bibliothekrechts von dieser Tudor-Königin in tausend Stücke geschlagen wird). Nachdem ich an dem Plätzchen geknabbert und einen Schluck von der Milch genommen habe, blicke ich in ihr Gesicht, um zu sehen, ob darin etwas von einer Mutter zu finden ist. Sie fühlt sich augenscheinlich unbehaglich und mustert prüfend ihre Armbanduhr, als habe sie vergessen, wie man die Zeit abliest.

»Vielen Dank, Miss Parry. Jetzt geht es mir wieder besser.«

Ihr Mund verzieht sich zu einem Lächeln, und ihre Kriegsmaske verrutscht und gibt den Blick auf die Frau darunter frei.

»Haben Sie Kinder, Miss Parry?«, frage ich.

Sie ist beinahe ebenso überrascht wie ich über diese Frage.

»Nun, Philippa, nein, um ehrlich zu sein, die habe ich nicht. Mr. Parry ist kurz nach unserer Hochzeit verstorben, musst du wissen, daher habe ich leider keine Kinder.«

Durch diesen Satz lerne ich so viel über Miss Parry. Sie ist genau genommen Mrs. Parry. Sie war einmal verheiratet. Hatte ein ganz anderes Leben. Doch die Liebe ihres Lebens ist gestorben. Sie wollte Kinder, hat aber nie wieder einen Mann getroffen, der sich mit Mr. Parry messen konnte. Und nun wird sie niemals Mutter sein, nicht mit all dem grauen Haar und diesem kriegerischen Ausdruck in den Augen.

»Aber ich habe meine Katzen, Philippa. Und meine Nichten und Neffen. Und euch Kinder.« Während sie dies sagt, ertönt draußen auf dem Schulhof ein weiterer

Pfiff, und eine Woge brandet in Richtung der schweren Eingangstür, die mit der Flut des Sturmtrupps auffliegt. Eine ruhige Unterhaltung ist nicht mehr möglich, und Miss Parry verdreht die Augen. Ich tue es ihr gleich, und sie lächelt.

»Und was ist mit dir, Philippa? Hast du von deiner Mutter gehört?«

Meine Wangen glühen bei der Erwähnung meiner Mutter. Tränen schießen mir in die Augen, doch ich kämpfe gegen sie an, beiße mir auf die Lippe. Miss Parry mag den Körper einer schwachen, kraftlosen Frau haben, aber sie besitzt das Herz und die Nerven einer Bibliothekarin, und es kommt überhaupt nicht in Frage, dass ich mich blamiere, indem ich zu weinen beginne.

»Sie ist in Kanada, Miss Parry. Sie wird mich nachholen, sobald sie eine größere Wohnung gefunden hat.«

»Verstehe«, sagt sie. »Und bist du glücklich in diesem Süßwarenladen?«

Diese Frage hatte mir bisher noch niemand gestellt, daher hole ich einige Male tief Luft, um Zeit zum Nachdenken zu haben. Und ja, ich stelle fest, dass ich dort glücklich bin. Vielleicht nicht vollkommen, aber doch ziemlich glücklich. »Ja, Miss Parry.«

Und da lacht sie. Es ist überraschenderweise ein mädchenhaftes Lachen, und sie bietet mir ein weiteres Plätzchen an. »Aber nicht krümeln, sonst stecken wir in argen Schwierigkeiten.« Sie zwinkert mir zu.

Zehn Minuten später bin ich zurück in der Klasse und sitze eingequetscht neben Christopher Bennett auf dem Teppich, während wir etwas über hohe und tiefe Töne lernen. Ich lausche den Stimmen um mich herum. Der Klang einer Stimme verrät eine Menge über einen Menschen. Die Stimme einer Mutter sollte süß und tröstlich sein wie Himbeermarmelade. Ich kann mich nicht mehr genau an die Stimme meiner Mutter erinnern – da ist lediglich der gelegentliche Widerhall, wenn ich frühmorgens aufwache, so wie man den Schrei der Möwen hört oder die Wellen, die sich an dem roten Strand meiner Stadt brechen. Man muss wirklich genau hinhören. Wink hat eine Stimme, die so klingt, als wäre sie irgendwann in ihrem abwechslungsreichen Leben einmal eine Schwertschluckerin gewesen. Bob hat eine zögerliche Stimme – ein Hüsteln mitten in einer Äußerung, ein eingeschobener Nebensatz, eine Ausstiegsklausel. Mandy Denning hat eine hohe Stimme wie ein Vogelküken. Christopher Bennett besitzt die tiefe, knirschende Stimme eines Komikers, der aus dieser Talentshow *Opportunity Knocks* entsprungen sein könnte. Aber Miss Parry hat die perfekte Stimme, ruhig und kraftvoll und voller Wissen und Tragik. Ich versuche, mich an ihre Abschiedsworte draußen vor der Klassenzimmertür zu erinnern, wo ich sie zurücklassen musste, um hineinzugehen und im Schneidersitz auf dem Teppich zu hocken und den Tumult einer unharmonischen Musikstunde über mich ergehen zu lassen. Ihre Worte lauteten: »Ich bin nur ein paar Stunden in der Woche in der Schule. Um alles zu organisieren, sonst würde hier Chaos herrschen. Komm mich doch einmal in der Stadtbibliothek besuchen, wo ich eigentlich arbeite. Es ist an der Zeit, dass du Mitglied wirst und deinen eigenen Leseausweis bekommst.«

Und dann fällt mir wieder ein, dass Mutter mich dorthin mitgenommen hatte, bevor ich mit der Schule anfing. Als sie sich einmal erzieherisch betätigen wollte. Ich erinnere mich an Susan und Peter und den Hund Pat, die lange vor Ding eins und Ding zwei meine literarische Welt bevölkerten. Aber ich kann mich nicht daran erinnern, ob ich jemals Mitglied gewesen war oder wo mein Leseausweis sein könnte. In einem Versteck? Im Müll? Auf der anderen Seite des Ozeans in einer kleinen Eigentumswohnung in Toronto, verstaut und vergessen in der niemals ganz leeren Handtasche meiner Mutter?

Also folge ich nach der Schule Miss Parrys Vorschlag, während die anderen Kinder für Mr.-Whippy-Eiscreme Schlange stehen. Patty passt auf den Laden auf, während ich Bob mit in die Stadt schleife und wir beide Bibliotheksmitglieder werden. Ich bin außer mir vor Begeisterung, so viele Bücher an einem Ort zu sehen, und nun besitze ich den Schlüssel, um sie alle zu lesen. Und wenn ich ihn drehe, könnte ich möglicherweise den Sinn meines Lebens verstehen. Dann könnte es mir vielleicht gelingen herauszufinden, wie ich meine Mutter zurückbekomme.

2006

Fran ist wieder da mit einem verlegenen Ausdruck im Gesicht, denn sie ist diejenige, die ihn angerufen hat. Darf sie das eigentlich? Sie weiß doch gar nicht, ob er nicht auch ein gewalttätiger Mann ist. Und nicht bloß ein Idiot.

»Er war hier«, teile ich ihr mit.

»Wirklich?«, erwidert sie überrascht. »Das hätte ich nicht gedacht. Also, er klang eher, als wolle er Ihnen etwas Freiraum lassen.«

»Dafür würde nicht mal der Pazifische Ozean ausreichen.«

»Oje!«, sagte Fran. »Was ist denn passiert? Ich dachte, das Baby würde einen Waffenstillstand bewirken.«

»Gar nichts ist passiert. Ich habe ihn nicht gesehen. Wir haben ihn nicht gesehen. Ich habe ihm gesagt, dass er wieder verschwinden soll. Nun ja, die Schwester hat es ihm von mir ausgerichtet. Ich hätte ihm am liebsten ins Gesicht gespuckt.«

»Oje«, sagt sie wieder. »Dann vielleicht morgen.« Und sie schaut auf dich herab, wie du schlafend in deinem Bettchen liegst. »Sie sollten ihm erlauben, das Baby zu sehen.«

»Warum?«

»Er ist der Vater.«

»Vielleicht.«

»Was soll das denn jetzt heißen?«

»Dass ich es ihm vielleicht erlaube. Aber jetzt noch nicht. Ich will erst das mit dem Stillen hinkriegen. Im Augenblick kann ich ihm noch nicht gegenübertreten. Ich bring's einfach nicht fertig.«

Und ausnahmsweise gibt sie sich einmal geschlagen und sagt nichts mehr. Aber so wie ich Fran kenne, wird das nicht lange anhalten.

KAPITEL 8

1975

E s ist mein zehnter Geburtstag, und da Helena sich immer noch auf einem anderen Kontinent herumtreibt, bleibt es Bob überlassen, mit mir zu feiern, dass ich meine erste Dekade überlebt habe – was er auch in bewährter Bob-Manier tut, indem er mir das schenkt, was ich mir sehnlichst gewünscht habe (einen Springstock), und dazu noch eine Party für mich schmeißt.

Mein Freundeskreis ist so ziemlich der gleiche geblieben, und alle sind eingeladen. Sie treffen mit Geschenken ein – Talkumpuder und Seife von Avon – und sind von Kopf bis Fuß wie Agnetha und Frida gekleidet. Wir tanzen im Wohnzimmer zu den Bay City Rollers. Bob teilt Limonenwasser und Knabbergebäck aus, während Wink den Sessel in der Ecke in Beschlag nimmt, an einem schief aussehenden Pullover strickt und darauf wartet, dass *Jim'll Fix It* beginnt, eine neue Show, bei der Wünsche der Zuschauer erfüllt werden. (Sie hat es sich angewöhnt, samstagabends bei uns fernzusehen, da wir einen Farbfernseher haben und es ihr den mühsamen Treppenaufstieg wert ist, ihre zweidimensionalen Helden in all ihrer Pracht zu sehen.)

Cheryl, die im letzten Sommer von Solihull hergezogen ist, ist wohl das für mich, was einer besten Freundin am nächsten kommt. Sie hat mir Lipgloss mit Kirschgeschmack mitgebracht, den wir alle zehn Minuten verschwenderisch im Badezimmer auftragen.

»Wieso ist deine Mum eigentlich nicht hier?«, fragt sie mich bei einer dieser Schminkaktionen. »Ist sie immer noch weg?«

Auch wenn Cheryl das Mädchen war, dem ich mich am nächsten fühlte, so stand ich ihr dennoch nicht nahe genug, um ihr zu erzählen, wie Helena sich aus dem Staub gemacht hatte. Oder dass in den drei Jahren nur fünf Briefe von ihr eingetroffen waren. Daher hatte ich ihr erzählt, dass meine Mutter weggehen musste, um sich um eine kranke Verwandte in Kanada zu kümmern. Auf die Art war es leichter.

»Ja«, antworte ich. »Sie ist immer noch weg.«

Cheryl ist nett, weil sie nie versucht, mich weiter zu drängen, als ich es ihr zugestehe, und sie duftet nach Parma-Veilchen. Und weil sie mich einmal in der Woche zum Abendessen zu sich nach Hause einlädt, wo wir mit ihrem jüngeren Bruder Darryl und ihrer Mum und ihrem Dad zusammen am Tisch sitzen und wie eine normale Familie Gulasch essen. Ihr Vater ist auch ganz normal und zaust mir durchs Haar – aber auf eine Weise, die mir nicht auf die Nerven geht –, und er spricht wie Bernie. Aus irgendeinem Grund erwärme ich mich deshalb wieder für Bernie, und so sind er und Tante Sheila auch zu meiner Party eingeladen.

Tante Sheila hat ein Glas Gin Orange zu viel getrunken, und als Cheryl und ich uns wieder ins Gewühl stürzen, werden wir Zeugen, wie sie Bob auf die behelfsmäßige Tanzfläche zerrt (den etwas schäbigen Axminster-Teppich), um mit ihm zu David Essex auf Tuchfühlung zu gehen. Bernie beginnt, schwer zu atmen, und sein Gesicht nimmt langsam die Farbe von Sheilas verschmiertem rotem Lippenstift an. Als seine Frau ihre Arme ein wenig zu eng um Bob legt, rappelt sich Bernie vom Sofa auf und versucht, ihn abzulösen. Aber das verbittet sich Sheila.

»Lass mich in Ruhe«, lallt sie.

Bob lässt seine Tanzpartnerin auf der Stelle los und streckt die Arme in die Luft, als handele es sich um einen Raubüberfall.

»Das reicht jetzt, Sheila«, verkündet Bernie auf so gebieterische Art und Weise, dass Wink von ihrem Strickzeug aufblickt und der Freundeskreis aufhört, zu David zu tanzen.

»Ja, Bernie, du hast recht«, sagt Tante Sheila überraschenderweise. »Das reicht jetzt. Ein für alle Mal. Ich habe die Nase voll von dieser Ehe. Ich liebe Bob, und ich will die Scheidung.«

Ich habe schon lange nicht mehr über Scheidung nachgedacht, aber mit einem Mal fällt mir ein kleiner Mann in einem eleganten Anzug ein, mit dunklen Augen und langen Fingern, die über die Tasten von Lucas' Klavier hinweghuschen. Das kann doch unmöglich Tante Sheilas Ernst sein. Ich wünsche mir sehnsüchtig, dass Toni wieder aus London zurückkommt (wo sie mit dem Ballett fertig ist und sich darauf verlegt hat, in einem Maklerbüro in Hampstead Tee zu kochen). Für einen kurzen Moment verspüre ich so etwas wie Wohlwollen gegenüber Terry, bis mir einfällt, dass er niemals auch nur ein einziges freundliches Wort für mich übrig hatte. Wo stecken die beiden denn nur? Sie sollten hier sein und etwas unternehmen, um die Ehe ihrer Eltern zu retten. Ich schäme mich ein wenig, als mein alles andere als stabiler Freundeskreis mit offenen Mündern begafft, welches Drama sich vor seinen Augen abspielt. Ob ihnen ihre Eltern jemals wieder erlauben werden herzukommen?

Bob sieht inzwischen ganz grün und kränklich aus, wie damals, als wir mit der Fähre nach Dartmouth gefahren sind. Er hatte wohl nicht mit dieser Wendung der Ereignisse gerechnet, als er David Essex vor ein paar Minuten (passenderweise) *Hold Me Close* schmachten hörte. Bernie erweckt den Eindruck, als stünde er kurz vor seinem zweiten Herzinfarkt, und ich ziehe in Erwägung, schleunigst den Notruf zu wählen. Wink dagegen macht sich Sorgen, den Start von *Jim'll Fix It* zu verpassen.

»Klärt die Sache gefälligst woanders«, blafft sie, und in ihrer Stimme klingt die Barkellnerin mit, die sie einmal in Catford gewesen ist. Und damit schaltet jemand den Plattenspieler aus, und die Leute verlassen das Zimmer, um sich in andere Bereiche der Maisonettewohnung zu verteilen.

»Das nenne ich eine Party«, erklärt Cheryl, stürzt den Rest ihres Limonenwassers hinunter und vertieft damit unsere Freundschaft. Eine Freundschaft, von der ich hoffe, dass sie durch meine Teenagerjahre halten wird, denn ich werde sie brauchen.

Als ich in jener Nacht im Bett liege, spiele ich in Gedanken jede Menge Szenen noch einmal durch. Jede Menge mögliche Auswirkungen, die es zu bedenken gibt. Ich habe das Gefühl, als befände ich mich an der Schwelle zu meinem nächsten Lebensabschnitt. Vielleicht wird Bob Tante Sheila heiraten und Toni damit zu einer Art Stiefschwester für mich werden. Vielleicht wird Bernies Herz ihm endlich ein Schnippchen schlagen. Oder vielleicht gibt er seinem Herzen noch eine zweite Chance und nimmt ein paar Pfunde ab. (Pfunde, die er sich angefuttert hat, seit er das Rauchen, den Alkohol und die Frauen aufgegeben hat.) Vielleicht werden Bernie und Sheila einen gemeinsamen Versuch starten, ihre Silberhochzeit zu erreichen. Vielleicht wird Wink noch ein paar Manieren lernen. Vielleicht werde ich das beliebteste Mädchen der Schule werden, weil ich so tolle Partys schmeiße. Vielleicht werde ich meine eigene glückliche Familie finden, eine normale Familie, wie Cheryls (auch wenn der jüngere Bruder nicht unbedingt sein müsste). Oder vielleicht wird Helena mich ja trotz ihrer kleinen Eigentumswohnung oder Orville Tuppers Widerwilligkeit doch wieder zurückhaben wollen. (Ich habe die Hoffnung aufgegeben, dass mein Vater jemals lernt, eine Landkarte zu lesen.)

Das ist für lange Zeit das letzte Mal, dass wir Tante Sheila zu Gesicht bekommen. Sie schaut nicht mehr länger im Laden vorbei. Bob scheint darüber ziemlich erleichtert zu sein – genau wie Patty, die sich nie so richtig daran gewöhnen konnte, dass Sheila so ein wachsames Auge auf sie hatte. Ich vermisse Tante Sheila. Aber ich habe ja Bob und Wink und Patty.

Patty hat einen Freund namens Lugsy (was so viel heißt wie Löffelchen). Er sieht sehr gut aus trotz seiner zu groß geratenen Ohren. Glücklicherweise hat er sich das Haar wachsen lassen wie jeder junge Mann in Torquay und in *Top of the Pops,* so dass seine legendären Ohren beinahe unsichtbar sind und die Leute nur noch bei einem Windstoß daran erinnert werden, wie er zu seinem Spitznamen gekommen ist.

Lugsy ist die Art von Freund, der mir auch gefallen könnte, aber ich bin ja erst zehn, und das mit den Freunden ist noch Zukunftsmusik. Die Jungs in meinem Alter, die ich kenne, interessieren sich nur für Kevin Keegan und Chopper, diese Bonanza-Räder mit dem komischen Bananensattel. Ich beschäftige mich lieber mit meinem Springstock, weil ich damit im Garten bleiben und mich von den Urlaubern fernhalten kann, die derzeit die Bucht verstopfen. Cheryl und ich meiden die Jungs in unserer Klasse, was allerdings nicht immer möglich ist, da Christopher Bennett gelegentlich in den Laden kommt, um Zigaretten für seine Mum zu kaufen. Er hat zwar nicht mehr diese grüne Kruste im Gesicht, die seine Nasenlöcher immer verklebte, aber er hat immer noch etwas Widerliches an sich. Das mag an der lächerlichen Frisur liegen, die er seit kurzem dank der Lockenwickler seiner Mutter trägt.

Lugsy hat ein Motorrad, und er holt Patty jeden Tag von der Arbeit ab. Wink sagt, sie leben in Sünde. Ich habe keine Ahnung, wo das ist, vermutlich irgendwo in Paignton, aber es klingt so missbilligend, wenn sie es sagt. So schlimm ist Paignton doch gar nicht. Und es ist mir unbegreiflich, warum Wink mit ihrer eigenen bewegten Vergangenheit irgendjemanden kritisieren sollte.

Jetzt in den Sommerferien haben Bob und Patty so viel zu tun, dass selbst Lugsy vorbeikommt, um sich die Ärmel (Käseleinen) hochzukrempeln und eine (nikotinbefleckte) helfende Hand zu reichen. Lugsy ist wahrscheinlich Bobs einziger Freund auf der Welt, und wenn es einmal eine Flaute in der Nachfrage des *Herald Express* gibt, gehen sie hinten raus, um Selbstgedrehte zu qualmen, obwohl Bob offiziell gar nicht raucht.

Ich lungere für gewöhnlich im Laden herum und spiele Wörtersuchen oder übe mit meinem Springstock, während ich darauf warte, dass Cheryl von ihrer Mum vorbeigebracht wird. Wir verbringen jeden Ferientag zusammen. Keine von uns fährt weg, denn wenn man in einem Seebad wohnt, dann bleibt man meist das ganze Jahr über dort. Insbesondere, wenn man sich um einen Laden kümmern muss, der während der Urlaubszeit seine besten Geschäfte macht.

Also gehen wir zum Swimmingpool im Rainbow Hotel oder bummeln auf der Suche nach billigen Klamotten durch die Läden. Oder wir gehen nach Hause zu Cheryl, wo sie einen Wassersprudler haben und wir Swingball spielen können. Jetzt, wo ich Cheryl habe, scheint Lucas so weit weg zu sein. Ein kleiner Junge aus einem Märchen. Ein Körnchen Sternenstaub.

Die langen Sommertage sind endgültig vorbei, und Patty geht mit mir zu BHS, wo ich mit einer neuen Schuluniform ausstaffiert werde. Ich hatte einen Wachstumsschub, hauptsächlich in die Höhe. Keine Spur mehr von dem alten Babyspeck (hurra!), aber auch keine Anzeichen, die für den Kauf eines Büstenhalters sprechen würden (buh!).

Ich werde nun in die vierte Klasse gehen. Bob bestückt meine neue Adidas-Schultasche mit den besten Schreibwaren und winkt mir an einem warmen Septembermorgen zum Abschied zu.

Unsere neue Lehrerin, Miss Mills, ist die kompetenteste, die wir jemals hatten. Sie ist eine Freundin von Miss (Mrs.) Parry, und es könnte gut sein, dass sie in einem früheren Leben einmal über Schottland geherrscht und die Engländer unterwegs bei Bannockburn geschlagen hat. Sie erklärt uns, dass dies das wichtigste Jahr in unserem bisherigen Leben ist (auweia!). In ein paar Wochen werden wir die Prüfung für die weiterführende Schule machen, 11+ genannt (was ein bisschen unfair ist, da ich doch erst zehn bin). Diejenigen, die sie bestehen, werden das Gymnasium besuchen. Und diejenigen, die durchfallen ... nun ja, die werden auf die Realschule oder Hauptschule gehen. Eine kurze Prüfung wird unsere Klasse auf ewig in Gewinner und Verlierer aufspalten, in Leistungsträger und Leistungsschwache.

Was ist, wenn Cheryl besteht und ich durchfalle? Cheryl ist klug und kommt aus einer Familie, die viel Wert auf Bildung legt. Cheryls Eltern haben sich an der Universität kennengelernt. Cheryls Mum hat eine Teilzeitstelle und unterrichtet Französisch an der Abendschule. Bob möchte, dass ich gut abschneide, weil er selbst in der Schule so schlecht war, hat aber keine Ahnung, wie er sicherstellen soll, dass ich bestehe. Er erinnert mich lediglich daran, meine Hausaufgaben zu machen, und befestigt die Stundenpläne am Außenklo, das inzwischen repariert und hergerichtet wurde, so dass es benutzt werden kann und nicht mehr länger der verbotene Ort ist wie noch zu Helenas Zeit.

Es wird immer klarer, dass das eine ganz und gar andere Zeit gewesen ist. Eine Zeit, in der ich eine Mutter hatte, die mich liebte.

Der große Morgen kommt, und Bob bereitet mir ein englisches Frühstück mit allem Drum und Dran zu und schickt mich dann mit einem Päckchen Traubenzucker los, so dass ich reichlich mit Zucker und Fett versorgt bin. Erfreulicherweise bringen mich diese Ernährungsexzesse durch den Test für das sprachlogische Denken, den nonverbalen Lerntest und sogar den Test für das Zahlenverständnis. Daher fällt mir ein großer Stein vom Herzen, und ich bin riesig stolz wie niemals zuvor in meinem Leben, als ich später, nach Weihnachten, erfahre, dass ich bestanden habe. Und Cheryl ebenfalls.

Mein Freundeskreis wird sich zum Ende des Jahres auflösen, was keine allzu große Überraschung ist, wenn man genauer darüber nachdenkt. Aber zwei Dinge waren doch ein Schock für mich: Mandy Denning mit den Puppenhänden und den klickenden Augenlidern ist durchgefallen, und seltsamerweise wird Christopher Bennett aufs Gymnasium gehen. Offenbar resultierte all diese überschüssige Energie, die er in sich trug, aus der Tatsache, dass er sich langweilte, da er in Wahrheit einen sehr hohen IQ hat. Wer hätte das von unserem Popelmonster gedacht? Er wird dadurch noch unerträglicher, als er ohnehin schon war, beansprucht den ganzen Ruhm für seine schulischen Leistungen für sich allein, obwohl er es doch eigentlich Miss Mills zu verdanken hat, die seine Begabungen entdeckt und gefördert hat, während ihn all ihre Vorgängerinnen als einen ungezogenen Jungen abgeschrieben haben (der er tief in seinem Inneren immer noch ist, soweit es mich angeht).

Aber ich bin die pfiffige Philippa. Gymnasiastin Philippa. Ich werde es zu etwas bringen. Eines Tages werde ich Torquay verlassen, um mein Glück zu machen. Ich werde nach London gehen. Ich werde über den Ozean fliegen und Helena ausfindig machen und sie aus den Fängen von Orville Tupper befreien. Und wenn es sein muss, werde ich dabei den Britischen Hochkommissar um Hilfe bitten. Ich werde sie zurückbekommen. Denn jetzt habe ich die Macht zur Hand. Herz und Verstand sind mit Wissen gefüllt. Die ganze große Welt liegt mir zu Füßen.

All meine Fähigkeiten und mein Wissen sind auf und davon und haben mich im Stich gelassen. Ich muss denen vertrauen, die hier sind. Fran und der Ärztin. Denn es ist eine Ärztin, die kommt und dich untersucht, obwohl sie unmöglich ein abgeschlossenes Medizinstudium haben kann. Sie sieht aus wie ein Teenager am Berufsinformationstag. Doch sie besitzt geübte Hände, du bist wie eine Stoffpuppe in ihnen. Sie schaut sich deine Augen an, lauscht deinem Herzschlag, hält deine kleine Hand in der ihren, als versuche sie darin zu lesen und in die Zukunft zu blicken.

Sie scheint ein wenig beunruhigt zu sein. Sie möchte eine Blutuntersuchung machen. Ich kann mich nicht richtig auf das konzentrieren, was sie sagt. Offenbar bilde ich mir das Gesagte nur ein, denn an dir gibt es nichts auszusetzen. Zumindest nichts Gravierendes. Mein anfängliches instinktives Gefühl, dass etwas nicht so war, wie es sein sollte, war ein wenig verfrüht – was man von dir nicht behaupten konnte, eine rein gefühlsmäßige Reaktion. Die Sorge einer Mutter. Wenn ich dich jetzt so ansehe … Ich wüsste es, wenn es ein ernstes Problem gäbe. Aber du bist nur ein langsamer Esser. Ein bisschen blass. Ein schläfriges Kind. Wahrscheinlich sollte ich die Ärztin genauer ausfragen (Warum tun Sie das? Was genau wird untersucht und wieso?, etc. pp.), aber wie kann man von mir erwarten, mich auf all ihre Worte zu konzentrieren, wenn ich doch so müde bin. So erschöpft.

Du bist nicht glücklich über die Wendung der Ereignisse. Genauso wenig wie ich. So habe ich es mir nicht vorgestellt, als ich zum ersten Mal diese blaue Linie in dem kleinen Plastikfenster gesehen habe. Ich dachte, es sei meine Chance, das zu sein, was Helena nicht war. Ich hatte nicht damit gerechnet, dass eine Schwester dir eine Zaubercreme auf die Hand schmieren würde. Hatte nicht mit all der Warterei und dem Nachdenken darüber, was zum Teufel vor sich geht, gerechnet. Oder mit der Nadel, die in deine kleine Vene gestochen wird. Die Blutstropfen in einem Röhrchen, das ins Labor geschickt wird. Ich habe nicht damit gerechnet, all dies allein bewältigen zu müssen. Ich habe nicht damit gerechnet, dass dein Vater sich in eine andere verlieben würde.

Ich werde herausfinden, wer sie ist. Ich werde es herausfinden und sie umbringen.

KAPITEL 9

1977

Gut zwei Jahre später, und ich bin noch nicht weitergekommen als bis zur 7. Klasse, wo ich mich gewissenhaft nach oben arbeite, um Cheryl an der Spitze Gesellschaft zu leisten. Dummerweise habe ich mir eine beste Freundin ausgesucht, die klüger ist als ich (was Erinnerungen an meinen Lucas weckt), und es gibt Tage – nicht gerade meine besten –, an denen ich mir wünsche, dass ich sie in den Schatten stellen könnte – und alle anderen gleich mit.

Bob kann beim Thema Selbstwertgefühl einiges von dem nachvollziehen, was in mir vorgeht, und erklärt mir in der typisch tolpatschigen Art eines Mannes der siebziger Jahre, dass ich die beste Ladengehilfin bin, die er jemals hatte. Doch ich durchschaue seinen schwachen Versuch und weiß, dass er einfach nur versucht, nett zu sein. Das weckt einerseits das Verlangen in mir, ihm einen Kuss auf die Wange zu drücken, und andererseits, ihm eine zu verpassen. (Ich bin schließlich praktisch ein Teenager.) Jeder, der unseren kleinen Laden betritt, merkt sogleich, dass niemand auch nur annähernd an Patty herankommt. Patty, die dazu imstande ist, gleichzeitig Süßigkeiten abzuwiegen, Inventur zu machen und Tee zuzubereiten und dabei noch auswendig sämtliche Top-Twenty-Hits zu singen.

Der Punkrock hatte sich schon vor einer ganzen Weile den Weg in die Top Twenty gebahnt, es aber erst kürzlich bis nach Torquay geschafft. Lugsy trägt nun – wenn auch ein wenig halbherzig – einen rotzgrünen Irokesenschnitt, was ihn, angesichts seiner berühmten Ohren, wie eines dieser Zaubertroll-Püppchen aussehen lässt und Captain, den Papagei, verärgert, wenn Lugsy mit Fisch und Pommes bei Wink vorbeischaut. Captain hält ihn für eine Art Riesentropenvogel, der vorbeigekommen ist, um seinen Platz am Ruder von Winks Heim zu übernehmen. Der Irokese hält allerdings nicht lange, da er zu pflegeaufwendig ist für jemanden, der in aller Herrgottsfrühe aufstehen muss, um Milch auszufahren. Außerdem verschreckt er zu viele alte Damen sowie die meisten Hunde im Viertel, die alle miteinander bei Tagesanbruch einen Krach anstimmen, der es mit den Möwen aufnehmen kann. Die Molkerei verlangt, dass er seine Frisur ändert, sonst wollen sie ihn rausschmeißen. Also löst Lugsy das Problem auf seine Art und wird stattdessen zum Skinhead.

Trotz dieser Wankelmütigkeit hält er zu Patty (er versteht sich schon durchaus auf seinen Vorteil) und spart für einen hübschen Verlobungsring, den er ihr an ihrem einundzwanzigsten Geburtstag in Bernis Inn (wo auch sonst) überreicht. Bedauerlicherweise kommt das bei Patty nicht so gut an, die ein entschiedenes Nein von sich gibt. Also muss er sich damit zufriedengeben, weiter in Sünde zu leben. Und jetzt, wo ich praktisch ein Teenager bin, weiß ich natürlich auch, dass Sünde kein Ort ist, sondern eher eine Handlung.

Ich habe noch ein, zwei andere Sünden entdeckt:

1. Rauchen – worüber ich schon immer viel gewusst habe, weil ich den größten Teil meines Lebens in einem Tabakwarenladen gewohnt habe und all meine Erinnerungen von Helena damit zusammenhängen, da sie immer eine Zigarette in der Hand hielt. Ich habe keine Ahnung, was dieses ganze Theater deswegen soll.
2. Alkohol – Ich habe einige Male Bobs Barschrank geplündert und dabei festgestellt, dass Piccolos das Beste sind, was er zu bieten hat. Alles andere bringt meine Augen zum Tränen und meine Kehle zum Brennen.
3. Jungs – Ich weiß, was Jungs und Mädchen miteinander treiben, aber es kommt überhaupt nicht in Frage, dass ich so etwas jemals machen werde. (Bob hat diese kleine Unterhaltung über die Bienchen und die Blümchen und die Menstruation Wink überlassen, die diese Aufgabe mit großer Freude – und viel zu vielen nicht ganz jugendfreien Details – übernommen und es mir damit verleidet hat, jemals eine Frau werden zu wollen.)

Bobs Liebesleben und demzufolge Sündhaftigkeit hat eine Wende zum Besseren (oder zum Schlechteren, je nachdem, wie man die Sache betrachtet) erfahren. Er verabredet sich seit zwei Monaten mit einer Schreibwarenvertreterin aus Newton Abbot namens Linda, die geschieden ist und einen Sohn in der Marine hat. Bob ist ganz hingerissen von ihrer Farrah-Fawcett-Frisur und ihren eleganten Hosenanzügen. Und ihr scheint es dieses Bob-Lächeln angetan zu haben, das bei Helena irgendwie nie gewirkt hat.

Wäre ich noch ein Kind, würde ich schon an Brautjungfernkleider denken und dem Drang widerstehen müssen, Linda »Mummy« zu nennen. Aber jetzt, wo ich praktisch ein Teenager bin, bin ich zur Zynikerin geworden. Wenn selbst meine eigene Mutter Tausende von Meilen fliegt, um von mir wegzukommen, wieso sollte sich dann jemand ohne Blutsbande meiner annehmen wollen? Also halte ich mir Linda vom Leib. Bob dagegen versucht ihr ständig so nahe wie möglich zu sein. Gut möglich, dass er sexsüchtig ist.

Und obwohl ich die Eisprinzessin spiele, strengt sich Linda an. Sie kommt eines Samstags sogar vorbei, um sich *The Generation Game* mit uns anzusehen, und überzeugt uns, ausnahmsweise einmal auf unsere übliche Fisch-und-Pommes-Portion zu verzichten und stattdessen etwas vom Chinesen zu essen. Wink lässt sich von den Garnelenklößen einnehmen.

»Wieso hast du die bisher noch nie geholt, Bob?«, fragt sie ihn anklagend mit so fettig glänzenden Lippen, dass ich mich frage, ob sie heimlich meinen Lipgloss mit Kirschgeschmack benutzt hat.

Aber Lindas größter Triumph steht unmittelbar bevor, als sie etwas vorschlägt, das keiner von uns – egal wie oft wir auch darüber nachgedacht, davon phantasiert und geträumt haben mochten – jemals laut ausgesprochen hätte.

»Du solltest dich bei dieser Show bewerben, Wink«, sagt sie. Mir nichts, dir nichts.

Wir sitzen einfach da und starren Linda mit offenen Mündern an, als hätte sie sich sämtliche Kleider vom Leib gerissen und einen Radschlag quer über Winks dreckigen Teppich gemacht. Aber im Grunde sind wir beschämt, weil wir nie den Mut gefunden haben, das zu tun, was sie getan hat.

Bob bricht die Stille und sagt: »Großartige Idee!«

Ich folge seinem Beispiel und murmele ähnliche Worte.

Nur Wink sitzt still in ihrem Sessel. Für einen kurzen Moment ist es, als wären alle Weihnachtsfeste ihres Lebens auf diesen einzigen Tag gefallen – und niemand liebt Weihnachten so sehr wie Wink, weil sie dann so viel Sherry trinken kann, wie sie will, und es deshalb die einzige Zeit des Jahres ist, in der sie ohne Schmerzen schlafen kann. Aber ebendiese Schmerzen, verursacht durch die Multiple Sklerose, sind der Grund, warum sie so still dasitzt. Denn in diesen wenigen Augenblicken dreht sie Teller, glasiert Kuchen und mimt den Witzbold, während sich Bruce Notizen in seinem kleinen Büchlein macht. Aber dann schlägt ihr die Realität wie ein nasses Handtuch ins Gesicht.

»Ich bin doch bloß eine kranke alte Frau. Warum sollten sie mich auswählen?« Sie nimmt einen hastigen Schluck von ihrem dunklen Bier. »Und ich habe nicht einmal einen Sohn, um ein Team zu bilden. Ich habe bloß diesen verflixten alten Papagei.«

Das nimmt ihr Captain sichtlich übel und lässt die Federn hängen.

Aber Linda schlägt ein weiteres Mal zu: »Wie wäre es denn mit Bob? Bob könnte das doch übernehmen. Er könnte dein Sohn sein.«

Wink beäugt Bob, der auf dem Pouf hockt und die Reste seiner süßsauren Soße mit einem Krabbenchip auflöffelt.

»Bob?«, sagt sie verdutzt. Aber es ist nicht klar, ob ihre Verunsicherung auf ihrer Unfähigkeit gründet, sich Bob als ihren Sohn vorzustellen oder ihn sich auf ihrem Fernseher auszumalen.

Derweil verschluckt sich Bob an seinem Chip, und Linda muss ihm auf den Rücken klopfen.

»Also, ich finde, dass es einen Versuch wert ist.«

Wink quittiert Lindas Worte mit einem Schnauben.

Aber Linda hat es wirklich geschafft, mich für die Sache zu begeistern (und das liegt nicht nur an der Wirkung des berauschenden Natriumglutamats). Ich darf nicht zulassen, dass Wink sich diese Chance entgehen lässt. Ich weiß ganz genau, wie ich sie herumkriege.

»Denk nur an das Laufband, Wink«, sage ich. »Schließ die Augen und denk an die Heizdecken, die Messergarnituren, die Thermoskannen. Stell es dir alles vor, Wink!«

Und das tut sie. Sie schließt die Augen und stellt sich all die wundervollen Elektroartikel und neumodischen Haushaltsgeräte vor, die an ihr vorüberziehen. Sie stellt sich vor, wie Bruce sie anfeuert. Das Publikum den Namen von Gegenständen brüllt. Den Haufen von Luxusartikeln, den sie in ihr miefendes Haus in Torquay zurückbringen wird. Die Chance ihres Lebens.

»Also schön, Bob«, sagt sie. »Lass es uns versuchen. Lass uns an die BBC schreiben.«

Durch den Raum wogt so etwas wie eine Welle der Euphorie und tränkt uns alle in Winks plötzlichem Enthusiasmus. Doch schon bald verebbt sie wieder.

»Die werden uns sowieso nicht nehmen«, sagt sie.

Zum Glück kann nichts Bobs Begeisterung für die Frau in seinem Leben dämpfen. Er schenkt Linda ein Lächeln, das diese erwidert (wenn auch ein wenig selbstgefällig für meinen Geschmack). Dann nimmt er ihre Hand liebevoll in die seine, bevor er zum Raum spricht. »Sie werden uns vermutlich nicht nehmen, Wink«, sagt er. »Aber wer nicht wagt …«

Dummerweise geschieht ein paar Samstage später das Unvorstellbare: Bruce moderiert die Show zum letzten Mal, und Wink ist am Boden zerstört. Wir tun uns zusammen und versuchen, das Beste daraus zu machen. Wir essen wieder unsere übliche Portion Fisch und Pommes, und Bob spendiert noch Erbsenpüree und Soleier. Als beim letzten Laufband die Tränen über Winks Wangen kullern, macht Bob, angefeuert von Lindas aufmüpfiger Art (die man heute als Durchsetzungsfähigkeit betrachten würde), einen eigenen Vorschlag. Das ganze Jahr über hat das Land auf einen Tag hingefiebert, nämlich den 7. Juni, an dem wir alle als britische Untertanen aufgerufen sind, das silberne Thronjubiläum unserer Majestät zu feiern. Sie ist seit fünfundzwanzig Jahren Königin, und wenn man Bob glauben darf, macht sie einen verdammt guten Job – ungeachtet einer dunklen Wolke allgemeiner Unruhe, die am Horizont heraufzieht.

Bob ist ein überraschend leidenschaftlicher Monarchist. Wäre er klüger und schneidiger, hätte man ihn irrtümlich für Tim Brook-Taylor aus der Comedy-Reihe *The Goodies* halten können, denn er steht immer stramm, sobald er die Nationalhymne hört, und kennt sogar alle fünf Strophen auswendig. Im Außenklo hat er einen Union Jack befestigt, in der kleinen Küche hängt eine Sammlung von Krönungstassen an Haken von einem hohen Regalbrett herab, und irgendwo in den Tiefen der Anrichte gibt es ein Puzzle von Henry VIII. und seinen sechs Frauen (der war definitiv sexsüchtig). In den Monaten nach Helenas Abreise hat Bob einmal etwas Komisches zu mir gesagt: »Zumindest hat sie sich Kanada ausgesucht, Teil des Empires, das heißt natürlich des Commonwealth.« Ich hatte damals keine Ahnung, was er eigentlich meinte, aber bei dem ganzen gegenwärtigen royalen Rummel verstehe ich jetzt, was er auf seine ganz eigene Bob-Weise damit sagen wollte.

Und im Augenblick versucht Bob nur, Wink von dem Ende einer Ära und der Zerschlagung ihrer Hoffnungen, einmal Kandidatin in Bruces Show zu sein, abzulenken. Und eine Party, die alle anderen Partys in den Schatten stellt – ein Fest der Feste sozusagen –, wäre dafür vielleicht genau das Richtige.

Zum Glück für Bob – und den Rest der Straße – übernimmt Linda den Großteil der Organisation und verpflichtet Patty, ihr zu helfen. Bob und Lugsy stellen, wann immer nötig, ihre (mehr oder weniger vorhandene) Muskelkraft zur Verfügung, aber es ist offensichtlich, dass ihre jeweiligen Freundinnen alles unter Kontrolle haben.

Sie organisieren Tombolas, Kaffeemorgen, Basare, damit genug Geld zusammenkommt, um ihre Majestät stolz zu machen und den Anwohnern unserer Straße einen unvergesslichen Tag zu bereiten. Das Essen für die Party muss zubereitet werden, Tapeziertische geliehen, Fähnchenschmuck aufgehängt werden. Ein Wettbewerb für die beste Kopfbedeckung, ein Tauziehen, ein Wettkampf um das hübscheste Baby und eine Talentshow müssen organisiert werden. Doch was wir am dringendsten benötigen, ist Sonnenschein, und den bekommen wir auch.

Nachdem uns am Morgen die Möwen geweckt haben, ist schnell klar, dass es eine Affenhitze geben wird. Wir stehen in aller Frühe auf, um die Straße von Hundehaufen und Zigarettenkippen zu reinigen. Ich gehöre zum von Lugsy angeführten Reinigungstrupp, der ans Frühaufstehen gewöhnt ist.

»Ich weiß, dass das keine glamouröse Aufgabe ist, Philippa«, sagte Linda, »aber eine unerlässliche. Ohne den

Reinigungstrupp wäre diese Party eine Katastrophe. Kannst du dir ein Tauziehen auf einer Straße voller Möwenkot und Erbrochenem vorstellen – bei all den Touristen, die wie Schmeißfliegen über uns herfallen und sich abends besaufen?«

Linda hat keine sehr hohe Meinung von den Touristen und vergisst dabei praktischerweise ganz gern, dass die Stadt auf sie angewiesen ist. Aber nein, ich möchte mir dieses Szenario nicht vorstellen, und daher opfere ich ein wenig Muskelschmalz, um Ihre Majestät (und Linda) zufriedenzustellen. Irgendwann segnet Linda unsere Bemühungen ab, bevor sie uns die nächste Aufgabe zuteilt: rote, weiße und blaue Luftballons aufzublasen. Das nimmt einige Zeit in Anspruch. Gerade als ich kurz davor bin, aus den Latschen zu kippen, haben wir Bobs reichhaltigen Vorrat aufgebraucht, und ich werde endlich von weiteren Pflichten entbunden, so dass ich meinem Jubiläumshut den letzten Schliff verpassen kann. Ich bin fest entschlossen, bei diesem Wettbewerb zu glänzen.

Ich arbeite schon seit Wochen an meinem Hut. Die Grundlage bildet ein alter Strohhut von Tante Nina, den sie zurückgelassen hat, als sie Torquay Hals über Kopf verließ. Ich habe ihn all die Jahre unten in meinem Kleiderschrank aufbewahrt, weil er sich so gut zum Verkleiden eignet. Aber ich bin ja inzwischen zu alt für solch kindischen Blödsinn. Trotzdem konnte ich mich nie dazu durchringen, ihn wegzuwerfen, denn jedes Mal, wenn ich ihn betrachte, werden Erinnerungen an Lucas wach. (Und außerdem räume ich meinen Kleiderschrank dort unten nie auf.)

Die Farbzusammenstellung war rasch gewählt: rot, weiß und blau, was sonst. Aber es hat mich einiges Nachdenken gekostet, einen neuen Weg zu finden, womit ich diese Farben am besten darstellen kann. Ich habe lange darüber gegrübelt. Und dann eines Nachts, als ich das Gardinenmuster anstarre (das wie ein Ritter aussieht, vielleicht sogar aus dem Gefolge von Charles I. – es erinnert mich an ein Gemälde, das ich einmal in einem Buch in der Bibliothek gesehen habe und das den Titel trug *Und wann hast du deinen Vater zuletzt gesehen?*. Eine Frage, die ich mir auch des Öfteren stelle), da fällt es mir ein: Der Gewinn dieses Wettbewerbs hängt von den Preisrichtern ab. Und wer sind die Preisrichter? Hauptsächlich alte Damen aus unserer Straße. Und was mögen alte Damen? Natürlich Blumen.

Ein paar Wochen zuvor habe ich Wink gebeten, mir auszuhelfen. Da sie selbst eine alte Dame ist (aber leider keine Preisrichterin bei meinem Wettbewerb, da sie bereits die Ehre hat, als Schiedsrichterin beim Tauziehen zu fungieren), hat sie einen ganzen Vorrat an unechten Blumen hervorgezaubert und mir freie Hand bei der Auswahl der besten gelassen.

»Ich gehe ja gar nicht mehr aus dem Haus, Liebelein«, sagt sie mit einem entrückten Ausdruck in den Augen. »Sie kommen ja nur noch bei Beerdigungen an die Luft.«

Das verleiht der ganzen Sache einen kleinen Dämpfer, da wir uns beide an die schwarz-weiße Kirche und den kleinen Sarg und Wink mit ihrem in den Gang gestreckten lahmen Bein erinnern.

»Wenn ich den ersten Preis gewinnen würde, wäre das klasse«, sinniere ich.

»Verdammt klasse wäre das«, stimmt sie mir zu.

Nach dem Reinigungsmarathon und der Ballonaufblaserei flitze ich mit einer Pfundnote, die mir Linda zugesteckt hat, weil ich so gute Arbeit geleistet habe, zum Blumengeschäft, um einen Strauß Kornblumen, mehrere kleine Zweige Schleierkraut und eine einzelne rote Rose zu kaufen. Ich trage alles vorsichtig nach Hause. Der Duft kitzelt mir in der Nase, das Zellophan knistert aufregend. Vergesst die Queen, das hier wird mein Tag! Wenn ich es nur richtig anstelle, werde ich den begehrten Fünfer in ein paar Stunden in der Hand halten.

In meinem Zimmer angekommen, lehne ich mich zurück und bewundere meine bisherigen Bemühungen. Die sorgfältig um den Rand und über das Oberteil des Huts drapierten Seiden- und Papierblumen. Die ordentlich gebundenen (roten, weißen und blauen) Bänder. Die Auswahl von Pailletten, um dem Ganzen ein bisschen Glanz zu verleihen (schließlich ist es ein Fest). Jetzt muss ich nur noch die frischen Blumen so gut es geht befestigen und dann einen Union Jack aus Bobs Sandburgpapierflaggen-Schachtel in die Mitte des Strohhuts plazieren und dort hervorschauen lassen. So. Das war's. Das wird nicht nur Eindruck bei den alten Damen machen, sondern auch noch gut riechen. Ein multisensorischer Hut, der mir ganz gewiss den Fünfer einbringen und Ihrer Majestät (und Bob und Wink) Ehre machen wird.

Ich müsste eigentlich inzwischen wissen, dass die Dinge niemals so ausgehen, wie man es sich erhofft.

Den ganzen Tag über freue ich mich auf die Hutparade. Es ist heiß, und ich schwitze in dem Pullunder, den Wink für mich nach einem Muster aus *Woman's Realm* gestrickt hat. (Wieder einmal rot, weiß und blau, und der untere Teil wird zusätzlich von einer Reihe aus Kronen geschmückt.) Ich muss noch den Knubbelknie-Wettstreit der Straße hinter mich bringen. Lugsys Knie sind erstaunlich knubblig, aber nicht so knubblig wie die von Mr. Taylor aus der Nummer zweiunddreißig, dessen Frau ausgesprochen stolz auf seine Leistung ist und den vom Chinesen gestifteten Gewinnergutschein für »ein Essen für zwei zum Mitnehmen« schwenkt, als handele es sich dabei um eine goldene Eintrittskarte für Willy Wonkas Schokoladenfabrik.

Dann folgt der Wettkampf um das hübscheste Baby. Ich sollte vorausschicken, dass kein Baby ausgesprochen hübsch ist, wenn es schreit, was jedes einzelne tut, als der Preisrichter – ausgerechnet der katholische Geistliche – es unter dem Kinn kitzelt. Was für ein Höllenlärm! Es gibt nur vier Babys, die mitmachen (und meines Wissens wohnt nur ein einziges davon in unserer Straße), aber bei dem Spektakel, das sie veranstalten, hätte es auch genauso gut ein ganzer Zwergenchor sein können. Nachdem die Mütter ihre Kinder wieder beruhigt und die Zweitplatzierten dem Gewinner (einem Benny-Hill-Doppelgänger) eingeschnappte Blicke zuwerfen, ist es Zeit für die Hutparade. Aus Brettern und Kisten – »leihweise« aus Lugsys Molkerei – wurde eine provisorische Bühne gezimmert. Die Teilnehmer werden von Linda, die fast den ganzen Tag an ein Megaphon gekettet war, aufgefordert, sich auf dem Laufsteg aufzustellen. Ich bin sogleich im Nachteil, da ich auf eine Weise neben Christopher Bennett eingequetscht werde, wie es schon lange nicht mehr vorgekommen ist, und der meine Kreation mit seiner eigenen vollkommen in den Schatten stellt. Christopher Bennett hat mehr Mühe und Planung in seinen Hut gesteckt als ich in den meinen. Er hatte offenbar schon sehr viel länger seinen Blick auf diesen Fünfer geworfen. Er wird sehr viel mehr glänzen, als ich es mir in einer Million

Jahren jemals erhoffen könnte. Was habe ich mir nur dabei gedacht? Er hat an den Nerv der Sache gerührt.

Frage: Was mögen alte Damen lieber als Blumen?

Antwort: Die Queen. Ihre Majestät. Ihre königliche Hoheit. Elizabeth II. Genau die.

Christopher Bennett hat einen Hut konstruiert, von dem Isambard Kingdom Brunel nur träumen kann. Seine Kopfbedeckung ist ein ganz anderes Kaliber, sie ist mindestens sechzig Zentimeter hoch, wie ein Schornstein. Aber es ist nicht nur die Größe, die imponiert. Es ist die mühevolle Arbeit, die er in die Dekoration gesteckt hat. Jeder einzelne Millimeter ist mit Fotos oder Zeichnungen der Queen aus verschiedenen Lebensphasen bedeckt. Da ist die kleine Prinzessin Elizabeth als Baby mit goldenen Locken auf dem Schoß ihrer Mutter. Dann Elizabeth als Mädchen mit ihrer kleinen Schwester Margaret an ihrer Seite. Als Braut mit ihrem Bräutigam, Prince Philip, und bei ihrer Krönung mit der gewaltigen Krone, dem Reichsapfel und dem Zepter. Und da ist Elizabeth auch als Mutter mit ihren vier Kindern und eine farbenfreudige Elizabeth mit einer ganzen Auswahl ihrer Hüte und Mäntel und Handtaschen, die sie über die Jahre hinweg auf eine Weise miteinander kombiniert hat, die selbst Helena auf der anderen Seite des Ozeans beeindruckt haben muss, die sich immer noch ein und dieselbe Monarchin mit mir teilt. (Die vielleicht sogar genau in diesem Moment, falls sie wach sein sollte, ihr eigenes kanadisches Straßenfest inmitten der Mounties und Waschbären mit Orville Tupper an ihrem Arm feiert, der in Anbetracht all der kleinen Leute um ihn herum einen Schmollmund zieht.) Die von Christopher Bennett in manipulatorischer Absicht gebastelte Queenbilder-Collage verschafft ihm die zu erwartende Anerkennung der drei alten Preisrichterdamen, die dem Popelmonster die druckfrische Fünfpfundnote überreichen, von der ich weiß, dass er sie garantiert für die falschen Dinge verwenden wird – für heimlich gerauchte Zigaretten und den Spielautomaten anstatt für einen vernünftigen Friseur.

Es ist eine einzige Katastrophe. Da schmiedet man einen guten Plan, und dann wird er einem von solch einem Heini vermasselt und in hohem Bogen ins Aus befördert, wie er es mit seinen Popeln macht. Aber es kommt noch schlimmer. Christopher Bennett redet mit mir.

»Dumm gelaufen, Smithy. Vielleicht klappt's ja beim nächsten Mal … so in fünfundzwanzig Jahren, falls die alte Schachtel so lange durchhält.«

Natürlich bekommt mal wieder keiner etwas von diesem verräterischen Genuschel mit. Wenn Bob diese republikanischen Ansichten zu Ohren kommen würden, wäre Christopher schneller aus unserer Straße raus, als du *God Save the Queen* pfeifen kannst (die althergebrachte Version, nicht etwa die neue von dieser Punkrock-Band). Er würde Ladenverbot erhalten und könnte sehen, wo er die Zigaretten »für seine Mutter« herbekommt.

»Ach, verzieh dich, du Popelmonster« ist das Einzige, was mir schließlich einfällt.

Er lacht und schießt einen aus seinem linken Nasenloch quer über den Bürgersteig hinweg, was mir doch eine gewisse Bewunderung abnötigt. Der Junge ist ein Profi, das muss ich ihm lassen, wenn auch ziemlich ungehobelt.

»Hast du Lust auf eine Tüte Pommes, Smithy?«

Und ehe ich mich versehe – und weil Cheryl für eine Woche nach Solihull zurückgefahren ist und es niemanden sonst in meinem Alter gibt, mit dem ich über die Erwachsenen stöhnen könnte –, habe ich auch schon »Warum nicht? Dann mal los« geantwortet.

Es geht in der Tat los, und wir stellen uns in die Schlange vor der Jolly Roger Fish Bar, wo sie trotz des Jubels und all der Würstchen im Schlafrock und der schottischen Eier, die es in jeder zweiten Straße in Torquay gibt, ein Bombengeschäft machen. Zu viel Salz und Essig machen durstig, daher habe ich nichts dagegen einzuwenden, einen Schluck aus Christophers Flachmann zu nehmen, der mit dem Pomagne seiner Mutter gefüllt ist. Leider ist er abgestanden, so dass er wie einer von Bobs Birnendrops schmeckt. (Oh Bob, wenn du mich jetzt sehen könntest!) Ein weiterer Schluck und noch einer, und plötzlich sind wir auf dem Friedhof, in der Nähe des großen Engels, zwei Reihen weit von Albert Morris entfernt. Und Christopher Bennett beschließt, dass dies der richtige Zeitpunkt und der richtige Ort ist, um mich anzubaggern. Einen widerlichen Kuss später, und Philippa Smith verpasst ihm eine auf seine lockige Rübe und nimmt dann die Beine in die Hand, macht sich durch die einst so vertrauten Reihen davon, bis sie ihn nicht länger fluchen hört. Bis sie sich ihrem alten Freund, ihrem besten Freund, ihrem Lucas gegenübersieht.

Lucas.

Es ist schon so lange her. Lange genug, dass ich ein schlechtes Gewissen bekomme, als ich an seinen Brief denke:

Bitte hör niemals auf, mir von dir zu erzählen.

Ich habe aufgehört, ihm von mir zu erzählen. Anfangs war ich jeden Tag hergekommen. Dann ungefähr zweimal die Woche. Dann schrumpfte es auf hin und wieder. Ich hörte auf, ihm Dinge zu erzählen, da ich das Gefühl hatte, als wäre er nicht mehr da. Als wäre er fortgegangen. Aller Voraussicht nach in den Himmel. Und nun ist zu viel Zeit vergangen. Es ist ja nicht so, dass ich nicht an ihn gedacht hätte. Ich denke die ganze Zeit an ihn. Öfter, als ich an Helena denke. Denn er wollte mich ja nie verlassen. Er hat nicht die Entscheidung getroffen, wegzugehen. Es ist einfach so geschehen. »Das Leben ist ungerecht« ist so ein Lieblingsspruch von Wink. Deshalb ist Lucas gegangen. Aber das erklärt nicht, warum Helena nicht mehr hier ist. Das ist nicht einfach so geschehen. Helena wollte gehen. Sie ist in ein Flugzeug gestiegen und über den Ozean in ein Land mit Eis und Schnee und Bergen und riesigen Wasserfällen geflogen. Und ich warte immer noch darauf, dass sie eine größere Eigentumswohnung findet, in der auch für mich, ihre Tochter, Platz sein wird.

Und zum zweiten Mal an diesem Tag fehlen mir die passenden Worte, und so flüstere ich lediglich: »Es tut mir leid, Lucas.«

Aber ich habe doch etwas für ihn. Etwas, das jedes Schulkind bekommen hat. Etwas, das mir ein Loch in die Tasche brennt, seit ich es erhalten habe, da ich weiß, dass Lucas es sehr viel mehr zu würdigen gewusst hätte, als ich es jemals tun werde: eine Gedenkmünze zum silbernen Thronjubiläum.

Ich mache mich auf die Suche nach einem Stock und fange an, ein Loch zu graben. Nur ein kleines Loch, denn ich will nicht etwa des Grabraubs bezichtigt werden (obwohl es ein Grabgeschenk ist). Ein kleines Loch am Fuße seines Grabsteins, groß genug, um darin eine Münze zu vergraben.

»Bitte schön, Lucas. Ich habe dich nicht vergessen.«

Die Nacht ist nicht mehr fern, der Glockenschlag ist gerade neun Mal erklungen, aber es ist immer noch nahezu hell auf dem Friedhof. Dem Krach nach zu urteilen, scheint das Fest in vollem Gange zu sein und dürfte wohl noch auf unbestimmte Zeit so weitergehen, da Linda dafür gesorgt hat, dass quer über der Straße bunte Party-Lichterketten aufgehängt wurden, wie die entlang der Promenade.

Lucas und ich hatten ein vertrauliches Gespräch. Ganz offenbar billigt er weder mein Geknutsche mit Christopher Bennett, noch, dass ich zum ersten Mal einen über den Durst getrunken habe. Wäre Lucas hier, würde er auch das Gymnasium besuchen, aber er würde Jungs wie Christopher Bennett locker in die Tasche stecken. Dann wäre er der stolze Besitzer dieses Fünfpfundscheins. Er wäre ein verantwortungsbewusster Bürger. Ein fleißiger Schüler. Mein Fels in der Brandung. Aber er ist nicht hier. Er ist ein Grabstein. Eine Erinnerung. Ein Körnchen Sternenstaub.

Die Musik ist verstummt. Der Friedhof liegt im Dunkeln. Ich habe keine Angst. Es ist ein sicherer Ort. Alle Leute hier sind tot. Ich habe keine Angst vor den Toten. Es sind die Lebenden, die einem Schmerz zufügen. (Es wird noch einige Jahre dauern, bis Michael Jacksons *Thriller* auf den Markt kommt und man mit der Möglichkeit rechnen muss, einem Zombie zu begegnen.)

Ich mache mir ein Bett, ein Nest, und rolle mich wie Andy in dem ungemähten Gras neben Lucas zusammen. In einem Baum ganz in der Nähe ertönt der Ruf einer Eule. Ich könnte die ganze Nacht hierbleiben. Ich bin so müde, dass ich mich nicht mehr rühren kann. Wenn ich es doch tue, schmerzt mir der Kopf. In meinem Körper summt es, und daran sind nur die Alko-Birnendrops schuld.

»Gute Nacht, Lucas.«

Eine ganze Weile später scheint mir ein helles Licht ins Gesicht. Ist das der Himmel? Werde ich Lucas sehen, der sich in seiner weißen Robe herausgeputzt hat, die Federflügel ordentlich im Rücken gefaltet, den Heiligenschein glänzend poliert?

»Ja hallo, wen haben wir denn hier?«

Oje. Wie in einer Episode von *Dixon of Dock Green* versucht ein freundlicher Polizist alter Schule herauszufinden, ob ich ein Zuhause habe.

»Ich wohne über *Bob's News*«, erwidere ich höflich.

»Aha«, sagt er und vollführt ein Plié, auf das Toni stolz wäre, so dass sein schnurrbärtiges Gesicht nur wenige Zentimeter von meinem eigenen entfernt ist. »Dann bist du also Bobs Tochter.«

»Ja, Sir, die bin ich«, antworte ich. »Bobs Tochter.«

Man soll schließlich nicht mit einem Mann in Uniform streiten.

Später in meinem eigenen Bett, meinem warmen, trockenen, gemütlichen Bett, weiß ich, dass ich nicht mehr einschlafen werde. Die Müdigkeit – und die Nachwirkungen des Pomagne – war in dem Moment verflogen, als mir die Taschenlampe ins Gesicht leuchtete. Und jetzt lacht der Ritter über mich. Auf eine arrogante, affektierte Weise, die eigentlich gar kein echtes Lachen ist. Ich bin eine Idiotin. Ich habe meinen ersten Kuss von einem Jungen bekommen, und das ausgerechnet von Christopher Bennett, und dann bin ich am Grab des Jungen eingeschlafen, dem eigentlich diese Ehre gebührt hätte.

Dennoch musste die Queen stolz auf ihre Untertanen gewesen sein. Jubelnde Menschen hatten im ganzen Königreich und über die Ozeane hinweg ausgelassen gefeiert, von Botswana bis Jamaika, von Australien bis Kanada, und das alles im Namen ihres silbernen Jubiläums als unsere Königin. Ich bin mir allerdings nicht so sicher, was sie von meinem Benehmen gehalten hätte.

Bob ist nicht sonderlich begeistert. Er hatte die ganze Straße nach mir suchen lassen, als er nach dem Zusammenpacken und dem Aufkehren bemerkte, dass ich verschwunden war. Aber er zeigt es nicht. Er bedankt sich nur auf seine ruhige, stille Art bei dem Polizisten und nimmt mich in den Arm. Und während er mich so fest hält, schicke ich ein Stoßgebet zum Himmel, dass er nichts Unerlaubtes riechen kann, das an meinem Wollpullunder oder in meinem schlechten Haarschnitt hängt.

Ich kann allerdings etwas an ihm riechen. Er stinkt danach. Nicht nach Apfelwein oder bitterem Bier oder Piña Coladas. Sondern nach Verzweiflung und … ja, nach etwas anderem, etwas viel Stärkerem: Liebe.

Bob ist mein Vater. Bob liebt mich.

Der Sommer kommt und geht ebenso wie die Touris und das Gießverbot. Es war eine Zeit der fröhlichen Festivitäten für unsere Queen, die letzten Tage der Treue und Unschuld, lediglich ein wenig getrübt durch das Erscheinen der Sex Pistols und ihre endlosen Auslassungen über ein Faschistenregime. Aber am 16. August wird die Queen durch den Tod eines Kings in den Hintergrund gedrängt. Elvis ist tot. Halb Torquay stürzt in tiefe Verzweiflung. Man kann sich vor Zeichen der Anerkennung und des Dankes kaum noch retten. Egal welchen Laden man auch betritt, seine Songs laufen in jedem Radio. Jedes Mal, wenn man den Fernseher einschaltet, ist sein weißer, hautenger Einteiler und seine große Sonnenbrille zu sehen. Der anderen Hälfte von Torquay macht das Ganze weniger zu schaffen. Sie verbringt ihre Samstagabende in den neuen Diskotheken im Zentrum, die mit ihren Glitzerkugeln und beleuchteten Tanzflächen aus dem Boden geschossen sind. Es gibt einen neuen King: John Travolta, Disco-King. Die Zeiten ändern sich.

Nun, sie werden es in unserer Ecke der Welt auf jeden Fall tun. Es stellt sich heraus, dass Bob und Wink an jenem Samstagabend beim Essen der Garnelenklöße falschlagen mit ihrem Pessimismus. Die BBC hatte sie genommen. Es hat eine Weile gedauert, aber irgendwann im neuen Jahr trifft der Brief eines Mitarbeiters ein, der Wink und ihren Sohn zu einem Vorsprechen nach London einlädt. Offenbar soll die Show nicht eingestellt werden. *The Generation Game* wird einen neuen Moderator bekommen, Larry Grayson, und eine neue Assistentin, Isla St. Clair. Bob muss sich einen neuen Anzug, einen neuen Namen und eine ganz neue Persönlichkeit zulegen, wenn er seine fünfzehn Minuten Ruhm und Wink ihr Plüschtier bekommen soll.

2006

Ich hatte eigentlich damit gerechnet, dass Adrian / Daddy sich heute noch einmal herwagen würde, aber er hat sich die Mühe gespart. Genau wie deine Großmutter. Nein, nicht Helena. Sie ist sich ja noch gar nicht bewusst, dass sie jetzt Oma ist (ha!). Nein, deine andere Großmutter. Adrians Mutter. Das alte Schwiegermonster. Also müssen wir uns miteinander begnügen. Zumindest für den Moment. Bis ich meinen Mut zusammennehme und Verstärkung anfordere.

Im Augenblick könnte ich ein Eis vertragen. Ja, ein Eis. Kein Häagen-Dazs und auch kein Ben and Jerry's, sondern eine richtige Devonsche Eistüte mit einem Schlag Sahne obendrauf und einem Schokostäbchen. Oder ein Mr. Whippy von dem Eiswagen an der Promenade. Erinnerungen an Greensleves-Melodien und »Vorsicht, Kinder!«-Rufe. In meinem Silver-Cross-Kinderwagen im Hafen herumgefahren werden, zusehen, wie sich mein Windrädchen dreht, die Möwen im Sturzflug die Pensionäre angreifen, und Helena über mir, die mit Schmollmund und leicht zur Seite geneigtem Kopf in ihren hohen Absätzen vor sich hinschreitet, die schönen Augen über die Bucht und das Meer hinweg auf den Horizont gerichtet.

Großmutter Helena. Grandma, Granny, Gran. Oma, Omi, Omama.

Sie sollte eigentlich hier sein.

KAPITEL 10

1978

Die Zeiten ändern sich in der Tat. Das liegt nicht nur an den kulturellen Erscheinungsformen des Punkrocks und der Diskotheken – der Winter der Unzufriedenheit (oder, um Shakespeare treu zu bleiben: der Winter unsers Missvergnügens) kündigt sich an. Aber trotz der Aussicht auf streikbedingte überfüllte Mülleimer und Beerdigungsinstitute ist es ein aufregender Winter, was mich betrifft. Bob und Wink haben sich mit Hilfe einer Laune des Schicksals durch das Vorsprechen gemogelt, und jetzt sind wir voll und ganz mit den Vorbereitungen für die bevorstehende Gameshow beschäftigt. In der wenigen Zeit, die bleibt, spielen wir mit Streichhölzern, wenn wir wieder mal keinen Strom haben. (Bob könnte in einem früheren Leben gut und gern ein Brandstifter gewesen sein, vielleicht Guy Fawkes oder dieser französische Bursche, der den Scheiterhaufen für Jeanne d'Arc gebaut hat. Ich habe den Film mit Ingrid Bergman gesehen, und es war nicht gerade das reine Vergnügen.)

Unsere Vorbereitungen beziehen sich im Wesentlichen darauf, Winks Gedächtnis zu testen, was wahrscheinlich der Teil von ihr ist, der am besten funktioniert. »Es lässt sich alles immer noch verbessern«, sagt sie mit einem Blick auf Bobs Haaransatz. Jeden Tag nach der Schule stelle ich ein Teetablett mit zwanzig verschiedenen klei-

144

nen Dingen zusammen, die ich aus dem Laden borge, damit Wink sie sich kurz anschauen kann (ihre Sehkraft lässt langsam nach), ehe ich das Tablett dann mit einem ihrer (ziemlich grauen) Geschirrhandtücher abdecke. Dann muss sie die Dinge herunterspulen, an die sie sich erinnern kann (»Ein Anspitzer! Eine Packung Rizlas!«). Sie wird immer geübter, und wir sind alle zuversichtlich, dass wir, wenn es ihr gelingen sollte, bis zu dem berühmten Laufband zu gelangen, mit einer ganzen Wagenladung voller Sachen zurückkehren werden. Das Problem besteht darin, sie bis zu diesem begehrten Platz zu bringen. Sie hat seit kurzem Schwierigkeiten mit dem Laufen, und den Gedanken, sich mit einem Rollstuhl vertraut zu machen, tut sie verächtlich ab. Wie soll sie nur das Tellerdrehen oder andere Geschicklichkeitsspiele meistern?

»Ich werde die Teller zerdeppern«, lamentiert Wink.

»Darum geht es ja gerade«, erwidert Linda.

(Linda ist zynischerweise eine postmoderne Frau und insofern ihrer Zeit voraus.)

Die meisten Leute im Viertel wissen Bescheid über Bobs und Winks bevorstehende Berühmtheit, und jeder Einzelne von ihnen scheint erpicht darauf zu sein, bei ihrem Training mitzumischen. Mr. Taylor (der mit den prämierten Knubbelknien) unterrichtet stundenweise am Berufskolleg, wo er den Schülern das Töpferhandwerk beibringt. Somit hat er Zugang zu einer Töpferscheibe und bietet Wink an, ihr eine kleine Einführung zu geben. Sie kommt strahlend zurück und zeigt jedem voller Stolz, was sie mit ihren eigenen Händen erschaffen hat. Meiner Ansicht nach erinnert es an etwas nach einer Kernschmelze, aber Wink ist davon überzeugt, dass es sich um ein unbezahlbares Kunstwerk handelt, und es erhält einen Ehrenplatz über dem Kaminofen im Wohnzimmer.

Miss Goddard aus Nummer neun spielt im Laientheater und bringt Bob und Wink etwas über Stimmpräsenz bei – nicht, dass Wink das nötig hätte, aber Bobs Hüstelstimme könnte Nachhilfe gebrauchen. Sie verschwinden in den finsteren Tiefen von Miss Goddards (seit dem Krieg unveränderten) Haus und verbringen einen ganzen Nachmittag damit, Kipling und Longfellow vorzutragen.

»Zum Teufel mit Hiawatha«, verkündet Wink bei ihrer Rückkehr. »Da lob ich mir Pam Ayres!«

Und dann ist da noch Christopher Bennett. Christopher Bennett hat ein verborgenes Talent, das er unter all dem Haar und vor Leuten wie mir versteckt hat. Christopher Bennett kann Gesellschaftstänze! Als Wink diese Information aus Christophers Großmutter herausbekommt, der etwas in der Richtung beim Bingo entschlüpft, schnappt sie ihn sich und lässt ihn nicht wieder los, bis er ihr verspricht, einige seiner Fertigkeiten an sie weiterzugeben. Man sollte doch eigentlich glauben, dass Wink schon einmal in ihrem Leben eine flotte Sohle à la Ginger Rogers aufs Parkett gelegt hat, da sie schließlich zu der Generation gehört, die sich mit Tanztees und dergleichen auskennt. Aber dem ist nicht so. Sie hat zwei (nicht sehr brauchbare) linke Füße und kennt nicht den Unterschied zwischen einem Foxtrott und einem Quickstepp.

Christopher erklärt sich bereit zu helfen, allerdings zu einem gewissen Preis. Er verlangt zwar nicht, für seine Nachhilfe bezahlt zu werden, aber er weiß sehr wohl, wie er bekommt, was er will. Christopher ist jetzt dreizehn und darf somit von Rechts wegen etwas Geld verdienen.

Sehr zu meiner Verärgerung gelingt es ihm, Bob dazu zu bringen, ihm einen Job als Zeitungsausträger anzubieten. Ich wollte den Job eigentlich selbst haben, werde aber erst im Sommer offiziell ein Teenager sein. Christopher ist ein guter Schauspieler und kann sehr nett sein, wenn er will, daher kann man Bob keinen Vorwurf wegen seiner Leichtgläubigkeit machen, obwohl man sagen muss, dass dies wahrscheinlich sein schlimmster Charakterfehler ist. Ich spiele mit dem Gedanken, Bob über die republikanischen Neigungen seiner neu eingestellten Arbeitskraft in Kenntnis zu setzen, entscheide mich dann aber dagegen, da er dadurch auf die Idee kommen könnte, tiefer nachzuforschen, wie ich an ein solches Wissen gelangt bin. Ich bin nicht sonderlich daran interessiert, an diesen Abend erinnert zu werden. Allerdings bedeutet es, dass ich mich von nun an in den frühen Morgenstunden vom Laden fernhalten muss, um nicht in Christophers Stratosphäre zu gelangen. Aber das ist eigentlich nicht schlimm. Da ich jetzt praktisch ein Teenager bin, liebe ich mein Bett und verbringe ganze Tage darin, eingekuschelt in meine neue Steppdecke, die Wink für mich aus einer von Bobs *Sunday-Telegraph*-Farbbeilagen bestellt hat. »Da du ja niemanden hast, der dir das Bett zurechtmacht.« (Sie meint es ja nur gut.)

Also sind Wink und ihr neuer Sohn, Bob, mit der Hilfe von Mr. Taylor, Miss Goddard und Christopher Bennett so bereit, wie sie es nur jemals sein werden.

An einem kalten Novembertag steht endlich die lang erwartete Fahrt zum BBC Television Centre bevor. Das Hotel ist gebucht, unsere Taschen sind gepackt, ein Stadtplan – London A bis Z – gekauft und Bobs neuer Anzug gebügelt. Linda und ich bilden die Begleitung, und zu viert machen wir uns in aller Herrgottsfrühe in Lindas Austin Maxi auf den Weg. Sie wird fahren, da abgesehen von der Tatsache, dass Bobs Ford Cortina auf dem letzten Loch pfeift, seine Nerven blankliegen und er eine Gefahr auf der M4 darstellen würde. Als Schreibwarenvertreterin und ehemaliger Fan von Stockcar-Rennen nutzt Linda jede sich bietende Gelegenheit, die Straßenverkehrsordnung auf die Probe zu stellen. Sie ist ganz besonders scharf darauf, die legendäre North Circular in Angriff zu nehmen (für die wir einen kleinen Umweg machen müssen), da sie von ihren Kollegen schon viel über die zahlreichen Hindernisse und Hürden dort gehört hat, die eine Herausforderung darstellen. Linda hat eine Schwäche für Herausforderungen und erinnert mich an ihre Namensvetterin, Lynda Carter alias Wonder Woman.

Nach einem herzhaften und gleichermaßen herzschädigenden Frühstück in einer Autobahnraststätte kurz vor Bristol fahren wir an den Rauchwolken und Metallmonstern von Avonmouth vorbei – in der Ferne die Severn Bridge und die Flugzeughangars von Filton – und wechseln auf die M4. Ich bin nicht mehr in London gewesen, seit ich es vor zwölf Jahren als kleines Bündel in einem gelben Schal mit Helena verlassen habe.

London: ein Ort, der so viele Gesichter, so viele Erinnerungen, so viel meiner Geschichte, die sich nicht in Devon zugetragen hat, heraufbeschwört. Ein mystischer Ort der Andersheit, der mit Familie, Helena, Tante Nina und Lucas, mit meinen Großeltern, dem Wechsel der Wache, dem Planetarium, dem Spitzelist, der Queen, mit Bruce und Anthea, Larry und Isla verbunden ist.

Es ist nicht ganz leicht zu sagen, wo London beginnt. Die Felder verschwinden allmählich, und die Landschaft nimmt eine andere Farbe an. Keine rote Erde mehr, kein Meer, keine schmalen Straßen und hohen Hecken, kein Gestrüpp, das den Wagen streift, kein Wild, das einen durch die Bäume ansieht. Stattdessen fahren wir an zersiedelten Städten und Hochhäusern vorbei, und der Verkehr verlangsamt sich, als die Straßen immer voller werden, sich Auto an Auto reiht, überall Menschen sind und Läden und Busse und Krach und Grau. Vermutlich ist es schon London, auch wenn es nirgendwo ein Willkommensschild gibt wie bei uns in Devon, auf dem das Bild eines Schiffes zu sehen ist und der Schriftzug WILL-KOMMEN IN DEVON. LEGEN SIE EINE PAUSE EIN. MÜDIGKEIT KANN TÖDLICH SEIN.

Die Straßen sind ganz offensichtlich nicht mit Gold gepflastert, sondern mit Müll übersät. (Obwohl dies noch nichts ist im Vergleich zu dem Schmutz, den wir vorfinden würden, hätten wir unsere Fahrt ein paar Monate später zum Streik der Müllabfuhr angetreten.) Aber was mich in Erstaunen versetzt, sind die Flächen von Trostlosigkeit, die dreckigen Gebäude, die geschlossenen Geschäfte und die durchweichten Zeitungen und Papiere, die auf den Gehwegen herumliegen. Ich rechne fast damit, den alten Mann in seinen abgetragenen Schuhen aus dem Song *Streets of London* von Ralph McTell herumwandern zu sehen. Trotz des vielen Mülls gibt es überraschend viele Bäume und Parks in der Stadt, so dass dem Grau viel Grün beigemischt ist. Helena hatte mir oft von dem Park erzählt, in dessen Nähe sie einmal gewohnt hat und wohin ihr Kindermädchen sie manchmal mitnahm, um die Enten zu füttern. Dulwich Park mit seinen berühmten Rhododendren und dem See zum Bootfahren. Ob er in der Nähe ist? Es ist nur schwer vorstellbar, dass Kindermädchen in Acton Babys in ihren Kinderwagen an Rhododendren vorbeischieben.

Linda ist ganz in ihrem Element. Bob fuchtelt ohne großen Erfolg mit dem Stadtplan herum, aber das ist kein Problem für sie, die in einem früheren Leben vielleicht einmal Taxifahrerin gewesen ist, denn es gelingt ihr meistens, sich vor die Wagen zu setzen, egal ob es sich um einen Granada oder Capri, Jaguar oder Mercedes handelt, und sie wechselt dabei die Spuren, als ob sie einen Slalom fahren würde. Ihre Augen huschen zwischen der Straße und den Spiegeln hin und her, ihre Hände umklammern das Lenkrad, dass ihre Knöchel hervortreten. Sie singt ziemlich ungeniert zu allem, was Radio One spielt, als wäre sie Patty (die in Devon geblieben ist und mit ein wenig Hilfe von Lugsy den Laden führt und ein wachsames Auge auf die Zeitungsjungen hat, die alle in sie verliebt sind – wenn auch keiner so sehr wie Christopher Bennett. Ha, träum weiter, Popelmonster!).

Wink und ich sitzen nebeneinander auf dem Rücksitz und sinnen über all unsere anderen Leben nach. Über das, das Wink hinter sich gelassen hat, als ihr Mann starb. Über das, das ich hätte haben können, wenn Helena sich nicht entschieden hätte, die Hauptstadt zu verlassen und in die Pampa zu ziehen …

Ich muss eingenickt sein, denn mit einem Mal ist der Motor verstummt, und Finsternis umgibt mich. Ich benötige ein paar Sekunden, um mich von meiner Verwirrung zu erholen und zu begreifen, dass wir uns in der Tiefgarage des Hotels befinden.

»Da wären wir also«, verkündet Linda auf dramatische Art und Weise, als hätten wir ein Leben lang nur auf diesen Moment hingelebt – was in Winks Fall womöglich auch zutrifft.

Bob zieht Wink aus dem Maxi. »Los geht's, Mutter«, sagt er. »Schauen wir mal, ob du gut untergebracht bist.«

Allein der Blick, den sie ihm zuwirft, ist die Reise schon wert. Hätte sie ihren Gehstock zur Hand, wäre er in diesem Moment wohl zweckentfremdet worden.

Im Vergleich zu dem einzigen Hotel, mit dem ich vertraut bin – dem Rainbow in Torquay, wo Cheryl und ich immer schwimmen gehen –, schneidet dieses Hotel gut ab. Für mich ist es ein Palast, weil wir nichts dafür bezahlen müssen und weil es so etwas wie eine Mini-Bar in jedem der durch eine Tür verbundenen Zimmer gibt und außerdem – der Gipfel der Kultiviertheit – ein avocadofarbenes Bidet in dem Bad en suite (ich lerne bereits eine ganze Menge neuer Wörter), in dem Bob seine Füße mit der puppenkleinen Gratisseife (die perfekt wäre für Mandy Denning) gründlich wäscht.

Wink und ich teilen uns ein Zimmer mit zwei Einzelbetten, Bob und Linda ein Zimmer mit Doppelbett (sehr gewagt!). Bob wird in den nächsten zwei Tagen eine Doppelrolle spielen, da er sich nicht nur als Winks Sohn ausgibt (nun ja, Schwiegersohn, wodurch das Problem umgangen wird, dass sie nicht denselben Nachnamen haben), sondern auch als Lindas Ehemann (was bedeutet, dass sie vorübergehend ihren Nachnamen ändern musste, da sie doch nicht so liberal ist, wie sie gern tut).

Nachdem wir ausgepackt und uns frisch gemacht haben, begeben wir uns nach unten in die Lobby, wo wir die anderen drei Paare – und ihre Begleitung – treffen, die ebenfalls bei der Show mitmachen. Die anderen Kandidaten sehen alle ziemlich nervös aus. Aber nicht so nervös wie Bob (den das schlechte Gewissen drückt, weil er kein echter Sohn ist) oder Wink (die sich bewusst ist, dass sie diejenigen, die zu entscheiden haben, davon überzeugen muss, dass sie das blühende Leben in Person ist und ganz bestimmt nicht zur Hauptsendezeit vor laufenden Kameras umkippen wird). Alle betreiben oberflächliche Konversation, reden dummes Zeug und lachen zu viel.

Dann tauchen zwei Assistentinnen mit Klemmbrettern und in schicken Londoner Klamotten auf und verschwinden gleich wieder mit den Paaren, um die morgigen Abläufe durchzugehen. Der Rest von uns – eine Sammlung von Söhnen und Töchtern, Ehefrauen und Müttern, Brüdern und Lebenspartnern – bleibt überflüssig und verlassen zurück, um sich selbst die Zeit zu vertreiben.

»Ach, zum Teufel mit denen«, brummt Linda. »Lass uns was unternehmen.«

Ich zucke mit den Schultern, da mir nicht ganz klar ist, welche Antwort sie von mir erwartet, aber das bringt Linda, die nie leicht klein beigibt (und damit wieder einmal ihrer Zeit voraus ist), nicht von ihrem Vorhaben ab.

»Wir sind in London, Philippa. Wohin würdest du gern gehen?«

»Mir den Wechsel der Wache ansehen?«

»Den haben wir verpasst.«

»Madame Tussaud's?«

»Zu spät.«

»Hm … dann will ich U-Bahn fahren.«

»U-Bahn? Wohin denn?«

»Ist mir egal. Ich will einfach nur fahren.«

Die einzigen öffentlichen Verkehrsmittel, die wir in Torquay haben, bestehen aus einem gelegentlich fahrenden Bus, der Bahnlinie nach Exeter und der Standseilbahn nach Babbacombe Beach, daher möchte ich mir diese Gelegenheit nicht entgehen lassen.

Bevor eine von uns Zweifel entwickeln könnte, schreiten wir mit großen Schritten in die Abenddämmerung hinaus und machen uns auf den Weg zur nächsten U-Bahn-Station. Ich bin sehr aufgeregt in Anbetracht dieses Ausflugs in die unterirdische Welt unserer Hauptstadt. Ich mag die unglaublich langen Rolltreppen und den Geruch von Rauch und warmen Körpern. Ich mag das statische Knistern, das die Schienen in den Sekunden von sich geben, bevor die Bahn wie ein Wurm aus ihrem Loch auftaucht. Der Schwall warmer Luft, der einem ins Gesicht weht. Das Zischen der Türen und das verzweifelte Festhalten an den Handschlaufen, die immer noch warm sind von der Hand eines anderen. Jemand, dessen Wege sich vielleicht einmal irgendwann mit den deinen kreuzen werden, ohne dass du es weißt. (Das ist eben London.)

»Reicht dir das, Philippa?«, fragt Linda nach einigen Haltestellen. Sie sitzt neben einem ziemlich übel riechenden Penner (möglicherweise noch eine Figur von Ralph McTell) und ist erleichtert, als ich vorschlage, dass wir ins Hotel zurückfahren, um etwas zu essen.

Die beiden schicken Assistentinnen haben die Kandidaten wieder im Hotel abgeliefert, wo diese im Speiseraum ihre Lebensgeschichten austauschen und unser Eintreffen kaum zur Kenntnis nehmen – bis auf Bob, der mir ein angestrengtes Lächeln zuwirft, bevor er seine Aufmerksamkeit Linda zuwendet und ihre Hand so fest drückt, dass sie einen kleinen Schrei von sich gibt.

»Nervös?«, flüstert sie und beugt sich herab, um ihm einen Kuss auf den Kopf zu geben, genau auf seine zunehmend kahler werdende Stelle.

»Nur ein bisschen«, schwindelt er.

Wink dagegen ist ganz in ihrem Element. Ihre Nervosität ist verschwunden, was einem unfreiwilligen Publikum und der Aussicht darauf, am nächsten Tag Larry zu begegnen, zu verdanken ist. Sie erzählt allen, dass Larry trotz seines Erfolges ein Mann des Volkes geblieben ist. Dass er immer noch gern in Zeitungspapier eingewickelten Fisch mit Pommes isst – er sogar immer Salz und Essig im Handschuhfach seines weißen Rolls-Royce dabeihat. Wenn man sie so ansieht, wie sie da auf dem plüschbezogenen Speiseraumstuhl sitzt, weit weg von ihrem streng riechenden Reihenhäuschen, käme man nie auf die Idee, dass sie krank ist, so gut passt sie in diese neue Welt hinein. Sie ist ein Chamäleon. Sie könnte Gott weiß wer sein. Bobs Mutter. Meine Großmutter.

Wink schläft in jener Nacht wie ein Baby, auch wenn Babys meines Wissens – das begrenzt ist – nicht so laut schnarchen. Man sollte eigentlich meinen, dass sie unruhig wäre, aber nichts kann ihren Schlaf stören. Sie würde wohl auch den Sturm auf die Bastille verschlafen. Oder ein Konzert von Black Sabbath. Bob dagegen sieht am nächsten Morgen beim Frühstück schrecklich aus und verschmäht das großzügige Buffet, um sich an schwarzem Kaffee zu laben.

Bob ist von der lebensbedrohlichen Angst besessen, dass er sich im Fernsehen zum Narren machen könnte. Ihn quält die Sorge, dass seine Kunden danach bis in alle Ewigkeit in seinen Laden kommen und ihn an seine peinlichsten Momente erinnern werden. Dass Linda ihn in einem neuen, objektiven Licht sehen und sämtliche lebenserhaltenden Maßnahmen einstellen könnte.

»Warum zum Teufel hast du denn nur zugestimmt, bei der Show mitzumachen, wenn dich das alles so aufregt?«, erkundigt sich Wink wenig mitfühlend. »Das ist nicht *Panorama*. Das Ganze soll doch peinlich sein. Wir sollen die Profis nachahmen und dabei auf den Arsch fallen.« Und damit stürzt sie auf eine erstaunliche Weise davon, um sich im hoteleigenen Salon die Haare machen zu lassen.

Linda bietet Bob an, ihn zu massieren. Dieser Vorschlag muntert ihn ein wenig auf, und ehe ich mich versehe, sind sie auch schon im Aufzug verschwunden, und ich stehe allein da mit einem Jungen namens Raymond aus Preston. Er ist nicht nur im gleichen Alter wie ich, sondern hat auch meine Größe, wodurch sich für mich eine völlig neue Perspektive in Sachen Jungs eröffnet, da mir all meine Altersgenossen zu Hause nur bis zum Kinn reichen. Dies lässt mich für einen Moment zur Draufgängerin werden.

»Hast du Lust, mit mir U-Bahn zu fahren?«, frage ich.

»Meinetwegen«, sagt Raymond.

Raymond ist vorher noch nie mit der U-Bahn gefahren, obwohl er schon den Wechsel der Wache gesehen hat (und ebenfalls bestätigen kann, dass sie nicht einmal eine Glühbirne wechselt).

Raymond macht nicht viele Worte, und wenn er dann doch einmal etwas nuschelt, unterscheidet es sich ziemlich von dem, womit ich groß geworden bin. Aber wir kommen zurecht.

Wir fahren nur ein paar Haltestellen weit und dann gleich wieder zurück (ob es mir bestimmt ist, hier nichts anderes zu tun?), um dann mitten im geschäftigen Morgen der Londoner wieder aufzutauchen, die konzentriert ihren Geschäften nachgehen. Wir machen halbe-halbe bei einer Cola vom Zeitungskiosk. Raymond hat nichts dagegen, sich eine Flasche mit mir zu teilen, wischt nicht einmal die Bazillen vom Flaschenhals ab, als er trinkt, was eine eigenartig berührende Geste ist, voller Intimität und erwachender sexueller Spannung.

»Lass uns zurückgehen«, sagt er. »Meine Mum wird sich schon fragen, wo ich abgeblieben bin.«

Er ist nicht nur groß, sondern auch rücksichtsvoll. Typisch für mich, dass er Hunderte von Meilen entfernt weit oben im Norden wohnt – und ich ein Mädchen aus dem Südwesten bin.

Wir gehen wieder zum Hotel zurück, schlängeln uns durch die Menschenmassen – frühe Weihnachtseinkäufer, Sekretärinnen und Geschäftsmänner – und versuchen uns als zwei Beinahe-Teenager aus der Provinz in der Großstadt zu behaupten und dabei so wenig Leute wie möglich anzurempeln.

»Deine Großmutter ist in Ordnung. Die kommt klar«, sagt er, als wir um die Ecke zum Hotel biegen. »Aber dein Vater scheint mit seinen Nerven ziemlich am Ende zu sein.«

»Ist er auch«, stimme ich ihm zu. »Und was ist mit deiner Mutter? Freut die sich auf die Show?«

»Na, logo. Sie liebt Larry. Er ist für sie der Beste. Wünscht sich wohl, dass er ihr Vater wäre oder so was in der Richtung.«

»Hat sie denn keinen Vater?«

»Keinen, der den Namen verdient.«

»Oh.«

Ich stelle mir diesen namenlosen, gesichtslosen Vater / Großvater vor und frage mich, warum er wohl nicht den Anforderungen entspricht. Warum er nicht hier ist. Seit ich mir Bob gekapert habe, habe ich mir schon lange keine Gedanken mehr über meinen eigenen Vater gemacht. Doch jetzt zuckt mir ein Bild durch den Kopf, wie er sich mit weißem, wallendem Haar und einem Bart wie Methusalem seinen Weg durch den Dschungel hackt.

»Was ist mit deinem Bruder?«

»Robbie?«

»Macht der sich Sorgen wegen nachher?«

»Ach was, Robbie macht sich um nix 'nen Kopf.«

Das glaube ich ihm nur zu gern. Robbie ist viel älter als Raymond. Er muss in seinen Zwanzigern sein, geboren, als seine Mutter noch viel zu jung war, um sich wegen Windeln zu sorgen. Er stolziert im Hotel herum, betrachtet die Rezeptionistin und, wenn man Wink glauben darf, »überhaupt alles, was einen Rock trägt« mit begehrlichen Blicken, daher vermute ich, dass er spielend damit fertig wird, im Fernsehen aufzutreten.

»Robbie hat eine Schwäche für Isla. Er findet sie …«

Aber ich bekomme nicht mehr zu hören, wie sie der Frauenexperte Robbie findet, weil ein roter Doppeldecker erschreckend nah an uns vorbeirast. Mir bleibt nicht einmal genug Zeit, um mir das Kennzeichen zu merken.

»Scheiße!«, sagt Raymond, was eins von Winks Lieblingswörtern ist und zeigt, dass wir doch die gleiche Sprache sprechen. »Das war knapp.«

Wir schleichen uns ins Hotel zurück, bevor seine Mutter oder mein »Vater« merken, dass wir fort sind. Bob bekommt wahrscheinlich immer noch seine Massage. Raymonds Mum und ihr Erstgeborener, Robbie, kippen sich an der Bar gemeinsam mit dem Vater-Tochter-Gespann aus Littlehampton einen hinter die Binde.

»Scheiße«, sagt Raymond wieder. »Ich glaube nicht, dass sie das machen sollten. Die beiden Schnecken vom Fernsehen haben doch gesagt, es wäre besser, das mit dem Alkohol ruhig angehen zu lassen.«

Es mag fies klingen, aber beim Blick in die roten Gesichter von Raymonds Familie und von dem Gespann aus Littlehampton verspüre ich eine gewisse Genugtuung. Wenigstens wird meine Familie nüchtern sein.

Das kann ihnen später am Abend bei der Aufzeichnung der Sendung nur zugutekommen. Wer mir Sorgen bereitet, ist das Ehepaar aus Inverness. Die beiden sind undurchschaubar.

Die Assistentinnen sind wieder da. Sie tragen andere schicke Klamotten, agieren aber mit der gleichen Begeisterung. Sie heißen Imogen und Amber, wie Figuren aus einem Jilly-Cooper-Roman, und beide sprechen auf die gleiche Weise, wie Helena und Tante Nina es getan haben. Auf die Weise, wie Helena es mir wohl beigebracht hätte, wenn sie dagebieben wäre, um meine Aussprache zu verbessern. Sie ermuntern die Kandidaten dazu, ihr Bauchkribbeln zu überwinden und sich ein »gutes Essen« vom Buffet im Speisesaal zu genehmigen. Allerdings lassen sie selbst ihren Worten keine Taten folgen und picken an ihren Würstchen im Schlafrock herum wie unterernährte Vogelküken. Captain würde sie zum Frühstück verspeisen.

Zwei Stunden später sitzen Linda und ich im Studiopublikum und lauschen dem »Anheizer«, einem äußerst großen Mann mit biegsamen Beinen und einer nervigen Art zu reden. Aber er erledigt seinen Job, und wir sind nun restlos bereit, ein phantastisches Publikum abzugeben – auch wenn diejenigen von uns, die einen geliebten Menschen als Kandidaten haben, dazu noch vor Aufregung zittern. Mein Magen schreit nach seinem Anteil am Päckchen von Rennies in Bobs Tasche, und so habe ich keine Ahnung, wie er und Wink – meine Familie – sich im Augenblick fühlen. Sie haben den Nachmittag damit verbracht, den Ablauf mit Imogen und Amber durchzugehen und sich (zu Bobs großer Schmach) schminken zu lassen. Es hat keine Proben gegeben, da der Erfolg der Show auf Spontaneität beruht. (Oder *Blamage,* wenn man unserer zynischen Linda glauben darf.) Sind die beiden wirklich dafür bereit?

Mit einem Mal ändert sich die Atmosphäre im Studio. Da ist so eine Welle von irgendwas, höchstwahrscheinlich Begeisterung, oder es ist die sich auflösende Gasansammlung in Bobs gebeuteltem Magen-Darm-Trakt. Jedenfalls sitzt jeder im Publikum aufrecht da, umklammert mit den Händen den Sitz oder lehnt sich erwartungsvoll vor. Wir befinden uns in der Gegenwart einer Legende der leichten Fernsehunterhaltung: Larry Grayson.

Larry redet auf eine bescheidene Art und Weise mit uns, ganz so, als sei er gerade in Bobs Laden spaziert gekommen, um ein Viertelpfund Fruchtbonbons zu kaufen. Er spricht über seine imaginären Freunde Everard und den Briefträger Wirf-es-ein-Pete. Wir kriegen uns vor Lachen kaum noch ein, denn wir sind der Hysterie nahe, weil uns Larry in sein Vertrauen zieht. Selbst Linda kann nicht anders, auch sie ist gänzlich im Bann der Samstagabendunterhaltung gefangen.

Larry fährt fort und stellt die entzückende Isla St. Clair vor. Auch wenn sie in Sachen Glamour nicht in Antheas Liga spielt, so bezaubert sie doch auf ihre ganz eigene wohltuende, intelligente Weise. Bevor sie verschwinden, um sich für die Aufzeichnung vorzubereiten, erinnert uns Larry daran, dass wir ein großartiges Publikum sein müssen, damit die Leute zu Hause noch mehr Vergnügen an der Show haben werden, wenn sie am Samstagabend ausgestrahlt wird. (Vielleicht weiß er bereits, dass sich Ärger bei der BBC zusammenbraut und sie in Bälde froh sein können, überhaupt noch irgendwelche Zuschauer zu haben.) Nicht, dass wir eine solche Ermutigung nötig hätten. Sobald die Musik einsetzt, flippen Linda und ich völlig aus, klatschen in die Hände, bis sie weh tun, und jauchzen und schreien wie von Sinnen. (So wie es im Fernsehen der Zukunft einmal gang und gäbe sein wird.)

Doch dann setzt mein Herzschlag eine Sekunde aus, und eine große Sorge um meinen Bob-Sugar da draußen im Rampenlicht überkommt mich, wo er seine Schwiegermutter unterstützt und ganz allein mit dem Druck vor der Kamera steht, dem Grauen, dass einem Millionen zusehen – obwohl es nicht annähernd so viele sind wie ein Jahr später, wenn die Schwierigkeiten der BBC auf die dunkle Seite wechseln werden und man nur noch einen blauen Bildschirm mit einem weißen Text sieht, der für das fehlende Programm entschuldigt. Aber das ist Zukunftsmusik. Jetzt sind wir hier. Und es gibt kein Zurück mehr. Jetzt kommt es drauf an.

Die nächsten fünfundfünfzig Minuten vergehen wie in einer Art Traum, etwas Surrealem, schemenhaft Verschwommenem, und sie verdichten sich zu einigen wenigen unscharfen Momenten.

Nachdem das Erkennungslied verklungen ist, stellt Larry (cremefarbener Anzug und braune Krawatte, Isla in einem »Mädchen von nebenan«-Kleid, das bei weitem nicht so ausgefallen ist wie Antheas Garderobe) die Kandidaten vor. Larry: Und nun darf ich Ihnen unsere acht Mitspieler präsentieren. Das sind unsere Kandidatenpaare des heutigen Abends: das Vater-Tochter-Gespann aus Littlehampton, Robbie und seine Mum aus Preston, die Undurchschaubaren aus Inverness, Bob und Wink aus Torquay. Und kurz danach ist es so weit … die erste Runde beginnt: Preston gegen die Undurchschaubaren in »Wie glasiere ich einen Kuchen«. Die vier Kandidaten beobachten den Profi bei der Arbeit, der einen Früchtekuchen in perfekter Handhabung des Messers mit einer tadellosen Zuckerglasur versieht. Auftritt von Robbie und seiner Mum, die es völlig vermasseln. Larry macht mit, krempelt die Ärmel hoch und reicht eine helfende Hand, was die Sache nur noch schlimmer macht. Das Publikum ist völlig aus dem Häuschen. Derweil sind die Undurchschaubaren aus Inverness beinahe so gut wie der Profi. Ein mit Glasur bekleckerter Larry lässt sich von Isla den Punktestand nennen. Robbie und Beryl: 4, Jackie und Donald: 9. Und dann … Runde 2: »Welcher Hund ist das?« Wieder sind es dieselben vier Kandidaten, die gegeneinander antreten. Robbie und seine Mum wissen fast gar nichts über Hunde, während die Undurchschaubaren in einem früheren Leben einmal Hundezüchter gewesen sein müssen. Sie über-

nehmen die Führung und sichern sich so einen Platz im Finale. Robbie und seine Mum nehmen es gelassen hin. Sie sind im Fernsehen und werden in ihrem Pub von diesem Abend noch einige Jahre zehren. Und Raymond ist erleichtert, dass er sich weitere Peinlichkeiten ersparen kann. Damit treten als Nächstes das Vater-Tochter-Gespann aus Littlehampton gegen Bob und Wink an. Runde 3: Jawohl, es darf getöpfert werden. Wink ist gleich voller Zuversicht, das sieht man am Funkeln in ihren Augen, auch wenn dies meiner Ansicht nach angesichts des missglückten Versuchs, der bei ihr zu Hause über dem Gasofen steht, jeglicher Grundlage entbehrt. Bob sieht in seinem schicken neuen Anzug aus, als wäre er einer Ohnmacht nahe, und Larry gibt sein Bestes, um dies zu verhindern. Der Topf gelingt dem Profi perfekt, und nun dürfen es die Kandidaten versuchen. Larry macht wieder mal mit und ist schon bald von oben bis unten mit matschigem Ton bedeckt. Das Vater-Tochter-Gespann produziert die üblichen schiefen Varianten, und der Profi gibt jedem beachtliche sechs von zehn möglichen Punkten. Bobs Kreation sieht aus, als hätte ein Betrunkener versucht, den Schiefen Turm von Pisa nachzubauen. Als Larry das Gebilde von allen Seiten betrachtet, lehnt sich der Turm mit einem Mal immer weiter zur Seite und kippt auf eine Weise um, bei der sich Larry gewisse Anspielungen nicht verkneifen kann. Wink wiegt diesen erstaunlichen Mangel an Geschicklichkeit aber mehr als auf, denn ihr Werk ist beinahe dem von Clarice Cliff ebenbürtig. Es ist fast so, als besäße sie besondere Kräfte. (Was vielleicht an irgendwelchen geheimnisvollen Schwingungen liegt, die Wonder Woman neben mir erzeugt, während sie an ihren Nägeln kaut.) Wink erringt neun von zehn Punkten, und Bob, der realistischerweise höchstens auf vier hätte hoffen dürfen, erhält einen Extra-punkt, »weil er sich solche Mühe gegeben hat«. Dann Runde 4: »Errate das berühmte Baby.« Das ist Bobs Chance, ganz groß rauszukommen. Als Zeitungshändler hat er nahezu all diese Fotos schon einmal gesehen, und die, die er nicht kennt, errät er trotzdem. Sie erhalten die volle Punktzahl, während das Duo aus Littlehampton le-diglich fünf magere Pünktchen erzielt. Wink und ihr Schwiegersohn sind im Finale und treten gegen die Un-durchschaubaren an ... Und dieses Mal ist es kein Spiel, sondern ein Tanz. Dies wird eine kniffelige Angelegen-heit, da Wink inzwischen müde sein dürfte. Aber glückli-cherweise ist es kein Quickstepp, sondern ein langsamer Tango, und nicht mit einem Partner, sondern mit einer Puppe. Die Undurchschaubaren vollziehen die Schritte, die von einem Promi aus Come Dancing demonstriert werden, der auch die Bewertung vornehmen wird, und es ist eine gute Imitation, völlig im Takt, allerdings eher prä-zise als leidenschaftlich. Und es ist diese Leidenschaft, die Bob und Wink beflügelt und alle mitreißt, denn es ist ge-wiss nicht ihr Taktgefühl oder ihre Anmut oder ihr Gleich-gewichtssinn, da Bob zum Entzücken von Larry und un-ter der großen Belustigung des Publikums, das einen ganz klaren Favoriten hat, an einem Punkt ins Wanken gerät und auf seine Puppe stürzt. Auch der Promi lässt sich von der positiven Stimmung anstecken und gibt Bob und Wink – nicht zuletzt durch Larrys Ansporn – die höhere Punktzahl. Und damit haben sie es geschafft. Sie haben es wirklich geschafft. Als Nächstes beziehen Wink und Bob für das Ausscheidungsspiel, für die eine Frage, mit der der Gewinner ermittelt wird, rechts und links von Larry Stel-lung, und natürlich antwortet Wink als Erste, und es spielt

keine Rolle, ob Bob sie hat gewinnen lassen oder nicht,
obwohl es eher unwahrscheinlich scheint, da Wink diesen
Killer-Ausdruck in ihren Augen hat, während Bob der
Schrecken ins Gesicht geschrieben steht. Damit ist nur
noch eine letzte Hürde zu nehmen, bevor der Traum
Wirklichkeit wird. Wir können einfach nicht glauben, dass
das tatsächlich geschieht! Wir warten darauf, dass die fu-
turistischen, funkelnden Türen mechanisch geöffnet wer-
den, um unsere Wink zum Vorschein zu bringen, die wie
eine Kassiererin im Supermarkt dahintersitzt. Es ist die
Chance ihres Lebens. Das Laufband setzt sich in Bewe-
gung, Larry steht auf einer Seite und verkündet all die
Luxusartikel, die in einem Höllentempo vorbeizuhuschen
scheinen. Viel zu früh ertönt der Buzzer, die Dinge sind
außer Sichtweite, und nur Wink bleibt unter dem Schein-
werferlicht zurück. Ihr Gesicht ziert ein gelassener Aus-
druck. Larry: Sie haben fünfundvierzig Sekunden. Die
Zeit läuft ... jetzt. Und Wink rasselt sie herunter, erst den
Bleistiftanspitzer und das Päckchen Rizlas, die aber schnell
von den kostspieligeren Artikeln ersetzt werden, die den
ganzen Tag von einem Sicherheitsbediensteten bewacht
wurden. Wink (mit der Begleitung des Publikums): Kof-
fer! Golfschläger! Radiowecker! Tafelservice! Kaffeema-
schine! Teemaschine! Heizdecke! Toaster! Besteckkasten!
Früchtekorb! Champagner! Ein Tiger! Sie nutzt nicht ein-
mal die Gelegenheit, »Plüschtier!« im Fernsehen zu sagen.
Sie steht über den Dingen. Sie ist Wink, der Fernsehstar.
Sie ist unsere Wink.

Als Bob abgeschminkt ist, sieht er älter aus, und als er sich
herabbeugt, um sich den Schnürsenkel zuzubinden,
kommt es mir so vor, als wäre die kahle Stelle an seinem

Kopf sichtlich größer geworden. Aber Wink scheint wie neugeboren. Man sollte doch eigentlich annehmen, dass ihr die Anstrengung und die Aufregung zu viel sein würden, doch als die After-Show-Party vorbei ist, Schnappschüsse von den Kandidaten mit Larry und Isla gemacht worden sind und uns der Wagen mitsamt den Preisen zum Hotel zurückgefahren hat, marschiert Wink mit geradem Rücken und beschwingtem Schritt in die Lobby, wo sie allen (bis auf die Undurchschaubaren, die auf Nimmerwiedersehen verschwunden sind – vermutlich zurück nach Inverness) noch einen Schlummertrunk ausgibt.

In diesem Moment ahnen wir noch nichts von der Katastrophe, die uns daheim, in Torquay, ereilen wird.

Am nächsten Morgen teilen Raymond und ich uns unsere letzte Flasche Cola.

»Wir könnten Brieffreunde werden«, schlage ich vor und bedauere es sogleich, da er aussieht, als hätte ich ihm angeboten, seine Frau zu werden. Sein Entsetzen lässt nach einem Schluck Cola langsam nach, und er berappelt sich wieder.

»Meinetwegen«, sagt er.

Ich reiche ihm einen Bierdeckel, den ich mir als Souvenir eingesteckt habe, als der Barkeeper gerade beschäftigt war. Er zieht einen Kugelschreiber hervor (den er von der Hotelrezeption hat mitgehen lassen) und kritzelt seine Adresse nieder. Eine Straße und eine Stadt, die ebenso gut in einem fremden Land sein könnten. Manitoba oder Alberta oder Inverness.

Und ich schreibe ihm meine Adresse auf. *Bob's News.* Mein Zuhause.

Ich verlasse London wieder. Dieses Mal in einem Auto. Ich habe lediglich an allem geschnuppert, das die Hauptstadt zu bieten hat. Es wurde mir zum zweiten Mal allzu schnell vor der Nase weggeschnappt.

Wink ist wie aufgedreht, erfreut uns mit weiteren Infos über Larry, die sie Amber und Imogen entlockt hat. Dass Larry unehelich geboren wurde. Zur Adoption freigegeben. In einer Pflegefamilie aufwuchs. Sie schaut mich dabei an, als sie uns dies erzählt, was zum Teil wohl damit zusammenhängt, dass ich diejenige bin, die mit ihr auf der Rückbank festsitzt und der sie ihr lahmes Bein auf den Schoß gelegt hat, aber ich frage mich, ob sie nicht auch Vergleiche mit meinem Leben anstellt. Schließlich wurde ich auch unehelich geboren. Da hören die Ähnlichkeiten allerdings bedauerlicherweise auch schon auf, da ich nie zur Adoption freigegeben wurde. Wo wäre ich wohl jetzt, wenn das passiert wäre? Bestimmt nicht auf dem Rückweg vom BBC Television Centre, so viel ist sicher, daher sollte ich meiner inoffiziellen Pflegefamilie dankbar sein. (Aber ich bin praktisch ein Teenager, und Dankbarkeit gehört nicht zu meinem Repertoire.)

Irgendwann hält Wink die Klappe, und ich kann mit dem Tiger im Arm schlafen und von einem großen Jungen namens Raymond träumen. Meinem Brieffreund. Ein weiterer Freund, den ich allzu schnell wieder aufgeben musste, und Lindas Maxi flitzt mit mir davon und bringt mich zurück zu Leuten wie Christopher Bennett und Terry Siney. Nicht, dass ich Terry in letzter Zeit einmal gesehen hätte, aber ich habe gehört, dass er sich jetzt T-J nennt. Allerdings habe ich den Verdacht, dass wir Tante Sheila in der nicht allzu fernen Zukunft wiedersehen werden, falls sie ihren Fernseher am Samstagabend einschalten sollte.

Als wir zu Hause in Torquay ankommen, haben wir wieder einmal keinen Strom. Ich darf den Tiger als Dank für all mein unterstützendes Geschrei behalten. Wink sagt, sie habe meine Stimme aus dem Publikum herausgehört, und es habe ihr geholfen weiterzumachen, was mich erstaunt, da Wink den Eindruck erweckte, als komme sie ganz wunderbar allein zurecht. Aber man kann niemals in einen anderen Menschen hineinsehen, wie sie mir ständig eintrichtert.

Die Golfschläger schenkt sie Bob und Linda (»etwas, das ihr gemeinsam anfangen könnt, diese ganze Massiererei kann ja nicht gesund sein«), genauso wie die Flasche Champagner, weil sie von dem Zeug schreckliches Sodbrennen bekommt. Den Toaster will sie Miss Goddard geben, die sich immer noch mit einem Grillrost behilft (jemand sollte ihr mal sagen, dass die Japaner kapituliert haben), und Mr. Taylor hat sich das Koffer-Set verdient, damit er mit seiner stolzen Frau und seinen Knubbelknien in die zweiten Flitterwochen starten kann. Christopher Bennett wird den Radiowecker bekommen, damit er keine Entschuldigung mehr hat, wenn er wieder einmal zu spät zum Zeitungsaustragen erscheint. Sein ständiges Zuspätkommen nervt, und Bob scheint langsam hinter die bröckelige Fassade des netten jungen Mannes zu schauen.

Wink wird dennoch genug Luxusartikel für sich behalten, an denen sie sich noch eine lange Zeit erfreuen kann – obwohl mich die Art und Weise, in der sie so eifrig ihre Preise verteilt, befürchten lässt, dass sie nicht mehr so viel Zeit hat, wie ich es mir wünschen würde. Ob sie uns damit vielleicht etwas sagen will?

Am nächsten Morgen werden wir in aller Frühe – sogar noch bevor die Zeitungsjungen eintrudeln – geweckt. Bob tritt im Bademantel in den frostigen Morgen hinaus, wo auf der Straße eine ziemliche Unruhe herrscht. Ich schlafe tiefer als er und werde erst von den Sirenen wach. In den ersten Sekunden versuche ich zu erraten, um welchen Hilfsdienst es sich wohl handeln mag. Als ich die Vorhänge öffne und mich der Ritter für einen Augenblick spöttisch angrinst, ehe ich ihn mit einem Ruck zur Seite ziehe, bin ich mir sicher, einen Krankenwagen zu sehen. Aber ich liege falsch. Es ist die Feuerwehr, die draußen vor Winks Haus zugange ist, aus deren Schlafzimmerfenster dichte orange-schwarze Flammen schlagen. Ich könnte mir glatt vormachen fernzusehen, wäre da nicht dieses unverkennbare Prasseln, dieser Rauchgeruch und die Hitze, als ich das Fenster hochschiebe und mein Blick über die Leute dort draußen fliegt ... aber ich kann Wink nirgendwo entdecken. Wink, die imstande ist, bei allem zu schlafen, selbst bei Feuer. Selbst bei Feuer!

»Wink!«

Niemand hört mein Schreien. Es ist viel zu laut da draußen. Ich renne aus dem Zimmer, springe drei Stufen auf einmal die Treppe hinunter und bin in meinem Pyjama draußen auf der Straße und sprinte auf ihr Haus zu, als mich ein Feuerwehrmann zu packen bekommt.

»Oh nein, das wirst du nicht tun«, sagt er. »Es ist heiß da drin.«

Und als ich mich auf dem Boden wiederfinde, dort, wo das Straßenfest stattgefunden hat, das Tauziehen, bei dem Wink als Preisrichterin fungiert hat, helfen mir vertraute Hände wieder auf.

»Ist schon gut ...«, sagt Bob hustend, »... Captain hat sie gerettet.«

Zum Glück war der mutige Fire Captain, der Feuer-wehrhauptmann des Löschtrupps, an Ort und Stelle. Er muss sie sich wohl über die Schulter geworfen und über eine Leiter aus dem brennenden Zimmer gerettet haben. Ich liebe diesen Mann. Ich möchte ihn küssen und ihm danken, aber Bob führt mich weg, um die Ecke herum, wo in der Tat ein Krankenwagen steht, in dem eine dreckige alte Dame in eine Decke gehüllt sitzt (als wäre es ihr in ihrem brennenden Haus nicht schon warm genug geworden) und eine Sauerstoffmaske auf dem Gesicht trägt. Auf ihrer Schulter hockt ein Papagei.

Captain hat sie gerettet.

Und so geht Winks einmalige Chance im Leben in Flammen auf, obwohl irgendwo noch ein Mitschnitt der Sendung mit ihr und Bob existieren könnte, wenn ihn nicht jemand bei der BBC überspielt hat. Das Einzige, was ihr bleibt, ist ein verkohltes Foto, auf dem Larry den Arm um sie gelegt hat. Anderenfalls könnte es nur allzu leicht ein Traum gewesen, niemals geschehen sein.

Aber ich habe den Beweis. Ich habe den Tiger, den ich ihr bereitwillig anbiete zurückzugeben, doch sie will nichts davon wissen. Also begleitet er mich überall hin.

Bob bietet ihr auch etwas an. »Komm zu uns, Wink. Du kannst so lange bleiben, wie du willst.«

Und das tut sie. Sie bleibt so lange, wie sie will. Genau genommen geht sie nie wieder weg.

»Spiel nur nicht mit den Zündhölzern herum«, wagt er an diesem ersten Abend zu sagen. »Wenn wir das nächste Mal wieder keinen Strom haben, benutz eine Taschen-lampe.«

Und dieses Mal hat sie ihren Gehstock zur Hand.

Fran ist wieder da, um nach uns zu sehen. Ob sie wohl jeder frischgebackenen Mutter so viel Aufmerksamkeit schenkt, oder ist dies etwa das Mutterschafts-Pendant zu den langsamen Lesern? Sie bringt dich in Windeseile fort, befiehlt mir, mich aufs Ohr zu legen. Sehe ich denn so schrecklich aus? So alt?

Als mir die Ärztin die Nachricht überbringt, bin ich also allein. Die junge Ärztin mit den geübten Händen. Pianistenhände. Chirurgenhände. Hände, die vernähen und untersuchen und geschickt tasten und befühlen können. Ein schlichter Ehering glänzt am entsprechenden Finger, und ich würde sie gern fragen, ob sie selbst Kinder hat, denn aus irgendeinem Grund muss ich wissen, dass sie es versteht. Dass sie sich wirklich in mich hineinversetzen kann.

»Möchten Sie Ihren Mann wirklich nicht mit dabeihaben?«, fragt sie.

Ich wische die Frage mit einer Handbewegung fort.

»Also schön«, sagt sie. »Die Ergebnisse des Bluttests liegen vor. Ich habe das Labor ein wenig zur Eile getrieben, weil ich weiß, was für eine Tortur die Warterei sein kann.«

(Sie versteht es also!)

»Vielen Dank«, sage ich höflich, aber nach ihrem grimmigen Gesichtsausdruck zu schließen, glaube ich irgendwie nicht, dass ich ihr in einer Minute immer noch danken werde.

»Es ist ihr Herz«, sagt sie.

Ihr Herz. Mein pochendes Herz.

KAPITEL 11

1980

Ich habe richtiggelegen, was Auntie Sheila angeht. Sie schaltet an besagtem Samstag tatsächlich ihren Fernseher ein, anstatt etwas weniger Langweiliges zu tun. Und da ist er. Der Mann, der einmal beinahe eine wichtige Rolle in ihrem Leben gespielt hätte. Der Beinahe-Mann: Bob. Der vor der ganzen Nation den Clown spielt. Aber es ist ihr Bob. Mein Bob. Und als sie ihm beim Tangotanzen zuschaut, stellt sie sich vor, sie sei es, die er in seinen Armen hält, und nicht die Puppe.

Und so taucht Sheila eine Woche nach dem Feuer, als Wink Helenas alten Kleiderschrank mit einer neuen Auswahl von Polyester-Klamotten vom Markt in Newton Abbot gefüllt und Captain wieder begonnen hat, seine Kommentare abzugeben, im Laden auf. Sie will angeblich eine *Western Morning News* und ein Päckchen extrastarke Minzpastillen kaufen, aber in Wahrheit ist sie dort, um Bob zu sehen. Und wie es der Teufel so will, ist er da und hat den Kopf auf den Tresen gestützt.

»Sheila!«, ruft er aus, aufrichtig erfreut, sie zu sehen. »Gut siehst du aus.«

Ja, Sheila sieht wirklich gut aus. Ihr raffinierter Haarschnitt und ihre schlanke Figur veranlassen Bob sogleich, sich gerader hinzustellen und den Bauch einzuziehen.

171

Linda ist unterwegs, verhökert Schreibwaren, und daher macht Bob Sheila einen Tee. Eine Tasse führt zur anderen, und ehe wir uns versehen, hat sich Sheila wieder in unserem Leben breitgemacht, krempelt sich die Ärmel hoch und reicht eine helfende Hand.

Zwei Jahre später, und es hat sich nicht groß etwas geändert. In der Schule bin ich nach oben gekrabbelt, wenn auch nicht bis ganz an die Spitze. Dort befindet sich immer noch Cheryl, auch wenn sie so anständig ist, es niemals zu erwähnen. Wir sind auch immer noch beste Freundinnen, können aber nicht mehr so viel Zeit miteinander verbringen, um die Texte der Popsongs aus *Smash Hits* auswendig zu lernen und einander neue Frisuren zu machen, da wir für unsere Probeklausuren lernen müssen. (Wenn mir doch bloß die Ereignisse der Industriellen Revolution genauso gut im Gedächtnis bleiben würden wie der Text von *Ant Music*.)

Zu Hause fällt es mir schwer, mich an eine Zeit zu erinnern, in der ich nicht mit Bob und Wink und Andy und Captain zusammengewohnt habe. Linda ist noch nicht von der Bildfläche verschwunden, obwohl sie seit ihrer Beförderung zur Bereichsleiterin mehr unterwegs ist als zuvor. Innerhalb der nächsten zehn Jahre wird sie eine dieser Frauen werden, die sich von Margaret Thatcher und Alexis Carrington inspirieren lassen und Hosenanzüge – »Power Suits« – mit Schulterpolstern tragen, auf denen Captain ein Nest bauen könnte. Aber einstweilen begnügt sie sich mit Schluppenbluse und Föhnwelle à la Lady Di. Linda ist tatsächlich derart begeistert von Lady Di und fiebert der offiziellen Verlobung entgegen, dass »Prinzessin« ihr Rufzeichen beim CB-Funk wird. Sie ist mittlerweile ganz besessen von ihrem Handfunkgerät und vertreibt sich die Stunden, in denen sie mit dem Auto im ganzen Südwesten unterwegs ist, mit der Vorstellung, in *Convoy* mitzuspielen. Das Autofahren macht Linda nun noch mehr Spaß als zuvor.

Eines Tages lädt uns Tante Sheila samstags zu einer Dinnerparty ein. Bernie, der immer noch ein braver Junge ist, wird dort sein. Terry (T-J), der noch zu Hause wohnt, wird möglicherweise auch dort sein, oder auch nicht, je nachdem, was er »vorhat«. (Das meiste von dem, was er vorhat, steht in Zusammenhang mit Bier und Pubs und Kumpels.) Toni dagegen ist immer noch in Hampstead, arbeitet sich durch die breite Masse der Immobilienmakler nach oben und hat sich »eine hübsche kleine Wohnung« in Belsize Park gekauft, wo sie ihre Mutter manchmal übernachten lässt, damit sie sich zusammen eine Show oder ein Theaterstück ansehen können. Ich erinnere mich an meinen Ausflug nach London, wo ich mehr Zeit unterirdisch statt überirdisch verbracht habe, und für einen Moment spüre ich einen Stich der Eifersucht. Toni mag kein Mitglied von Pan's People geworden sein, aber immerhin besitzt sie ihre eigene Wohnung in London und kann ihre Mutter zu einer Vorstellung von *Evita* einladen, während ich mich wieder einmal damit begnügen muss, mir mit Wink das Weihnachtsspiel im Princess Theatre anzusehen.

Linda ruft Bob im letzten Moment an und teilt ihm mit, dass sie irgendein Problem im Büro hat und es nicht rechtzeitig zu Tante Sheila schafft. Daher gibt es einen freien Platz am Tisch, den T-J nach einigen Überredungskünsten einnehmen wird, bevor er sich in die Stadt verzieht. Leider befindet sich der freie Platz direkt neben meinem, und daher freue ich mich nicht gerade auf das Essen, obwohl Tante Sheila richtig auf den Putz gehauen und Steak und Fritten gefolgt von einer Arctic Roll auftischt – einer mit Vanilleeis und etwas Himbeersoße gefüllten Biskuitrolle. Ich darf sogar ein halbes Glas Chianti trinken, da ich fünfzehn bin und endgültig ein Teenager und somit die Gelegenheit bekommen sollte zu lernen, wie man verantwortungsbewusst mit Alkohol umgeht. (Sie ahnen ja nicht, dass ich es bereits auf die harte Tour gelernt habe.)

T-J und Bernie trinken Bier, da Wein etwas für Weicheier ist. Wink schließt sich ihnen an, aber Bob riskiert es, nicht als ganzer Kerl zu gelten, da dies in seinen Augen das kleinere Übel ist, als miterleben zu müssen, wie Tante Sheila die ganze Flasche (mit Ausnahme meines mickrigen halben Glases) allein austrinkt. Offensichtlich ist es ihm noch nicht gelungen, die Erinnerung an das klägliche David-Essex-*Hold-Me-Close*-Fiasko auszulöschen. Unglücklicherweise ist dies nicht die einzige Flasche Chianti. Wie sich herausstellt, ist dank Tante Sheilas Weinclub der ganze Keller mit dem Zeug gefüllt.

Der Abend zieht sich ziemlich in die Länge, und ich muss dasitzen und zuhören, wie T-J auf seinem Steak herumkaut, das so blutig ist, dass es praktisch noch atmet. (Ich muss wohl in einem früheren Leben Vegetarier gewesen sein.) Tante Sheila hat sich wirklich Mühe gegeben. Sie hat ihr bestes Tafelservice und ihre besten Kristallgläser aus dem Schrank geholt und sorgfältig das Besteck poliert. Sie hat sogar die Servietten zu einer Ziehharmonika gefaltet, was Wink unglaublich beeindruckt. T-J dagegen beachtet seine gar nicht und benutzt lieber seinen Ärmel.

Ich frage mich, wie jemand so Kultiviertes wie Tante Sheila einen Banausen wie ihn großziehen konnte. Doch dann fällt mein Blick auf Bernie, der sein halbgares Steak mit offenem Mund kaut.

Während Bier und Wein fließen, plätschert die Unterhaltung eher vor sich hin. Tante Sheila gibt ihr Bestes, um sie anzukurbeln.

»Wie geht's Linda?«, fragt sie Bob mit einem gezwungenen Lächeln.

»Oh, eingespannt wie immer«, antwortet Bob mit einem kleinen Zögern.

»Armer Bob«, sagt Tante Sheila, als habe er verkündet, dass Linda mit einem der Zeitungsjungen durchgebrannt sei. Sie legt ihre Hand auf seine und lässt sie dort.

Bob starrt auf ihre Hände herab, als befürchte er, dass sie sich jeden Moment selbst entzünden könnten. Bernie nimmt einen Schluck von seinem Bier, öffnet den Knopf seiner Farah-Hose und scheint den Verrat seiner Frau gar nicht zu bemerken. Nach einigen Litern italienischen Rotweins lassen Tante Sheilas Gastgeberkünste ziemlich zu wünschen übrig.

Auch T-J bekommt nicht im Geringsten mit, wem die Zuwendung seiner Mutter gilt. Er hat die erste Hälfte des Essens damit verbracht, auf seine Uhr zu sehen, und die zweite Hälfte damit, auf meine Brust zu starren, die ein bisschen gewachsen ist, seit ich ihn das letzte Mal gesehen habe (hurra!), und es scheint ihm allmählich zu dämmern, dass ich endgültig ein Teenager bin. Er versucht sogar, sich mit mir zu unterhalten. Aber noch überraschender ist, dass ich sein plötzliches Interesse ziemlich reizvoll finde. Ich erwische mich dabei, wie ich mit einer merkwürdigen Stimme rede und merkwürdige Dinge empfinde. Aber der Pub ruft, und sobald sich T-J den letzten Bissen seiner Arctic Roll in den Mund geschaufelt hat, macht er sich, nun umgeben von einer Brut-Parfümwolke, auf den Weg zur Tür, schlüpft in seine Lederjacke und ruft ein flüchtiges »Bis später« über seine Schulter hinweg, die, wie ich feststellen muss, wirklich eine sehr nett anzusehende Schulter ist.

»Er denkt darüber nach, nach London zu ziehen. Will erst mal bei Toni wohnen«, sagt Sheila, als die Haustür zugeschlagen wird. »Möglicherweise bekommt er einen Job in ihrem Büro. Vielleicht als Lieferjunge.«

»Man kann ihn wohl kaum mehr als Jungen bezeichnen«, gibt Wink zu bedenken. (Sie hat es also auch bemerkt.)

»Er ist erst vierundzwanzig«, sagt Sheila.

»Er ist ein verdammter Schmarotzer«, sagt Bernie.

»Dann sollten wir ihn wohl dazu ermuntern, nicht wahr?«

Mit dieser Anmerkung elterlicher Fürsorge verschwindet Tante Sheila, um den Käse und die Cracker zu holen, und hinterlässt eine peinliche Stille in dem von Kerzen erleuchteten Esszimmer, die zu füllen niemand übers Herz bringt. Ich könnte es wohl, wenn ich wollte, aber ich bin zu sehr damit beschäftigt, an T-J zu denken. Terry, der bei mir immer Brennnessel gemacht hat, Terry mit den widerlichen Freunden, Terry der Billardspieler. Terry, der wegzieht, um bei seiner Schwester zu wohnen, die ihn zu einer Vorstellung von *Evita* mitnehmen kann (auch wenn er ihr das mit Sicherheit nicht danken würde). Terry (T-J), auf den ich – nach einem mickrigen halben Glas Chianti – ziemlich scharf bin.

Als wir nach dem Essen gerade bei der Minzschokolade angelangt sind, klingelt es an der Haustür. Es ist Linda, die ein wenig zu ungeschickt geschminkt, den Ausschnitt zu tief, mit einer Flasche Blue Nun dasteht, bei deren Anblick Tante Sheila, die Weinkennerin, zusammenzuckt.

»Etwas anderes hatten sie in dem Spirituosenladen leider nicht«, sagt Linda und errötet so heftig, dass es mich an T-Js Steak erinnert.

Sie scheint kurz davorzustehen, ihrer selbstgefälligen Gastgeberin mit besagter Flasche eins überzubraten. Es ist offensichtlich, dass, egal aus welchem Grund sich Linda auch entschieden haben mag, zu diesem Zeitpunkt des Abends hier zu erscheinen, es für alle Beteiligten besser gewesen wäre, wenn sie von der Arbeit schnurstracks nach Hause gefahren wäre, Manhattan Transfer aufgelegt und ein Bad genommen hätte.

Linda ist eifersüchtig, deswegen ist sie hier. Und sie befindet sich in guter Gesellschaft, denn Sheila ist es auch. Bernie, der die hochkochenden Emotionen gar nicht wahrnimmt, schleicht davon, um sich im Fernsehen Snooker anzuschauen. Wink, die eine Schwäche für Männer mit schwarzen Fliegen hat, schließt sich ihm an. Bob bleibt allein zurück mit Sheila und Linda. Er ist verwirrt, denn er kann nicht verstehen, wieso irgendjemand wegen ihm die Sünde der Eifersucht begehen sollte. Mir bleibt nur die Rolle der Friedensstifterin, aber ich bin nicht in Stimmung für Verhandlungen. Gut möglich, dass ich in jemanden verknallt bin, in den ich es nicht sein sollte.

»Ich muss aufs Klo«, erkläre ich.

Trotz der am Tisch herrschenden Grabesstille scheint mich niemand zu hören.

Ich nutze die Gelegenheit, um oben ein bisschen herumzuschnüffeln. Tonis Zimmer, wo ihre Freundinnen ihre noch ungeübten Schminkfertigkeiten an mir ausprobiert haben, sieht immer noch aus wie damals. Es gleicht einem Museumsstück. Das Zimmer eines Teenagers der Siebziger. Rosafarbener Flokati, rosafarbene Rauhfasertapete, ein riesiger Papierlampenschirm. Der von einer mit Artex beschichteten Decke herabhängt, die mit Wolken bemalt ist. Ein paar rosafarbene Ballettschuhe hängen an ihren rosafarbenen Bändern von ihrem Bettgestell herab, das dem aus *Die tollkühne Hexe in ihrem fliegenden Bett* nachempfunden zu sein scheint. Ihre Prüfungsurkunden aus ihrer Ballettzeit hängen ordentlich gerahmt an einer Wand. Ein Tutu hängt von der Bilderschiene herab. Und ich gehe jede Wette ein, dass wenn ich den Schrank öffnen würde, ich dort ihr fließendes Pan's-People-Nachthemd finden würde, das einen Geistertanz aufführt.

Ich traue mich nicht, Sheilas und Bernies Schlafzimmer zu betreten, riskiere es aber, einen Blick in T-Js Zimmer zu werfen. Darin sieht es sicherlich aus wie an einem Tatort voller forensischer Beweise. Doch mit dem, was mich erwartet, habe ich nicht gerechnet. Abgesehen von dem obligatorischen Athena-Tennismädchen an der Wand (demjenigen, das vergessen hat, seinen Schlüpfer anzuziehen), werde ich mit einem Zimmer konfrontiert, in dem alles an seinem Platz ist. Es liegen keine dreckigen Socken herum. Es sind keine mit Schimmel überzogenen Tassen zu entdecken, keine auf dem Boden verstreuten Chipstüten. Das Bett ist gemacht. Der Boden gesaugt. Es riecht sogar angenehm. Eine Mischung aus Seife und Zahnpasta und Teppichreiniger. Es ist die Art von Zimmer, wie Lucas es für sich hergerichtet hätte, allerdings hätte er mehr Bücher gehabt und darauf verzichtet, Bilder von nackten Frauenhintern an die Wand zu hängen. Vielleicht ist Tante

Sheila ja verantwortlich für diese Akribie, obwohl ich es irgendwie bezweifele – heutzutage ist sie, obwohl sie sich zuweilen die Zeit für Servietten-Origami nimmt, viel zu beschäftigt, um ihren früheren hohen Standard in Bezug auf Sauberkeit und Ordnung aufrechtzuerhalten. Vielleicht unterschätze ich T-J. Vielleicht hat er mir all die Jahre nie erlaubt, einen Fuß in sein Zimmer zu setzen, weil er weiß, was ich für eine Chaotin bin. Vielleicht liegt es an der Erinnerung an Lucas, dass ich für den Jungen, der mich früher einmal Schweinebacke genannt hat, eine gewisse Schwäche entwickele.

Als ich in T-Js Zimmer stehe, wird mir klar, wie wenig ich eigentlich über ihn weiß. Zwei Dinge weiß ich allerdings, und die sollten ausreichen:

1. Er ist vierundzwanzig.
2. Er zieht nach London.

Seit Raymond hat es aber niemand Erwähnenswerten mehr gegeben. Christopher Bennett ist bloß noch eine unangenehme Erinnerung, obwohl er immer noch am frühen Morgen im Laden anzutreffen ist. Lucas ist bloß ein Körnchen Sternenstaub. Und ich bin endgültig ein Teenager, dessen Hormone – um Helena zu zitieren – »spinnen«.

Als ich wieder unten ankomme, packt Bob Linda und ihren Ausschnitt gerade wieder in ihren Dannimac-Trenchcoat, und Wink schreit Terry Griffiths an, einen Zahn zuzulegen. Es ist eindeutig Zeit zu gehen, denn wir wollen ja nicht länger bleiben, als dem Gastgeber lieb ist.

Bernie hat sich vom Snooker losgeeist und steht neben seiner Frau, deren neue Frisur ein wenig zerzaust ist und

179

die sich zu einem Lächeln zwingt, als sie uns nach draußen begleitet. Während Bob Linda und Wink in die Nacht hinausgeleitet, schlurfe ich ein Stück hinterher (was in meinen flachen Schuhen wunderbar funktioniert, denn im Gegensatz zu Helena möchte ich meiner Größe keinen Zentimeter mehr als nötig hinzufügen) und verweile auf der Türschwelle, da ich der Heimfahrt mit den dreien nicht gerade mit großer Begeisterung entgegensehe. Sheila küsst mich flüchtig auf die Wange und verschwindet in der Küche. Bernie und ich verharren bewegungslos an Ort und Stelle und hören uns an, wie seine Frau ihr bestes Porzellan nicht gerade sanft in die Spülmaschine befördert. Dann sieht er mich an. Keine Ahnung warum, aber irgendwie bin ich peinlich berührt.

»Vermisst du sie?«, fragt er aus heiterem Himmel.

»Wen?«, erwidere ich, obwohl ich genau weiß, wen er meint. Ich möchte, dass er ihren Namen ausspricht. Ich höre ihn gar nicht mehr. Es ist beinahe so, als hätte sie nie existiert.

»Deine … Mutter«, sagt er. »Helena.«

»Warum sollte ich sie vermissen?«, frage ich trotzig. »Wo ich doch so eine liebevolle Familie habe.«

Wir stehen da und sehen zu, wie meine Familie ihre Liebe in Bernies Garagenzufahrt zum Ausdruck bringt, indem sie sich darüber streiten, wer den Maxi fahren darf. Das nimmt meinem Argument ein wenig an Schlagkraft.

»Ehrlich, es geht mir gut«, versichere ich ihm. »Aber danke, dass du gefragt hast, Onkel Bernie.«

Er zwinkert mir zu. Und es ist dieses ganz besondere Zwinkern, das sonst nur seiner Toni vorbehalten ist.

Als ich in jener Nacht im Bett liege, meidet mich der Ritter. Vielleicht weiß er, dass mein Herz einem anderen gehört. Ich denke über das nach, was ich Bernie gesagt habe. Es geht mir gut, das war nicht gelogen. Aber ich bin mir nicht sicher, ob es an meiner neuen Leidenschaft liegt oder ob es mir tatsächlich gutgeht. Und ich erlaube mir, an meine Mutter zu denken. Sie ist eine reale Person, jemand, den Bernie – auch im biblischen Sinne – gut gekannt hat. Eine lebende, atmende Frau, keine Ausgeburt meiner Phantasie, was mir in der letzten Zeit häufiger in den Sinn kommt. Und ist das ein Wunder? Es ist schon so lange her. Und hätte eine richtige Mutter das getan, was sie getan hat? Ein paar kurze Briefe und eine Handvoll Geburtstagskarten?

Weihnachten kommt und geht ohne – wer hätte das gedacht? – ein Wort von Helena, die so schwer fassbar ist wie der Weihnachtsmann. Ein neues Jahr hat begonnen: 1981. Leider startet es damit, dass ich mich bei meinen Probeklausuren nicht gerade mit Ruhm bekleckere. In Englisch und Englischer Literatur schneide ich ganz gut ab, immerhin war ich all die Jahre Vollmitglied der Bibliothek (auch wenn ich von den Fotoreportagen in der Teeniezeitschrift *Jackie* ziemlich beeinflusst wurde), aber was den Rest angeht … Mathe kostet mich jede Menge Nerven, obwohl man meinen sollte, dass ich nach all der Arbeit im Laden darin genug Übung hätte. Das Einzige, was ich mit Sicherheit über Geografie weiß, ist, dass sich Kanada verdammt weit weg auf der anderen Seite des Ozeans befindet. Kunst hätte ich besser erst gar nicht gewählt, da ich seit dem Ausmalen der Rüschenärmel des Elfenkleides keine nennenswerten Fortschritte in diesem Bereich gemacht habe. Französisch ist für mich ein einziges Kauderwelsch. Und was Geschichte angeht, so scheine ich allzu leicht Realität und Fiktion durcheinanderzubringen.

Doch einige Wochen später, an einem kalten Februarmorgen, werden all meine Bemühungen bedeutungslos, denn es gibt ein echtes historisches Ereignis: Charles und Diana geben ihre Verlobung bekannt. In einem Interview gefragt, wann die Hochzeit voraussichtlich stattfinden wird, antwortet Charles, irgendwann Ende Juli. Doch ich kenne das Datum, bevor es entschieden ist. Ich weiß einfach, dass es der 29. Juli sein wird. Mein sechzehnter Geburtstag.

Während Diana, die vier Jahre älter ist als ich, in Clarence House einzieht und sich darauf vorbereitet, ihren Prinzen zu heiraten, bleibe ich in meinem Zimmer, lerne, höre Madness und singe lauthals mit. Als die Blüten von den Bäumen fallen und die Möwenkinder mit ihren ersten, unsicheren Flugstunden beginnen, ist es nicht mehr so lange hin. Die nächsten Monate werden zwar eine einzige Plage sein, aber die Aussicht auf die langen Sommerferien, meinen sechzehnten Geburtstag und die königliche Hochzeit lassen mich all den Stress wegen meiner mittleren Reife leichter ertragen. Und das Beste daran ist, dass wir uns an diesem jüngsten royalen Meilenstein nicht etwa in Torquay erfreuen werden, sondern in London! Denn Bob und Sheila haben mit Toni ausgemacht, dass wir alle in ihrer Wohnung in Belsize Park übernachten dürfen. Wir alle werden Zeugen sein und beweisen, dass dies nicht bloß eine Märchenhochzeit ist, etwas aus dem Bereich der Fiktion, sondern dass sie wirklich geschieht.

Zwei Tage vor meinem sechzehnten Geburtstag machen wir uns in einem Konvoi auf den Weg. Lindas Begeisterung erfährt einen kleinen Dämpfer, da Sheila keinen CB-Funk in ihrem Volvo-Kombi hat, von dessen Steuer Bernie verbannt wurde. Wir müssen stattdessen per Handzeichen, Blinken und Aufblenden miteinander kommunizieren.

Die M4 fliegt an uns vorbei – wenn auch nicht so schnell, wie Linda es sich gewünscht hätte, da Sheila Verkehrssicherheit sehr wichtig nimmt (schließlich ist sie Besitzerin eines Volvos). Aber sobald wir in London sind, übernimmt Linda die Führung und stellt sicher, dass wir dieses Mal ein längeres Stück über die North Circular fahren als beim letzten Besuch in der Hauptstadt. Cheryl und ich versuchen die Flaggen zu zählen, die die Straßen säumen und von Hochhäusern flattern, geben es aber nach einer Weile wieder auf, weil es einfach viel zu viele sind. Ganz London ist im Hochzeitsfieber.

Ich weiß nicht warum, aber ich werde das Gefühl nicht los, dass diese ganze Sache in Tränen enden wird. Etwas hält mich davon ab, mich aus vollem Herzen zu amüsieren, die Urlaubsstimmung auszukosten. Vielleicht liegt es bloß daran, dass Wink bei Patty und Lugsy geblieben ist. Sie werden sich mit dem Farbfernseher im Wohnzimmer zufriedengeben müssen, um am Samstag die Hochzeit mitzuerleben. Vielleicht ist es ja bloß das. Wink.

Toni ist nicht so eine penible Hausfrau wie ihre Mutter, und sie ist auch nicht so zwanghaft ordnungsbeflissen wie ihr Bruder. Während T-J das Wohnzimmer, das Bad und sein Zimmer militärmäßig sauber hält, wird Toni nicht einmal mit ihrem eigenen Zimmer fertig, das aussieht, als wäre dort eingebrochen worden. Sheila steht kurz davor, die Polizei anzurufen, als Toni sie eines Besseren belehrt. Und so kommt es, dass sich Sheila, während der Rest von uns einen Tee trinkt und Lebkuchen isst, die Gummihandschuhe überstreift (bildlich gesprochen, natürlich besitzt Toni gar keine) und sich zum großen Verdruss ihrer Tochter daranmacht, das Zimmer aufzuräumen.

»Mutter!«

»Also, du kannst ja wohl nicht erwarten, dass Bob und Linda mit deiner über den dreckigen Teppich verteilten Unterwäsche hier schlafen«, gibt Sheila zu bedenken.

»Und was ist mit T-Js Zimmer?«

»Das ist viel zu klein, um es Gästen anzubieten. Bernie und ich werden dort übernachten.«

»Also wirklich, Mutter«, sagt Toni. »Es ist klein, aber fein.«

Bernie wird sich wahrscheinlich in dieser Nacht wie in einem Schuhkarton vorkommen, und ich bin mir nicht ganz sicher, wie er die Lage meistern wird, aber Cheryl und ich werden mit den Klappliegen im Wohnzimmer bestimmt sehr zufrieden sein. Und was Toni und T-J betrifft, sie werden in der Nähe bei Freunden übernachten, so dass jeder ein Bett für die Nacht hat und eine gewisse Privatsphäre, auch wenn die Wohnung ein billiger Umbau mit Unterteilungswänden ist, die der große böse Wolf bestimmt umblasen könnte, wenn er sich nur etwas Mühe geben würde. (Natürlich bin ich schon viel zu alt für solche Vorstellungen. Und ich weiß mit Sicherheit, dass meine Kindheit nach dem morgigen Märchen zu Ende sein wird.)

Wir beschließen, auf das Feuerwerk im Hyde Park zu verzichten, um unsere Kräfte für den großen Tag zu schonen. Unser Plan sieht so aus, dass Toni indisches Takeaway bestellt (die arme Wink, der dieses kulinarische Abenteuer entgeht) und wir früh zu Bett gehen. Wir benötigen so viel Schlaf wie möglich, da wir die Wohnung in aller Herrgottsfrühe verlassen werden, um uns einen guten Platz entlang der Strecke zu sichern, wo wir jubeln und unsere Fahnen schwenken können.

Toni packt ihre Reisetasche und wartet auf Terry, damit er sie zur Wohnung ihrer Freunde begleitet, da sie seit den Ausschreitungen Angst davor hat, überfallen zu werden. Während sich die Erwachsenen über eine Flasche Brandy hermachen, spitze ich die Ohren wie eine Katze, als sich ein Schlüssel im Schloss dreht. Schockiert stelle ich fest, dass sich mein Magen mit einer Gefühlsregung, die ich nicht einordnen kann, zusammenzieht, und das nur, weil ich weiß, dass ich in zwei Sekunden Terry / T-J / Wie-auch-immer-er-sich-jetzt-nennen-mag wiedersehen werde. Auweia.

»Tach!«, sagt er und stolpert ein wenig schüchtern zur Tür herein, um dann vor aller Augen die stürmische Umarmung seiner Mutter über sich ergehen zu lassen.

»Terry, mein Liebling«, schmachtet sie. »Alles in Ordnung bei dir?«

»Alles prima, Mum.« Er weicht ein Stückchen zurück und schafft es, seinem Vater, der »Wie isses dir, mein Junge?« sagt, ein kleines Lächeln zuzuwerfen.

Bei den dreien kommen wieder ihre Birminghamer Wurzeln durch, obwohl sich Toni, die das Gymnasium besucht hat, einer beinahe so guten Aussprache rühmen kann wie die zukünftige Braut, Diana. (Nicht, dass das

Gymnasium die gleiche Wirkung auf mich gehabt hätte. Meine Aussprache widersetzt sich jeglicher Kategorisierung, vermutlich ein Resultat der unterschiedlichen »elterlichen« Einflüsse.)

T-J setzt sich in Bewegung und begrüßt Cheryl, erkundigt sich bei ihr, wie ihre Prüfungen gelaufen sind. Das ist erstaunlich! Er hat meine Freunde bisher immer wie kleine, dumme Bälger behandelt, und jetzt unterhält er sich mit Cheryl (die ihre Erziehung in Solihull auch nicht verleugnen kann) und erweckt dabei den Eindruck, als interessiere er sich für das, was sie sagt. Ich glaube, den festen Griff des shakespearischen grünäugigen Ungeheuers namens Eifersucht zu spüren, aber schon bald wird mir klar, dass T-J einfach nur höflich ist. Und ich bemerke, dass er mich auf eine ganze andere Weise anschaut. Mir direkt ins Gesicht blickt. Wir begegnen uns auf der gleichen Ebene (soweit das bei einem Mann von fünfundzwanzig und einer Teenagerin von sechzehn Jahren minus einem Tag möglich ist). Ich bin in seinen Augen nicht mehr länger ein Schulmädchen. Ich bin Philippa. Und er steht auf mich, das weiß ich einfach!

Er überlässt mich meinen romantischen Träumereien, um seine Reisetasche zu packen. Tonis Wohnzimmer ist vom Gemurmel ihrer Gäste erfüllt. Ich schnappe hier und da ein Wort auf … pikant … Kutsche … Sandwiches … Laden … Brandy … Aber worüber ich gerade nachdenke, ist viel wichtiger. Es ist der einzige Gedanke auf der Welt, der von Wert ist. Und mein Gefühl von Glückseligkeit wird lediglich dadurch getrübt, dass Terry gerade seine Tasche packt, um loszuziehen und woanders zu schlafen anstatt unter einem Dach mit mir.

Aber es gibt einen Trost. Als er zur Tür hinausgeht, steckt er mir einen Zettel zu. Ich schließe meine Hand ganz fest darum, ohne dass es jemand sieht, und schmuggele ihn in das Mini-Badezimmer, wobei ich mir wie eine glamouröse russische Spionin aus einem Bond-Film vorkomme. Auf dem Zettel steht in T-Js krakeliger Handschrift: *Happy Birthday Sweet Sixteen. X*

Der eine oder andere mag der Ansicht sein, dass sich hier nicht viel hineininterpretieren lässt. Doch mir gelingt es. Gut möglich, dass ich vor Sehnsucht sterben werde.

Als ich mich kurze Zeit später auf der Campingliege ausstrecke, die Zähne sorgfältig geputzt, das Haar mit hundert Bürstenstrichen gekämmt, so wie Helena es mir vor vielen Jahren beigebracht hat, starre ich nicht auf Vorhänge, sondern auf ein Rollo von Habitat. Hinter dem Rollo bewegen sich die Bäume wie Schattenspielfiguren und führen ihr eigenes Drama im orangefarbenen Licht der Straßenlaternen auf. Ich stelle mir die Baumfiguren als all die Liebespaare vor, die ich kenne: Romeo und Julia ... Cathy und Heathcliff ... Charles und Diana ... John und Yoko ... Bruce und Anthea ... selbst meine Mutter und mein Vater, verloren auf der anderen Seite des Ozeans, in den Schneelandschaften Kanadas und den tropischen Regenwäldern des Amazonas. Aber am allerbesten ist es, als ich mir vorstelle, wie T-Js Schattenspielerpuppe sich der meinen auf geheimnisvolle Weise nähert und sich die beiden aneinanderschmiegen. Wenn mich der Ritter jetzt nur sehen könnte. Dann würde das grünäugige Ungeheuer an seinem lockigen Haar zerren.

Ob Diana wohl auch so verliebt ist? Ob sie sich wohl auch so darauf freut, Charles morgen zu sehen, wie ich mich darauf freue, T-J zu begegnen? Welche Zukunft mag die angehende Prinzessin wohl in ihren Vorhängen sehen? Oder beschleichen sie vielleicht mitten in der Nacht die gleichen quälenden Zweifel, die dem Ganzen einen Dämpfer zu verpassen versuchen? Oder vielleicht ist das auch nur Bernies verschleimter Husten, der durch die jämmerlich dünne Wand dringt.

Linda hat die Organisation des großen Tages übernommen. Ihr Reisewecker beginnt irgendwann mitten in der Nacht zu klingeln. Es ist noch dunkel, als Cheryl und ich mit einer Tasse Tee wachgerüttelt werden, was natürlich völlig ungeeignet ist, wenn der Körper sich um diese Zeit nach nichts anderem als Schlaf sehnt. Aber als die Sekunden auf Lindas Reisewecker, den sie fürsorglich neben meinem Ohr abgestellt hat, vor sich hinticken, kämpft sich die gespannte Erwartung langsam durch den Nebel meiner Schläfrigkeit: Diana und Charles.

Und mit einem Mal bin ich vor Aufregung hellwach: T-J!

»Herzlichen Glückwunsch, Phil«, murmelt Cheryl, deren Lider dank der großzügigen Gaben des Sandmännchens aneinanderkleben.

»Danke«, erwidere ich, aber eigentlich spielt mein Geburtstag für mich gerade nicht die wichtigste Rolle. Er ist vielleicht so etwas wie das Sahnehäubchen (was mich für einen Moment darüber nachdenken lässt, ob es einen Kuchen für mich geben wird).

Cheryl kramt in ihrer Reisetasche herum und zieht daraus ein kleines, mit Bändern zugeschnürtes Kästchen hervor. Es sieht vielversprechend aus.

»Das hier ist von mir und Mum und Dad und auch von Darryl«, sagt sie, als ich das Kästchen öffne und darin ein in knallrosa Seidenpapier gekuscheltes Silberarmband mit einem »P« entdecke. Ich erinnere mich daran, dass es Miss Pitchfork war, die darauf hingewiesen hatte, dass mein Name nicht mit »F« beginnt – was in jenem Jahr so ziemlich das Einzige war, das sie mit beigebracht hat.

»Das ist wunderschön, Cheryl. Vielen Dank!« Ich umarme meine beste Freundin so fest, dass sie zu jammern beginnt.

Jetzt bin ich mit einem Mal doch froh, dass heute mein Geburtstag ist. Alle weisen mich eifrig auf die Wichtigkeit hin, endlich sechzehn zu sein. Es ist ein Meilenstein. Ein großer Schritt. Ein Tor, durch das ich hindurchgetreten bin (etc., etc.). Noch nicht ganz erwachsen, aber ganz gewiss nicht länger mehr ein Kind. Das lässt sich daran erkennen, dass mir Tante Sheila und Onkel Bernie statt des üblichen Sommerkleides eine Karte mit einem Zehnpfundschein schenken. Und an der Art und Weise, wie Linda mich ansieht, so als sehe sie nun Philippa und nicht nur Bobs Tochter. Bob selbst hat Tränen in den Augen, als er mir ein Geschenk überreicht, mit dem ich im Leben nicht gerechnet hätte. Es ist ein kleines Kästchen, das dem von Cheryl so sehr gleicht, dass ich mich schon frage, ob sich darin womöglich ein weiteres Armband befindet. Aber nein. Es ist ein Ring. Ein Goldring mit einem Opal von einer recht ordentlichen Größe. Ich habe ihn schon einmal gesehen.

Ich schaue Bob an.

»Er hat Helena gehört«, sagt er. »Sie hat ihn für dich dagelassen.«

»Und warum gibst du ihn mir erst jetzt?«

»Sie hat mir aufgetragen zu warten, bis der richtige Zeitpunkt gekommen ist. Ich dachte immer, sie würde wieder zurück sein, um ihn dir selbst zu geben, aber …«

Ihm fehlen die Worte, obwohl sie doch eigentlich offensichtlich sind. Stattdessen streift er mir den Ring über den Finger. Nun ja, ehrlich gesagt, schiebt er ihn mir recht unsanft an die richtige Stelle, da meine Finger nicht so feingliedrig sind wie Helenas.

»Heißt das nun, dass sie nicht zurückkommen wird?«, spreche ich die so offensichtlichen Worte laut aus, denn ich habe das Gefühl, dass sie wenigstens einmal gesagt werden müssen. Und plötzlich bin ich wieder ein kleines Mädchen.

»Ich habe keine Ahnung, Philippa«, erwidert er schulterzuckend. »Ich wünschte, ich wüsste es.«

Und dann drückt er mir einen Kuss auf den Scheitel. Mein Mr. Bob-Sugar. Und ich glaube zu wissen, warum er Linda nie gefragt hat, ob sie ihn heiraten will.

Man sollte doch eigentlich meinen, dass wir uns mit dem Aufstehen um drei Uhr in der Früh Plätze in der ersten Reihe gesichert hätten, aber als wir an Lindas ausgewähltem Ziel – der Mall – ankommen, müssen wir feststellen, dass sich dort bereits das halbe Commonwealth versammelt hat. Lindas Organisationstalent und ihre Entschlossenheit verschaffen uns einen Platz ein ganzes Stück weiter unten auf der Mall, beinahe am Queen Victoria Memorial mit seiner hoch aufragenden goldenen Siegesgöttin, einer Kuchendekoration der Götter gleich. Und eindrucksvoll vor dem Hintergrund eines klaren blauen Himmels ist der gewaltige, hässliche, unmögliche Buckingham Palace. Wir setzen unsere Picknicktaschen ab, breiten unsere Decken aus und lassen uns nieder, denn es steht uns eine lange Warterei bevor.

Zur Frühstückszeit platzen die Londoner Straßen (ja, wieder einmal die) aus allen Nähten. Trotz des Platzmangels herrscht eine euphorische Stimmung, und wir sind gut gelaunt mittendrin. Linda und Bob halten Händchen wie Teenager. Die bevorstehende Hochzeit zieht sie in ihren Bann, umgibt sie mit einem Zauber von Romantik, der in letzter Zeit gefehlt hat. Cheryl und ich beten Songs aus den Top Twenty herunter, kauen Hubba Bubba und flechten einander die Haare, um wie Bo Derek auszusehen. Die arme Cheryl hat ihre liebe Mühe mit mir. Meine Haare kräuseln sich immer noch um meine Schultern, wie sie es immer getan haben, und lassen sich von keinem Normalsterblichen bändigen. Ich habe zwar größeren Erfolg mit Cheryls langem, glänzendem kastanienbraunem Haar, doch sie hätte mehr Punkte bei einem Reiterfest als bei einem Filmset geholt. All diese lang zurückliegenden Samstage, die ich mit Toni als meiner Stallmeisterin das Pony gespielt habe, haben ihre Spuren hinterlassen.

Toni ist verschwunden, um sich mit Freunden aus dem Büro in der Nähe von St. Paul's zu treffen. T-J ist in seiner Stammkneipe (oder in einer von ihnen). Und Bernie ist in der letzten Minute zu der Einsicht gelangt, dass die Menschenmassen und der lange Tag nichts für ihn sind, und ist im Bett geblieben.

»Vergiss meine Pumpe nicht, Sheila«, sagte er.

»Wie könnte ich das?«, erwiderte sie.

Ich glaube, Tante Sheila ist insgeheim froh, dass sie sich nicht um Bernie kümmern muss. Sie beschäftigen ganz andere Dinge, nicht zuletzt, den Schnappschuss ihres Lebens zu machen. Sie ist davon überzeugt, dass sich das Hochzeitspaar in aller Öffentlichkeit küssen wird, und sie möchte für diesen Moment gewappnet sein. Wenn

Bernie hier wäre, würde sie ihn zweifellos verpassen, weil sie sich seiner Bedürfnisse annehmen, ihm seinen Tee aus der Thermosflasche nachfüllen oder ihm die Schnürsenkel zubinden müsste, da er Schwierigkeiten hat, sich hinunterzubeugen.

Doch sie sagte ihm nichts von alledem. Stattdessen antwortete sie: »Also wirklich, Bernie, dann hättest du auch in Torquay bleiben und dir das Ganze vor der Glotze ansehen können.«

»Aber ich wollte doch unsere Toni sehen«, erwiderte er.

Als sie ihn wütend anstarrte, fügte er hinzu: »Und natürlich unseren Terry.«

Mir wird mit einem Mal bewusst, dass es einen dritten Grund gibt, warum jede Beziehung zu T-J zum Scheitern verdammt ist: Tante Sheila. Tante Sheila ist wie Luke Skywalker (oder Darth Vader an ihren finsteren Tagen) eine Macht, die man nicht unterschätzen sollte. Ich weiß, dass sie eine gefühlvolle Seite hat, von der Bob (und gelegentlich selbst Bernie) profitiert. Mir hat sie diese Seite immer gezeigt und natürlich auch Terry und Toni. Doch mir ist noch sehr gut im Gedächtnis, wie ich damals im Laden auf meine erste Tasse Tee gewartet habe. Das Klirren des splitternden Glases. Helenas fleckiges Gesicht, als ihr klarwurde, dass ihre beste und einzige Freundin nichts mehr mit ihr zu tun haben wollte. Und Sheila war eine echte Freundin. Sie änderte ihre Meinung irgendwann wieder, bloß um erneut von Helena enttäuscht zu werden. (Aber das wurden wir ja alle, nicht wahr?)

Ich habe gesehen, wie Tante Sheila ihre Familie mit einer Heftigkeit verteidigt hat, um die ich sie nur beneiden kann. Sie will das Beste für ihren Terry. Und das werde ganz bestimmt nicht ich sein. In Tante Sheilas Augen bin ich das arme mutterlose Mädchen, das von Zeit zu Zeit Hilfe benötigt, wenn es um die Kleiderauswahl oder um Friseurbesuche geht, und das man hin und wieder an einem verregneten Samstag mit einem Stück Rührkuchen verwöhnen kann.

Der Gedanke an Regen ist gerade sehr verlockend. Es wird heiß und schwül, und dabei ist es gerade einmal halb elf. Die Feierlichkeiten beginnen erst in einer halben Stunde, und wer weiß, wie lange das Ganze dauern wird. (Wenn's nach dem Erzbischof von Canterbury und Linda ginge, wahrscheinlich eine Ewigkeit.) Aber wir warten gern auf unseren gerechten Anteil an der Geschichte, unsere Erfahrung aus erster Hand, die wir an die kommenden Generationen weitergeben können. Denn auch wenn Toni eine der wenigen sein wird, die das Privileg haben, Diana dabei zusehen zu dürfen, wie sie die mit rotem Teppich belegten Stufen zu St. Paul's hinaufschreitet und dabei eine Schleppe hinter sich herzieht, die so lang ist wie der Schnellzug von Penzance nach Paddington, so erleben wir doch die Freude der ganzen Nation um uns herum, und das vor dieser historischen Kulisse.

Die Zeit vergeht rasch. Die Leute bieten einander Sandwiches an, Fremde teilen Chips und Kitkat und Zigaretten. In Kürze wird Diana jemanden namens Charles Philip Arthur George geheiratet haben (und eine unerwartete dritte Person, die wir in den kommenden Jahren noch kennenlernen werden). Kiri Te Kanawa, in Hut und Kleid einem Paradiesvogel gleich, wird ein Lied schmettern und damit Bernies (schwaches) Herz ergreifen, während der sich auf dem Sofa lümmelt und seiner Tochter die Haare vom Kopf frisst. Selbst Terry wird irgendwann während seines vierten Bieres die Zeit gefunden haben, einen Kommentar zu Dianas arg zerknittertem Kleid abzugeben.

Für Cheryl vergeht die Zeit allerdings nicht schnell genug, denn sie holt sich in der prallen Mittagssonne einen Sonnenbrand und beginnt ausgerechnet in dem Moment zu jammern, als die Hochzeitskutsche, eskortiert von der Hofreiterei, mit Charles und Diana über die von Blumen und von einem Heer von Polizisten gesäumte Wegstrecke saust. Die Kutsche kommt immer näher, fährt die Fleet Street hinunter, die Strand, durch Admiralty Arch und erreicht endlich die Mall. Linda weigert sich, ihren Platz aufzugeben, damit Cheryl in den Schatten kommt. Stattdessen hüllt sie ihren Kopf in ein offiziell zur Hochzeit herausgebrachtes Geschirrtuch, das wie ein Brautschleier aussieht. Cheryl sieht jetzt genauso bescheuert aus wie die Menge, die sich auf die gleiche Weise Union Jacks umgelegt hat.

»Jetzt dauert's nicht mehr lang«, sagt Bob, der seinen Tee schlürft. »Dann können wir zurück in die Wohnung und ein Nickerchen machen.«

»Ich glaube nicht, dass ich jemals wieder in der Lage sein werde zu schlafen«, sagt Linda, als die Kutsche in Sicht kommt, das Gebrüll der Menge ihre Worte schluckt und sie irgendwohin über unsere wunderbare Hauptstadt hinwegträgt. Die Stadt, die Helena so geliebt hat. Meine Geburtsstadt.

Wir erhaschen einen Blick auf die Braut. Diana, umgeben von einem Lichthof aus Sonnenschein, winkt in unsere Richtung und ist viel zu schnell mit ihrem frisch angetrauten Mann vorbeigefahren, dicht gefolgt von der Queen und Earl Spencer und hinter ihnen Prince Philip und Mrs. Shand Kydd, dann Prince Andrew und seine Großmutter.

»Was für ein Konvoi!«, schwärmt Linda, als die royale Gesellschaft in den Vorhof des Palastes verschwindet, um das Hochzeitsfrühstück zu sich zu nehmen. Wir halten kollektiv den Atem an, weil wir wissen, dass sie in Kürze vor aller Augen im glitzernden Sonnenschein auf den Balkon hinaustreten werden. Und dann setzt sich eine Woge in Bewegung, und der Ansturm beginnt. Die Mall füllt sich, und die Menge drängt vorwärts, presst diejenigen, die vorn stehen und die beste Aussicht im ganzen Land haben, gegen die Palastgitter.

Und dann erscheinen sie. All die Royals, die man sich nur wünschen kann, im trauten Familienkreis. (Eine ideale Situation, wenn man Monarchist, Paparazzo oder Attentäter ist.) Aber leider verpasst Tante Sheila den magischen Moment des prophezeiten Kusses – ein züchtiges, verlegenes Küsschen auf die Lippen anstatt eines richtigen Schmatzers –, denn etwas lenkt ihre Aufmerksamkeit ab. Oder besser gesagt, jemand. Tante Sheilas Blick fällt auf Linda und weicht nicht mehr von ihr, denn diese hat die Gelegenheit ergriffen, um vor der Nation und sogar ihrer Königin auf die Knie zu gehen und Bob um seine Hand zu bitten.

Einige Stunden später versammeln wir uns wieder mit allerlei Geschichten über royale Sichtungen und Hochzeitsanekdoten, die in die Überlieferungen unseres Volkes eingehen werden. Und dazu noch mit einer doppelten Festivität – denn es galt nicht nur die Hochzeit auszuhalten, sondern auch noch eine Verlobung dazu. Oh, und meinen Geburtstag, der völlig übergangen wurde. Dennoch fließt der Champagner (nun ja, der Asti Spumante), und ich werde mich hüten, mich zu beschweren. Ganz besonders, wo doch jede Minute damit zu rechnen ist, dass ein gewisser Jemand zur Tür hereinkommt.

Aber wir warten auch noch auf einen anderen Gast. Lindas Sohn Clive (der Matrose) hat Urlaub und beabsichtigt, mit Bobs Wissen in der Wohnung aufzutauchen, um seine Mutter zu überraschen. Dabei ist er derjenige, der große Augen machen dürfte, wenn er herausfindet, dass er einen neuen Vater bekommen wird. (Bob hat sich selbst noch nicht von dem Schreck erholt, obgleich es ihm gelungen ist, seiner nunmehr Verlobten mit einem erstickten »Ja« zu antworten.)

Während wir warten, läuft Musik – eine giftige Mischung aus Tonis Duran-Duran-Platten und Bobs Elvis-Kassetten. Es ist nicht gerade die Superparty, die sich die meisten Sechzehnjährigen wünschen würden, aber andererseits bin ich (zumindest in mancherlei Hinsicht) auch viel reifer als die meisten Sechzehnjährigen und habe mitbekommen, dass ich nicht der Mittelpunkt des Universums bin und es auch niemals war. Außerdem weiß ich, dass die Dinge in die Gänge kommen werden, sobald sich T-J vom Pub losgeeist hat. Meine größte Sorge ist, dass er bis zur Sperrstunde bleiben und zu betrunken sein wird, um sich daran zu erinnern, wer ich bin. Und dass dies mein sechzehnter Geburtstag ist.

Gerade als ich den Kuchen anschneide (ja, Linda hat daran gedacht und Tante Sheila dazu gebracht, einen ihrer besten zu backen), ist jemand an der Tür. Mein Herz überschlägt sich und ich ahne, wie sich Onkel Bernie immer fühlen muss. Aber es ist Clive, der in seiner Uniform sehr schmuck aussieht, wenn auch eher wie ein Seekadett und weniger wie ein gut ausgebildetes und erfahrenes

Mitglied der Königlichen Marine Ihrer Majestät. Linda bricht vor Freude in Tränen aus, reißt sich aber bald wieder am Riemen und verpasst ihm einen Rüffel, weil er ihr nichts von seinem Urlaub erzählt hat. Dann bringt sie ihm mit leicht gerötetem Gesicht die Neuigkeit bei, weil sie weiß, wie viel Clive von seinem Vater hält. Und so schreitet der Abend weiter voran. Duran Duran werden völlig vom toten King verdrängt, aber wenigstens sind wir in Bobs umfangreicher Sammlung von den *Hound Dogs* zu den *Love Me Tenders* gelangt.

Bis wieder jemand an der Tür ist. Und dieses Mal ist es er. T-J. Er sieht ein wenig mitgenommen aus, doch er schaut mich sofort an. Ich habe das Gefühl, dass es alle im Zimmer bemerken müssen, aber sie sind viel zu sehr mit Erinnerungen beschäftigt, und mit Kuchen, Brandy, Wiedersehen, Plänen und Sonnenstich. Ja, die arme alte Cheryl musste früh ins Bett gehen. Doch das ist in Ordnung, deshalb ist die Party nicht zu Ende. Als Folge einer weiteren Überraschung an diesem Tag ist ein Zimmer übrig, in das sich Cheryl legen und sich trotz unserer Festivitäten ausruhen kann. Denn Linda hat für Bob und sich ein Zimmer in einem Fünf-Sterne-Hotel gebucht und es von ihrer wohlverdienten Provision bezahlt. Nach einer guten Stunde verschwinden sie und lassen einen verwirrten Clive zurück, der nun sehen muss, wo er bleibt.

»Na ja, es hat mir ja niemand etwas gesagt«, erklärt Linda, die als Kontrollfreak Überraschungen hasst. »Ich habe nicht vor, das Hotelzimmer zu vergeuden.«

Bob stimmt ihr zu und geleitet seine Verlobte aus der Wohnung, ehe sie es sich anders überlegen kann. Die Aussicht auf eine Fünf-Sterne-Massage scheint all die

Ängste, die ihn vor der bevorstehenden Heirat plagen könnten, besiegt zu haben.

Also hat die arme überhitzte Cheryl nun T-Js Zimmer, da Sheila es keine weitere Nacht aushält, so eng neben Bernie schlafen zu müssen. Ganz besonders jetzt nicht, wo sie sich wegen der aktuellen Verlobung zu sehr aufregt, um ein Auge zutun zu können. Sie ziehen in Tonis Zimmer. Und ich werde allein im Wohnzimmer übernachten. Damit bleibt nur noch Clive übrig. Komischerweise scheint niemand ein Problem damit zu haben, ihn allein mit mir auf Cheryls verwaister Campingliege im Wohnzimmer schlafen zu lassen. Offensichtlich vertrauen sie ihm, weil er in der Marine und ein angesehener Bürger ist. Aber ihnen müsste doch klar sein, dass das genau der Grund ist, um sich Sorgen zu machen. Bestimmt werde ich für ihn nach all den Wochen auf See einfach unwiderstehlich sein. Wieso bloß erkennen sie das nicht? Halten sie mich doch noch für ein Kind? Schert sich denn niemand um meine Tugend? Doch. Es gibt jemanden. T-J. Ob er sich allerdings etwas aus mir macht oder ob er selbst ein klein wenig mit dem grünäugigen Ungeheuer zu kämpfen hat, kann ich nicht sagen. Jedenfalls entscheidet sich T-J zu Tonis großem Verdruss dagegen, mit ihr zu ihren Freunden zurückzugehen.

»Wenn ich ausgeraubt werde, wirst du dir das nie verzeihen«, sagt sie in kühlem Ton zu ihrem Bruder.

Daher springt Clive wie ein Gentleman ein (oder wie ein Opportunist, je nachdem, wie man die Sache betrachtet) und bietet ihr an, sie zu ihren Freunden zu begleiten. Und das bietet T-J seine Chance.

Doch bevor er sie ergreifen kann, läutet das Telefon. Ich spüre, dass niemand in der Wohnung in der Stimmung für Anrufe ist, daher gehe ich ran.

»Hallo, Philippa«, sagt eine kleine Stimme.

Nein, es ist nicht Helenas Stimme, die durch das Knacken der atlantischen Ätherwellen zu mir spricht. Es ist Wink. Meine Wink.

»Herzlichen Glückwünsch, Liebelein.«

Ich erzähle ihr von unserem Tag, und sie behauptet, sie habe mich im Fernsehen gesehen, was mit Sicherheit erfunden ist. Einmal abgesehen davon, dass heute über eine halbe Million Menschen dort draußen in diesen legendären Londoner Straßen waren, ist Winks Sehkraft gar nicht mehr gut genug, um eine einzelne Person auszumachen.

»Warum hatte Cheryl ein Geschirrtuch auf dem Kopf?«, fragt sie und überrascht mich damit wieder einmal.

Wir plaudern eine Weile, während T-J im Wohnzimmer herumlungert, ein paar Servietten einsammelt und mit der Hand Kuchenkrümel auffegt. Ich würde ihn auf der Stelle heiraten (tut mir leid, Lucas).

Gerade als ich mich darüber wundere, warum mir Wink von Andys letzter Maustrophäe erzählt, die er mit nach Hause gebracht hat, rückt sie plötzlich mit der einen Sache heraus, die sie zurückgehalten hat. Die Information, die ich schon den ganzen Tag versuche, mir vom Leib zu halten. Helena hat meinen Geburtstag nicht vergessen. Der sechzehnte ist auch in ihren Augen wichtig.

»Sie hat dir eine Karte geschickt.«

Stille.

»Soll ich sie für dich öffnen? Oder möchtest du es später selbst machen?«

Es würde mir nicht schwerfallen zu warten. Auf diesem Gebiet bin ich Expertin. Aber ausnahmsweise spüre ich einmal, wie das Leben mir seine Dringlichkeit aufzwingt. Ich bin sechzehn. Ich möchte ein Leben führen, das aus mehr besteht als aus Warten.

»Ja, öffne sie.«

Ich stelle mir Wink mit dem Brieföffner vor, höre, wie sie den Umschlag aufschlitzt. Ich kann Helenas Parfüm-Zigarettenrauch-Mischung riechen, die von dem Luftpostpapier darin ausgeht. Kann ihre wunderschöne Schulmädchenschrift berühren.

»Nun, er ist kurz und beschränkt sich auf die Sache.«

Sie beschreibt das Bild auf der Vorderseite, das ein schindelbedecktes Haus mit einem weißen Lattenzaun und einem großen Ahornbaum davor zeigt – eine kanadische Walton-mäßige Szenerie, was ziemlich verdreht ist, wenn man bedenkt, wer sie geschickt hat. Vielleicht versucht ihr Unterbewusstsein, mir etwas mitzuteilen, auch wenn ich mir beim besten Willen nicht vorstellen kann, was das sein soll.

Wink macht sich daran, die Zeilen vorzulesen, die auf der Innenseite stehen:

Liebe Philippa,
herzlichen Glückwunsch zum Geburtstag. Ich wünschte, ich hätte ein Foto von dir, dann könnte ich sehen, wie erwachsen du geworden bist. Ich weiß, dass ich ein hoffnungsloser Fall bin, aber das bedeutet nicht, dass ich dich nicht trotzdem liebe. Ich hoffe, dass du es eines Tages verstehen wirst. Grüße Bob und Wink ganz herzlich von mir.
Ich schicke dir einen dicken Kuss.
Hoffentlich sehen wir uns bald wieder.
In Liebe,
Helena

Danach fällt uns beiden nicht mehr allzu viel ein, was wir hätten sagen können, und so verabschiedet sich Wink mit dem Rat, dass ich mich nicht unterkriegen lassen soll (ein weiteres Talent von mir). Dann ist sie fort, zurück in ihrer Welt der Schlaftabletten und Schmerzmittel und Papageien, die mitten in der Nacht krächzen.

Inzwischen sind alle außer T-J zu Bett gegangen und haben es mir überlassen, nach Cheryl zu sehen. Sie könnte längst tot sein, und wir sollen doch schließlich auf sie aufpassen. Ihre Stirn scheint sich dank der Tiefkühlerbsen abgekühlt zu haben. Ich schließe das Fenster und sperre den Londoner Verkehr und all die Aktivitäten, bei denen Alkohol im Spiel ist, aus.

Apropos Alkohol, ich habe nur zwei Gläser Asti getrunken, und T-J scheint wieder ganz nüchtern zu sein.

»Möchtest du zuerst ins Bad?«, fragt er, als ich ins Wohnzimmer zurückkomme, und eine Ladung sexueller Spannung durchfährt meinen Körper, die stärker ist als alles, was ich bei Raymond und der geteilten Cola empfunden habe. Stärker und ernster, denn nun bin ich ja praktisch erwachsen.

»Danke«, sage ich.

Obwohl ich mich eigentlich gar nicht bei ihm bedanken müsste. Ich muss nicht dankbar sein für das, was gleich passieren wird. Wenn überhaupt, sollte es umgekehrt sein. Ich mache ihm schließlich ein unbezahlbares Geschenk. Im Gegenzug wird er mir etwas ziemlich Kostbares geben. Auch er wird mir etwas schenken, nämlich seine ungeteilte Aufmerksamkeit, seine Erfahrung. Eine Zärtlichkeit, über die ich nur in Winks wachsender Sammlung von Danielle-Steel-Romanen gelesen habe. Er wird mir einen nichtöffentlichen Kuss geben, unbeobachtet von der Nation und keineswegs züchtig, keineswegs verlegen, und damit werde ich mich auf unbekanntes Terrain begeben, das so unentdeckt ist wie der Weg meines Vaters aus dem Amazonas-Dschungel. Terry wird mir die Chance geben, erfolgreich zu sein, wo Cheryl versagt hat. Die Chance zu glänzen. Oje.

2006

»Möchten Sie mit jemandem reden? Ihrem Mann vielleicht? Oder mit Ihrer Mutter?«

Die junge Ärztin mit den geübten Händen hat keine Ahnung. Und das Einzige, woran ich zurzeit denken kann, ist, wie ich es anstelle, dass sie sich besser fühlt, dass ihr nicht mehr länger die Tränen in die Augen schießen. Sie wird es niemals schaffen, wenn sie sich keine härtere Schale zulegt.

»Vielleicht haben Sie ja eine Broschüre oder etwas in der Art. Das könnte hilfreich sein. Ich kenne mich zwar ein wenig mit Herzproblemen aus, aber man lernt ja immer wieder dazu.«

»Mal sehen, was ich machen kann«, sagt sie. »Ich werde diesbezüglich bald wieder vorbeischauen.«

Und damit verschwindet sie schniefend, da sie die Sorgen einer Mutter versteht.

Ja, ich kenne mich mit gebrochenen Herzen ein bisschen aus. Aber ich habe keine Ahnung, wie man sie heilen kann. Ob ich dem gewachsen bin? So ganz allein?

Da kommt Fran. »Ihr Mann ist hier. Soll ich ihn hereinführen?«

Ein Schwall mütterlicher Kraft überkommt mich, erhitzt mein Blut, meine Milch. Bringt meine Knochen zum Kochen. Sterilisiert all die Gefühle, die ich jemals für ihn empfunden habe. All die guten und all die schlechten. Deshalb ist es mir egal. Alles ist mir egal, nur du nicht. Ich bin mit ihm fertig und ICH WERDE NICHT ZULASSEN, DASS ER DIR WEH TUT.

»Sagen Sie ihm, dass er verschwinden soll.«

»Sie sollten jetzt wirklich nicht allein sein«, beharrt sie.

Sie kapiert es einfach nicht, oder? Ich habe doch dich. Was will ich denn mehr?

»Es geht uns gut«, versichere ich ihr. »Wirklich.«

Zu meinem Entsetzen stelle ich fest, dass ich weine. Ich kann es weder hören noch fühlen, aber ich muss es wohl tun, denn als ich zu meinem Gesicht hinaufgreife, habe ich den feuchten, glitschigen Beweis.

»Bitte, Philippa. Reden Sie mit mir.« Fran schaut mich freundlich an.

Ich blicke auf dich herab, wie du dort in meinen Armen liegst, und versichere mich, dass du noch atmest, so wie ich es vor so vielen Jahren getan und mich auf Zehenspitzen angeschlichen und neben einen blassen, stillen Jungen gekniet habe, der wie eine Raupe zusammengerollt auf dem Sofa lag. Und während ich mir anschaute, wie sich sein Brustkorb hob und senkte, schaute er sich Valerie Singleton an.

KAPITEL 12

1981

In den nächsten Wochen erwische ich mich wiederholt dabei, wie ich in den seltsamsten Momenten lächele. Zu Hause, wenn ich gerade etwas ganz Simples tue – wie die Treppe hinuntergehen, mir ein Bad einlassen, meine Pickel ausdrücken. In der Schule, während ich Kaffee im Gemeinschaftsraum der Oberstufe trinke, in einem Shakespeare-Text lese, eine Schale mit Blumen zeichne, mir in einem abgedunkelten Klassenzimmer eine Diavorführung über den Aufstieg des Dritten Reichs ansehe oder fett und schwer in meiner Schutzausrüstung im Hockeytor stehe, schweben meine Gedanken davon an diesen anderen Ort der Liebe und der Lust und der Leidenschaft.

Ich habe die mittlere Reife tatsächlich dank einer cleveren Kombination aus Intelligenz, gelegentlichem Mogeln und einem guten Kurzzeitgedächtnis geschafft. Zu meiner großen Erleichterung bekomme ich die beiden erhofften Einser in meiner Englischprüfung. Aber die anderen Ergebnisse sind eine wirkliche Überraschung: Zweier in Kunst und Geschichte und der Rest Dreier. Nicht schlecht für Philippa, die ihre Schulkarriere sprachlos in der Gruppe der langsamen Leser begonnen hat. Wer hätte gedacht, dass ich einmal aufs Gymnasium gehen und vielleicht sogar die Universität oder (was wahrscheinlicher ist) die Fachhochschule besuchen werde? Und danach, nun ja … dort draußen wartet eine ganze Welt.

Eines Tages nach der Schule, als die Rosskastanien draußen vor dem Laden von den Bäumen fallen und sich die Palmen an der Promenade auf stürmische Zeiten einstellen, mache ich mich auf den Weg zum Friedhof. Ich erzähle Lucas von T-J. Dass es mir nichts ausmacht, ihn so selten zu sehen. Ich falschlag zu glauben, dass ich in ihn verliebt sei. Und es ein Irrtum war, ihn heiraten zu wollen. Ich möchte unabhängig sein wie Jane Eyre oder Prinzessin Leia (die beide Haare haben, die so lächerlich aussehen wie meine). Jetzt, wo ich in der Oberstufe bin, ermutigt man mich, selbständig zu denken. Ich verbringe viel Zeit damit, genau das zu tun, und bin zu dem Schluss gelangt, dass ich keinen Mann brauche – was vielleicht überraschend ist, wenn man bedenkt, welche Identifikationsfiguren ich hatte: Tante Sheila, die ständig hinter Bob her war, obwohl sie doch ihren Bernie hatte, Wink, die Bob Forsyth anschmachtete, Helena, die Orville Tupper über den Ozean folgte, ohne sich noch einmal umzusehen. Aber was ist mit all den anderen Frauen, die mich über die Jahre hinweg geprägt haben? All die ledigen Frauen wie Miss Parry, die Bibliothekarin, und Miss Mills, Lehrerin mit Weitblick, die Christopher Bennett und mich durch die 11+-Prüfung für die weiterführende Schule gebracht hat. Ich werde niemals ihren Schlachtruf vergessen. Ich verspüre gar nicht das Bedürfnis, mich an T-J zu klammern, da ich weiß, dass es andere Männer in meinem Leben geben wird. Wenn ich nur möchte. Wenn ich Lust dazu habe.

»Du warst der Erste«, teile ich Lucas mit. »Ein ganz Besonderer.«

Ich erzähle ihm allerdings nicht *alles* über T-J, der in ganz anderer Hinsicht der Erste gewesen ist. Und ich erzähle ihm nichts über Christopher Bennett, der auch eine kleine Rolle gespielt hat; denn das wäre ein Eingeständnis des schlimmstmöglichen Verrats, den man überhaupt begehen kann. Ich kann ihm diese Dinge nicht erzählen, denn Lucas ist immer noch sieben Jahre alt. Aber ich bin sechzehn. Ich werde erwachsen.

Während ich Lucas' Grab betrachte, wird mit klar, dass es ein Jahrzehnt her ist, seit er mich verlassen hat. Zehn Jahre, in denen ich mich damit begnügen musste, mit einem Grabstein zu reden. Und diese Erkenntnis rechtfertigt irgendwie mein Bedürfnis, einem anderen Menschen nahe zu sein. T-J. Christopher Bennett, der mich noch einmal betrunken gemacht hat, dieses Mal allerdings mit Merrydown. Clive, der wieder einmal Urlaub hat und ein Mädchen in jedem Hafen (Torquay eingeschlossen). Und obwohl ich es gar nicht eilig habe, schaue ich mich schon wieder nach dem Nächsten um – auch wenn mir Jungs nicht gerade die Tür einrennen, Schlange stehen oder in Erwiderung auf meine neuentdeckten weiblichen Tricks irgendeinen anderen klischeehaften Unsinn veranstalten. (Nun, da ich eine Freidenkerin bin und in meiner Phantasie gern bis an die Grenzen gehe, verachte ich Klischees.) Aber ich bin nicht sexbesessen. Ich bin keine Schlampe und kein Flittchen. Ich bin nur am Leben.

Während ich so etwas wie eine Freidenkerin bin, ist Cheryl eher ein konventioneller Mensch und hat es geschafft, sich einen ziemlich festen Freund namens Doug von der

Torquay Tech, der Fachhochschule am Ort, zu angeln. Er ist ein Wissenschaftsfreak, und daher haben wir wenig gemeinsam, weil ich mich eher zur künstlerischen Sorte zähle. Allerdings hat er ein Auto und nichts dagegen, wenn ich mich ihm und Cheryl an den Wochenenden anschließe, da dies bedeutet, dass er mich mit seinem besten Kumpel, Nathan, verkuppeln kann, der genauso auf Naturwissenschaften abfährt und den Zauberwürfel in unter einer Minute schafft. Ich ertrage Nathan, und er erträgt mich, auch wenn wir alles andere als ein Paar sind. Obwohl wir völlig unterschiedliche Interessen haben, genießen wir hinten in Dougs Mini unsere philosophischen Debatten und dazu jede Menge Chips und Schokolade.

Heute sind wir auf dem Rückweg von Brixham und haben eine Menge Zeit, uns unserem aktuellen Diskussionsthema zu widmen, das weniger philosophisch ist als trivial und sich um die Frage dreht: Wer hat auf JR geschossen?

Obwohl ich dank Wink ein absoluter Fan von *Dallas* bin, bin ich heute nicht mit dem Herzen dabei. Eigentlich sind wir auf dem Weg zu Cheryl, wo wir uns zusammen die lang erwartete Folge ansehen wollten, in der das Geheimnis um den Täter gelüftet wird, aber ich bin müde und habe zu viel Schokolade und Süßigkeiten gegessen.

»Setz mich bitte erst zu Hause ab, Doug«, sage ich. »Ich muss noch einen Rest Hausaufgaben erledigen.«

Da ich immer diejenige bin, die noch nicht mit ihren Hausaufgaben fertig ist, stellen sie meine Entschuldigung nicht in Frage und stöhnen lediglich darüber, dass ich nicht so gut organisiert bin wie sie.

»Es kann eben nicht jeder so verdammt perfekt sein wie ihr«, erwidere ich schnippisch und habe sogleich ein schlechtes Gewissen. Es ist ja nicht ihre Schuld, dass ich einen schlechten Tag habe.

Es wird still im Wagen. Ich habe die Stimmung verdorben. Unsere Freundschaftsblase platzen lassen. Doug schaltet Radio 3 ein, und wir tun alle so, als würden wir genüsslich Bach oder Beethoven oder wem auch immer lauschen, bis wir an Bobs Zeitschriftenladen ankommen.

»Viel Spaß mit den Ewings«, zwinge ich mich zu sagen. »Ihr müsst mir morgen unbedingt alles erzählen.«

Ich steige aus dem Wagen. Sie starren mich durch die beschlagenen Scheiben an. Ich bleibe für eine Sekunde stehen und blicke zurück in ihre trüben Gesichter, während sie davonfahren. Ich werde das Gefühl nicht los, dass ich besser mit ihnen gefahren wäre. Viele Gelegenheiten, so zusammen zu sein, werden wir vielleicht nicht mehr haben.

Cheryls Mutter hat in Absprache mit dem Arzt im Familienplanungszentrum (gibt es so etwas wirklich?) dafür gesorgt, dass ihre Tochter die Pille nimmt. Cheryls Mutter ist der vernünftige, praktische Muttertyp, der Helena (oder Bob) niemals gewesen ist. Durch die ganzen Hormone hat Cheryl ziemlich zugenommen, so dass sie jetzt so kurvenreich ist wie Marilyn Monroe. Ich habe auch ein paar Pfund zugelegt, aber das hat mehr mit den vielen Chips und all der Schokolade hinten in Dougs Mini zu tun. Und leider muss ich sagen, dass ich nicht im Geringsten wie eine Hollywood-Legende aussehe. Ich werde niemals mit einem in die Höhe wehenden Kleidchen auf einem Athena-Poster zu sehen sein – oder Tennis ohne Unterhose spielen. Aber ich bin an einem Punkt angelangt, an dem mir das ziemlich egal ist. Ich habe die Macht zur Hand. Herz und Verstand sind mit Wissen gefüllt. Die ganze große Welt liegt mir zu Füßen.

Leider muss ich, als die Kastanien draußen alle von Eichhörnchen und kleinen Jungs beiseitegeschafft worden sind und überall in Torquay die Weihnachtsbeleuchtung brennt, diese kühnen Behauptungen überdenken. Denn ich habe meine Macht gedankenlos eingesetzt, ohne mich um die möglichen Konsequenzen zu scheren. Ich habe mein Wissen in den Kammern meines Herzens und den Kratern meines Verstandes vergraben. Ich habe meinen Fuß durch den Riss in der Unterseite der Welt gestreckt und bin hindurchgeschlüpft.

Ich bin die dumme Philippa. Die fette Philippa. Die schwangere Philippa.

Scheiße.

Das Schlimmste ist, dass ich nicht genau weiß, wie schwanger ich wirklich bin. Die Anhaltspunkte, die ich habe (eine nicht mehr vorhandene Taille, keine morgendliche Übelkeit, längst vergessene Verabredungen), helfen mir nicht im mindesten bei dem Versuch, eine bestimmte Zeit oder einen bestimmten Ort festzumachen. Nicht, dass es so viele Zeiten oder so viele Orte gegeben hat, aber es war eine gewisse Unvorsichtigkeit bei sämtlichen Beteiligten mit ihm Spiel. Und einmal reicht natürlich schon. Aber egal wie oft ich die letzten Monate in meinem Kopf auch immer und immer wieder genau durchgehe, so bin ich doch nicht schlauer. Ich habe keinen Anhaltspunkt. Aber mein Bauch(!)gefühl sagt mir, was ich unmöglich mit Bestimmtheit wissen kann.

Und was jetzt? Ich habe keine wachsame Mutter wie Cheryl, die auf mich aufpasst (denn sonst wäre ich wohl nicht in dieser Lage). Niemand hat auch nur die geringste Ahnung. Wem soll ich es sagen? Ich fühle mich wieder wie ein kleines Mädchen. Bin sieben Jahre alt. Ich weiß gar nichts. Kenne meinen eigenen Körper nicht, weiß nicht, was in meinem Kopf vor sich geht. Eine unsichtbare, aber übermächtige fremde Präsenz hat sich in mir eingenistet. Ich wäre am liebsten ins Meer gesprungen und losgeschwommen, immer weiter und weiter, durch die Bucht, in den Kanal hinaus, bis zum Atlantik, bis mich meine Kräfte verlassen. Oder bis ich meine Mutter gefunden habe. Denn so muss sich Helena gefühlt haben, als sie herausfand, dass ich in ihr herumturnte. Verängstigt. Durcheinander. Und es hätte ihr gar nicht passieren dürfen. Irgendwie ist sie laut Winks nicht ganz jugendfreier Version der Bienchen und Blümchen an eine Spirale herangekommen. Helena hatte ihr einmal erzählt, dass ich das Ding bei meiner Geburt in der Hand hielt. Wink behauptete, man könne sich niemals auf Empfängnisverhütung verlassen, denn damit unterschätze man die Macht der Natur. Der einzige sichere Weg sei der, die Beine die ganze Zeit gekreuzt zu halten. Nun, das habe ich nicht getan. Und jetzt bin ich genau wie Helena. Die arme Helena. Endlich weiß ich, wie sie sich gefühlt hat. Allein. Ohne jemanden, der einem zur Seite steht. Man darf nicht vergessen, dass ihr Vater Richter gewesen ist … und ihre eigene Mutter im Sterben lag. Sie hatte nur mich.

Ich verlege mich aufs Weinen. Sturzbäche, die ich nicht zurückhalten kann, egal wie fest ich mir auch auf die Lippe beiße und meine Nägel in meine Handflächen grabe. Ich weine um Helena. Ich weine um Philippa. Ich weine um dieses arme Baby, das unmöglich real sein kann. Aber laut dem Apotheker irgendwo auf der anderen Seite von Torquay ist es absolut-hundertprozentig real und kann nicht mehr länger ignoriert werden.

Man sollte doch eigentlich glauben, dass ich mich am Ende, als mir klarwird, dass ich das nicht allein schaffe, an Wink oder Bob gewandt hätte. Schließlich lieben sie mich, komme, was da wolle. Aber irgendwie bringe ich es nicht fertig. Bob ist glücklich verlobt und viel zu sehr mit seinem zukünftigen Leben mit Wonder Woman beschäftigt. Und mit Wink geht es immer weiter bergab, so dass es ihr heutzutage sogar zu viel wird, wenn Andy auf ihrem Schoß liegt und Captain krächzt. Natürlich besteht immer noch die Möglichkeit, Linda oder Tante Sheila anzusprechen, aber wenn ich mich einer anvertraue, wird die andere beleidigt sein. Daher begebe ich mich an einem Tag, an dem ich weiß, dass meine Tudor-Königin da sein wird, in der Mittagspause zur Bibliothek. Miss Parry wirft nur einen einzigen Blick auf mich, als ich mich an ihren Schreibtisch heranschleiche, und bringt mich schnell in einen mit Büchern vollgestopften Lagerraum, was mich für einen Moment beinahe von meiner Mission Impossible, meiner unmöglichen Aufgabe, abbringt.

Sie führt mich zu einem Stuhl, reicht mir ein Glas Wasser, und ich bin wieder in der Schulbibliothek, rieche das Bohnerwachs und höre die Schritte des Mini-Sturmtrupps, der zum Spielen nach draußen marschiert. Aber ich bin kein kleines Mädchen mehr. Ich bin eindeutig nicht mehr sieben Jahre alt. Ich bin eine Frau, und ich muss Verantwortung übernehmen. Und so erzähle ich Miss Parry mein kaum noch zu verheimlichendes Geheimnis, und sie mokiert sich weder darüber, noch schimpft sie mich aus. Sie tätschelt meine Hand und sagt: »Ach herrje.« Ich habe meinen Teil erledigt, und von nun an übernimmt sie die Kontrolle und reicht sie weiter an Ärzte und Lehrer und schließlich an Bob, der aussieht, als habe er entdeckt, dass die Welt gar nicht der Ort ist, für den er sie gehalten hat. Was natürlich irgendwann im Leben einmal jedem von uns so ergeht.

Das Schultrimester geht zu Ende, ohne dass ich mich an den üblichen Feiern beteilige oder von der ausgelassenen Stimmung anstecken lasse. Wenn ich zu Hause ein Zimmer betrete, sehe ich, wie Bob und Wink einen Blick wechseln, den ich nicht durchschaue. Ich höre Flüstern hinter verschlossenen Türen, manchmal eine lautere Stimme, und ich weiß, dass ich der Grund für diese gespannte Atmosphäre bin, die vorher nie geherrscht hat. Alles verändert sich, und es ist meine Schuld. Die Erleichterung, es meiner Familie erzählt zu haben, wird mir durch die Scham, das schlechte Gewissen und diese Einsicht verdorben.

Und es gibt kein Entkommen. Keine Befreiung. Ich kann mich nicht wie Lucas auf dem Sofa in eine Decke wickeln, denn ich bin nicht krank. Ich kann nicht mit Cheryl weggehen. Ich kann nichts von dem tun, was Mädchen in meinem Alter machen sollten. Keine Fahrt mehr auf dem Rücksitz von Dougs Mini, wo ich mir Chips und Schokolade mit Nathan teile. Keine Schwimmnachmittage mehr im Rainbow Hotel. Kein Umstylen der Frisur, keine *Smash Hits*. Ich kann Cheryl, die einer besten Freundin am nächsten kommt, nicht einmal sagen, was los ist. Ich will sie nicht sehen. Ich will niemanden sehen. Also bleibe ich in meinem Zimmer, höre keine Musik, lese kein Buch, finde keinen Schlaf.

Mir graut schon vor der Rückkehr in die Schule nach den Ferien. Was soll das Ganze? Ich werde in ein paar Monaten ein Baby haben.

»Sie sollte besser zu Hause bleiben«, sagt Wink zu Bob. »Es hat doch keinen Sinn, sie in ihrem Zustand in die Schule zu schicken.«

»Sie sollte so lange es geht die Schule besuchen«, beharrt Bob, ausnahmsweise einmal der strenge Vater, der ein Machtwort spricht. »Bildung ist wichtig für sie. Wichtiger als je zuvor.«

Er mag recht haben, aber ich spüre, dass er mich bewusst oder unbewusst irgendwie zu bestrafen versucht. Ich habe ihn enttäuscht. Und egal wie oft sie mich auch fragen, wer der Vater des Babys ist, ich verrate es ihnen nicht. Daher gibt ihm niemand die Schuld. Dieses Privileg gehört allein mir.

Am Ende ist alles für die Katz. Heiligabend wache ich in aller Frühe auf, weil ich nach Luft schnappe. Ich habe das Gefühl, als hätte mir ein unsichtbarer Stiefel in den Unterleib getreten. Und schon folgt der nächste Tritt. Und wieder einer. Der Schmerz ist real, realer als irgendetwas, das mir bisher in meinem Leben widerfahren ist, aber irgendwie bin nicht ich es, die ihn erleidet. Ich bin aus meinem Körper hinausgetreten und schwebe in die Höhe und davon. Bis zu der Stelle, wo sich die Vorhänge im Luftzug bewegen. Ich bin jemand anderes geworden. Jemand Vertrautes und wiederum jemand, der sich immer schon am Rande meines Bewusstseins versteckt gehalten hat. Ich bin zum Ritter geworden. Ich sehe durch seine eiskalten Augen. Ich sehe eine junge Frau, die zusammengerollt auf einem Bett liegt und die Arme um ihren Bauch geschlungen hat, um ihr unsichtbares Kind, das mit aller Macht versucht, früher – viel zu früh – auf die Welt zu kommen. Ich höre die Schreie der jungen Frau. Sehe, wie ihr Vater mit panischem Blick und mit den Armen rudernd ins Zimmer gerannt kommt und seine Tochter in den Arm nimmt, die so unglaublich jung aussieht, obwohl es der Schmerz, der Schrecken einer Erwachsenen ist. Sie bleibt für kurze Zeit allein, und eine kleine Weile später ertönt eine kreischende Sirene, Schritte sind auf der Treppe zu hören. Der Ritter schwebt neben dem Mädchen, als es von zwei uniformierten Männern nach unten getragen, durch den Hintereingang hinaus und in den Krankenwagen gebracht wird und der Schmerz und die Unvermeidlichkeit sie die ganze Zeit über schluchzen lassen. Der Ritter breitet eine Decke über sie, gibt ihr Sauerstoff, hält ihr eine Schüssel hin, in die sie sich übergibt, und befördert sie in einem Surren aus Lärm und Licht durch Torquay. Er schiebt sie durch schwere Metalltüren, rumpelt mit ihr über Flure, lenkt sie ab vom Quietschen des Linoleums, von den Spritzern des Erbrochenen. Dann verlässt er sie. Und stattdessen ist Bobs Gesicht da, und er hält ihre Hand. Dann nichts. Gar nichts.

Das Baby ist fort. Sein Leben ist zu Ende, bevor es überhaupt begonnen hat. Es ist der Welt verlorengegangen. So wie Helena. So wie Lucas. So wie Albert Morris.

Ich erwache, fühle mich leer. Es ist vorbei. Ich bin wieder Philippa. Man sagt mir, ich hätte noch einmal Glück gehabt. Die Männer in Uniform und die Ärzte und Schwestern im Krankenhaus hätten nur das Leben gerettet. Aber Glück fühlt sich anders an. Mein Baby ist verloren, hatte niemals eine Chance. Ist ohne einen einzigen Atemzug oder Schrei gegangen. Aber was weiß ich schon über Babys? Gar nichts. Und wie hätte ich jemals Mutter sein können, wo ich doch keine eigene Mutter habe. Vielleicht habe ich wirklich Glück gehabt.

Eigentlich bin ich noch ein Kind, daran lassen die Ärzte und Krankenschwestern keine Zweifel. Insofern gehöre ich eigentlich auf die Kinderstation, aber angesichts der heiklen Umstände werde ich in ein Nebenzimmer abgeschoben. Nach einer unendlich langen Zeit darf ich aufstehen und zum Klo gehen, was eine Herausforderung an sich ist. Nachdem ich diese Herkulesarbeit bewältigt habe, schlurfe ich den Flur zu meinem Zimmer zurück. Unterwegs biege ich falsch ab, keine Ahnung, wie es dazu kommen konnte, vielleicht bringt mich jemand dazu, wer bin ich schon, dies zu beurteilen, ich-die-nichts-weiß.

Die falsche Abzweigung führt mich auf die Kinderstation, den Ort, von dem man mich fernhalten wollte. Kinder verschiedenen Alters und mit den verschiedensten Krankheiten sitzen, liegen, essen, schlafen in Betten, die in dem Versuch, dem Ganzen etwas Weihnachtsstimmung einzuhauchen, mit glänzendem Lametta und glitzernden Sternen geschmückt worden sind. Ich bleibe am Fuß des Bettes stehen, wo Dick Whittington einst auf seinem Weg nach London auf Lucas hinabgeschaut hat. (Er hat mehr Glück in der Stadt gehabt als Helena, Lucas oder ich. Ich möchte niemals wieder dorthin.) Jetzt liegt ein kleines Mädchen in dem Bett, dessen eingegipstes Bein in einer Schlinge in die Höhe gereckt ist. Eine Menge Karten sind um sie herum aufgehängt. *Gute Besserung* mahnen sie. Und es wird ihr zweifellos bald bessergehen. Ihr Bein wird heilen, und sie wird wieder nach Hause kommen und herumlaufen, ein glückliches Leben führen, erwachsen werden, sich einen Ehemann suchen und eines Tages eigene Kinder haben. Lucas ist es nicht wieder bessergegangen. Sein Weg führte ihn von diesem Bett in die Leichenhalle und von dort ins Grab. Ich habe keine Ahnung, wohin sie mein Baby gebracht haben. Ich will auch gar nicht darüber nachdenken.

Ich kehre in ein Haus zurück, in dem nichts mehr an Weihnachten erinnert. Es ist in diesem Jahr an mir vorübergezogen. Ein neues Schultrimester beginnt, aber ich kann unmöglich am Unterricht teilnehmen. Noch nicht. Bob hört auf Wink und drängt mich nicht.

»Dann vielleicht nächste Woche, Philippa«, sagt er. »Aber warte nicht zu lange.«

»Wir werden sehen, wie es ihr geht«, sagt Wink.

Ich liege still auf dem Sofa. Eine Decke wärmt mich. Der Fernseher läuft. Ich bringe es nicht fertig, in meinem Zimmer zu sein. In meinem Bett. Denn wenn die Nacht anbricht und ich die Vorhänge schließe, wer weiß, was ich dann sehen werde? Als sie ein *Blue-Peter*-Special zeigen, kommen mir die Tränen. Ich weine so viel, dass Bob schon überlegt, ob er den Arzt rufen soll. Aber Wink gibt mir stattdessen einen Schuss von ihrem Brandy und schafft es irgendwie, den alten Andy an seiner Lieblingsstelle vor dem Kamin in die Höhe zu heben und ihn vorsichtig auf das Sofa neben mich zu legen, damit ich mit ihm schmusen und seinem Schnurren lauschen und spüren kann, wie sein dickes, drahtiges Haar über mein Gesicht streicht.

Tage vergehen. Die Sonne geht auf und unter, aber die Zeit hat jegliche Bedeutung für mich verloren, solange nicht der Fernseher an ist, um mich durch das Gewirr zu führen. An manchen Tagen esse ich ein wenig von dem, was Bob mir hinstellt. Manchmal wird es kalt und gerinnt und taugt nur noch für den Müll. Manchmal kann ich schlafen. Manchmal weine ich den ganzen Tag. Aber ich habe mich zumindest wieder in mein Zimmer getraut. Das immer noch so aussieht wie vorher. Wäre da nicht dieses klaffende Loch in mir, könnte ich mir beinahe einreden, dass nichts geschehen ist. Dass das Ganze jemand anderem zugestoßen ist. Wie etwas aus dem Fernsehen. Aus einer Episode von *Drei Engel für Charlie.* Eine Nachrichtenmeldung. Auch wenn ich mir nicht einbilde, dass ich ein wichtiges Ereignis im großen Ganzen bin. Aber das Fernsehen hilft. Fernsehen ist für mich im Augenblick realer als das Leben selbst. Jetzt kann ich verstehen, warum Lucas so fasziniert davon gewesen ist. Seine Augen wie Kiesel, die an den Strand gespült wurden.

Ich bin Bob dankbar, dass er niemals gesagt hat, es sei das Beste gewesen. Vielleicht war es das, aber wir werden es niemals mit Sicherheit wissen. Stattdessen umgibt er mich mit der Liebe eines Vaters. Die Liebe eines Elternteils, das den Schmerz des Kindes spürt, als wäre es sein eigener. Er lässt die Sache mit der Schule ruhen und teilt dem Rektor mit, dass ich erst im September zurückkehre, um die Klasse zu wiederholen. Außerdem schaut er beim Reisebüro in der Castle Circus vorbei und kauft zwei Flugtickets. Eins für ihn und eins für mich. Wir fliegen nach Kanada. Wir werden meine Mutter ausfindig machen und … nun ja, mal sehen. Wir wissen, dass es etwas ist, das wir endlich einmal tun müssen.

»Was ist mit Linda?«, frage ich, als wir uns beide während einer Flaute im Laden auf den Tresen stützen.

Er schaut mich verlegen an. »Sie ist zu beschäftigt mit ihrer Arbeit«, antwortet er schließlich.

Ich frage nicht weiter. Es spielt keine Rolle. Ich blicke mich im Laden um und versuche diesen Ort, in dem ich so viele Jahre meines Lebens verbracht habe, in mich aufzunehmen. Die Regale mit den Zeitungen und Zeitschriften und Comic-Heftchen, die eine Seite des Ladens einnehmen. Die Auslage hinter dem Tresen mit den Zigaretten und dem Tabak – und alles, was man brauchen könnte, um ein Hobby aus dem Rauchen zu machen. Die Schokolade und die Kaugummis und die Hustenbonbons. Die Souvenirs für die Touristen – inklusive der kleinen Papierflaggen, deren Anblick mir immer das Herz zerreißt, wenn ein Kind ein Päckchen davon mit seinem Taschengeld kauft. Die Stadtpläne und Landkarten der Umgebung. Die Pflaster und Sicherheitsnadeln und das Nähzeug für den Notfall. Der Ständer mit den Liebesromanen, den man so wunderbar drehen kann, dass man nur noch Petticoats und Brünette vorbeirauschen sieht. Die Türglocke, die jedes Mal, wenn die Tür geöffnet wird, ein kurzes Klingeln von sich gibt. Das Pfeifen des Kessels aus der Kochnische hinten, das das Kochen des Wassers verkündet. Der Geruch von Druckerschwärze und Zucker und vergangenem Regen. Die Gläser mit all den glitzernden Süßigkeiten, die an Juwelen erinnern und die das Erste waren, was ich hier drin erblickt hatte. Eine Schatzkammer. Mein Zuhause.

Und doch. Wir fliegen nach Kanada!

Du hast es geschafft. Du hast es bis hierher geschafft, und ich werde verdammt noch mal dafür sorgen, dass du die ganze Strecke schaffst. Du magst klein sein – so wie Lucas –, aber du hast die Leere in mir gefüllt, die all die Menschen hinterlassen haben, die ich verloren habe. Du hast die Minuten des Tages gefüllt, in denen ich für gewöhnlich wie Tante Nina in die Ferne starrte und vorgab, jemand anderes zu sein. Die Stunden in der Nacht, wenn ich mich im Muster der Vorhänge verlor. Du hast mich mit so vielen Emotionen, mit Angst und Liebe erfüllt, dass im Augenblick kein Platz ist für etwas anderes. Aber sie sagen, dass du aus einem anderen Grund ein ganz besonderes Baby bist. Du bist auf einer besonderen Liste. Ein Mann ist hergekommen, um einen Blick auf dich zu werfen. Dr. Standing (für dich Tante Cheryl) hat ihn empfohlen. »Ich kenne genau den Richtigen für den Job«, sagte sie. »Falls irgendetwas nicht stimmt, wird er es herausfinden und in Ordnung bringen.« Und hier ist er nun, fummelt und tastet an dir herum – was dich veranlasst, dein Repertoire an Tönen zu erweitern – und hört dein Herz mit einem Stethoskop ab. Dein kleines Herz, das nicht ganz im Rhythmus zu meinem eigenen schlägt.

Du hast Herzgeräusche. Möglicherweise ein Loch im Herzen. Er sagt, er könne das beheben. Doch ich weiß ohne den geringsten Zweifel, dass es mein eigenes Herz sein wird, das unwiederbringlich zerbricht, sollte dir etwas zustoßen.

KAPITEL 13

1982

Drei Wochen später fühle ich mich schon viel kräftiger und packe in meinem Zimmer einen alten Koffer mit sauberer Unterwäsche und sämtlichen warmen Klamotten, die ich besitze, einschließlich eines neuen Parkas, den mir Linda extra für die Reise gekauft hat. Aber die Kälte, die sie in Kanada erwartet, ist nichts im Vergleich mit der eisigen Atmosphäre, die in einem Zimmer herrscht, wenn sie und Bob sich zur selben Zeit darin aufhalten – was dieser Tage nicht mehr allzu oft der Fall ist. Linda ist immer ganz furchtbar beschäftigt, ständig von A nach B und bis zum Ende des Alphabets und wieder zurück unterwegs, um nach ihren Untergebenen zu schauen, die niemals darauf hoffen können, jemals so tüchtig zu sein wie ihre Chefin. Doch was Bob angeht, ist sie nicht ganz so tüchtig. Er verbleibt ständig in ihrer Ablage für Unerledigtes, zu der sie nie kommt. Massagen und chinesisches Takeaway sind zu einer Seltenheit geworden.

Dennoch hat sich Linda Mühe gegeben, mir bei den Vorbereitungen dieser Reise beizuspringen. Sie ist davon überzeugt, dass mir ein Wiedersehen mit meiner Mutter darüber hinweghelfen wird, selbst keine Mutter zu sein. Ich kann nicht klar genug denken, um zu beurteilen, ob sie recht hat oder nicht, aber ich bin ihr dankbar für die Kofferpack-Checkliste, die ich beinahe abgearbeitet habe, als Bobs von einem Hüsteln eingeleiteter Ruf die Treppe hinaufdringt.

»Hier ist jemand, der dich sehen will«, ruft er.

Einen Moment lang frage ich mich, ob es sein kann, dass … Aber so ist es natürlich nicht. Die Schritte, die die Stufen hinaufkommen, sind zu leicht und entschlossen. Dennoch freue ich mich, als Miss Parry den Kopf zur Tür reinsteckt. Sie hat mir ein Buch aus der Bibliothek mitgebracht. Darauf ist ein Ahornblatt abgebildet.

»Es ist äußerst umfassend«, sagt sie, als sie es mir reicht. Sie schenkt mir ein Lächeln, das mich dazu ermutigt, etwas zu wagen, und in mir den Wunsch weckt, den Schritt über den Atlantik zu tun und hinter das Wie und Warum des Verschwindens meiner Mutter zu kommen. Die Zeit für Antworten ist gekommen.

»Schick mir eine Postkarte.«

Dann ist sie fort, und in dem Lufthauch, den ihr Weggang hinterlassen hat, klimpert der Ritter mit den Lidern. Ich hoffe, sie hat etwas von ihrer Charakterstärke hiergelassen, ein bisschen nur, so dass ich es in meinen Koffer packen und von meiner Checkliste streichen kann.

Zwei Tage später, nach einer weiteren Übernachtung in Tonis Wohnung (bei der von ihrem Bruder keine Spur zu sehen war) und einer Taxifahrt nach Heathrow, die Linda gefallen hätte, warten Bob und ich auf unseren Flug. Er besorgt uns zwei Becher Tee, und für die Leute um uns herum müssen wir wohl aussehen wie ein Vater mit seiner Tochter auf dem Weg in den Urlaub. Aber man kann sich nie sicher sein, was in anderen Menschen vor sich geht. Das weiß man nie.

Nach einem turbulenten Flug, der uns durch eine unendliche Nacht weg von allem Vertrauten ins große Unbekannte bringt, setzen wir endlich auf kanadischem Boden auf. Wir holen unser Gepäck und wanken durch die Zollabfertigung. Bob schwingt stolz seinen britischen Pass, als mache ihn dies irgendwie zu etwas Besserem. Und so werden wir auch beinahe behandelt wie englische Cousins von der piekfeinen Seite der Familie (wenn die nur wüssten). Alle sind so nett. Sie fragen uns, ob wir einen guten Flug gehabt haben, ob wir lange bleiben, ob wir ihre Cousine Doris kennen, die in der Nähe von Manchester wohnt. Am Ende bestehen sie darauf, dass wir die Niagarafälle besuchen (als könnte man uns davon abhalten), und schärfen uns ein, unsere Reise auch ja zu genießen.

Es ist dunkel und neblig, als wir aus dem Flughafengebäude von Toronto in die kühle Januarnacht hinaustreten. Ich habe noch kein Gefühl für dieses neue Land, aber mir ist ganz übel vor Aufregung und Sehnsucht und einer Reihe von unbenannten Emotionen. Hier lebt Helena! Wahrscheinlich liegt sie schlafend in ihrem Bett, nur wenige Minuten von der Stelle entfernt, wo wir gerade stehen, und verträumt eine gewissermaßen alltägliche Nacht, ohne auch nur im mindesten etwas von unserer Ankunft zu ahnen.

Ja, genau, sie ist völlig ahnungslos. Denn Bob hat mir eben erst gebeichtet, dass er ihr nichts von unserem Kommen gesagt hat. Ich bin mir nicht sicher, warum er es nicht getan hat. Vielleicht wollte er sichergehen, dass sie nicht wieder wegläuft. Doch dies wirft allerlei traumatische Fragen auf: Was ist, wenn sie gar nicht zu Hause ist? Wenn sie irgendwo Urlaub macht? Umgezogen ist? Das alles hier für die Katz wäre?

»Sie wird da sein«, sagt Bob, der Gedankenleser. »Keine Sorge!«

Und mit dieser neu entdeckten Zuversicht gelingt es ihm auf eine Weise, ein Taxi für uns zu ergattern, die sowohl Helena als auch Linda beeindruckt hätte. Wir werden auf der falschen Seite der Straße kutschiert, die Schilder alle in Englisch und Französisch und mit Kilometerangaben, vorbei an Wolkenkratzern, deren Spitzen wir nicht sehen können, über riesige, mehrspurige Autobahnen und spiegelverkehrte Kreuzungen bis zu unserem Motel (ein Motel!).

Unser Motel ist nicht annähernd vergleichbar mit der Unterkunft, in der wir in London untergebracht waren (die mit dem Bad en suite in Avocado), und auch nicht wie Tonis Wohnung in Belsize Park. Wir erhalten unseren Schlüssel von einem sehr netten Mann namens Ed. Ed sieht in seinem karierten Hemd und der Deerstalker-Mütze – die den Eindruck erweckt, als sei er drauf und dran, einen Baum zu fällen – aus, als wäre er von dem kanadischen Tourismusverband engagiert worden, um unsere englischen Erwartungen zu befriedigen. Derweil starrt er auf einen für sein kleines Büro viel zu großen Fernseher.

»Was läuft denn?«, erkundigt sich Bob in dem Versuch, Männerfreundschaft zu schließen.

»Hockey«, erwidert Ed und lebt sichtlich auf.

Es hat nichts mit dem Hockey zu tun, das ich in der Schule spiele. Dieses Hockey wird von riesigen Männern mit kleinen Kisten auf den Köpfen gespielt, die über das Eis sausen. Die einzigen Männer, die ich bis dahin auf dem Eis gesehen habe, waren die von der Sorte Robin Cousins in paillettenbesetzten Kostümen und mit zu viel Rouge.

Wie mir scheint, ist dies nur der erste einer Reihe von kulturellen Unterschieden zwischen unseren beiden Ländern, die ich noch entdecken werde. Nachdem Ed sich nach unserem Flug, der Länge unseres Aufenthalts und nach seinem alten Schulfreund Ken in Cirencester erkundigt und uns eingeschärft hat, unsere Reise zu genießen, wünschen wir ihm eine gute Nacht, und er weist uns den Weg zu unserem vorübergehenden Zuhause.

»Sagen Sie mir Bescheid, wenn Sie irgendetwas brauchen«, ruft er uns hinterher. »Ich bin ja hier.«

Glücklicherweise müssen wir uns mit unserem Gepäck und der Kälte nicht lange herumquälen. Bald schon sind wir in unserer – um es einmal freundlich auszudrücken – bescheidenen Unterkunft angelangt. In unserer bescheidenen und nicht unbedingt original kanadischen Unterkunft, in der es weder einen Waschbärschwanz noch ein Bild von einem Mountie gibt. Wir unternehmen eine (sehr) kurze Besichtigungstour der Räumlichkeiten – zwei Einzelbetten, ein kleiner Kühlschrank, ein Zwei-Platten-Kocher, ein alter Fernseher, ein winziges Bad mit Klo, Waschbecken und lediglich einer Dusche –, bevor wir unsere Nachtwäsche und Kulturtaschen auspacken.

»Welches Bett möchtest du haben?«, fragt Bob.

Ich betrachte die beiden Betten mit ihren Kopfenden aus Holzimitat, in die Leuchten eingelassen sind, und zeige auf das am Fenster, welches auf den ersten Blick nicht so durchgelegen zu sein scheint wie das andere. (Immerhin erhole ich mich gerade von einer Nahtoderfahrung.)

»Ich werde mich im Bad umziehen«, sagt Bob.

Ich lausche den Geräuschen, die durch die Badezimmertür dringen, und mir wird bewusst, dass ich noch nie gesehen habe, wie er sich die Zähne putzt oder rasiert und sonst irgendetwas tut, das ich möglicherweise mitbekommen hätte, wenn er mein richtiger Vater wäre. Aber jetzt ist nicht der Zeitpunkt, um etwas zu bedauern. Immerhin hat er mich hierher gebracht. Niemand sonst hätte das getan.

Nach einigen Minuten taucht er in seinem gestreiften Pyjama und seinem Frottee-Bademantel von Marks and Spencer auf. »Das Bad gehört dir.«

Ich wünsche, es wäre nicht so. Es ist ziemlich grauenhaft hier drin. Etwas an diesem Duschvorhang erinnert mich an Norman Bates. Vielleicht wird es bei Tageslicht weniger schrecklich sein. Aber leider gibt es hier kein Fenster, also vermutlich eher nicht.

Nachdem ich mir die Zähne geputzt und mir meinen Pyjama angezogen habe, geht es mir besser. Es spielt keine Rolle, wo wir übernachten. Hauptsache, ich habe ein Bett. Und mein Bett ist nicht einmal so schlecht. Es reicht aus, mich in den Schlaf zu locken, die Vorstellung von einem Psycho, der im Dunkeln lauert, zu besänftigen. Ich drehe mich auf die Seite und starre das Fenster mit den orangefarbenen Vorhängen an. Und ich werfe dem Ritter eine Kusshand zu, der mir über den Ozean gefolgt ist und es sich in diesem Augenblick für die Nacht bequem macht, um sich darauf vorzubereiten, über mich zu wachen.

Am nächsten Morgen erwachen wir erst spät und mit einem dicken Jetlag-Kopf. Nach einer Dusche (einer sehr kurzen Dusche aufgrund der Kälte und des quälenden Gekreisches der Leitungen, das an einen ungeübten Geigenspieler erinnert) trinken wir eine Tasse Gratiskaffee. Dann sitzen wir auf unseren Betten und starren uns an.

»Lass uns frühstücken gehen«, schlägt Bob vor. »Das ist ein guter Start in den Tag.«

Er zieht seine Schaffelljacke an, in der er wie eine dünnere Version von Bernie aussieht, und ich schlüpfe in meinen Parka. Dann öffnet er vorsichtig die Tür, und wir treten hinaus. Um unverzüglich kehrtzumachen und uns wieder ins Zimmer zu verziehen. Es ist saukalt da draußen! Eine dicke Schneeschicht bedeckt die Wagen auf dem Parkplatz, die dort über Nacht gestanden haben, und uns wird klar, dass es nicht einmal Linda gelungen ist, uns hierfür zu rüsten.

»Wir benötigen anständige Stiefel«, konstatiert Bob. »Und vielleicht einen Leihwagen.«

»Wie wäre es, wenn wir stattdessen ein Taxi bestellen?«, schlage ich vor. »Dann musst du dir wenigstens unter diesen Umständen nicht auch noch Gedanken ums Fahren machen.« Ich vollführe eine ausholende Handbewegung Richtung Fenster, das uns einen Ausblick auf die Straßenzustände gewährt. Und das alles noch auf der falschen Seite!

Bob will zuerst Einwände erheben, gibt dann aber nach. Er weiß, dass ich recht habe.

»Aber zuerst müssen wir frühstücken«, sagt er. »Laut dieser Broschüre hier« – er schwenkt einen sich bereits wellenden Reklamezettel aus einer Auswahl auf seinem Nachtschränkchen – »gibt es ein Lokal namens *Sally Anne's,* das gleich um die Ecke liegt. Glaubst du, wir schaffen es bis dahin?«

»Klar«, erwidere ich. Wir sind Polarforscher, und wir stehen kurz davor, in die unentdeckte Wildnis aufzubrechen. (Obwohl immer schon jemand vor einem da gewesen ist. Bloß weil man seine Ansprüche anmeldet, bedeutet dies nicht, dass man der Erste ist.)

Wir verbringen die nächsten Minuten damit, uns Handschuhe, Schals und Jacken anzuziehen. Schließlich streife ich mir die Kapuze über den Kopf, was bedeutet, dass ich von nun an mit eingeschränktem Tunnelblick auskommen muss. Bob setzt eine Schiebermütze auf, die zwar die kahle Stelle bedeckt, ihn aber zwanzig Jahre älter aussehen lässt. (Er kommt wirklich langsam in die Jahre, bewegt sich in diesem vagen, unklaren Abschnitt des mittleren Lebensalters.)

»Bist du dir auch ganz sicher, dass du das anziehen willst?«, frage ich ihn.

Ich kann einfach nicht anders. Schließlich wird er im Laufe des Tages vielleicht noch meiner Mutter begegnen, der Liebe seines Lebens. Will er denn nicht versuchen, sie zu beeindrucken?

»Etwas anderes habe ich nicht«, erwidert er unglücklich. »Linda hat vergessen, mir eine geeignete Mütze zu kaufen. Oder das, was unter diesen Umständen geeignet wäre.«

»Dann müssen wir dir eben nach dem Frühstück eine kaufen«, entscheide ich. »Wir werden schon wissen, welche die richtige ist, wenn wir sie sehen.«

Er hat keine Einwände. Er greift nach seinem Portemonnaie und lässt es in der tiefen Tasche seiner Jacke verschwinden, klopft mit der flachen Hand dagegen, wie bei einer kostbaren Sache, die es ja auch ist. Denn ich weiß, dass sich in diesem Portemonnaie nicht nur all unsere kanadischen Dollars und Reiseschecks befinden, sondern – viel wichtiger noch – auch Helenas Adresse und Telefonnummer.

Als wir uns dieses Mal nach draußen wagen, sind wir ein bisschen besser auf die Kälte vorbereitet, die uns von allen Seiten angreift. Ein scharfer Wind betäubt rasch jedes Stückchen ungeschützter Haut. Ich folge Bob über den Parkplatz, den Blick auf seinen Rockschoß geheftet, ganz wie Scott und Oates, ins Unbekannte, die Straße hinunter, auf der Suche nach etwas original Kanadischem, wo wir essen können. Wir kommen an einer Tankstelle vorbei und an einem Restaurant namens Tim Hortons, das jede nur erdenkliche Art von Donuts verkauft, die man sich vorstellen kann, was ich sehr verlockend finde.

»Wir brauchen ein anständiges Frühstück«, meint Bob. »Keinen Kuchen.«

Und weiter geht's, vorbei an schicken Läden und Büros, einer weiteren Tankstelle, einer Schule und einem dieser fremdartig aussehenden riesigen Supermärkte (von denen wir in Torquay nur gerüchteweise gehört haben, wie von einer Art Großstadtmythos, an dem aber doch etwas dran zu sein scheint). Nach zehn Minuten ist von *Sally Anne's* immer noch weit und breit keine Spur.

»Ich dachte, du hättest gesagt, es sei gleich um die Ecke.«

»So stand es ja auch in der Broschüre«, erwidert Bob.

Offensichtlich haben Entfernungen in einem Land dieser Größe eine ganz andere Bedeutung als bei uns zu Hause, was das Leben als Fußgänger nicht gerade leichter macht – insbesondere, wenn einem auch noch Schnee ins Gesicht weht. Gerade als wir den Verstand und jegliches Gefühl in unseren Extremitäten zu verlieren beginnen, finden wir *Sally Anne's*.

Drinnen ist es wohlig warm. Wir ziehen unsere Jacken aus und werden von einer Kellnerin, die ihren Job wirklich zu mögen scheint, zu einer Nische geführt, wo sie uns nach einem Blick auf unsere roten Nasen im Großen Weißen Norden willkommen heißt.

Unsere Bestellung kommt einem kompletten englischen Frühstück so nahe wie möglich: Spiegeleier, Schinkenspeck, gebratene Tomaten, Toast und frischer Kaffee, der niemals zu versiegen scheint und nicht zu vergleichen ist mit unserem Mellow Birds daheim. Als das Essen eintrifft, verdirbt mir allein das Gluckern ängstlicher Erwartung im komplizierten Innenleben meiner Eingeweide ein wenig das Vergnügen (dem Klang nach zu urteilen, ergeht es Bob ähnlich).

»Wirst du sie anrufen?« Ich deute auf das Portemonnaie, das Bob gewissenhaft in die Mitte des Tisches gelegt hat – geschützt von uns beiden und einer Wand aus Servietten.

Er reibt sich über seinen Kopf, vielleicht um ihn aufzuwärmen, vielleicht aber auch, um sein Gehirn auf Touren zu bringen.

»Ich finde, wir sollten sie heute noch nicht anrufen.« Er reibt ein wenig fester, als er meine hochgezogene Augenbraue erblickt. »Du siehst viel zu müde aus für so eine Aufregung. Ich denke, wir sollten etwas einkaufen, ins Motel zurückgehen, uns das kanadische Fernsehprogramm anschauen, ein Buch lesen und früh zu Bett gehen. Dann werden wir morgen erholt und wieder auf Zack sein.« Er setzt sich die Schiebermütze auf, obwohl er immer darauf beharrt, dass es unhöflich sei, mit Kopfbedeckung zu essen.

Und wieso redet er davon, ein Buch zu lesen? Ich kann mich nicht einmal mehr daran erinnern, wann Bob das letzte Mal ein Buch gelesen hätte. Vermutlich ist es eine Hinhaltetaktik. Aber ich protestiere nicht, rufe nicht gleich: *Nein, Bob, lass es uns heute tun! Lass uns meine Mutter heute ausfindig machen!* Ich murmele lediglich ein leises »in Ordnung«. Denn selbst nach dem zweiten Nachfüllen meiner Kaffeetasse bin ich noch erschreckend müde. Auch ich habe meine Hinhaltetaktik.

Nachdem wir uns wieder vermummt haben, machen wir ein Kaufhaus ausfindig, in dem wir Bob eine Strickmütze kaufen, wie sie offenbar von allen Kanadiern im Winter getragen wird – ausgenommen Ed, der sich in den nächsten zwei Wochen niemals mit etwas anderem auf dem Kopf blicken lässt als mit seiner Deerstalker-Mütze, was mich an Michael Landon in *Unsere kleine Farm* erinnert (und weniger an Sherlock Holmes). Diese Strickmützen sehen nicht besonders schick aus, sind im Grunde genommen Pudelmützen ohne Bommel. Ganz offensichtlich geht es Kanadiern mehr um Funktionalität und weniger um Optik, eine Einstellung, die Bob wie auf den Leib geschnitten ist. Aber ich komme nicht umhin, mir zu wünschen, dass diese Strickmütze Bob auf den Leib geschnitten wäre. Nun ja, wenigstens ist seine kahle Stelle bedeckt.

Dann besorgen wir uns noch einige lebensnotwendige Dinge, um den Rest des Tages über die Runden zu kommen und bis zum nächsten Morgen Winterschlaf halten können. Denn der nächste Tag sollte uns mehr Aufregung und nervöse Unruhe bringen als der heutige. Er sollte uns ein Wiedersehen mit meiner Mutter bescheren.

Als ich erwache, hat das Tageslicht den Ritter bereits verscheucht. Ich setze mich auf und schaue zu Bobs Bett hinüber. Es ist leer. Im ersten Moment frage ich mich, ob er sich davongemacht hat, ausnahmsweise einmal einer Verantwortung aus dem Weg geht, doch dann höre ich die Dusche und die Geräusche Bobs morgendlicher Waschungen.

Bob wird mich niemals im Stich lassen. Das ist der Job anderer Leute, nämlich der meiner Mutter (und dieses hoffnungslosen Falles von einem Vater, der im Dschungel im Kreis herumrennt, wahrscheinlich mit irgendeiner Frau vom Amazonas in wilder Ehe lebt und längst eine ganze Horde Kinder hat).

Eigentlich sollte mich die Aussicht auf ein Wiedersehen mit Helena doch freuen, aber ehrlich gesagt, ist in der Summe dessen, was ich empfinde, nur wenig Gutes dabei. Mir ist übel, ich bin traurig und voller Angst mit den verschiedenen Gedankenspielen beschäftigt. Was ist, wenn ihre Wohnung größer ist, als sie immer behauptet hat? Was ist, wenn Orville Tupper mich immer noch »Kleine« nennt? Obwohl ich seinen schwindelerregenden Höhen inzwischen näher bin als vor zehn Jahren (sehr viel näher sogar, als ich glaube). Was ist, wenn Helena mich nicht erkennt? Wenn sie mir die Tür vor der Nase zuschlägt? Was ist, wenn sie weint? Oder nicht weint? Oder wenn sie, sobald sie mich sieht, schnurstracks in die Sowjetunion oder nach Australien oder ins Weltall verschwindet? Und dieses Mal wäre ihr Verschwinden endgültig, wie bei Lucas. Für immer. Was schließlich und endlich eine verdammt lange Zeit ist.

Bob entkommt den Fängen von Norman Bates und sieht eigentlich ganz prima aus, wenn man bedenkt, dass er sich die Dusche mit einem Psychopathen geteilt hat. Hoffentlich wird Helena nicht allzu erschrocken darüber sein, wie er sich in den letzten zehn Jahren verändert hat. Aber Seife und Brylcreem und etwas weniger Offenkundiges – möglicherweise Hoffnung – zeigen ihre Wirkung und haben die Spuren des Alters ein wenig verwischt. Andererseits ist Helena natürlich auch älter geworden. Ich sehe sie zwar immer noch als junge Frau vor mir, aber sie ist inzwischen auch in den Dreißigern – in den besten Jahren. Ob sie es wirklich gern sehen wird, wenn Bob und ich mit all unserem Ballast vor ihrer Tür stehen?

Nach einem halbherzigen Frühstück waschen wir ab und putzen uns die Zähne. Dann bleibt wirklich nichts mehr zu tun.

»Bist du bereit, Philippa?«, fragt er.

»So bereit, wie ich es nur sein kann.« Ich setze mein tapferstes Lächeln auf, zehre von Miss Parrys Schwingungen, meiner jungfräulichen Königin auf der anderen Seite des Ozeans.

Die Adresse, die wir von Helena haben, ist laut Ed nur ein paar Straßen weit weg, was für unsere Verhältnisse eine ziemliche Entfernung ist. Ed bestellt uns ein Taxi und lädt uns ein, uns zu ihm zu setzen und eine amerikanische Seifenoper anzusehen, solange wir warten. In der Seifenoper versuchen viel zu braungebrannte, langbeinige schöne Menschen zu schauspielern, obwohl sie ganz offensichtlich noch niemals eine Schauspielschule von innen gesehen haben. Das Programm wird glücklicherweise häufig durch Werbung für Dinge unterbrochen, von denen ich noch nie gehört habe, hauptsächlich Medikamente jeder Art. Ich füge diese kulturellen Unterschiede denen hinzu, die ich bereits in mich aufgesogen habe. Ich gleite in einen Tagtraum ab, bin bald ganz weit weg vom Hier und Jetzt, da tippt Bob mir auf die Schulter und erklärt, dass es Zeit ist zu gehen.

»Einen schönen Tag!«, sagt Ed. Und dann, als wir uns gerade auf den Weg machen und ihn mit seinem Fernseher allein lassen wollen, fügt er hinzu: »Wusstet ihr, dass Toronto ein Wort aus der Sprache der Mohawk ist und so etwas wie ›Begegnungsstätte‹ bedeutet?«

Das hatte ich nicht gewusst. Und ich habe auch keine Ahnung, warum Ed das genau in diesem Moment sagt. Aber ich freue mich dennoch, es zu hören. Schließlich ist es an der Zeit, dass ich meiner Mutter endlich wieder begegne.

»Da wären wir«, sagt der Taxifahrer. »Es ist das Gebäude dort drüben. Sehr hübsche Wohnungen.« Er stößt einen Pfiff aus, um zu unterstreichen, wie hübsch diese Wohnungen sind.

Und das sind sie wirklich. Nicht zu vergleichen mit den beiden Zimmern über Bernies Autohandlung. Einige Klassen besser als unser kleines Reihenhäuschen. Und in einer völlig anderen Liga als die Maisonette-Wohnung über dem Laden, die Bob und ich in England zurückgelassen haben, weiter weg als all die Meilen, die wir gereist sind, um hierherzukommen. Helenas Zuhause befindet sich irgendwo dort drin, irgendwo in diesem imposanten Gebäude, das über uns aufragt. Bald schon werde ich aus diesem Taxi steigen, das Foyer betreten und mit meiner Mutter vereint sein. Jeden Augenblick wird es so weit sein.

»Philippa?«, sagt Bob mit fragender Stimme. »Kommst du?«

Er hat den Fahrer bezahlt und streckt mir seine behandschuhte Hand hin, um mir hinauszuhelfen, da ich nicht imstande bin, mich zu bewegen. Er führt mich auf die gewaltigen, dunkel gefärbten Glastüren zu und muss mich an die Hand nehmen, um mich hindurchzubekommen.

»Das hier ist keine gute Idee«, erkläre ich ihm.

»Hast du eine bessere?«, erwidert er.

Ich lasse mich von ihm zu einem Aufzug führen und sehe zu, wie sein Finger auf den Knopf drückt, der die Zahl 6 zum Aufleuchten bringt, und dann sind Bob und ich drinnen. Es riecht nach kaltem Zigarettenrauch und Lufterfrischer, und es geht hinauf, immer höher und höher, näher an unser Ziel, bis wir beinahe in dem Zuhause angekommen sind, in dem nie genug Platz für mich war, von dem ich glaubte, dass es klein und eng und ziemlich armselig sein würde, von dem ich aber nun vermute, dass es ein ganzes Stück prächtiger und größer sein wird, als ich es mir in all den einsamen Nächten, in denen ich auf meine Vorhänge gestarrt und versuchte hatte, meine Mutter herbeizuzaubern, vorgestellt habe.

Es gibt einen kleinen Ruck, ein Klingeling, das leise Rauschen der Aufzugstüren wie in *Star Trek*. Dann ist weicher Teppichboden unter unseren Füßen, ein langer Flur, Messingzahlen an den Wohnungstüren. Wir suchen nach der richtigen, nach der, die am hinteren Ende mit dem Namen TUPPER in ordentlicher Schulmädchenschrift auf dem Schild unter der Klingel zu lesen steht. Eine Klingel, die Bob mit einer Entschlossenheit drückt, die er von Gott weiß woher nimmt. Eine Tür, die geöffnet werden wird, um uns endlich die lang ersehnte Begegnung zu bescheren mit ...

... einem Jungen? Einem Schuljungen von neun oder zehn Jahren.

»Hallo«, begrüßt er uns. »Wer sind Sie?«

Es liegt mir auf der Zunge, ihn das Gleiche zu fragen, aber ich kann keinen Ton herausbringen. Kann nichts sagen, nicht den kleinsten Pieps. Bob muss seine eigene Stimme mit einem Hüsteln in Gang bringen.

»Ich bin Bob«, sagt er. »Ich bin ein Freund von Helena.« Als der Junge nichts erwidert, fügt er hinzu: »Sind wir hier an der richtigen Adresse?«

»Ja«, sagt der Junge, aber er sieht mich an. Ich bin es, die ihn interessiert.

»Das ist Philippa«, sagt Bob.

»Philippa.« Der Junge scheint sich den Namen auf seiner Zunge zergehen zu lassen, kostet ihn wie eine Nascherei von Revel, fragt sich, welche Geschmacksrichtung es wohl sein wird, ob es eine ist, die er mag, oder eine, die er am liebsten angewidert ausspucken würde. (Seit ich in der Oberstufe bin, werden meine Metaphern immer besser, auch wenn ich nun schon länger nicht am Unterricht teilgenommen habe.)

Der Junge steht ganz still da, aber ich sehe ein kleines Flackern in seinen Augen, das mich vermuten lässt, dass sein Gehirn damit beschäftigt ist, eine Verbindung herzustellen.

»Etwa Tante Philippa?«

Sein Gehirn funktioniert offenbar nicht richtig, und Bob muss ihn eines Besseren belehren, denn mein Gehirn funktioniert überhaupt nicht.

»Nein«, sagt er lachend. »Philippa ist erst sechzehn. Philippa … Helena … also …«

Während Bob vor sich hinstottert und keine Möglichkeit findet, mich diesem unbekannten Jungen vorzustellen, der zu uns hinaufstarrt, rettet ihn die Stimme eines Mannes aus den Tiefen der Wohnung.

»Wes«, sagt sie. »Wer ist da, Kleiner?«

Hätte ich Asthma, wäre dies wohl der Moment, in dem ich zu meinem Inhalator greifen würde, aber leider ist mir keine solche Krücke vergönnt, und ich muss es wohl oder übel so durchstehen. Während ich in einer Woge der Erinnerung zu ertrinken drohe, breitet sich ein brennendes, reißendes Gefühl in meiner Brust aus.

»Es sind Bob und Philippa, Dad«, ruft der Junge. »Soll ich sie reinlassen?«

Für einen Moment herrscht Schweigen, ein schwarzes Loch der Stille.

»Klar«, erwidert die Stimme schließlich. »Führ sie herein.«

»Folgen Sie mir«, fordert uns Wes auf, und ich sehe mich genötigt zu tun, was dieser Junge sagt, obwohl ich viel lieber denselben Weg zurückgegangen, wieder in den Aufzug und ins Taxi gestiegen und ins Motel zurückgefahren wäre, wo ich mir mit Ed die Werbesendungen anschauen würde.

Wir treten in eine Krankenhauswärme, und Wes schließt die Tür hinter uns. Wir stehen in einem breiten, langen Flur auf einem glänzenden Holzboden. An den Wänden hängen Schwarzweiß-Fotografien. Landschaften, Berge, Prärien. Seen. Wälder. So ein Kanada-Ding. Eine einzelne Orchidee blüht hochgewachsen und schlank in einem Glasgefäß, die Wurzeln zur Schau gestellt, auf der Suche nach Licht, das Scharlachrot der Pflanze ein Schock im Vergleich zu den weißen Wänden, den Schwarzweiß-Fotos. Ich kann die Blume nicht riechen … aber ich kann die verbleibenden Reste von Helenas Zigarettenrauch und Parfüm ausmachen. Diesen Geruch würde ich überall wiedererkennen.

»Hier entlang«, sagt Wes, nachdem wir unsere Jacken und die winterliche Ausstattung an die Garderobe gehängt haben.

Wir folgen ihm den Flur entlang, vorbei an mehreren Türen, die alle geschlossen sind und Helena dahinter verbergen könnten.

»Hier durch.« Am Ende des Flurs verschwindet Wes in ein Zimmer, das sich, als wir ihm folgen, als eine Art Wohnzimmer/Büro entpuppt. Ein großes rotes Sofa steht unter einem Panoramafenster, von dem aus man einen Park mit Bäumen überblickt, alles in dramatisches Weiß getaucht. Hier gibt es noch mehr Fotografien, reihenweise gerahmte Schwarzweiß Porträts. Attraktive, wohlgeformte Männer – die Sorte, die geheimnisvoll posiert und Frauen in Verzückung geraten lässt. In der Ecke steht eine kunstvolle Kommode, über der eine Kork-Pinnwand mit darauf befestigten Nachrichten und Listen hängt, die meisten davon in dieser Schulmädchenschrift, die ich niemals wirklich vergessen konnte. Und dann das Herzstück des Raumes: ein riesiger Tisch, der mit Papieren und Zeitschriften und Fotos und allerlei Durcheinander bedeckt ist und hinter dem Orville Tupper sitzt. Das Einzige, was jetzt noch fehlt, ist eine flauschige weiße Katze.

»Bob«, sagt er. »Ist schon eine Weile her.«

Ich höre nicht, was Bob antwortet. Ich kann Orville Tupper nur anstarren, wie er dort sitzt, sich nicht die Mühe macht aufzustehen, kein Anzeichen von Freude erkennen lässt, uns zu sehen. Und ich warte darauf, dass er mich bemerkt, mit mir spricht.

»Hallo, Philippa«, sagt er wie aufs Stichwort. »Groß bist du geworden.«

Das ist das erste Mal, dass der Ehemann meiner Mutter meinen Namen gesagt hat. Irgendwie wünschte ich, er wäre bei »Kleine« geblieben, denn mein Name ist etwas, das er mir nicht wegnehmen kann. Ich will, dass er seine Hände davon lässt. Er gehört mir.

Bob antwortet für mich. »Kinder neigen dazu, das zu tun«, sagt er.

Ich könnte ihn für diese Worte küssen, dafür, dass er für mich eintritt.

Orville bemerkt den Seitenhieb gar nicht – oder er ignoriert ihn – und nimmt Bob beim Wort. »Allerdings tun sie das. Kommt mir wie gestern vor, dass Wes in den Windeln lag.«

»Ist er … dein Sohn?« Bob errötet, als er diese Frage stellt, die unter den gegebenen Umständen ziemlich persönlich und aufdringlich ist.

»Natürlich«, erwidert Orville. Und als die Stille immer unerträglicher wird, fügt er hinzu: »Und Helenas natürlich auch.«

Natürlich. Ich wusste es in dem Moment, als Wes die Tür öffnete. Ich wusste, dass er Helenas Sohn ist, obwohl es komischerweise das einzige Szenario ist, das ich in Gedanken nicht durchgespielt habe. Ich hätte im Leben nicht vermutet, dass sie andere Kinder hat, wo sie sich doch die allergrößte Mühe gegeben hatte, sich ihre Erstgeborene mit Hilfe eines ganzen Ozeans vom Leib zu halten.

»Wes, würdest du unseren Gästen Limonade holen? Oder hättet ihr lieber einen Kaffee?«

»Kaffee«, bringe ich heraus, mein erstes Wort. Ich will nicht, dass Orville von mir denkt, ich hätte gern eine Limo. Wie er schon sagte. Ich bin groß geworden. Ich trinke Kaffee.

»Brauchst du Hilfe?«, frage ich Wes.

»Nein, geht schon«, erwidert er. »Ich mache das andauernd.«

Orville wartet, bis Wes das Zimmer verlassen hat, und sagt dann mit leiser Stimme: »Wes ist mir eine große Hilfe. Er musste nach dem Unfall schnell erwachsen werden und Aufgaben übernehmen.«

»Unfall?«, fragt Bob.

Und dann erfahren wir es. Und uns wird klar, warum Orville nicht aufgestanden ist. Das hat mit Unhöflichkeit nichts zu tun. Er sitzt in dieser Position fest. Für immer. In einem Rollstuhl. Nach einem Autounfall vor fünf Jahren ist er von der Taille abwärts gelähmt. Ich höre, wie Orville Tupper all dies erklärt. Ich höre es, und das Erste, was ich empfinde, ist Freude. Nicht etwa, weil sich meine Rachegelüste damit erledigt haben, sondern weil es ein Grund ist, ein echter Grund, warum Helena mich nicht zu sich geholt hat. Wes war gewiss nicht geplant, und dann, als er alt genug war und sie dachte, sie könne mich nachholen, da ist dieser Unfall geschehen. Orville im Rollstuhl und nicht mehr länger imstande, Geld als Dressman zu verdienen. Das ist es. So muss es gewesen sein. Sie hat mich immer geliebt. Ja, das hat sie.

Ich lasse mich auf einen Stuhl neben Bob sinken, der bereits von Orvilles Angebot, Platz zu nehmen, Gebrauch gemacht hat. Wenn ich mich nicht hinsetzen würde, könnte ich bei all der Aufregung – dem Schock, der Erleichterung – sonst glatt umfallen.

Orville und ich sind nun auf gleicher Höhe. Über den Tisch hinweg erblicke ich seine Hände, die einst vielleicht in Anzeigen für kanadische Schmuckfirmen zu sehen gewesen waren, doch nun voller Schwielen sind und rauh und spröde aussehen von der Arbeit, die einst seine Beine erledigten.

»Ich fürchte, wir sind nie dazu gekommen, dich zu uns zu holen, Philippa«, sagt er. »Das tut mir leid.«

Der letzte Satz führt dazu, dass ich in Tränen ausbreche. Bob reicht mir sein Taschentuch, und ein paar Minuten später habe ich mich wieder so weit beruhigt, dass ich den Becher mit Kaffee auf dem Tisch vor mir bemerke. Der Junge neben mir bietet mir einen Donut an.

»Danke, Wes.« Mit einem Mal habe ich einen Heißhunger, und Zucker ist genau das, was ich jetzt brauche. Kuchen. Trost.

»Gern geschehen«, sagt er.

»Warum hast du mich Tante Philippa genannt?«, frage ich ihn nach ein paar Bissen, während sich Bob und Orville über so unwichtige Dinge wie den Zustand des kanadischen Gesundheitswesens und des Bildungssystems unterhalten. Aber Orville hört mit einem Ohr immer noch unser Gespräch mit und greift ein.

»Das ist auch der Name meiner Schwester«, sagt er. »Meine kleine Schwester daheim in Labrador. Wes hat sie nie kennengelernt, aber sie ist ungefähr in deinem Alter. Komisch, nicht wahr? Zwei Philippas, die Wes nie getroffen hat.«

Wir lächeln halbherzig und murmeln etwas.

Dann stelle ich die Frage, die bislang niemand gestellt hat. »Wo ist Helena?«

»Sie arbeitet«, entgegnet Orville, und in seiner Stimme schwingt eine gewisse Sehnsucht mit. »In einem Buchladen in der Innenstadt. Sie wird vor sechs nicht zu Hause sein.« Er wirft einen Blick auf seine Uhr. »Wes, du musst wieder zurück in die Schule.«

»Klar, Dad«, sagt er und steht anstandslos auf, geht um den Tisch herum, beugt sich vor und gibt ihm einen Kuss auf seinen immer noch üppigen Haarschopf. »Hat mich gefreut, Sie kennenzulernen«, ruft er im Hinausgehen über seine Schulter zurück, während er bereits in seine Handschuhe schlüpft und eine dieser Strickmützen aufsetzt (die bei ihm leider auch nicht viel besser aussieht als bei Bob).

»Er ist ein guter Junge«, sagte Orville. »Kommt jeden Tag zum Mittagessen nach Hause, damit ich nicht so allein bin.«

Wir lauschen, wie sich dieser gute Junge über den Flur entfernt und die Wohnungstür schließt, und wünschen uns alle, er wäre noch hier, um als Ablenkung zu dienen. Ich konzentriere mich auf Helenas Ring an meinem Finger, drehe ihn immer und immer wieder in dem Versuch, ihn zu lockern.

»Ich könnte sie anrufen, wenn ihr wollt«, schlägt Orville vor, nachdem sich eine unbehagliche Stille breitgemacht hat. »Ich bin sicher, sie könnte eine Ausrede finden, um herzukommen. Ihr Chef ist sehr rücksichtsvoll.«

»Helena hat immer sehr rücksichtsvolle Chefs«, sage ich, und Bob erglüht in der Farbe von Garnelen, die an einem heißen Sommertag im Hafen von Torquay verkauft werden.

»Das wäre nett«, erwidert Bob. »Wir könnten natürlich auch ein anderes Mal wiederkommen. Oder zu ihr fahren, um sie zu sehen.«

»Ja, warum macht ihr das nicht? Ich kann euch ein Taxi rufen, wenn ihr mögt?«

Orville wirkt erleichtert, die Verantwortung für uns an seine Frau übergeben zu können. Und auch die Aussicht auf unseren bevorstehenden Aufbruch scheint ihn zu erleichtern. Aber er macht nicht den Eindruck, als würde er uns hassen, was ich immer angenommen hatte. Stattdessen kommt er mir ein wenig beschämt vor, eigentlich fast schon schuldbewusst und auch traurig. Vielleicht hat ihn der Unfall gelehrt, dass sich das Leben von einer Sekunde auf die andere ändern kann. Eine Lektion, die ich schon vor langer Zeit gelernt habe.

Wir sitzen wieder in einem anderen Taxi, das uns in etwa zehn Minuten von Helenas Heim bis zu ihrem Arbeitsplatz fährt. Es setzt uns direkt vor *Jabberwocky* ab, einem kleinen Buchantiquariat in einer Seitenstraße der Innenstadt, altmodisch, aber seriös, und trotz Helenas Sehnsucht, modern und immer auf dem neuesten Stand zu sein, erkenne ich hierin dennoch die Art von Laden, in dem sie gern ihre Tage verbringen würde. Ebenso wie ich. Denn im Gegensatz zu Bob umgeben meine Mutter und ich uns gerne mit Büchern.

Bob händigt weitere kanadische Dollar aus, und dann bleiben wir in der Kälte zurück. Der Schnee tanzt um uns herum, drückt die Zweige der Bäume nieder, die diese pittoreske Straße säumen, die so weit entfernt ist von *Bob's News*.

»Auf geht's«, sagt er. »Es ist so weit.«

Als ob ich das nicht selbst wüsste.

Dieses Mal übernehme ich die Führung. Ich bleibe für einen Moment vor dem Schaufenster stehen, um die Auslage zu betrachten, die findigerweise aus Agatha-Christie-Krimis besteht. Dann drücke ich die Tür auf. Ich halte den Kopf gesenkt, bis Bob ebenfalls drinnen ist, das Wetter ausschließt, neben mir steht und seine Stiefel auf der Matte abtritt.

Es gibt jede Menge Bücherreihen hier (was kein Wunder ist, da es sich um einen Buchladen handelt), aber sie stehen derart dicht und hoch, dass man nicht durch sie hindurch- oder über sie hinwegsehen kann. Man muss um die Stapel herum-, und an den Reihen vorbeigehen, um ein Gefühl für die Anordnung zu bekommen, um sich zurechtzufinden, um an der Theke mit der alten Kasse vorbeizugehen, wo ein Mann gerade etwas in ein Hauptbuch schreibt, aufblickt, mit einem freundlichen Lächeln grüßt und sagt: »Hallo, kann ich Ihnen helfen?«

Bobs Antwort ist kaum zu verstehen, denn seine Stimme besteht fast nur noch aus Hüsteln. Sonst ist immer noch niemand zu sehen, kein anderer Kunde, keine Frau, die als Mutter durchgehen könnte. Keine Frau in den besten Jahren mit eleganten Kleidern und Accessoires. Ohne Lippenstift. Ohne hohe Absätze. Doch um die Ecke herum hinten im Laden ist endlich jemand, den man für sie halten könnte, doch sie wird durch den Rollwagen neben ihr verdeckt, der voller Bücher ist. Sie hält eine Ausgabe von *Madame Bovary* in der Hand, die sie gerade an die richtige Stelle in einem Regal schieben will. Eine Brille sitzt auf ihrer Nasenspitze. Ihr feines, dunkles Haar, das nicht die geringste Spur von Grau aufweist, türmt sich oben auf ihrem Kopf. Der Klang meiner Schritte lässt sie aufblicken. Sie stutzt. Reißt vor Staunen die Augen auf. Ihre Kinnlade klappt herunter. *Madame Bovary* fällt polternd zu Boden, die Seiten blättern auf.

»Bist du das, Philippa?«

Ihre Stimme ist tiefer, als ich in Erinnerung habe. Das muss an den zahllosen Zigaretten liegen, die sie über die Jahre geraucht hat.

Ich möchte meiner eigenen Stimme einen lauten, klaren Klang verpassen. Ich möchte, dass sie über die Schlachtfelder hinweg erschallt, doch alles, was ich zustande bringe, ist ein piepsiges Stimmchen, das sagt: »Ja, ich bin's. Philippa.«

Sie schiebt sich die Brille auf den Kopf, macht einen Schritt auf mich zu, wobei sie *Madame Bovary* mit ihrem Absatz durchsticht. Dann verharrt sie und holt tief Luft, bevor sie die Arme nach mir ausstreckt. Ich gehe zu ihr. Spüre, wie sie die Arme um mich legt. Und ihr Geruch – diese Mischung aus Parfüm und Zigarettenrauch – dreht die Uhr zurück, wischt die letzten zehn Jahre fort, lässt mich wieder zu einem kleinen Mädchen schrumpfen. Einem kleinen fetten Mädchen mit Bändern im Haar. *Hundert Bürstenstriche jeden Tag.*

Ich schließe die Augen und spüre, wie sie mich fest hält, unbeholfen und verkrampft, aber stark und fest. Dann lässt sie los. Ich höre, wie sie ein kleines Keuchen ausstößt. Ich wende mich der Stelle zu, auf die ihre Augen gerichtet sind, und dort ist Bob. Ich habe keine Ahnung, wie lange er schon da steht, aber er kann ebenso deutlich wie ich sehen, dass Helena weint.

»Du hast sie hergebracht«, sagt sie schwer atmend, um die Schluchzer zu bezwingen. »Ich hatte immer gehofft, dass du es tun würdest.«

Bob rührt sich nicht von der Stelle. Bleibt unerschütterlich. »Du hättest zurückkommen können, Helena«, sagt er. »Es war nicht meine Aufgabe.«

»Ich weiß … Es tut mir leid … Ich konnte einfach nicht …«

Der rücksichtsvolle Chef hat sich nun auch noch zu Helena, Bob und mir zwischen die Bücherregale gequetscht.

»Würdest du deine Freunde vielleicht gern mit nach hinten nehmen, Helena?«, fragt er mit sanfter Stimme und reicht ihr ein Taschentuch. »Ich werde für alle Tee machen.«

Sie schenkt ihm ein dankbares Lächeln, und mir wird klar, dass Helena ihr Möglichstes getan hat, um Bob zu ersetzen. Aber wir wissen beide – Mutter wie Tochter –, dass dies vollkommen unmöglich ist.

Eine halbe Stunde später haben wir Tee getrunken und ihr von unserem Besuch bei Orville erzählt. Sie hat zwei Zigaretten geraucht und uns die Sache mit Wes erklärt. Es war genau so, wie ich vermutet hatte. Kurz nach ihrer Ankunft in Kanada hat sie herausgefunden, dass sie schwanger ist. Sie hatte es nicht leicht mit ihm, denn er war ein kränkliches Kind. Orville war die meiste Zeit über weg, um als Dressman zu arbeiten. Und dann, als sie langsam alles im Griff hatte, stand eines Nachts die Polizei vor der Tür und eröffnete ihr, dass Orville einen schweren Autounfall in den USA gehabt hatte, bei dem er beinahe ums Leben gekommen wäre.

»Es tut mir leid, Philippa.« Sie nimmt meine Hand und drückt sie ganz fest. »Ich hätte es dir sagen sollen. Es war dumm von mir, es nicht zu tun … Ich dachte wohl, dass es so besser wäre. Du hattest Bob.« Sie lächelt ihn an, und die Falten um ihren Mund verschwinden. »Du hattest Bob, und ich dachte, dass du bei ihm besser aufgehoben wärest. Das glaube ich immer noch. Ehrlich.«

Sie drückt meine Hand noch fester, dass ich schon die Befürchtung habe, sie könne sie zerquetschen, mir die Finger brechen. Aber es ist auch irgendwie tröstlich, zu spüren, wie sich der Ring, den sie vor all den Jahren für mich zurückgelassen hat, in meine Haut gräbt. Ich weiß dadurch, dass ich wirklich in diesem Moment hier bin.

»Ich kann dir gar nicht sagen, wie glücklich es mich macht, dich zu sehen.« Ihre Stimme ist so leise, dass ich hoffe, es mir nicht eingebildet zu haben.

Sie sieht wirklich glücklich aus. Sie hat diese Nervosität verloren, die sie ständig mitsamt ihren Consulates und ihrem Lippenstift mit sich herumtrug. Diese Nervosität, die sie jederzeit aus ihrer Handtasche ziehen konnte. Ich bin nicht so dumm zu glauben, dass sie das Glück soeben durch das Wiedersehen mit mir gefunden hat. Ich verwechsele Glück nicht etwa mit Erleichterung. Was Helena verspürt, geht tiefer als Erleichterung. Sehr viel tiefer. Sie ist erfüllt von einer Zufriedenheit mit ihrem Leben hier in Kanada, und das trotz des Unfalls und all der Veränderungen, die er mit sich gebracht haben musste. Trotz der Tatsache, dass sie mich niemals nachgeholt hat.

Ich denke an all die Dinge, die ich sagen könnte. All die Dinge, die ich herausschreien könnte. Aber es spielt keine Rolle. Ich bin hier mit Helena, wo sie doch leicht bei dem Autounfall, der Orville den Gebrauch seiner Beine gekostet hat, hätte getötet werden und für immer fort gewesen sein können wie Albert Morris oder Lucas. So wie mein Baby, das nie wirklich gelebt hat. Helena ist am Leben, und dieses Leben findet ohne mich statt. Dies zu wissen und es mit eigenen Augen mitanzusehen, ist in Ordnung. Ich möchte sie nicht fragen, ob ich in ihre Eigentumswohnung einziehen und die große Schwester von Wes spielen darf. Ich möchte meinen Urlaub genießen, die Niagarafälle sehen, etwas Zeit mit meiner Mutter verbringen und dann mit Bob wieder nach Hause fliegen. Nach Hause zu Wink und Andy und Captain. Ich möchte Cheryl sehen. Und Tante Sheila und Linda. Und sogar Bernie. Und nun, da die Erinnerung ein wenig zu verblassen beginnt, auch Terry und Clive und selbst Christopher Bennett, denn sie sind Teil meines Lebens. Meiner Heimat. Daher habe ich nichts weiter zu sagen. Ich möchte einfach zuhören, wie sie von Toronto erzählt und wie Bob Geschichten aus Torquay und von seinen Bewohnern zum Besten gibt, die Helena zu einem wehmütigen Lächeln veranlassen. Das reicht mir.

Als sie schließlich ihre dritte Zigarette ausgedrückt hat, sagt sie, sie müsse wieder zurück an die Arbeit, und ich würde gerne glauben, dass sie lieber noch sehr viel länger geblieben wäre, um zu reden und zuzuhören. Bob und ich veranstalten ein weiteres Mal das ganze Theater mit den Mützen und Handschuhen und Jacken, und dann begleitet uns Helena durch den Laden zur Tür.

»Wie lange wollt ihr noch einmal bleiben?« Sie bürstet mir, ohne nachzudenken, was sie da tut, die Tropfen von den Schultern.

»Nur eine Woche«, sagt Bob. »Da ist der Laden ... und Wink ...«

Als sie Winks Namen hört, muss sich Helena gleich wieder die Nase putzen. Doch dann zwingt sie sich, einige Male tief durchzuatmen, und zaubert die Stärke ihrer alten Freundin auf der anderen Seite des Ozeans herbei, die trotz ihres Rollstuhls und ihres rasch fortschreitenden Verfalls immer noch nicht aufgibt, und bringt sich dazu, die schwierigen Worte zu sagen.

»Warum jetzt?«, fragt sie. »Warum habt ihr euch entschlossen, jetzt zu kommen?«

Bob schaut mich an und wartet ab, ob ich die Frage beantworte. Doch ich verspüre nicht das Bedürfnis, ihr von meinem letzten Verlust zu erzählen. Diese Erfahrung gehört Bob und mir. Er ist derjenige, der die Scherben aufliest.

»Bob dachte, es sei an der Zeit«, sage ich.

»Danke«, sagt sie und wendet ihm ihre Aufmerksamkeit zu. Sie legt kurz die Hand auf seinen Arm, und sein Gesicht schmilzt dahin, wie es das bei Linda noch nie getan hat.

In jener Nacht vertreibe ich alle Gedanken an Norman Bates und meinen Ritter. Ich konzentriere mich auf Wes und Orville und Helena. Ich bin zurück in ihrem Wohnzimmer, von dem aus man über den Park mit all den Bäumen hinwegsehen kann, sitze auf dem Sofa, lese die Listen, die an der Pinnwand befestigt sind, hebe die Papiere auf, die auf dem Schreibtisch verstreut liegen, atme den Geruch von Zigaretten und Parfüm ein, den Helena hinterlassen hat. Meine Mutter.

Wir haben uns mit Helena am nächsten Tag zum Mittagessen verabredet, aber unsere Pläne werden durchkreuzt. Bob hat eine schlimme Nacht, pendelt zwischen Erbrechen und Durchfallattacken hin und her. Am Ende gebe ich auf, die widerlichen Geräusche ignorieren zu wollen, und schalte das Radio ein, das, wie ich gerade erst entdeckt habe, ebenso wie das Licht ins Kopfbrett eingelassen ist. (Welche anderen versteckten Apparaturen mag es dort wohl noch geben?)

Als auch Bob endlich einsieht, dass er keinen Schlaf mehr finden wird, sagt er: »Ich glaube nicht, dass ich es heute zu dem Treffen mit Helena schaffen werde.«

Er sieht ganz elend aus. Verzweifelt. Als ob eine Welt für ihn zusammenbricht (dabei wird es die Toilettenschüssel sein, die dieses Schicksal ereilt, wenn er so weitermacht).

»Du kannst aber trotzdem fahren«, sagt er. »Ed wird dir ein Taxi rufen.«

Ja, ich kann immer noch fahren, aber es wird nicht das Gleiche sein ohne Bob an meiner Seite.

Und ich fahre auch. Ed setzt mich in ein Taxi, und ich esse in einem kleinen Lokal um die Ecke vom *Jabberwocky* mit Helena zu Mittag. Sie erzählt mir von Wes, von Orvilles Firma (er betreibt von zu Hause aus eine Art Dressman-Agentur), und ich erzähle ihr von der Schule, dem Laden, meinen Plänen für die Zukunft. Aber ich erzähle ihr nicht alles. Und sie verschweigt mir gewiss auch einiges. Und dennoch ist da dieses Gefühl, dass uns eine gemeinsame Geschichte verbindet. Nur uns beide. Selbst nach all den Jahren. Damals war es niemals einfach. Irgendwie ist es jetzt leichter.

Danach gibt sie mir hundert Dollar (Hundert Dollar? *Betrachte es als Taschengeld-Nachzahlung*) und sagt mir, ich solle mir etwas Schönes davon kaufen, Spaß haben und Bob die Gelegenheit geben, sich auszuruhen. Sie würde mit mir kommen, wenn sie nicht zur Arbeit zurückmüsste. Sie nennt mir die besten Läden in der Nähe und den Bus, der bis zu unserem Motel fährt. (Vermutlich traut sie mir immer noch nicht zu, dass ein Taxi wegen mir auf der Stelle stehen bleibt, so wie es bei ihr der Fall ist.)

Ich amüsiere mich überraschenderweise allein sehr gut – fühle mich viel abenteuerlustiger als damals in London, wo ich mit Raymond U-Bahn gefahren bin –, schaffe es aber nicht, mehr als ein paar Dollar für Souvenirs auszugeben, darunter ein Waschbärschwanz (der musste einfach sein) und einige Postkarten, von denen eine auch für Miss Parry ist. Als ich schließlich zum Motel zurückkehre, klebt dort ein Zettel von Bob an der Tür, auf dem steht, dass ich mich eine Weile zu Ed setzen soll, damit er Schlaf nachholen kann. Also verbringe ich die nächsten Stunden mit Ed, der mit seiner Mütze auf dem Kopf und einem Bier in der Hand fernsieht, und schaue mir Eishockey und schlechte amerikanische Schauspieler an. Und natürlich auch meine Lieblinge, die Werbesendungen, bei denen vielleicht auch noch ein alter Spot von Orville dabei ist.

Am nächsten Tag ist Bob wieder auf den Beinen, aber er sieht kreidebleich und fertig aus, also gehen wir nicht weit. Wir können uns nicht mit Helena treffen, da sie Orville zu einer Routineuntersuchung ins Krankenhaus begleiten muss. Aber wir schaffen es immerhin bis zu einem Reisebüro, wo wir eine Busfahrt und eine Übernachtung in einem Hotel buchen. Wir fahren zu den Niagarafällen!

Am nächsten Tag besuchen wir ein Museum und schlendern durch ein Einkaufszentrum, wo jedes zweite Geschäft Eishockey-Zeug verkauft. Später gesellen sich Helena und Wes zum Nachmittagstee in einer Hotel-Lounge zu uns. Ich erinnere mich an die weißen Handschuhe, die ich immer tragen musste. Die, die im Schornstein meines Zimmers verlorengingen. Ich erinnere mich daran, wie Lucas »Rote Kirschen ess ich gern, schwarze noch viel lieber!« geschrien hat. Sie scheint sich auch daran zu erinnern und schaut mich mit einem traurigen Lächeln an. Aber wir erwähnen seinen Namen nicht, denn das würde eine Kiste voller Erinnerungen öffnen, die schon viel zu lange auf dem Dachboden versteckt ist.

Dann verabschieden wir uns und vereinbaren, uns noch einmal nach unserem kleinen Touristenausflug zu treffen, bevor wir wieder nach England zurückfliegen.

Ich habe Fotos von den Niagarafällen in Büchern gesehen. Ich habe den Film mit Marilyn Monroe gesehen. Und mir hat – möglicherweise weil ich am Meer groß geworden bin und weiß, was Wasser anrichten kann – die unberechenbare Kraft des Wassers schon immer Angst eingejagt. Aber nicht genug, um mich davon abzuhalten, diesen Anblick vor Ort erleben zu wollen. Ich habe mir so oft das beinahe ohrenbetäubende Getöse der Fälle von einem See zum anderen vorgestellt. Die Gischt, die wie große Wolkenschwaden darüber schwebt. Das donnernde Wasser. Doch ich bin nicht darauf vorbereitet, dieses Weltwunder mitten im Winter zu sehen.

Bob und ich stehen an den Geländern und starren voller Ehrfurcht auf das Wasser. Es fällt und fällt, so wie es das schon seit Tausenden von Jahren tut. Doch am Rand sind gefrorene Gebilde, Ungeheuern gleich, die gefangen sind im Eis. Es gibt sogar eine Brücke aus Eis, über die man sich vorstellen kann hinwegzulaufen, den Fluss zu überqueren und von Kanada nach Amerika zu gelangen. Doch es reicht aus, dort zu stehen, die seltsamen Eisformen zu sehen, das herabstürzende Wasser, die gefrorene Gischt, die auch an den Bäumen und Laternenmasten um uns herum hängt.

»Wusstest du, dass die Einwohner von Niagara Falls 1848 durch eine ohrenbetäubende Stille geweckt wurden?« Bob liest mit lauter Stimme aus einem Reiseführer vor, damit ich ihn über das Donnern des Wassers hinweg und durch die Kapuze meines Parkas, die meine Ohren bedeckt, hören kann. »Die Wasserfälle waren durch eine Laune der Natur ausgetrocknet. Weiter stromaufwärts war der Niagara River gefroren und verhinderte, dass Wasser floss. Als das Eis zu tauen begann, donnerten die Fälle auf ihre gewohnte Weise herab, und die Einwohner konnten wieder aufatmen.«

Bob steckt den Reiseführer wieder ein. Der Wind heult über den Fluss hinweg, und der Schnee trifft uns horizontal ins Gesicht. Aber es ist nicht nur das unmögliche Wetter; er ist sprachlos. Genau wie ich. Wir werden niemals wieder etwas wie das hier zu Gesicht bekommen.

Unser letzter Morgen. Wir machen uns fertig, um uns wieder einmal in einem anderen Lokal zu einem letzten Kaffee mit Helena zu treffen. Dieses Mal ist es der Lakeside Grill, irgendwo in der Nähe des CN Towers (dessen Spitze Bob und ich immer noch nicht gesehen haben, da sie die ganze Zeit in Wolken gehüllt war). Als wir gerade unsere Stiefel anziehen, klopft es an der Tür.

»Das wird Ed sein«, sage ich. Aber als ich die Tür öffne, ist er es offensichtlich nicht.

»Hallo«, sagt Helena. »Ich dachte, ich komme lieber jetzt vorbei für den Fall, dass ich später den Mut verliere.«

»Den Mut verlieren?«

»Ich wollte mich dieses Mal richtig verabschieden.«

Sie kommt herein und beginnt, in ihrer Handtasche zu kramen – hoffentlich nicht nach ihrer alten Nervosität. Vermutlich eher nach ihren Zigaretten.

»Ich habe das hier für dich besorgt«, sagt sie.

Sie überreicht mir ein Buch. Aber nicht irgendein x-beliebiges Buch, das sie bei der Arbeit aus dem Regal genommen hat. Ich setze mich auf das Bett und koste diesen Moment aus. Ich kann mich nicht daran erinnern, jemals ein Geschenk von Helena ausgepackt zu haben, obwohl ich es getan haben muss, als ich noch klein war. Diese Erinnerungen wurden ersetzt durch die Erinnerungen an Bobs Geschenke. Winks Geschenke. Cheryls und Lindas und Tante Sheilas. Ich kann mich nur an die Handvoll Karten und Briefe von Helena erinnern. Ich bewahre sie in der obersten Schublade auf, eingewickelt in eine gelbe Babydecke. Jeder Kringel, jeder Bogen hat sich in mein Gedächtnis eingeprägt.

»Nur zu, Philippa, mach es auf.«

Sie sitzt neben mir auf dem Bett. So nahe, dass ich die Kälte spüren kann, die von ihrer Jacke ausgeht. Das leise Knistern und Keuchen höre, wenn sie ein- und ausatmet. Ihre Zigaretten und ihr Parfüm rieche.

Ich öffne vorsichtig das Seidenpapier und ziehe gleichzeitig den Tesafilm ab, um es nicht zu zerreißen. Als ich sehe, was sich darin befindet, habe ich mich plötzlich nicht mehr so gut im Griff wie in den letzten Tagen, denn es ist das beste Buch der Welt: *Der Kater mit Hut* von Dr. Seuss.

»Es ist eine Erstausgabe«, sagt Helena. »Ich habe sie vor Jahren bei einer Haushaltsauflösung entdeckt. Ich wollte schon immer, dass du sie einmal bekommst.«

»Danke«, sage ich. Ich schaue in ihre grünen Augen, auf ihre roten Lippen. »Ich wünsche, ich hätte auch etwas, das ich dir geben könnte.«

»Sei nicht albern«, erwidert sie. »Anderen hast du viel mehr zu verdanken …« Ihre Tränen warten gleich um die

253

berühmte Ecke. »… Alles, was ich jemals getan habe …
egal wie furchtbar es auch gewirkt haben mag … habe ich
aus … aus Liebe zu dir getan … auch wenn es nicht immer den Anschein gehabt haben mag.«

Das kann man wohl sagen, denke ich. Spreche es aber
nicht laut aus. Das hat keinen Sinn. Ich bin über den Ozean geflogen, und jetzt weiß ich, dass ich Helena nicht zurückhaben will. Sie ist weder entführt noch gegen ihren
Willen festgehalten worden. Ich muss nicht den Britischen Hochkommissar zur Hilfe heranziehen. Sie muss
nicht gerettet werden. Helena bleibt hier. Und Bob und
ich kehren nach Hause zurück.

Wir bezahlen unsere Rechnung bei Ed, der es sich nicht
nehmen lässt, mich so heftig zu umarmen, dass die Deerstalker-Mütze wackelt.

»Pass gut auf dich auf, Philippa.«

Dann wendet er sich Bob zu. »Und nicht vergessen …
wenn Sie irgendwann mal in der Cirencester Gegend sind,
schauen Sie bei Ken vorbei und richten Sie ihm aus, dass
er mir noch ein Bier schuldet.«

Er klopft Bob so heftig auf den Rücken, dass ich schon
Angst habe, er könne umkippen wie ein gefällter Baum.
Nach den Niagarafällen kommt Ed dem, was dem Kana-
da meiner Träume entspricht, am nächsten.

Bob und ich sind am kommenden Abend wieder in Torquay. Während Linda uns an der Promenade entlangfährt,
erinnern mich die Lichter an Niagara Falls, aber nur ein
wenig, denn Niagara Falls ist eher wie Blackpool und weniger wie unsere verschlafene Stadt. Sie erinnern mich
daran, wie weit weg Kanada ist. Wie sehr ich mich darüber freue, wieder zu Hause zu sein und zu wissen, wo

Helena ist. Und dass sie mich liebt, auch wenn sie es nicht unbedingt gezeigt hat. Ich mag der Sache womöglich niemals auf den Grund gehen, aber ich bin nahezu alt genug, um zu ahnen, dass ich nicht länger zurückblicken werde. Und klug genug, um zu begreifen, dass dies unvermeidlich sein wird.

Linda hat uns vom Bahnhof abgeholt. Sie sieht erledigt aus und ziemlich angespannt – was sicherlich nicht allein den Schulterpolstern zu verdanken ist.

»Hattest du einen anstrengenden Tag im Büro, mein Schatz?«, versucht Bob sie aufzuheitern und vermutlich in der Hoffnung auf eine Willkommensmassage.

»Lass es«, erwidert sie auf eine Weise, die darauf schließen lässt, dass die Liebe mit der Entfernung nicht unbedingt wächst.

Nachdem Linda uns an jenem Abend am Laden abgesetzt hat, sehen wir sie nicht mehr wieder. Wie sich herausstellt, hat die Prinzessin eine Affäre mit einem Kerl angefangen, den sie über den Äther kennengelernt hat. Die Verlobung mit Bob ist geplatzt, obwohl ich immer noch die Hoffnung hege, dass sich ihre Beziehung irgendwie flicken lässt. Im April erhält diese schwache Hoffnung neue Nahrung. Eine britische Einsatzgruppe, zu der auch Lindas Sohn, Clive, gehört, sticht zu einer siebentausendfünfhundert Meilen langen Fahrt in See, um eine kleine Inselgruppe, von der wir zuvor noch nie gehört haben, zu befreien, und Linda könnte Bob wieder brauchen. Doch das hieße, eine starke Frau wie sie zu unterschätzen. Sie bittet nicht darum, in Bobs tröstende Arme genommen zu werden. Und Bob bietet es ihr auch nicht an. Es gibt nur eine Frau, die er gern trösten würde. Und das ist nicht Linda.

Der April ist auch eine schwierige Zeit für die Queen. Während ihre Jungs weg sind, um einen Außenposten des Empires zu verteidigen, hält sie sich in Ottawa auf, um ein vom Parlament verabschiedetes Gesetz zu verkünden, das sämtliche noch verbliebenen konstitutionellen und legislativen Bindungen zwischen Großbritannien und Kanada kappen wird. Das bringt das Fass für Bob endgültig zum Überlaufen. Er verfällt in eine so tiefe Depression, der nur mit Valium und langen Wanderungen durch Dartmoor beizukommen ist. Daher ist es auch gut, dass ich vor September nicht wieder mit der Schule beginnen werde. Jemand muss ja Patty helfen. Jemand muss in aller Herrgottsfrühe aufstehen und das mit den Zeitungen (und den Zeitungsjungen) regeln. Jemand – ich – muss erwachsen werden. Aber ich bin mir nicht ganz sicher, ob ich dazu wirklich schon bereit bin.

2006

Ich bin jetzt die Erwachsene. Ich bin die Mutter. Aber ich benötige immer noch Bestärkung, die mir der Kardiologe nach Kräften zu geben versucht. Und nachdem er uns nun allein gelassen hat, spüre ich, wie mich eine innere Ruhe zu erfüllen beginnt – ganz zögerlich nur, aber allein das Wissen darum, dass es sie gibt, dass diese Möglichkeit besteht, reicht mir völlig aus.

Der Kardiologe hat bestätigt, dass es ein Problem mit deinem Herzen gibt. Sie müssen noch ein paar weitere Untersuchungen machen, aber er hat angedeutet, dass sich das Problem möglicherweise von selbst verwachsen wird. Falls nicht, werden die Ärzte das Loch in deinem Herzen schließen. Was das Loch in meinem eigenen Herzen angeht, so bist du die Einzige, die es flicken kann. Was wahrscheinlich ein bisschen zu viel von dir verlangt ist. Was von jedem Kind zu viel verlangt wäre, dessen Mutter etwas Derartiges von ihm erwartet.

Das bedeutet also noch mehr Krankenhaus. Noch mehr Ärzte. Noch mehr Behandlungen. Ich habe das alles schon mitgemacht. Und nicht nur mit Lucas.

Doch im Augenblick ist es wichtig, Wissen zu erlangen, denn Wissen ist Macht. Daher lese ich die Broschüre, die man mir dagelassen hat.

Ein Loch im Herzen ist eine angeborene Missbildung, für die sich meist keine Ursache finden lässt. Es kann entstehen, wenn sich das Herz eines Babys im Mutterleib nicht normal entwickelt. Obwohl kein spezieller Auslöser für dieses Problem existiert, gibt es Faktoren, die das Risiko erhöhen, mit einem solchen Herzfehler geboren zu werden. Beispielsweise wenn die Mutter während der Schwangerschaft an Röteln oder Toxoplasmose erkrankt (eine Infektion, die durch den Kontakt mit Katzenkot verursacht wird), an Diabetes leidet oder jemand anderes aus der Familie mit einer solchen Fehlbildung geboren wurde.

Ist es meine Schuld? Hatte ich Röteln, ohne es zu merken? Lag es an den Katzen, an Valerie und Lesley? Oder trägt jemand anderes die Schuld, der dir das vermacht hat?

KAPITEL 14

1984

Das Ende der Welt ist bisher noch nicht gekommen, aber zwei bedeutsame Ereignisse finden in diesem potenziell apokryphen Jahr statt. Eines Tages im Frühling rollt sich unser alter, von Arthritis geplagter Andy zum letzten Mal unter dem Strauch im Garten zusammen. Lugsy entdeckt ihn während einer Zigarettenpause. Er trägt den toten Kater mit Tränen in den Augen ins Haus, und ich bin die Starke, die entscheiden muss, was zu tun ist.

»Hol Bob«, trage ich ihm auf. »Und einen Pappkarton.«

Dann verschwinde ich nach oben und krame meine gelbe Babydecke hervor. Ich werde mir etwas anderes suchen müssen, worin ich Helenas Briefe aufbewahren kann.

Als ich wieder in die kleine Küche zurückkehre, verteilt Wink gerade Brandy. Ich trinke einen Schluck, hebe Andy aus Pattys Armen und wickele ihn in meine Decke ein. Bob reißt sich zusammen, nimmt mir Andy vorsichtig ab, legt ihn in den Karton, stopft die Decke behutsam um ihn herum, sorgt dafür, dass er es bequem hat.

Wink, Patty und ich sehen vom Fenster aus zu, wie er und Lugsy ein Loch unter dem Baldachin des nicht identifizierbaren Strauches graben. Es ist ein warmer Tag, und man kann den glänzenden Schweiß auf Bobs Kopf und Lugsys Unterarmen sehen. Dann halten sie mit einem Mal inne. Bob greift in das Loch hinein. Als er sich aufrichtet, hält er eine kleine Dose in der Hand. Eine *Quality-Street*-Schokoladendose.

»Nicht!«, schreie ich.

»Es muss sein«, versucht mich Wink zu beruhigen und tätschelt meinen Arm. »Andy ist tot.«

»Nein, es ist Lucas.«

Fassungsloses Schweigen.

»Lucas?«, flüstert Wink.

Aber ich bin bereits im Garten, an Bobs Seite, und reiße ihm die Dose aus der Hand. Ich muss all meine Kraft zusammennehmen, um nicht den Deckel zu öffnen, so wie ich Bob gerade davon abgehalten habe, es zu tun. Es ist einfach noch zu früh.

»Wir dürfen sie noch nicht öffnen. Noch lange nicht. Erst wenn ich eigene Kinder habe.«

Danach kann ich mich an nichts mehr erinnern. Bis ich drinnen auf dem Sofa wieder aufwache. Und man mir versichert, dass die Dose sicher an ihrem alten Platz ist, in der Nähe von Andy, über dem sie einen Rosenbusch gepflanzt haben, damit er weiterlebt.

Das nächste Ereignis ist erfreulicher, kommt aber ziemlich unerwartet. Einige Monate später bestehe ich mein Abitur, und obwohl ich nicht gerade die besten Noten habe, reicht es aus, um an der Portsmouth Polytechnic angenommen zu werden.

Cheryl ist vor einem Jahr nach Bristol gegangen, um dort Medizin zu studieren. Sie möchte Ärztin werden! Allein der Gedanke an all das Blut und die Eingeweide verursacht bei mir Brechreiz. Doch ich komme nicht umhin, sie zu bewundern und mich dafür zu schämen, dass ich englische Literatur studieren möchte, auch wenn mir Bücher in meinem Leben schon das eine oder andere Mal das Leben gerettet haben.

Cheryl wird in einer ganz anderen Welt leben, ihre Tage werden ausgefüllt sein mit Klausuren und Referaten über medizinische Fortschritte und den aktuellen Forschungsstand, ihre Woche wird sich um Ärzte und Schwestern und Patienten und das Wesen des hippokratischen Eids drehen. Sie wird pflichtbewusst an ihren Vorlesungen und Seminaren und Tutorenkursen teilnehmen, in ihrer (mageren) Freizeit Bälle und Wohltätigkeitsveranstaltungen besuchen und in Verbände gewickelt wie eine aus dem Museum entliehene ägyptische Mumie Krankenhausbetten die steilen Hügel von Bristol hinauf- und hinunterschieben.

Ich dagegen werde lediglich ein paar Pflichtseminare pro Woche haben. Wie ich dem Rest eine verantwortungsbewusste Struktur verleihe, bleibt mir überlassen und ist in meinem Fall nur von begrenztem Erfolg gekrönt. Ich verbringe allerdings ziemlich viel Zeit mit Lesen, was ich als Literaturstudentin natürlich ohnehin tun sollte. Aber meistens lausche ich der Jukebox in den Räumen der Studentenvereinigung und höre mir mit großer Begeisterung The Smiths an.

Die Studentenvereinigung ist eine völlig neue Welt für mich. Ich war noch niemals an einem Ort mit so vielen jungen Leuten, nicht einmal in der Schule (wo sowieso nur Mädchen waren). Sie sprechen Dialekte, die ich oft genug in den Sommermonaten in Torquay gehört habe, aber jetzt und hier, wo sie alle durcheinandergewürfelt sind, eine plappernde Masse junger Leute in Jeans und Slogan-T-Shirts, ist es irgendwie anders.

In den Räumen der Studentenvereinigung gibt es auch eine Bar. Der Alkohol hat glücklicherweise seinen Reiz für mich verloren, und Zigaretten sind mit zu vielen Erinnerungen verbunden. Ganz abgesehen davon, dass sie Teer und Nikotin und Wunder was noch für Chemikalien enthalten – und soviel ich weiß (und ich weiß eine Menge darüber), auch noch gemahlenes Glas und Arsen. Daher halte ich mich an Billard und Darts – die Zeit, die ich in Bernies Garage verbracht habe, zahlt sich endlich aus –, und innerhalb weniger Wochen spiele ich bei beidem in einer Mannschaft.

Während eines frühen Wettkampfes in meiner Darts-Karriere in der Studentenvereinigung muss ich gegen Adele antreten, die den Eindruck macht, als wäre sie eher fürs Modeln als für Bar-Sportarten geeignet. Dafür zieht sie eine ziemliche Zuschauermenge an, weil sie an dem Tag entschieden hat, ihren Büstenhalter zu Hause zu lassen. Trotz dieses Ablenkungsmanövers gelingt es mir, die Führung zu übernehmen, und ich habe die Möglichkeit, das Spiel mit einem einzigen Pfeil zu entscheiden. Doch leider ist die Last des möglichen Gewinnens zu viel für mich und bringt meine Hand zum Zittern und macht meine Chance zu glänzen zunichte. Als der Pfeil meine Hand verlässt, weiß ich, dass der Wurf völlig danebengehen wird – was allerdings nicht nur an meinem Nervenkostüm liegt, sondern auch an einem Philosophiestudenten aus Worthing, der hackebreit in mich hineintorkelt. Der Pfeil zittert durch die Luft, wie in Zeitlupe, von allen in der Bar Anwesenden beäugt, nur nicht von der Person, auf die er sich zubewegt: ein großer, strammer Bursche in einer gefütterten, wasserdichten Donkeyjacke, die er mit einer riesigen Auswahl an bunten Buttons verziert hat, die – wie es das Glück so will – wie ein Schutzschild fungieren, der so effektiv ist wie eine schusssichere Weste und verhindert, dass ihm der Pfeil das Herz durchbohrt. Stattdessen prallt der Pfeil von seiner Brust ab, als wäre er aus Gummi, und landet neben seinen Doc Martens. Er ist so in seine eigene Welt versunken, dass es ihm erst allmählich dämmert, dass er beinahe von einem Mädchen aus Torquay aufgespießt worden wäre, das ihm gerade als Wiedergutmachung ein Bier ausgeben will, während es von seinen Mannschaftskameraden angeschrien wird, mit dem Spiel weiterzumachen.

»Ein anderes Mal«, sagt er und bückt sich, um den Pfeil aufzuheben. »Ich bin heute noch verabredet.«

»Dann morgen?«

»In Ordnung«, erwidert er. »Morgen um die gleiche Zeit an dieser Stelle. Aber versuch nicht wieder, mich umzubringen, klar? Du solltest dir vielleicht einen weniger gefährlichen Sport aussuchen. Wie wär's mit Krokodil-Wrestling? Nicht etwa, dass ich so was gutheißen würde. Es ist grausam.«

Er schenkt mir ein freches Grinsen, das eindeutig festlegt, wir werden niemals mehr sein als Freunde.

Er ist am nächsten Abend zur gleichen Zeit wieder am selben Ort. Als er mich sieht, löst er sich von seiner Gruppe merkwürdig aussehender Freunde und lässt sich von mir eine Limonade spendieren. Wir suchen uns zwei freie Stühle in der Ecke, und am Ende des Abends haben wir uns einen Großteil unserer Lebensgeschichten erzählt und uns durch vier Packungen Wotsits-Käsebällchen, einen Haufen Erdnüsse von KP und einen Curly-Wurly-

Karamellzopf gegessen. Sein Name ist Joe, und er studiert Sozialpolitik. Er ist ein paar Jahre älter als ich, hat nach der Schule für eine Weile gearbeitet – unter anderem als Lkw-Fahrer. Die Tatsache, dass er einen Lkw-Führerschein besitzt, ist eine Leistung, die ich wesentlich beeindruckender finde, als wenn sich jemand, so wie ich, mit einer Registrierkasse auskennt. Joe verrät mir, dass er aus Penge stammt (auf der Grenze zu Beckenham, um genau zu sein, aber er versucht das herunterzuspielen), was er – ironischerweise – französisch ausspricht und somit diesem ansonsten so tristen Londoner Vorort eine gewisse Exotik verleiht.

Als die letzten Bestellungen entgegengenommen werden, bietet er mir an, mich mit dem Auto eines Freundes nach Hause zu fahren. Er kann nur schwer glauben, dass ich in der Paulsgrove-Siedlung wohne, meilenweit von den anderen Studenten entfernt, und scheint ziemlich scharf darauf zu sein, sich das Ganze anzuschauen, daher bedanke ich mich und erkläre ihm, dass das prima wäre.

Als er mich absetzt, sagt er, dass er am nächsten Abend auch in der Bar sein werde. Zu irgendeinem Treffen, dessen Sinn ich nicht ganz verstehe. Er lädt mich ein, mitzumachen.

»Oder wir könnten auch hinterher zusammen eine Portion Pommes essen gehen«, fügt er hinzu, denn er durchschaut wohl bereits, dass ich lieber beim Darts-Spielen bleiben würde.

»Abgemacht«, erwidere ich.

Es ist schön, wieder einen Freund zu haben. Einen Kumpel. Er erinnert mich sogar ein wenig an Lucas – was seltsam ist, da er ihm mit seiner großen, stämmigen Statur und seinem dunkelblonden Haar so gar nicht ähnelt.

Nicht etwa, dass Lucas wie Joe ein eingetragenes Mitglied von NOLS (der nationalen Vereinigung der Labour-Partei nahestehenden Studenten) wäre. Oder ein Mitglied der SSIN (der sozialistischen Studenten von NOLS), was nicht halb so aufregend ist, wie es der Name vermuten lässt. (Die Politik der studentischen Linken ist verwirrend.) Lucas hätte nichts mit der SSIN am Hut gehabt, und seine einzige Mitgliedskarte wäre die der Bibliothek gewesen, die er sicher in seinem Portemonnaie aufbewahrt hätte, während er verträumt inmitten der glitzernden Turmspitzen von Oxford dahinspazierte. Denn Lucas hätte mich irgendwann mit Sicherheit abgehängt – während Joe und ich etwas gemeinsam haben, und das betrifft nicht nur unsere Vorliebe für ungesunde Snacks. Vielleicht war er in der Schule auch in der Gruppe der langsamen Leser – obwohl er inzwischen verdammt gut mit Worten umgehen kann, insbesondere mit so sinnträchtigen, eingängigen Sätzen wie »Macht die Tories platt!«.

Am Ende des Abends ist er auf dem Weg, mein neuer bester Freund zu werden, was eine unglaubliche Erleichterung ist, da ich nicht auf der Suche nach einer Liebesbeziehung bin. Ich möchte ihn nicht küssen, nicht mit ihm ausgehen oder schmalzige Sachen zu ihm sagen müssen. Ich sitze lieber in der Bar bei Bier und Limonade und lausche diesem reizenden Mann.

In den kommenden Wochen versucht Joe, mich zu überreden, auf mein politisches Gewissen zu hören, doch ich bin mir immer noch nicht sicher, ob ich überhaupt eins besitze. Während meine Jiminy Grille also unterwegs ist, um vor dem Spar in Southsea mit einer Spendendose bewaffnet Geld für die Bergarbeiter zu sammeln, bleibe ich in der Studentenvereinigung zurück und versuche, die schwarze Kugel bei doppelter Punktzahl im mittleren Loch zu versenken.

Ich verbringe eine Menge Zeit in den Räumen der Studentenvereinigung – auch wenn sie einer Kaserne ähneln, die von irgendeinem Krieg übrig geblieben ist –, denn sie bilden eine willkommene Abwechslung zu der bisweilen bedrückenden Atmosphäre meiner Bude. Es gibt nicht genug Plätze in den Studentenwohnheimen für die Erstsemester, und da ich eine der Jüngsten bin, hat man entschieden, mich bei Mr. und Mrs. Raby einzuquartieren.

Mr. und Mrs. Raby sind vor einigen Jahren (wie ich) aus London weggezogen und irgendwie in dieser zuvor erwähnten Paulsgrove-Siedlung gelandet, wo sie – dem sozialen Wohnungsbau sei Dank – ein kleines Häuschen bezogen haben. Sie nehmen Studenten auf, um ihre Rente aufzubessern. Außer mir haben sie noch Susannah hineingequetscht, die irgendwo aus den Cotswolds stammt. Susannah hält nicht einmal bis zum Ende der Orientierungswoche durch.

Ich hingegen bin daran gewöhnt, mein Leben (und das Badezimmer) mit Menschen jeder Couleur zu teilen. Ich mag Mr. und Mrs. Raby sogar irgendwie, allerdings nicht so sehr, dass ich meine Freizeit mit ihnen verbringen möchte, auch wenn ihr Haus einen Garten hat und man an guten Tagen bis zur Isle of Wight blicken kann. Sie essen um drei Uhr nachmittags zu Abend, weil Mr. Raby einmal Bootsführer auf der Themse war und immer noch an seiner alten Gewohnheit hängt, nach Ende der Schicht (oder sollte das Wache heißen?) mitten am Nachmittag zu essen, wenn die meisten Leute immer noch ihr Mittagessen verdauen und gerade darüber nachdenken, eine

Tasse Tee zu trinken. Mrs. Raby hält mein Essen im Backofen warm, bis ich gegen sechs nach Hause komme. Es besteht durchweg aus Fleisch unbestimmter Herkunft in Kombination mit Dosengemüse, das mit einer dicken Schicht geronnener Bisto-Instant-Soße bedeckt ist oder, wenn Mrs. Raby sich einmal gerade einer kreativen Stimmung erfreut, mit einer dicken Schicht geronnener Käsesoße.

Als Joe eines Abends die Fahrt aus der Stadt und über die Autobahn hierher auf sich nimmt, um mich zu besuchen, tut er zwar so, als fühle er sich in diesem Arbeitermilieu heimisch, doch ich bemerke seinen kurzen verzweifelten Blick, als ihm Mrs. Raby ein Schottisches Ei anbietet (er ist Vegetarier) und Mr. Raby ein helles Bier (er trinkt Alkohol nur auf Hochzeiten und versucht, solch patriarchalische Festivitäten wenn möglich zu meiden – es sei denn, seine Mutter zwingt ihn dazu). Es braucht all seine NOLS/SSIN-Übung, um sich anzupassen, obgleich ich ihm eingetrichtert habe, unter keinen Umständen seine linken Ansichten zu erwähnen, denn Mr. und Mrs. Raby würden, getreu ihren Wurzeln, niemals auf die Idee kommen, etwas anderes zu wählen als die Torys. Sie lieben Mrs. Thatcher beinahe ebenso sehr wie ihre Queen und ihr Vaterland. Wenn sie wüssten, was Joe über die Premierministerin sagt (»Weg mit Maggie! Weg mit Maggie!«), würden sie es als vollkommen gerechtfertigt betrachten, ihn im Solent zu ertränken.

»Und was studieren Sie, Joe? Englisch wie Philippa?«, erkundigt sich Mrs. Raby mit ihrer Sehr-erfreut-Sie-kennenzulernen-Stimme.

»Nein, Sozialpolitik.«

»Oh ... das ist bestimmt sehr interessant.«

Mr. Raby blickt von seiner Ausgabe der *Sun* auf und sagt: »Ich hoffe nur, die bringen Ihnen da nicht diesen Kommunistendreck bei.«

Mrs. Raby steht in ihrer Schürze da, die Arme vor der Brust verschränkt, und blickt auf Joe und mich herab. Wir hocken nebeneinander auf dem schmuddeligen Sofa, das in einem ungünstigen Winkel zu Mr. Raby steht, der in seinem Sessel am Fenster sitzt, von wo aus man einen wunderbaren Blick auf Portsmouth hat (von den Einwohnern liebevoll »Pompey« genannt) und zugleich feststellen kann, welchen Mist eine Abfolge von Städteplanern angerichtet hat, als sie versuchten, hinter der Luftwaffe aufzuräumen. Ich muss all meine übernatürlichen Kräfte aktivieren, um Joe davon abzuhalten, auf seine gewohnte Weise zu reagieren.

»Nein, Mr. Raby«, sagt er und verrenkt sich den Hals, um einen gewissen Augenkontakt herzustellen. »Sie bieten einen ausgewogenen Lehrplan an.«

Mr. Raby ist sich nicht ganz sicher, was er mit dieser Antwort anfangen soll. Er vermutet eine versteckte staatsfeindliche Botschaft darin. Argwöhnt, dass Joe möglicherweise der Feind in den eigenen Reihen sein könnte. Hegt den Verdacht – und das mit Recht –, dass er einen Trotzkisten in sein Haus gelassen hat. Ein Trotzkist, der mit dem Teufel, alias Arthur Scargill, dem Anführer der Bergarbeitergewerkschaft, der National Union of Mineworkers, im Bunde ist. Doch alles, was er tun könnte, würde zunächst einmal auf eine Konfrontation im großen Stil hinauslaufen, und Mr. Raby würde lieber auf die Seite mit dem Fernsehprogramm blättern. Er unterstreicht gern all die Sendungen, die Mrs. Raby und er sich tagsüber hätten ansehen können, wenn sie nicht zu sehr damit beschäftigt gewesen wären, stattdessen andere Sendungen zu schauen. Ein Mann ganz nach Winks Geschmack.

»Nehmen Sie doch ein Würstchen im Schlafrock«, fordert ihn Mrs. Raby auf.

»Nein, vielen Dank«, lehnt Joe ab. »Ich hatte ein spätes Mittagessen und bin noch satt.«

»Ach, ich bin sicher, das passt noch rein«, sagt sie, erstaunt über seine Beherrschung. »Ein großer Kerl wie Sie kann doch einiges verdrücken.«

Aber Joe ist wirklich ein Meister der Beherrschung. Er hätte Mrs. Raby darüber in Kenntnis setzen können, dass Fleisch(essen) Mord ist, aber es wird noch einige Monate dauern, bevor Morrissey diese Worte bei seinem Konzert in der Guildhall singen wird. Damit schont Joe ihre Gefühle und vermeidet eine Auseinandersetzung, die er sonst für gewöhnlich sucht.

Joe ist eindeutig auf dem Weg, mein bester Freund zu werden. Es bedarf schon eines ganz besonderen Menschen, zu wissen, wann man den Mund aufmachen und wann man die Klappe halten sollte. Aber am besten an ihm gefällt mir seine Menschlichkeit, die irgendwie tiefer geht als seine politischen Überzeugungen. Wenn er Äußerungen auf Plakate pinselt, um sie bei Demonstrationen in die Höhe zu recken, und sich dabei vorkommt wie ein Soldat mit seiner Fahne, der in den Kampf zieht, dann glaubt er wirklich an das, was er da schreibt (KOHLE STATT STÜTZE und ERST STIEHLT IHNEN THATCHER DIE MILCH UND JETZT AUCH NOCH DAS BROT). Und während der Treffen der Studentenvereinigung glaubt er an jeden Zwischenruf, den er von hinten in den Saal schreit. Er glaubt sogar an jedes einzelne Wort von Billy Braggs Protestliedern. Aber es ist mehr als nur Worte. Taten sagen mehr, soweit es ihn angeht.

Dies wird mir eines Tages klar, als wir in den Räumen der Studentenvereinigung sitzen. Er liest den *Morning Star*, als er auf ein Foto von einem Jungen stößt, der ungefähr das Alter von seinem kleinen Bruder Michael hat, der Anführer bei den Wölflingen ist und Ersttagsbriefe sammelt.

»Sieh dir das an«, sagt er und reißt mich mit einem Ellenbogenstupser unsanft aus den Tiefen von *Middlemarch*. »Sieh nur, wozu diese Regierung dieses Kind zwingt!«

Ich schaue mir das Foto an und sehe einen Jungen, der mit anderen Dingen beschäftigt ist als mit Halstuchknoten und Briefmarken. Er kauert auf einer Müllhalde und siebt Kohle durch den Rost eines Einkaufskorbes, um sie seiner Mutter nach Hause zu bringen und seinen Beitrag zu leisten, damit die Familie warm durch den bevorstehenden langen, harten Winter kommt, während sein Vater streikt und die Gemeinde darum kämpft, zusammenzuhalten.

»Ich werde etwas tun, Phil«, sagt er.

Und das macht er auch. In der kommenden Woche steht er an einem Morgen früh auf, um mit dem Lkw eines alten Kameraden Lebensmittel nach Südwales zu fahren, die Kommilitonen und Aktivisten gespendet haben.

Ich liebe ihn dafür. Und ich liebe ihn noch viel mehr, weil er mich nicht gebeten hat, mit ihm zu fahren – denn er möchte kein Nein von mir hören. Ich gebe ihm allerdings eine Dose mit gebackenen Bohnen und den Fünfer, den ich bei meinem letzten Billardturnier gewonnen habe. Ich möchte auch meinen Beitrag leisten, aber ich habe irgendwie die Nase voll davon, dass von mir immer erwartet wird, anderswo auszuhelfen. Wenn man sich so in Portsmouth umschaut, ist hier auch verdammt viel zu tun. Man nennt sie ja nicht umsonst die Nordstadt des Südens.

Joe sieht sich gern als Mann des Volkes, aber er ist den Bergarbeitern von Südwales enger verbunden als den Einheimischen. Er mag es nicht, wie sie ganz offenbar an den Heldentaten des Falklandkrieges festhalten. (Es ist ja nicht ihre Schuld, dass sie einen riesigen Flottenstützpunkt vor ihrer Haustür haben.) Wenn Mr. und Mrs. Raby nicht wären, könnte Joe gut und gern die meiste Zeit seines Studiums an der Universität verbringen, ohne mit einem echten Bewohner von Portsmouth in Kontakt zu treten – sieht man einmal von denen ab, die ihn beschimpfen, wenn er draußen vor ihrem Pub die Spendendose schüttelt.

Joe scheint mit seinem Herzen immer woanders zu sein. Aber wenigstens hat er ein Herz, und das gefällt mir so an ihm. Als im Grand Hotel weiter oben an der Südküste eine Bombe in die Luft geht, ist er nicht etwa erfreut oder beeindruckt von dieser Tat, wie man vielleicht fälschlicherweise hätte glauben können. Als Pazifist erfüllt ihn die Vorstellung von Menschen, die andere Menschen töten wollen, mit Entsetzen. Selbst wenn es sich dabei um Menschen wie Margaret Thatcher handelt.

Aber es bleibt ihm nicht viel Zeit, sich näher damit zu befassen. Bald danach ist er bei mir. Die Rabys sind ausgegangen. Verbringen den Abend im Arbeiterclub. Ein ruhiger Abend mit Fernsehen und Knabbereien erwartet uns, als die Nachrichten beginnen. Wir sind nicht auf das vorbereitet, was wir sehen. Wäre ich vorgewarnt gewesen, hätte ich den Fernseher vielleicht ausgeschaltet und Joe mit in den Club genommen, um einen echten Pompey-Abend mit den Ra-

270

bys zu verbringen. Oder wir hätten in den Pub gehen können, zur Studentenvereinigung oder sonst wohin, nur nicht an den Ort, wohin uns Michael Buerk führt. Ein Land in Afrika ... Ein Land, an das ich mich noch aus der Schule erinnere ... Abessinien ... Haile Selassie und die Rastafarier. Man nimmt uns mit nach Äthiopien, wo eine Hungersnot biblischen Ausmaßes ein ganzes Land und sein Volk ausdörrt, während wir hier in unseren bequemen Sesseln sitzen, mit einer leeren Packung Hobnobs-Haferkeksen auf dem Tisch, und schweigend die scheußlichen Bilder betrachten ... winzige hungernde Kinder, die sich an ihre sterbenden Mütter klammern ... die im Staub herumliegenden Rinderskelette ... die braune, tote Erde ...

Joe ist in Tränen aufgelöst, und damit ist es auch um mich geschehen. Ich greife mir eins von Mrs. Rabys Papiertaschentüchern und halte Joe die Packung hin, aber er wedelt nur abwehrend mit der Hand, schnieft und verlangt nach einem Blatt Papier.

»Papier?«

»Ich muss einen Brief schreiben, Phil. Ich muss etwas tun.«

Also schreibt er an Mrs. Thatcher, der zweifellos immer noch vom Schock über die Bombe der Kopf schwirrt. Einen kurzen, auf den Punkt gebrachten Brief, den er im Wohnzimmer liegen lässt, damit ich ihn im Briefkasten um die Ecke einwerfe, und das womöglich noch bevor Bob Geldof das Telefonat mit Midge Ure beendet hat.

Joe ist kein Narr. Er weiß, dass Worte nicht reichen werden. Und er weiß auch, dass er niemals imstande sein wird, genügend Konservendosen zusammenzubekommen, um den Hunger der Welt zu stillen. Doch das hält ihn nicht davon ab, es zu versuchen.

»Wir müssen etwas tun, Philippa«, sagt er. »Wir müssen irgendetwas tun.«

Es ist sein Mantra, das ich noch viele Male in den Jahren unserer Freundschaft hören werde. Meine Jiminy Grille, die mich gewissenhaft anstupst, damit ich mich von meinem faulen Hintern erhebe und aufhöre, über die Misere unterdrückter viktorianischer Frauen zu lesen. Und etwas tue.

Das Semester ist viel zu schnell zu Ende, und ich fahre heim, um ein Weihnachtsfest zu feiern, das zum ersten Mal seit Menschengedenken ohne Andy stattfindet. Zu Ehren meiner Rückkehr geben Bob und Wink ein Festessen. Und sie stapeln einen unerträglich großen Haufen Geschenke unter den Baum, wodurch ich mich nur noch viel schlimmer fühle, wenn ich an die Opfer der Hungersnot denke, die nicht einmal eine Schüssel Reis oder ein Glas frisches Wasser bekommen. Die nicht einmal wissen, dass Weihnachten ist.

Aber trotzdem ist es schön, wieder hier zu sein, im Laden auszuhelfen, die Gläser mit den Süßigkeiten zu füllen, die Schreibwaren in die Regalfächer zu stapeln, mit Wink vor dem Fernseher zu sitzen, sich das Weihnachtsprogramm anzuschauen, eine Schachtel *Quality-Street*-Schokolade zu teilen, darüber zu streiten, wer das letzte grüne Dreieck bekommt, und die Decke über Captains Käfig zu werfen, da er sich entschieden hat, nicht gerade in Würde zu altern. Aber ich mache mir Sorgen um Wink. Sie ist kleiner, als ich in Erinnerung habe. Gebrechlicher. Ihr Sehvermögen ist so schlecht, dass sie näher am Bildschirm sitzen und mich alle paar Minuten fragen muss, was dort gerade passiert.

»Hast du dir schon einen Freund geangelt?«, fragt sie mich eines Abends. Sie wird erst zufrieden sein, wenn sie weiß, dass ich einen Mann habe, der für mich sorgt, da Bob dies ja nicht ewig können wird.

»Nein«, erwidere ich. »Dazu bin ich zu beschäftigt.«

Sie verschluckt sich beinahe an ihrem Tee.

»Du? Zu beschäftigt? Mit Biertrinken, nehme ich an.«

Ich fühle, wie ich feuerrot werde, und bin ausnahmsweise einmal dankbar dafür, dass ihr Sehvermögen nicht mehr gut genug ist, um es zu bemerken.

Ich bekomme drei Weihnachtskarten mit der Post. Die erste ist von Cheryl, die es bedauert, dass sie über die Feiertage nicht nach Hause kommen kann. Sie hat Doug den Laufpass gegeben und ist mit einem Medizinstudenten zusammengezogen, der im letzten Studienjahr ist, und die beiden wohnen jetzt in Fishponds. Die zweite ist von meiner Mutter, die in diesem Jahr zumindest ehrlicherweise mit »alles Liebe von Helena, Orville und Wesley« unterschrieben hat. Die dritte ist von Mr. und Mrs. Raby, die sich dafür entschuldigen, dass sie bei meiner Rückkehr nicht zu Hause sein werden, da sie sich von dem Gewinn einer Pferdewette in einem William-Hill-Wettladen eine Kreuzfahrt gönnen. Ob ich wohl allein zurechtkommen werde? Und bitte Mr. Rabys Usambaraveilchen gieße? Und jede Woche die *Radio Times* und auch die *TV Times* kaufe, damit sie bei ihrer Rückkehr wissen, was sie verpasst haben. Da ist etwas Geld in einem Marmeladenglas im Schrank, wo der Boiler hängt.

Endlich. Auf eigenen Füßen stehen. Unabhängig. Eine selbständige Frau. Wenn auch nur auf Zeit.

Am Abend meiner Rückkehr spaziere ich in den Garten hinaus. Wäre ich eine richtige Studentin, würde ich eine Selbstgedrehte qualmen, aber ich habe kein Verlangen zu rauchen. Damit sind zu viele Erinnerungen verknüpft. Lugsy dagegen muss sich darum keinen Kopf machen und qualmt pro Stunde so viele Kippen wie Helena, obwohl die wahrscheinlich von seinem Rizla-Zigarettenpapier mit Lakritzaroma nicht besonders beeindruckt wäre.

»Und ist es da, wo du wohnst, wie in dieser Sitcom, *The Young Ones*?«, fragt er.

Ich will ihn nicht enttäuschen, daher überspringe ich Mr. and Mrs. Raby und ihre in Soße ertränkten Mahlzeiten. »Ja, die könnte glatt auf meinem Leben basieren.«

Es ist ja keine komplette Lüge. Ich sehe Joe und seine Donkeyjacke und seine Doc Martens vor mir und versuche, ihn nicht mit Rik Mayall zu vergleichen.

Als Lugsy wieder in den Laden zurückgeht, fällt mir auf, dass er die Schultern hängen lässt.

»Sie wird schon eines Tages ja sagen«, rufe ich ihm hinterher.

Er dreht sich um und zuckt mit den Achseln.

»Glaub ich nicht. Aber was kann ich schon tun?«

Wie es scheint, stellt sich jeder gerade diese Frage. Aber einige von uns scheinen eher bereit, etwas zu unternehmen, als andere.

Ich halte mich noch eine Weile draußen auf. Der neue Rosenbusch hat sich prima entwickelt. Andys Knochen sind offenbar ein guter Dünger. Aber mir bleibt keine Zeit für Traurigkeit, denn Lugsy ist wieder aufgetaucht.

»Telefon«, ruft er von der Tür. »Dein Kumpel, Joe.«

Ich versuche ihn schon seit Tagen zu erreichen. Genau wie seine arme Mutter.

»Wo bist du denn gewesen?«, will ich von ihm wissen.

»In London.«

»Wieso das denn? Um die Queen zu sehen?«

»Um mir einen Reisepass machen zu lassen«, erwidert er ernst, ohne sich auch nur im mindesten ködern zu lassen. »Ich mache mit bei VSO, dieser Entwicklungshilfe-Organisation. Ich gehe nach Afrika.«

»Ich dachte, die brauchen da nur Ärzte und Krankenschwestern.«

»Und Lastwagenfahrer. Jemand muss ja das Essen an Ort und Stelle bringen.«

Also geht Joe weg. Weit weg. Nicht nur für einen Tag mit einer Wagenladung voller Bohnen. Sondern so lange wie nötig. Das ist nun schon mein dritter bester Freund, der mir genommen wird. Aber dieses Mal kann ich mich deshalb nicht beklagen, so gern ich es auch tun würde.

Bob fährt mich nach Weihnachten zu den Rabys zurück. Er hilft mir beim Auspacken und gibt mir eine Tüte mit Fünfzig-Pence-Münzen für den Zähler. Dann macht er mir eine Tasse Tee, die letzte in einer langen Reihe, die er mir über die Jahre hinweg gemacht hat, wobei mir die erste nach wie vor unvergesslich ist – das Klirren von Glas auf dem Ladenboden und die kleine Margot Fonteyn, die auf der Straße hinter ihrer Mutter hereilt.

»Hast du Tante Sheila eigentlich mal wiedergesehen?« Ich hatte ihm diese Frage schon über die Weihnachtstage stellen wollen, aber darauf gewartet, dass Bob ihren Namen zuerst erwähnt. Die Tatsache, dass er es nicht getan hat, erfüllt mich mit Sorge.

»Ja, das habe ich komischerweise«, sagt er.

Das überrascht mich nicht. Ich wusste, dass sie wieder auftauchen würde, wenn sie erfuhr, dass Linda Geschichte war. Aber es überraschte mich, dass es so lange gedauert hatte. Der arme Bernie. Langsam tat er mir wirklich leid. Und da gibt es natürlich noch jemand anderes, der mir spontan in den Sinn kommt.

»Und was gibt's Neues bei Toni und T-J?«

»Oh, na ja, also Toni ist mit irgendeinem Burschen aus ihrem Büro zusammengezogen, einem Immobilienhändler namens Anthony ... oder Aidan ... ich kann mich nicht mehr erinnern.«

»Und wie ist dieser Kerl so?«

»Sheila ist nicht allzu begeistert von ihm. Und Bernie kann ihn nicht ausstehen.«

Keiner wird jemals gut genug sein für seine Toni.

»Und T-J?« Ich muss Bob ermuntern, mit diesen wichtigen Neuigkeiten fortzufahren, denn er hat sich ablenken lassen und ist auf der Suche nach einer Gießkanne, um sich den vertrocknenden Usambaraveilchen zu widmen.

»Oh, Terry, äh ... mal sehen ... er hat es wohl irgendwie geschafft, sich eine Freundin anzulachen. Eine Schwedin oder Dänin oder Norwegerin. Auf jeden Fall wohl groß und blond. Und sehr attraktiv. Arbeitet für ein Reisemagazin ... irgendwas Schickimickimäßiges ... bekommt ständig Freiflüge und solche Sachen. Sheila kann gar nicht glauben, dass er doch noch seinen Weg gefunden hat. Und Bernie erst recht nicht.«

Es kostet mich einige Mühe, den Tornado der Eifersucht, der mit einem Mal in meinem Inneren tobt, unter Kontrolle zu bekommen, aber es muss mir wohl irgendwie gelungen sein, denn Bob scheint meine aufgewühlten Emotionen gar nicht zu bemerken.

»Haben die denn keinen Pflanzendünger?«, fragt er, während er im Schrank unter der Spüle herumsucht und mir freie Sicht auf seine rosarote Kopfhaut gewährt. »Im Übrigen«, setzt er hinzu, als er sich mit einer Flasche in der Hand aufrichtet, »nennt er sich nicht mehr T-J.«

»Ach, ist er jetzt wieder der gute alte Terry?«

»Nein, er benutzt sein anderes Initial, das J.«

»Und wofür steht das? Das hab ich mich schon oft gefragt.«

»Justin.« Bob bemerkt den überraschten Ausdruck auf meinem Gesicht. »Ich weiß«, sagt er. »Er sieht gar nicht wie ein Justin aus, nicht wahr? Aber er ist jetzt ein waschechter Londoner. Ein Makler, der mit einer langbeinigen Schwedin in Camden Town wohnt. Wer hätte das gedacht?«

Ganz bestimmt nicht Bernie. Und ich auch nicht.

»Und wieso hat er seinen Namen noch mal geändert?«

»Hat wohl irgendwas mit Captain Kirk zu tun.«

»Captain Kirk?«

»Na, du weißt schon, von *Raumschiff Enterprise.*«

»Tut mir leid, ich komme nicht mehr mit.«

»Also, nicht direkt mit Captain Kirk. Sondern mit diesem William Dingsbums, der ihn spielt.«

»William Shatner?«

»Ja, genau.«

»Und warum will er nicht mit William Shatner in Verbindung gebracht werden?«

»Es geht um diese andere Serie, die, bei der er einen Polizisten oder einen Privatdetektiv oder was weiß ich spielt.«

»Ach, du meinst *T-J Hooker!*«

»Kennst du die?«

Und ob ich die kenne. Was für eine Frage. Wink und Mr. und Mrs. Raby und Ed mit seiner Deerstalker-Mütze sind nicht die Einzigen, die sich mit dem Fernsehprogramm auskennen. Ich besitze ebenfalls ein ziemlich fundiertes Wissen, was die Sendungen dies- und jenseits des Atlantiks angeht.

Aber es ist mir egal, ob er sich Terry oder T-J oder Justin nennt. Er hat endlich das, was er immer haben wollte. Ein Püppchen. Eine echte Sahneschnitte. Nicht die unscheinbare Philippa mit dem Wuschelkopf. Nicht mich.

Nachdem Bob endlich mit seinem Herumgewusel fertig ist, geht er ins Badezimmer. Und da die Wände hier entsetzlich dünn sind – sogar noch dünner als die in dem kanadischen Motel, das mir nun nur noch wie ein Traum vorkommt, wie eine Fernsehsendung, die ich einmal vor langer Zeit gesehen habe –, höre ich das Rappeln der Tabletten, als er sie aus dem Fläschchen schüttelt. Er nimmt also immer noch Valium.

»Möchtest du nicht heute Nacht hierbleiben?«, frage ich ihn, als er wieder auftaucht. »Du siehst müde aus.«

»Ich muss mich doch um den Laden kümmern«, erwidert er automatisch.

»Red keinen Unsinn. Das soll Patty erledigen. Ruf sie an.«

»Und was ist mit Wink?«

»Patty und Lugsy können doch über Nacht bleiben. Das machen sie bestimmt gern, wenn du es ihnen erklärst.«

»Es ist doch nur eine Fahrt von drei Stunden«, protestiert er. »Das geht schon.«

Und das sind genau drei Stunden zu viel. Zumindest, wenn diese Tabletten in seinem Blutkreislauf herumschwirren. Ich brauche eine andere Ausrede.

»Bitte bleib bei mir. Bloß bis ich mich wieder einge-
wöhnt habe. Bloß bis morgen früh. Ohne Joe bin ich so
einsam.«

Das stimmt. Ich vermisse Joe. Aber ich werde jemand
anderes finden. Es taucht immer jemand anderes im rechten Augenblick auf.

Bob lächelt. Er strahlt förmlich. Weil er glaubt, dass
ich ihn immer noch brauche. Mehr als der Laden. Mehr
als Wink. Mehr als jeder andere auf der ganzen weiten
Welt.

Bob fährt am nächsten Morgen nach Hause, und ich sehe
ihn erst in den Osterferien wieder, weil ich mit meinem
neuen Leben beschäftigt bin, mit meinem neuen, selb-
ständigen, unabhängigen Leben, so dass ich mich nicht
dazu aufraffen kann, den Zug nach Hause zu nehmen, um
Bob und Wink zu besuchen, die mich so sehr brauchen,
wie ich sie einmal gebraucht habe. Ich mag in Portsmouth
leben, aber ich verfüge über die ganze Welt der Literatur.
Ich kann überall hingehen, sein, wer immer ich sein will –
und all das von meiner (vergleichsweise) gemütlichen
kleinen Kammer aus, wo ich mich mit George Eliot unter
die Bettdecke kuschele, während von draußen das Licht
der orangefarbenen Laternen durch die zugezogenen vio-
letten Vorhänge leuchtet, auf die Mrs. Raby so stolz war,
als sie mir das erste Mal mein Zimmer gezeigt hat. Und
keine Spur vom Ritter.

Keine Romanklassiker mehr. Keine Agatha Christie. Für mich kommen nur noch Baby-Ratgeber und Herzbroschüren in Frage.

Einige Löcher sind so klein, dass sie keine Beschwerden verursachen und deshalb keiner Maßnahmen bedürfen. Manche Löcher schließen sich bei Säuglingen von allein. Wenn Ihr Kardiologe die Ansicht vertritt, dass dies wahrscheinlich ist, wird er das Loch nicht umgehend schließen, sondern einige Zeit abwarten und durch ein Echokardiogramm feststellen, ob es sich verwachsen hat. Andere Löcher müssen allerdings geschlossen werden, da sie bereits Beschwerden verursachen oder weil dies in Zukunft zu erwarten ist. Es gibt zwei mögliche Verfahrensweisen. Die erste besteht in einer Operation ...

Oh nein, bitte nicht.

KAPITEL 15

Drei Jahre später habe ich die Abschlussprüfungen der Portsmouth Polytechnic mit achtbarem Erfolg bestanden und mein Englischdiplom in der Tasche. Leider habe ich so gar keine Idee, was ich nun, da ich offiziell erwachsen bin, mit meinem Leben anfangen soll. Daher schreibe ich mich am Rolle College in Exmouth ein, um in einem einjährigen Kurs einen pädagogischen Abschluss zu erwerben. Ich glaube, ich wäre ganz gern Lehrerin. Schlechter als all die Mottenbälle und Pitchforks dieses Berufsstandes werde ich schon auch nicht sein. Und Exmouth ist ideal zum Studieren. So sehr ich auch meine Zeit weg von zu Hause genossen habe, so sehne ich mich doch nach Devon zurück. Und Wink ist inzwischen so krank – und Bob so abhängig von Beruhigungsmitteln –, dass ich nicht allzu weit weg sein möchte. Für alle Fälle.

Durch meinen Teilzeitjob in der Bar der Studentenvereinigung habe ich mir das Geld für Fahrstunden verdient und den Test im ersten Anlauf geschafft – was ich auf mein verantwortungsvolles Verhalten im Straßenverkehr zurückführe, das ich dem Tufty-Kinderverkehrsclub und Linda zu verdanken habe. Daher kann ich zu Hause wohnen und jeden Tag mit Bobs altem Cortina, der zwar nur noch mit Mühe und Not vorankommt, aber tapfer durchhält, zum College fahren. Ich kann auch nach Bristol fahren, um mich mit Cheryl zu treffen (die inzwischen ihren Doktor geheiratet hat). Ich kann überallhin, wohin ich nur möchte, doch meist fahre ich nirgendwohin.

Aber es ist schön, wieder zu Hause zu sein. Ich spaziere gern durch den Laden und beschwere mich bei Bob, wenn ich irgendeine Veränderung bemerke.

»Wo ist denn die Pfeifenauslage hin?«

»Niemand raucht mehr Pfeife.«

Natürlich hat er recht. Wann habe ich das letzte Mal jemanden eine Pfeife paffen sehen? Aber ich ziehe es vor, dass hier alles so bleibt, wie es ist. So wie zu Helenas Zeiten. Auch wenn man die Veränderung womöglich positiv sehen muss. Als Zeichen dafür, dass Bob es geschafft hat, das Vergangene hinter sich zu lassen und sich zu neuen Ufern aufzumachen. Nach vorne zu schauen. Mit der Zeit zu gehen.

»Seit wann verkaufst du denn Potpourri?«

»Das war Sheilas Idee.«

»Sheila?«

»Sie hat vor einer Weile vorbeigeschaut. Um eine *Western Morning News* zu kaufen. Und um nach Wink zu sehen. Sie hatte gehört, dass es ihr nicht gutgeht.«

Ich vermute, dass Sheila noch einen anderen Grund hatte, aber es ist traurigerweise wahr, dass Wink nicht gut beisammen ist. Doch sie hat sich bislang wacker geschlagen. Niemand hat damit gerechnet, dass sie so lange leben würde. Im Grunde hat sie es dank Bobs Hilfe so lange ausgehalten, was ihm nicht leichtgefallen sein dürfte, angesichts seines frühen Aufstehens wegen der Zeitung.

»Sheila hat die Verschlechterung mit eigenen Augen gesehen«, fährt Bob fort. »Sie hat vorgeschlagen, ein Heim in Erwägung zu ziehen.«

»Ein Heim? Was hat sie denn damit zu tun?«

»Na ja … sie macht sich Sorgen um mich.« Er veranstaltet wieder diese Sache mit der Hüstelei. »Ich habe ihr gesagt, ich wüsste nicht, wie lange ich das noch schaffe.«

Er greift nach seinem Fläschchen und spült eine weitere Tablette mit seinem Nachmittagstee hinunter, öffnet dann eine Packung Twix und reicht mir eine Hälfte, aber ich habe meinen Appetit verloren. Wir können Wink unmöglich in ein Heim stecken.

»Ich könnte mehr helfen.«

»Nein.«

»Es würde mir nichts ausmachen.«

»Nein. Du musst dich auf dein Studium konzentrieren. Wink würde wollen, dass du deine Lehrerausbildung schaffst.«

»Wink will, dass ich heirate.«

»Sie will, dass du glücklich bist.«

»Ich bin glücklich.«

»Wirklich?«

»Ja, so ziemlich. Ich mache mir nur Sorgen um dich und Wink. Diese Lehrerausbildung ist mir egal. Ich weiß nicht einmal, ob ich Kinder mag.«

»Spielt das denn eine Rolle?«

»Ich denke schon.«

Trotz meiner Beteuerungen ist es am Ende Bob, der gewinnt. Er überredet mich, mit dem College weiterzumachen, verspricht mir aber, die Stundenzahl der Haushaltshilfe zu erhöhen.

Und daher finde ich mich in der folgenden Woche in der Schule wieder, nur dass ich dieses Mal nicht schwitzend und eingezwängt auf dem Teppich sitzen muss, sondern als Referendarin auf einem Stuhl Platz nehmen darf und von Mr. Donnelly, dem Klassenlehrer, als Miss Smith vorgestellt werde. Mr. Donnelly ist offensichtlich versessen auf seine Arbeit – aber noch versessener darauf, mich anzubaggern. Ich spüre seinen Blick jedes Mal auf mir ruhen, wenn ich mich umdrehe oder bücke, um einen offenen Schnürsenkel zuzubinden (von denen es augenscheinlich Tausende gibt). Mr. Donnelly ist mir nicht geheuer. Den Kindern muss es wohl auch so gehen, denn das hier ist die stillste Klasse, in der ich je gewesen bin. All diese Sechsjährigen, die genau das tun, was sie tun sollen. Unheimlich.

Am Ende des Tages lässt mich Mr. Donnelly mit ihnen allein, und ich darf eine Geschichte vorlesen. Ich entscheide mich für *Wo die wilden Kerle wohnen* in der Hoffnung, damit die Phantasie der gezähmten Kleinen anzuregen.

Dies ist ein verhängnisvoller Plan. Die sanften Lämmer mutieren zu einer Gruppe von Hooligans, und aus meinem Mund kommt nur ein zittriges Trällern, was mich an Wink erinnert, aber leider fehlt mir ihre Autorität. Nach einer halbstündigen Folter kämpfe ich nicht nur mit den Tränen, sondern auch mit den kleinen Händen, die wie Krakententakeln nach meinen Knöcheln greifen. Als Mr. Donnelly mit einer Tasse Tee in der Hand ins Klassenzimmer zurückkehrt, erwäge ich gerade, es mit Schreien zu versuchen.

»Das liegt am Wind«, sagt er schulterzuckend. »Bei stürmischem Wetter drehen sie immer durch.«

Ich blicke aus dem Fenster in den leeren Schulhof hinaus, wo Blätter und Chipstüten über den geflickten Asphalt wirbeln. Er nimmt mir das Buch aus der Hand und beginnt, es erneut vorzulesen. Er ist ein Zauberer, ein Hypnotiseur. Jedes einzelne Augenpaar ist auf die Buchseiten gerichtet, jedes einzelne Ohrenpaar lauscht der Geschichte. Ich werde niemals eine brauchbare Lehrerin abgeben. Ich mag keine Kinder, ganz besonders nicht in großen Mengen. Ich möchte im Laden arbeiten. Ich möchte mich um Wink kümmern. Ich muss nur noch Bob davon überzeugen.

Nachdem die Schulglocke geläutet hat, steht Mr. Donnelly draußen vor der Tür auf dem Schulhof und übergibt jedes Kind dem (hoffentlich) richtigen Erwachsenen. Er ist tüchtig und führt mir vor Augen, dass das wilde Durcheinander, das ich noch aus meinen Schultagen kenne, gar nicht nötig ist (es unter meiner Aufsicht aber zu einem schrecklichen Chaos kommen würde).

Der Wind weht in die Klasse hinein und lässt Arbeitsblätter und Bastelpapier durch die Luft wirbeln. Ich bin gerade damit fertig, alles wieder einzusammeln, als er mit rotem Kopf und zerzaustem Haar ins Klassenzimmer zurückgeflitzt kommt und die Tür hinter sich zuzieht.

»Da draußen braut sich was zusammen. Wir sollten besser zusehen, dass wir nach Hause kommen. Ich kann Sie im Wagen mitnehmen, wenn Sie wollen.«

Nun, da ich eine Entscheidung getroffen habe, bin ich erleichtert, dass ich nicht eine Minute länger als nötig hierbleiben muss. Aber auch nicht verzweifelt genug, um in den Wagen dieses kleinen Lustmolches zu steigen, der jede Entschuldigung nutzen würde, um mich mit ihm allein in einen engen Raum zu kriegen. Ich will davon nichts wissen. In den letzten Jahren habe ich Enthaltsamkeit praktiziert, und ich beabsichtige nicht, dies in absehbarer Zeit zu ändern. Die Lebensphase, in der man es als Student so richtig krachen lässt, sieht bei mir anders aus, denn bei dem Gedanken an die möglichen Konsequenzen dreht sich mir der Magen um. All das Was-wäre-wenn und das Vielleicht ist mir zu kompliziert. Zu schwierig.

»Nicht nötig. Ich kann mit dem Zug fahren.«

»Nein, können Sie nicht«, erwidert er triumphierend. »Das könnte gefährlich sein. Bäume könnten auf die Schienen fallen.«

Man muss gar nicht erst aus dem Fenster schauen, um zu ahnen, dass sich ein Sturm zusammenbraut. Das Licht hat sich verändert, und die Anfänge eines mächtigen Heulens spülen über das Meer hinweg auf uns zu. Aber so schlimm ist es noch nicht.

»Es ist ja kein Orkan«, sage ich und klaube meine Sachen zusammen, um zu gehen.

»Dann werde ich Sie aber am Bahnhof absetzen«, beharrt er. »Es ist kalt.«

Es ist kalt, und ich möchte nach Hause.

»Also schön.« Ich gebe nach, wankelmütig wie das Wetter. Nur noch fünf Minuten, und ich muss ihn nie wiedersehen (sofern es mir gelingt, Bob davon zu überzeugen, dass diese Arbeit nichts für mich ist). Doch warum mache ich mir eigentlich solche Gedanken? Mr. Donnelly ist schließlich Lehrer, ein angesehenes Mitglied der Gemeinde – wenn auch ein bisschen unheimlich. Und wenn es hart auf hart kommt – ich habe einen guten rechten Haken. Also, was ist schon gegen eine Mitfahrgelegenheit einzuwenden?

Ich folge ihm zum Parkplatz. Sein Wagen ist bei weitem der zerbeulteste und der am wenigsten verkehrssichere. Wahrscheinlich sollte ich mich mehr vor seinem Triumph Dolomite fürchten als von seiner Anmache. Doch als er ruckelnd vom Parkplatz auf die Straße fährt, wird mir klar, dass es seine Fahrweise ist, die den eigentlichen Anlass zur Besorgnis darstellt.

Er schaltet seinen altersschwachen Kassettenrekorder ein, und mit einem Mal dröhnt Irene Caras *What a Fee-*

ling durch das Innere des Wagens. Das lenkt mich für einen Moment von dem üblen Geruch ab, von dem ich weiß, dass es sich dabei um Eau de Schmuddelkind handelt, da ich selbst hin und wieder eins war (und bei so vielen Gelegenheiten neben Christopher Bennett gesessen habe). Wenn es nicht so kalt draußen wäre, würde ich ein Fenster öffnen – obwohl ich mir angesichts der Menge an Isolierband, mit der die Kurbel umwickelt ist, nicht sicher bin, ob sie überhaupt funktioniert.

Die Quelle des Geruchs entspringt dem Krempel, der sich auf dem Rücksitz türmt.

»Lassen Sie sich davon nicht stören«, sagt er, als er meinen Blick bemerkt. »Das sind unkorrigierte Klassenarbeiten und anderes Zeug, wozu ich noch nicht gekommen bin. Es gibt immer so viele andere Dinge zu erledigen.«

Ja, klar, wie Besuche im Pub, Frauengeschichten und schreckliche Musik hören.

Als er vor dem Bahnhof hält, fällt mir das Atmen wieder leichter. Er ist weder über mich hergefallen, noch hat er mich angemacht oder sonst was in der Art. Er ist lediglich ein Lehrer, auf den zu Hause jede Menge Arbeit wartet und der morgen und übermorgen und an all den anderen Tagen wieder vor seiner Klasse stehen wird. Ich will das definitiv nicht.

»Danke«, sage ich und halte meinen Rock fest, als ich aus dem Wagen steige, damit ihn mir der Wind nicht über den Kopf weht.

»Bis morgen«, erwidert er.

Aber ich schließe bereits die Tür und muss darauf nicht mehr antworten.

Er ruckelt davon und fährt beinahe einen Radfahrer um. Ich flitze rasch ins Bahnhofsgebäude, damit der Radfahrer nicht auf die Idee kommt, mir zu folgen. Und da sehe ich ihn.

Er sitzt auf einer Bank, wartet vermutlich auf denselben Zug nach Hause wie ich. Er hat mein Eintreffen noch nicht bemerkt, weil er zu sehr damit beschäftigt ist zu verhindern, dass ihm der *Herald* aus der Hand geweht wird, die Zeitung, die er früher für Bob ausgetragen hat. Christopher Bennett. Er musste wohl gehört haben, wie ich seinen Namen dachte, denn er blickt auf und grinst.

»Smithy!«, ruft er. »Was machst du denn hier?«

Ich muss gegen den Drang ankämpfen, *Kümmere dich gefälligst um deinen eigenen Kram* zurückzurufen, da ich kein Teenager mehr bin. Ich bin erwachsen.

Er ist nun auf den Beinen, kommt auf mich zu, und der Wind weht sein Haar zurück, so dass ich sein Gesicht sehen kann, in das er endlich hineingewachsen ist. Keine Krusten mehr um die Nasenlöcher. Kein Stirnrunzeln in Sicht.

»Geht's dir gut?«, fragt er, als er vor mir steht, lächelt und mir eine Zigarette anbietet.

Ich lehne die Zigarette ab und versichere ihm, dass bei mir alles in Ordnung ist, erzähle ihm dann von Mr. Donnelly und den Kindern, und er spricht seinen Namen aus: Lucas.

»Erinnerst du dich noch an deinen Freund Lucas?«

»Klar.«

Er versucht sich die Zigarette anzuzünden, verliert aber den Kampf gegen den Wind, der über die Gleise hinwegsaust.

»Er war ein kluger Junge«, fährt er wehmütig fort. »Wenn sie alle so wären, hättest du bestimmt keine Probleme. Vielleicht würdest du dann durchhalten.«

»Sie sind eher wie du, Chris.«

»Keiner ist wie ich«, flirtet er.

»Lass den Quatsch, Christopher.«

»Was habe ich denn gemacht?«, fragt er mit gekränkter Miene, die aber nur aufgesetzt ist.

Dann fährt unser Zug ein und reißt die Worte fort. Doch es gibt kein Entkommen. Ich muss den ganzen Rückweg bis Torquay neben ihm sitzen.

»Du siehst klasse aus«, sagt er, als wir uns unsere Plätze gesucht haben. »Bist du mit jemandem zusammen?«

»Kümmere dich gefälligst um deinen eigenen Kram.«

Da. Es ist raus, ehe ich die Worte aufhalten kann.

»Ich bin verlobt«, verkündet er aus heiterem Himmel und klingt ein wenig konsterniert.

Aber nicht so konsterniert, wie ich mich fühle. Als ich mich von dem Schock erholt habe, frage ich verblüfft: »Mit wem?«

»Mandy«, sagt er. »Du weißt schon, Mandy Denning.«

»Echt?«

»Wir heiraten nächsten Monat, also, tut mir wirklich leid, Smithy … du hast dir einen tollen Fang durch die Lappen gehen lassen.«

»Ich bin am Boden zerstört.«

»Schön wär's«, sagt er und tut so, als wolle er sich auf mich werfen.

»Lass das, Christopher!«

Ich schubse ihn auf seinen Platz zurück und erröte, als ich bemerke, dass uns alle anstarren und sich über uns mokieren. Da habe ich ja noch mal Glück gehabt. Die arme Mandy. Ich hoffe nur, dass sie sich inzwischen eine härtere Schale zugelegt hat.

Zu Hause im Laden ist es ruhig. Keine Kunden. Die sitzen bei diesem Wetter wohl alle zu Hause im Warmen. Patty ist gerade dabei, zuzumachen.

»Wo ist Bob?«, frage ich.

»Im Großhandel. Müsste bald wieder hier sein.«

Also erzähle ich ihr von meinem Tag, da Bob nicht hier ist, um mir zuzuhören. Sie sagt kaum etwas dazu, aber sie ist ja auch eine Frau der Tat, nicht der vielen Worte (ein weiblicher Joe). Vielleicht zeigt Wink mehr Anteilnahme. Ich finde sie an ihrem üblichen Platz, am Kamin, mit einer Wolldecke über ihren lahmen Beinen und mit einer Ausstrahlung von *Blue Peter* beschäftigt. Sie ist nie über den zerstörten Garten der Show hinweggekommen und verpasst aus Solidarität (oder vielleicht auch in Erinnerung an Lucas) niemals auch nur eine einzige Sendung.

Beim Klang der Hornpfeife, mit der die Show endet, richtet sie ihre Aufmerksamkeit auf mich. Oder vielmehr auf das Wetter und den Wind, der in einem hartnäckigen Rhythmus am Fenster rüttelt.

»Zeit, die Schotten dicht zu machen«, warnt sie mit der Weisheit alter Seefahrer und ihrer Ehefrauen. »Da kommt was auf uns zu.«

Und sie sollte recht behalten. Das Wetter würde uns allen einen Streich spielen – nun ja, ausgenommen Wink, die es ja durchschaut hatte, und vielleicht auch Captain, der sich womöglich an die Monsune im Kongo erinnert, wo er in seiner Jugend durch die Bäume des Äquatorialregenwaldes rauschte. Jedenfalls ist er heute Abend sehr unruhig und nutzt jede Gelegenheit, um Winks Aufmerksamkeit für sich zu beanspruchen, daher hat es nicht viel Sinn, über meine beruflichen Perspektiven zu sprechen.

»Soll ich Teewasser aufsetzen?«

»Warum holst du uns nicht Fisch und Pommes? Ich hätte Lust auf Fisch und Pommes.« Sie kramt einen Fünfer aus ihrer Tasche. »Und bring auch etwas Erbsenpüree mit. Und Knusperstückchen für Bob. Er mag die Knusperstückchen so gern.«

Im Fischimbiss ist es ebenfalls leer, daher bin ich schon bald zurück. Immer noch keine Spur von Bob.

»Tu seins auf einen Teller, und stell es in den Ofen«, sagt Wink.

Ich befolge ihre Anweisung und komme mir wie Mrs. Raby vor. Dann schauen wir uns mit den Tellern auf dem Schoß John Cravens Nachrichtensendung für Kinder – *Newsround* – an, so wie wir uns vor vielen Jahren drüben in Winks altem Zuhause *The Generation Game* angeschaut haben.

»Ich vermisse Bruce«, sagt sie und sieht mich an. »Aber wahrscheinlich nicht halb so sehr, wie du Helena vermisst.«

Ich bin mir nicht sicher, was ich empfinde, und esse weiter meinen Kabeljau.

»Ich vermisse Andy«, sage ich schließlich. Und das tue ich wirklich. In diesem Augenblick vermisse ich ihn mehr als Helena.

»Geh nicht so hart mit ihr ins Gericht«, sagt Wink. »Eines Tages wirst du es verstehen.«

»Was gibt es da zu verstehen?«

»Höchstwahrscheinlich mehr, als du glaubst«, erwidert sie geheimnisvoll.

Als ich mit dem Abwasch fertig bin und Wink einen Sherry eingegossen habe, öffne ich Captains Käfig. Aber er will nicht herauskommen.

»Mach die Tür zu«, kreischt er mich an.

»Der Ärmste«, sagt Wink. »Nicht, dass er krank wird.«
Er sieht in der Tat ein wenig seltsam aus, lässt Kopf und Federn hängen.

»Ich mache mir mehr Sorgen um Bob. Er ist doch nie so spät dran – zumindest nicht, ohne Bescheid zu sagen.«

»Mach dir keine Gedanken«, beruhigt mich Wink. »Gleich kommt *Top of the Pops*.«

»Ich werde ein Bad nehmen«, sage ich. »Ein paar von den Kindern waren ziemlich dreckig.«

»Oh, Philippa«, sagt sie. »Ich habe dich gar nicht gefragt, wie es war. Bist du zurechtgekommen?«

»Ist nicht so gut gelaufen, Wink. Es sieht ganz so aus, als müsste ich doch auf den anderen Plan zurückgreifen.«

»Und welcher ist das?«

»Na, dein Plan. Der, bei dem ich mir einen Ehemann suche.«

»Red keinen Unsinn. Was willst du denn mit so einem? Du kommst doch im Moment gut allein zurecht. Denk nicht über so was nach. Du hast noch viel Zeit.«

»Ja, wenn ich eins hatte, dann immer viel Zeit. Mehr als genug für alle.«

»Du könntest dir auch einen Papagei zulegen«, sagt sie. »Die überleben jeden Ehemann. Captain hat's jedenfalls geschafft.«

Sie streckt die Hand nach ihm aus, und er rückt an die Käfigtür heran, vollführt einen kleinen Sturzflug und landet auf ihrer Schulter, wo er sich in ihr lockiges weißes Haar kuschelt.

Nachdem ich mir den Schuldreck abgeschrubbt habe, komme ich zu dem Schluss, dass es spät genug ist, um mir meinen Pyjama und den Bademantel überzuziehen und

Wink und mir einen Becher Ovaltine zu machen, obwohl im Fernsehen erst die Wissenschaftssendung *Tomorrow's World* läuft und die meisten Leute meines Alters noch unterwegs sind – außer natürlich Cheryl, die sich höchstwahrscheinlich die ganze Nacht auf irgendwelchen Krankenstationen herumtreiben wird, um von ihrem Ehemann und anderen Leuten etwas über die neuesten medizinischen Entwicklungen zu lernen. Ich hingegen muss mich mit Maggie Philbin von *Tomorrow's World* zufriedengeben.

Allerdings werden bei diesem Wetter nur die engagiertesten jungen Leute draußen sein. Der Wind rüttelt an den Fenstern, aber in der Ferne kann man immer noch das autobahngleiche Dröhnen des Meeres hören. Captain hat sich wieder in seinen Käfig zurückgezogen. Wink ist schon eingeschlafen. Aber Bob ist immer noch nicht zurück. Und nun kann ich es genauso instinktiv fühlen wie Captain: Da kommt was auf uns zu.

Als die Nachrichten zu Ende sind, ist Bob immer noch nicht zurück. Da Wink mit Vorliebe den Wetterbericht schaut – was vermutlich damit zu tun hat, dass sie gern genau weiß, was auf sie zukommt –, schüttele ich sie leicht an der Schulter, um sie zu wecken. Als das nicht funktioniert, schüttele ich fester, was schließlich wirkt.

»Oh, prima«, sagt sie. »Es ist Michael.«

Michael Fish ist ihr Lieblingsmeteorologe. Sie müht sich ab, um sich in ihrem Sessel nach vorn zu lehnen, damit sie ihn besser sehen und hören kann.

Michael rät uns, »die Schotten dicht zu machen, da mit Sturmwetter zu rechnen ist«, was ihm ein zustimmendes Nicken von Wink einbringt. Vielleicht war sie in einem früheren Leben Meteorologin? Schließlich hat sie es selbst längst vorausgesagt.

Ich stehe auf, schiebe die Vorhänge zur Seite und blicke auf die dunkle Straße hinaus, wo der Kastanienbaum langsam nervös wird.

»Keine Sorge, Liebelein«, sagt Wink. »Bob geht's gut. Er hat wahrscheinlich einen alten Freund getroffen.«

Oder eine alte Freundin. Und genau das bereitet mir Sorgen. Denn es gibt nur eine einzige alte Freundin, die ihm »rein zufällig« über den Weg laufen könnte.

Um halb zwölf helfe ich Wink ins Bett und bediene mich am Sherry, als das Telefon läutet.

»Philippa«, sagt eine leise, hüstelnde Stimme. »Ich bin's.«

»Wo bist du?«

»Ich habe eine alte Freundin getroffen.«

»Etwa Sheila?«

»Ja.« Er klingt überrascht, dass ich ihm auf die Schliche gekommen bin. »Jedenfalls musst du dir keine Sorgen machen. Ich übernachte hier, weil da was auf uns zukommt.«

Das hört sich für mich wie eine billige Ausrede an.

»Es ist ja nicht gerade ein Orkan.«

»Na ja, aber Sheila hat schon das Gästebett für mich hergerichtet. In Terrys Zimmer.«

Der Gedanke an Terrys Zimmer stellt etwas mit meinem Innenleben an, und ich erwidere barsch: »Du meinst Justin.«

»Ja … Justin, Terry, wie immer er sich gerade auch nennt.«

»Du hättest früher anrufen können.«

»Ich w…«

Dann ist die Leitung tot. Würde ich nicht immer noch den Hörer in der Hand halten, dächte ich vermutlich, ich hätte aufgelegt. Doch ich halte den Hörer fest. Da ist kein Bob. Bloß ein Knistern. Aber wenigstens kann ich jetzt ins Bett gehen, wohl wissend, dass er nicht von der Erde geweht wurde, sondern in die Arme von Tante Sheila. Was hat sie wohl mit Bernie angestellt? Vorausgesetzt, Bob übernachtet wirklich in Justins Bett.

Justin.

Das bringt mein Innenleben wieder durcheinander. Ob ich überhaupt noch Schlaf finden werde? Aber das ist auch egal, denn ich werde morgen nicht in die Schule zurückkehren. Ich kann ausschlafen. Bob ist nicht hier, um mich zu fragen, wie mein Tag war. Also werde ich mir auch keine Sorgen darüber machen, was er davon halten könnte.

Und nein. Ich finde wirklich keinen Schlaf. Als ich schließlich gegen ein Uhr das Licht ausschalte, liege ich da und versuche alle Geräusche zuzuordnen: die Deckel der Abfallbehälter auf der Straße, die Äste der Rosskastanie, das eigenartige Klappern, das alle möglichen Dinge sein können, die sich aus ihrer Verankerung lösen. Ich schalte die Nachttischlampe wieder ein. Sie flackert. Ich starre auf die Vorhänge, die sich auf eine enervierende Weise bewegen, den Ritter auf einer Windwelle emporschleudern. Das ist einfach zu viel.

Ich stehe auf, um nach Wink zu sehen. Sie schläft fest, schnarcht mit ihrer Augenmaske vor sich hin. Ich schleiche mich hinaus und gehe ins Wohnzimmer, wo der Wind noch schlimmer zu sein scheint. Die Fenster klappern beharrlicher, und die Äste der Rosskastanie bewegen sich bedrohlicher. Der Wind pfeift durch die Dielenbretter. Ich kann ihn um meine Knöchel spüren. Captain ist über all das nicht glücklich und flattert in seinem Käfig herum. Ich nehme die Decke ab und öffne die Tür, um ihm den Kopf zu streicheln, was er für gewöhnlich mag, wenn er gestresst ist. Es funktioniert halbwegs, doch er murmelt trotzdem vor sich hin: »Keine Panik, keine Panik.«

»Mach dir keine Sorgen, Captain«, beruhige ich ihn. »Ich gerate schon nicht in Panik. Schlaf ein bisschen.«

Der Gedanke an Schlaf lockt mich wieder zurück ins Bett. Ich kann mich kaum noch wach halten. Es war ein langer Tag mit den Kindern und Mr. Donnelly und Christopher Bennett und Bob und dem Sturm. Meine Beine sind wie Blei, mein Kopf ist benommen, und doch habe ich noch genug Energie übrig, um auf Bob sauer zu sein. Er hätte früher anrufen sollen. Er sollte jetzt hier sein, mir Ovaltine machen und mir während des Sturms Gesellschaft leisten.

Ich lese für eine Weile in der Ausgabe von *Spy Catcher*, an die Wink irgendwie herangekommen ist. Damit habe ich endlich Erfolg, und bald schon beginnen mir die Lider zuzufallen, doch jedes Mal, wenn mich der Schlaf übermannt, ist da ein neues Geräusch, das es zu enträtseln gilt. Doch am Ende siegt der Schlaf, und ich träume wieder einmal davon, diese glamouröse russische Spionin in einem Bond-Film zu sein, die mit 007 persönlich in einem Zugabteil gefangen ist, als ich durch ein so lautes Krachen aufschrecke, dass mir das Herz bis zum Hals schlägt und sich ein ungutes Gefühl in meiner Magengegend breitmacht. Es ist eine scheußliche Mischung aus zersplitterndem Glas, dem Ächzen von Holz und etwas Schwerem, das umfällt. Eine Sekunde lang glaube ich, dass der Zug verunglückt ist, doch dann reiße ich mich am Riemen, springe auf und steuere auf Winks Zimmer zu … vielleicht ist sie aus dem Bett gefallen.

Nein, sie liegt noch da, wo sie hingehört. Ich kann ihren gebrechlichen Körper in der Dunkelheit ausmachen. Es ist alles ruhig, alles still. Sie hat nun einmal einen gesegneten Schlaf … das Geräusch muss aus dem Wohnzimmer gekommen sein.

Ich bin mir nicht sicher, was aus meinem Mund herauskommt, als ich die Tür öffne. Ich bin mir nicht sicher, ob ich überhaupt fähig bin, irgendetwas zu sagen. Es sieht aus, als wären wir Opfer eines gemeinen, üblen Einbruchs geworden oder als hätte eine Bombe eingeschlagen. Oder vielleicht träume ich auch immer noch wie Max in *Wo die wilden Kerle wohnen*. Die Welt da draußen ist in unserem Wohnzimmer.

Der Wind brüllt mich an, und langsam beginne ich zu begreifen, was geschehen ist. Im Fenster ist kein Glas mehr. Es wurde von der Rosskastanie durchschlagen, die nun … oh nein, nein, nein … mitten im Zimmer liegt und den Käfig unter sich begraben hat.

Über die Raserei des Sturms hinweg höre ich ein Kreischen: »Mach die Tür zu, mach die Tür zu«, ganz so, als würde Larry Grayson, der dies so oft in der Show sagte, in unserem Wohnzimmer stehen.

Dann entdecke ich etwas Rotes. Rote Schwanzfedern. Captain sitzt in den Zweigen des Baumes, als sei er im Regenwald, wie mein Vater. Ja, es muss ein Traum sein.

Eine Stimme ertönt von draußen auf der Straße und reißt mich aus meiner Schockstarre.

»Alles in Ordnung da oben?«

Ich komme nicht ans Fenster heran, um zu sehen, wer es ist, daher gehe ich hinunter in den Laden und schalte das Licht an. Mr. Taylor hämmert gegen die Tür. Sein Morgenmantel bläht sich um seinen Körper, entblößt seine preisgekrönten Knubbelknie, von denen ich nicht gedacht hätte, dass ich sie noch einmal zu Gesicht bekommen würde.

»Du siehst furchtbar aus, Philippa«, sagt er, als ich ihn hereinlasse. »Ist jemand verletzt?«

»Nein, Wink und ich lagen im Bett, und dem armen alten Captain geht's gut, ich muss wohl die Käfigtür offen gelassen haben, ich war so müde, konnte gar nicht mehr klar denken, er sitzt jetzt im Baum.«

»Zeig mir, was geschehen ist«, sagt er mit einer gewissen Autorität und verriegelt die Ladentür. »Man kann nie vorsichtig genug sein … Plünderer …« (Er ist ein treuer Leser des *Daily Mail.*)

Als er mich die Treppe hinaufführt, bemerke ich, dass ich zittere.

»Ich werde den Notruf wählen«, sagt er, nachdem er sich die freie Natur in unserem Wohnzimmer angesehen hat. »Ihr werdet Hilfe benötigen, um das hier wieder in Ordnung zu bringen.«

»Ich rufe besser zuerst mal Bob an.«

»Er ist gar nicht hier?«

»Er ist bei Sheila.«

»Ach so«, murmelt er, womit er wenig sagt und doch so viel.

Eine halbe Stunde später ist Bob da, und er sieht beinahe ebenso zerzaust aus wie Captain, der nach seinem unterhaltsamen Kampf im Dschungel nun zu seinem großen Missfallen im Bad eingesperrt ist.

»Ich werde mal nach Wink sehen«, sagt er. »Die Frau schläft wie ein Murmeltier.«

Aus irgendeinem Grund folge ich ihm in ihr Zimmer. Wohl um mich selbst davon zu überzeugen, dass es ihr gutgeht. Bob schaltet ihre Nachttischleuchte ein, und wir beide bemerken es zur selben Zeit. Ihr Schnarchen hat aufgehört. Ihre Brust ist ganz still. Sie hat ihre Augenmaske abgenommen und liegt friedlich auf dem Rücken, die Lider geschlossen, aber jedes mit einem Klecks ihres blauen Lieblingslidschattens versehen. Ihre Lippen ziert ein Hauch von Rosa, und da ist Rouge auf ihren Wangen. Aber sie schläft nicht. Sie ist fort. Vom Winde verweht. Sie hinterlässt einen staubbedeckten Graupapagei mit hängenden Federn und eine riesige Lücke in meinem Leben, von der ich mir ziemlich sicher bin, dass niemand jemals imstande sein wird, sie zu füllen.

2006

Sie sagen, es sei ein winziges Loch. Es könnte sich möglicherweise ohne Operation von selbst schließen. Wir müssen abwarten. Wieder einmal. Aber ich bin gut im Warten. Ich werde das schaffen. Wir werden das schaffen, du und ich. Du und ich.

KAPITEL 16

1992

Ich muss nicht noch einmal zurück und Mr. Donnelly und den kleinen Chaoten gegenübertreten. Als die Folgen des Sturms beseitigt sind und wir die gute alte Wink über ein Laufband (welch eine Ironie des Schicksals) auf ihre letzte Reise geschickt haben, sind Bob und ich uns einig, dass ich vorläufig erst einmal im Laden aushelfen werde. Ich tanze um ihn herum, wie Helena es einst getan hat, passe meine Bewegungen den seinen an. Aber unter der Theke steht Winks Asche, so dass ich jeden Tag, wenn ich nach einer Papiertüte greife, an sie denke.

»Bob, wir müssen etwas tun«, sage ich eines Abends zu Geschäftsschluss, hebe die Urne auf und wische den Staub mit dem Ärmel ab. »Sie kann nicht ewig hier rumstehen.«

»Also gut«, sagt er beim Abschließen. »Hol deine Jacke und eine Taschenlampe. Es ist gerade Flut. Bringen wir's hinter uns.«

Und wir wissen ganz genau, was zu tun ist, denn Wink hat alles in ihrem Testament festgelegt, das wir in ihrer Nachttischschublade gefunden haben. Wir hätten nie gedacht, dass sie ein Mensch ist, der vorsorgt. Oder dass sie derart gut bei Kasse war und Bob und mir ihre Ersparnisse hinterlassen würde. Für schlechte Zeiten. Wenn wir mal im Regen stehen.

Was heute glücklicherweise nicht der Fall ist, obwohl der Wind ziemlich frisch weht (hoffentlich in die richtige Richtung).

Bob steckt Wink unter seine Schaffelljacke, und wir gehen hinten raus, vorbei am Fischimbiss und Winks altem Haus, die Belgrave Road hinunter und vorbei am Chinesen, am Blumengeschäft, dem Friseur und dem Trödelladen und dem Spielzeugladen, vorbei an den Gästehäusern und den Hotels, über die Fußgängerbrücke und die Uferpromenade entlang, vorbei am Princess Theatre und weiter bis zum Hafen und ganz herum, bis wir eine ruhige Stelle finden, wo wir uns in der Dunkelheit auf die Mauer setzen und die Wellen zu unseren Füßen gegen den Stein klatschen.

Er nimmt den Deckel von der Urne und sagt: »Hat sie sich nicht wacker geschlagen?«

Dann tauchen wir abwechselnd unsere kalten Hände in die Asche und verstreuen sie wie Vogelfutter und sehen zu, wie sie vom Wind aufs Meer hinausgetragen wird. Unsere Wink.

Fünf Jahre später habe ich das Gefühl, meine Karriere doch noch einmal überdenken zu sollen. Patty und Lugsy sind fort, und das ausgerechnet nach Kanada, Vancouver Island, fast einen Kontinent weit von Helena entfernt (die Winks Ableben immerhin mit dem größten Lilienstrauß würdigte, den Interflora zu bieten hatte). Sheila taucht immer mal wieder in Bobs Leben auf, so wie es ihr gerade passt, in letzter Zeit allerdings seltener, da Bernie seit seinen letzten schlimmen Herzbeschwerden ihrer Aufmerksamkeit wieder einmal mehr bedarf. Linda hat letzten Berichten zufolge einen Marineoffizier geheiratet, jemanden, den sie durch Clive kennengelernt hat, und sie leben für immer glücklich (vorerst) in Plymouth. Cheryl ist nun eine richtige Ärztin mit ihrem eigenen Stethoskop und allem Drum und Dran und hat sich entschieden, die Pille in den Müll zu werfen, da sie mit siebenundzwanzig ihre fruchtbarste Zeit habe. Und was Captain angeht, der ist jetzt in einem reifen Alter, irgendwo Mitte fünfzig, aber der Tierarzt glaubt, dass er noch weitere gute zwanzig Jahre vor sich haben könnte. Wink hatte recht, das ist sicherlich länger, als jeder Ehemann geschafft hätte.

Bei dem Tempo könnte es weitere fünf Jahre dauern, bis ich alle Karrieremöglichkeiten durchdacht habe, aber an einem Samstagmorgen in den Tagen vor Weihnachten verändert sich alles mit der Ankunft einer alten Freundin, die zu einem ihrer seltenen Besuche aus London eingetroffen ist. Bob und ich sind damit beschäftigt, zu bedienen und Rechnungen zu sortieren, und da wir niemanden Besonderen erwarten, ignorieren wir die Ladenglocke. Als ich schließlich von Mrs. Stricklands saftiger Zeitschriftenrechnung aufschaue, die sie endlich beglichen hat, erblicke ich eine elegante Frau in einem Kamelhaarmantel, der bis zum Boden reicht, und deren langes Haar offen über ihren geraden Rücken herabfällt. Sie ist aufwendig geschminkt, ein wenig zu spektakulär für die Straßen von Torquay. Jemand wie sie sollte einen Laden auf der Bond Street oder in Covent Garden betreten. Was sie normalerweise auch tut, da sie sonst für gewöhnlich dort einkaufen geht.

»Hallo, ihr zwei, ich bin's, Toni«, sagt sie, und ihre Stimme mit der geschliffenen Aussprache klingt immer noch wie früher.

»Toni!«, rufen Bob und ich erstaunt wie aus einem Munde.

»Ich war gerade in der Nähe und dachte, ich schaue mal vorbei, um eine *Western Morning News* und ein Päckchen extrastarke Minzpastillen mitzunehmen.«

Wir können sie natürlich nicht einfach so wieder gehen lassen. Bob entführt sie sogleich nach hinten, wo er ihr aus dem Mantel hilft, um sich dann daranzumachen, Kaffee aufzutreiben. Ein paar Minuten später kommt sie wieder in den Verkaufsraum gestöckelt, die manikürten Hände zum Wärmen um den am schlimmsten ramponierten Becher gelegt, den Bob hätte auftreiben können. Ich bin mir meiner eigenen abgekauten Nägel überaus bewusst, die durch meine fingerfreien Handschuhe nur noch betont werden. Ich versuche, nicht an meine schmuddelige Jeans und mein gammeliges Sweatshirt zu denken.

Toni lehnt sich gegen die Zigarettenauslage und erzählt uns von ihrer Mum und ihrem Dad. Sheila hat Bernie auf eine strikte ballaststoffreiche Kost gesetzt und zwingt ihn, jeden Tag mit ihrem neuen Yorkshireterrier Coco an der Promenade spazieren zu gehen.

»Wie geht's Terry ... ich wollte sagen, Justin?«, stottert Bob – was mehr ist, als ich mich traue.

»*Justin* ist immer noch in Camden«, sagt sie, und in der Betonung seines neuen Namens klingt eine gewisse Geringschätzung mit.

»Mit der Schwedin?«, fragt er.

»Bente?«

»Keine Ahnung, wie sie heißt.«

»Sie war Dänin. Ist wieder zurück ins Legoland. Hatte die Nase voll von unserer Vorliebe für Teppichböden und geschnittenes Weißbrot oder was weiß ich. Vielleicht hatte sie auch einfach die Nase voll von Terry, kann mich nicht mehr erinnern. Ist schon eine Weile her.«

»Ist er jetzt solo?«, höre ich mich fragen und verspüre eine Hitzewallung klimakterischen Ausmaßes in exakt zwei Sekunden von meinen Zehen bis zu meiner Stirn aufsteigen.

»Er lebt allein, aber wie ich ihn kenne, pickt er sich jetzt die Rosinen aus dem Kuchen.«

Die Rosinen. Logisch.

»Bob«, sagt sie, »könntest du Philly wohl für eine Weile entbehren? Ich würde gern einen Spaziergang zum Hafen machen, aber ich hasse es, allein spazieren zu gehen. In London gibt es immer etwas, wohin man spazieren kann. Hier spaziert man um des Spazierens willen, und allein komme ich mir dabei komisch vor.«

»Natürlich«, erwidert Bob, ein wenig verblüfft über die fehlende Abwechslung beim Gebrauch der Verben in einer ansonsten durchdachten Argumentation. »Nehmt euch so viel Zeit, wie ihr wollt. Ich komme allein zurecht.«

»Ganz bestimmt, Bob?«, hake ich nach. »Es ist beinahe Mittagszeit.«

»Geht nur«, sagt er.

Also schlüpft Toni in ihren laufstegtauglichen Mantel und ich in meine Regenjacke, und dann machen wir uns auf den Weg die Straße hinunter, die vertraute Strecke, vorbei am Chinesen, dem Blumengeschäft, dem Friseur, dem Trödelladen, dem Spielzeugladen, den Gästehäusern und Hotels, bis wir endlich die Fußgängerbrücke erreichen, die wir überqueren, um dann entlang der Promenade, vorbei am Princess Theatre, in den Hafen zu gelangen, wo uns das Klirren der vertäuten Boote und der Geruch des Geldes empfängt, der anderswo in Torquay verschwunden ist.

Toni setzt sich auf eine Bank und starrt aufs Wasser hinaus, das sich alle Mühe gibt, die Jachten zum Kentern zu bringen. Ich würde zwar lieber auf etwas Trockenerem sitzen, aber es kommt mir unhöflich vor, stehen zu bleiben, also nehme ich neben ihr Platz.

»Hast du jemals darüber nachgedacht, von hier wegzugehen, Philly?«

Immer mal wieder. In letzter Zeit häufiger. Toni im Laden auftauchen zu sehen hat mich aufs Neue daran erinnert und in die Zeit zurückversetzt, als wir unsere letzte gemeinsame Einkaufstour zu *Tip Taps* unternommen hatten und ich zusah, wie sie unter den Blicken des errötenden Luftwaffenmajors, zu den Tränen in Sheilas Augen und der Eifersucht in meinem Herzen in ihren Trikots herumhupfte und von den funkelnden Lichtern Londons träumte. Und dann war da noch dieser Moment, als ich hörte, dass sie sich eine Wohnung gekauft hatte und sich gemeinsam mit Sheila eine Show ansah. Dieses Gefühl, den Anschluss zu verpassen.

»Ja, hab ich«, sage ich. »Aber wohin sollte ich gehen?«

»Nach London«, erwidert sie mit Nachdruck. »Komm nach London.«

»So einfach ist das nicht, Toni.«

»Doch, ist es. Du kannst für mich arbeiten.«

»Ich habe doch keine Ahnung davon, wie man Häuser verkauft.«

»Du verkaufst den Leuten doch schon Dinge, seit du sechs Jahre alt bist. Der einzige Unterschied besteht darin, dass Immobilien teurer sind als Kola Kubes. Terry ist weg. Er hat alles hingeschmissen. Hat den Druck nicht mehr ausgehalten. Die Zeiten sind nicht leicht, aber wir haben eine freie Stelle. Für die richtige Person.« Sie reißt ihren Blick vom Jachthafen los und sieht mich bittend an. »Du könntest es schaffen, Phil. Ich weiß, dass du es könntest.«

»Und wo soll ich wohnen?«

»Wir haben ein Gästezimmer. Wir haben jede Menge Gästezimmer«, sagt sie ein wenig mürrisch.

»Wir?«

»Adrian und ich. Mein Partner.«

»Partner?«

»In jeder Hinsicht.«

Adrian. Der Mann, der nicht gut genug war für unsere Toni. Der abgebrühte Geldscheffler. Der Mann, der ein paar Tage nachdem Wink es nicht geschafft hat, den Großen Sturm zu überstehen, den Schwarzen Montag überstanden hat.

»Was hält Adrian von dieser Sache?«

»Ach, ihm ist's recht. Er hat kein Problem damit.«

»Ehrlich?«

»Es liegt allein bei dir.«

»Ich muss auch an Bob denken.«

»Es ist an der Zeit, dass er dich gehen lässt«, sagt sie. »Du bist lange genug geblieben.«

Und das ist der Moment, in dem ich mich entscheide wegzugehen. Schließlich ist es London. Meine Geburtsstadt. Die Stadt, von der mich Helena gelehrt hat, dass man irgendwann in seinem Leben einmal dort gewohnt haben muss. Die Stadt, in der ich Zeugin geworden bin, wie aus einer Dame eine Prinzessin wurde. Wo ich mit einem Jungen namens Raymond U-Bahn gefahren bin. Und Wink ein Star war. Und nun ist es an mir zu glänzen. Ich gehe nach London!

Am Ende ist es viel leichter, als ich gedacht hatte. Bob verdrückt kaum eine Träne, als ich es ihm sage. Er umarmt mich ganz fest und flüstert »schön für dich« in mein Haar. Dann zieht er los, um Fisch und Pommes zu holen, während ich den Tee koche, und als er zurückkommt, essen wir mit den Tellern auf dem Schoß vor dem Fernseher, und alles ist gut, bis *The Generation Game* gezeigt wird. Bruce ist wieder da.

»Wink, Wink«, sagt Captain traurig.

»Jetzt sind nur noch wir zwei übrig, mein Junge«, sagt Bob und schaut den alten Papagei an, der auf seiner Stange hockt. Und der niedergeschlagene Blick, den die beiden miteinander tauschen, bringt mich beinahe dazu, die ganze Sache zu lassen.

»Sie hätte es so gewollt.«

Ich frage nicht, ob er mit »sie« Wink oder Helena meint, und möchte gern glauben, dass es für beide gilt.

»Wage es ja nicht, andere Gardinen in meinem Zimmer aufzuhängen«, sage ich warnend zu ihm. »Oder den Garten umzugraben. Denn ich werde zurückkommen. Das hier ist immer noch mein Zuhause.«

Toni wartet auf mich, als ich in Paddington Station ankomme. Sie hilft mir mit meinem Gepäck und besorgt uns mit einem Geschick, das Helenas würdig ist, rasch ein Taxi. Wir fahren durch rauhe und vornehme Gegenden Londons, heruntergekommene und schicke, Seite an Seite, bis wir nach Belsize Park kommen mit seinen Stuckhäusern und belaubten Straßen. Sie zeigt auf ihre alte Wohnung, als wir den Haverstock Hill hinauffahren, und ich sehe für einen Moment Terry vor mir, was nicht gut für mich ist.

»Da wären wir«, verkündet sie und deutet auf eine viktorianische Villa mit Doppelfront und Stellplätzen sowohl für ihren Golf als auch für Adrians zweifellos protziges Auto.

Denn Toni und Adrian besitzen jetzt ein eigenes Haus. Sie hat ihre Wohnung verkauft und er sein Reihenhaus, und so konnten sie sich – einer Zwangsenteignung sei Dank – diesen Riesenbau leisten, auch wenn er in einem schlechten Zustand war. Doch nun ist er so gut wie renoviert. Vermutlich wird es mir drinnen wie in einem Möbelhaus vorkommen.

Der Fahrer trägt mir den Koffer die Eingangstreppe hinauf, und Toni erledigt die Sache mit dem Trinkgeld auf eine Art und Weise, die ich nur bewundern kann.

»Willkommen in deinem neuen Zuhause«, sagt sie dramatisch, als sie die elegante, glänzende Tür öffnet und mich hineinführt.

Toni unternimmt mit mir eine Führung, und ich bestaune ihre Errungenschaften: Eingangsbereich mit wunderschönen Fliesen, Holzgeländer und einem kunstvollen Fries … abgebeizte Kieferntüren zu sämtlichen Erdgeschosszimmern … abgebeizte Kiefernböden im vergrößerten geräumigen Wohnzimmer, das sich auf einer Seite des Eingangsbereiches befindet … auf der anderen ein Arbeitszimmer mit deckenhohen Bücherregalen … ein Wäscheraum und eine Toilette … und im hinteren Teil eine große Küche mit Fenstertüren, die auf eine Veranda und in einen ziemlich großen Garten in Südlage mit einem gewissen Maß an Privatsphäre führen.

Ich ringe mir ein »Es ist wunderschön« ab, lasse dabei aber unerwähnt, wie sehr wieder einmal das grünäugige

Ungeheuer an mir nagt. Wieso hat sie all das hier, und ich habe rein gar nichts?

Oben kann ich nur noch japsen, als ich das Buntglasfenster auf dem Treppenabsatz sehe und das marmorne Badezimmer, das riesengroße Schlafzimmer mit Bad en suite (keine Spur von Avocado, die Zeiten ändern sich) und die beiden Gästezimmer, die so aussehen, als habe noch nie jemand hier übernachtet, und dazu noch ein kleinerer Raum, der ganz offensichtlich eines Tages einmal als Kinderzimmer dienen soll.

Mir gehört das Zimmer auf der Rückseite des Hauses direkt neben dem Familienbad mit Riesendusche und Emaillebadewanne mit gewölbtem Rand und goldfarbenen Armaturen, in dem wir einander nun über das Bidet hinweg ansehen.

»Das hast du mehr oder weniger für dich allein«, sagt sie. »Du wirst es dir nur mit Mum und Dad teilen müssen, wenn sie zu Besuch kommen – was Gott sei Dank nicht so oft der Fall ist.« Sie gibt ein gezwungenes Lachen von sich, eines, das ein völlig neues Licht auf die Sache wirft.

»Du hast ein wunderschönes Haus«, zwinge ich mich zu sagen. »Und es ist alles so ordentlich.«

Unglaublich ordentlich. Nicht ein einziges Kissen, das nicht aufgeschüttelt wurde, und keine Spur von einer Fluse auf den teuren türkischen Teppichen.

»Ich weiß«, sagt sie. »Mum wäre beeindruckt. Aber leider kann ich mir das nicht zum Verdienst anrechnen. Diese Ehre gebührt Marcia, unserer Putzfrau.«

Ich benötige nicht lange zum Auspacken. Ich habe kaum mehr mitgebracht als Dick Whittington bei seinem ersten Ausflug in die Hauptstadt. Nur das Wesentliche. Ein paar

Klamotten, mit denen ich mich nicht zu sehr auf den Londoner Straßen blamieren werde. Ein paar Hygieneartikel. Zwei Paar Schuhe. Pantoffeln. Ein Handtuch. Ein Haufen Bücher. Und natürlich Tiger. Ich stecke Tiger in sein neues Bett und erinnere mich daran, wie ich ihn das erste Mal gesehen habe, als er unter dem Beifall des Publikums auf dem Laufband dahinglitt und von Wink aus der Bedeutungslosigkeit geholt wurde, um als eine Legende weiterzuleben. Der Preis, den sie mir für meine Unterstützung gegeben hat. Ich habe immer mein Bestes versucht, um genau das zu tun. Aber in Wirklichkeit hat sie *mich* unterstützt.

»Philippa!«, ruft mich Toni mit ihrer schrillen, überzeugenden Stimme. »Komm runter und trink ein Glas Beaujolais mit. Adrian ist zurück.«

Ich habe ein etwas mulmiges Gefühl im Magen, als ich die Treppe hinuntergehe, was vielleicht an dem Stress liegt, den ein Umzug mit sich bringt. Doch als ich mich anschicke, die Küche zu betreten, um meinen neuen Vermieter kennenzulernen, hege ich den Verdacht, dass es eher etwas mit ihm zu hat.

Adrian lehnt am Aga-Herd, als ich ihn das erste Mal sehe, und daher werde ich immer den Duft von Lasagne mit ihm verbinden, ebenso wie einen guten Beaujolais, von dem er ein riesiges Glas in der Hand hält. Er erzählt Toni gerade in seiner näselnden gedehnten Sprechweise von seinem Tag im Büro, während sie irgendwelches Grünzeug für ein Salatdressing hackt. Sie ist ernsthaft daran interessiert, was er sagt, denn sie hat sich den Tag freigenommen, um mich willkommen zu heißen, und daher nicht mitbekommen, was im Büro geschehen ist. Ich bin mir immer noch nicht ganz sicher, was ich getan habe, um ihre Freundlichkeit zu verdienen, aber vermutlich ist sie in dieser Hinsicht ganz wie ihre Mutter und hat das Bedürfnis, etwas für mich zu tun. Für die arme Philippa.

»Ah«, blafft Adrian. »Da bist du ja. Komm nur rein, versteck dich nicht im Dunkeln. Trink was.«

Er füllt ein weiteres riesiges Weinglas und drückt es mir in die Hand.

»Das ist Adrian«, sagt Toni. »Aber das hast du dir wahrscheinlich schon gedacht.«

Sie tritt zu ihm hinüber und wischt sich die Hände an ihrer Metzgerschürze ab, bevor sie die Arme um ihn schlingt, womit sie ihren Besitzanspruch anmeldet. Sie mag zwar ihr Haus mit mir teilen, aber das hier ist ihr Mann. Also Hände weg. Als ob er mich auch nur eines Blickes würdigen würde, wo er doch eine so kultivierte Frau von Welt wie Toni hat.

»Wie geht's deinem Bruder?«, frage ich, nachdem ich einen Schluck von dem Wein getrunken habe, um meine Nerven zu beruhigen.

»Terry ist immer noch Justin. Führt immer noch sein Junggesellenleben.«

»Der Typ ist ein Versager«, mischt sich Adrian ein.

Toni öffnet den Mund, um ihm zu widersprechen, trinkt stattdessen hastig von ihrem Wein, bevor sie ihre Aufmerksamkeit wieder dem Auftragen des Abendessens widmet, das aus einer Gemüselasagne und einem raffinierten Salat besteht, was weit entfernt ist von Bobs Fertiggerichten. Adrian schlingt seine Portion hinunter, unterhält sich dabei in Maklerchinesisch mit Toni und ignoriert mich glücklicherweise. Sobald er seinen Teller mit einem Stück Landbrot sauber gewischt hat, verdrückt er sich, »um was zu erledigen«. Toni schüttelt ihren hübschen Kopf und hält ihm ihre Lippen zu einem Kuss hin.

»Übertreib's nicht, Schatz«, sagt sie vergnügt, als er nach seinem Jackett greift, das über der Stuhllehne hängt.

»Keine Sorge«, knurrt er. »Ich werde immer noch voll funktionsfähig sein.«

Dann ist er verschwunden, und Toni befördert das Geschirr auf nicht gerade sanfte Weise in die Spülmaschine, so wie es ihre Mutter vor so vielen Jahren nach dem Dinnerparty-Debakel tat, dem Abend, an dem ich die Liebe entdeckte.

»Alles in Ordnung, Toni?«, frage ich.

»Lass dich durch mich nicht stören«, schnieft sie. »Ich bin bloß erledigt. Die Arbeit ist zurzeit ziemlich stressig … die Lage am Markt, weißt du … Ich glaube, ich werde ein Bad nehmen. Mach es dir gemütlich. Sieh fern. Leg die Füße hoch.«

Dann ist auch sie verschwunden, und ich bleibe allein in der großen Familienküche zurück und frage mich, ob es sich wohl besser anfühlen würde, wenn sie tatsächlich mit einer Familie gefüllt wäre.

Es lohnt sich kaum, etwas über meinen neuen Job nach Hause zu schreiben, daher mache ich mir gar nicht erst die Mühe. Aber ich rufe Bob regelmäßig an, um ihn auf dem Laufenden zu halten, damit er weiß, dass ich ihn vermisse, und damit ich weiß, dass er immer noch da ist, dort im Laden.

Ich befinde mich auf der alleruntersten Stufe in der Hierarchie dieses schicken Immobilienbüros, das es irgendwie geschafft hat, allen Widrigkeiten zum Trotz zu überleben, was sicherlich an Tonis und Adrians Partnerschaft liegt, die, obwohl man bereits daheim die Risse erkennen kann, bei der Arbeit reibungslos funktioniert. Während Toni und Adrian also dort draußen sind und sich zusammen mit Mac und Denise um das Geschäft bemühen, bleibe ich zurück, um Hausbeschreibungen abzutippen und ans Telefon zu gehen.

»Es ist ja nicht für immer«, versichert mir Toni. »Ich habe Pläne mit dir. Ich muss Adrian nur noch etwas bearbeiten.«

Pläne? Mir wird gerade erst bewusst, dass diese Pläne beinhalten, mich als billige Arbeitskraft zu benutzen. Und was das Bearbeiten von Adrian angeht, so wird das nicht leicht werden. Er hält sich für den Größten, dabei ist er ein Mistkerl. Er ist abwechselnd mal übel gelaunt und dann wieder voller Energie, behandelt mich, als wäre ich immer noch ein Kind, und genau so fühle ich mich auch, wenn ich in seiner Nähe bin. Manchmal kutschiert er mich in seinem BMW herum und parkt im absoluten Halteverbot, während ich an Türeingängen ohne Namensschilder klingele, um Männern, die »Big Mike« und »Small Dave« heißen, braune Umschläge zu übergeben, die eigenhändig zugestellt werden müssen. Er schneidet Busse und Taxis und gibt gern mit seinem Autotelefon und seinem CD-Player an (der an Phil Collins völlig verschwendet ist). Alles in allem gehört er zu der Sorte Mann, die sich nicht ignorieren lässt, die einen Raum mit ihrer Präsenz füllen, die über jede Unterhaltung hinwegreden. Die es sogar schaffen, die Macht über deine Gedanken zu ergreifen, als entsprängen sie *Twilight Zone*.

Im Nachhinein hätten bei mir sämtliche Alarmglocken läuten sollen, als ich ihn an jenem ersten Abend in London dabei beobachtete, wie er gegen Mitternacht mit sei-

313

nem BMW in die Einfahrt bog und mit einem unheimlichen, irren Blick ausstieg. Ich hätte mir auf der Stelle eine andere Unterkunft suchen sollen. Aber das tue ich erst, als ich von Tonis Plänen erfahre, die sie mit mir hat.

Diese Pläne entsprechen nicht ganz dem, was ich im Sinn hatte, als sie zum ersten Mal daheim an der Promenade an mich herangetreten war. Ich dachte, ich würde mich hocharbeiten, um einmal Häuser zu verkaufen. Aber eines Abends, einige Wochen nachdem ich mein neues Leben begonnen habe, enthüllt mir Toni den wahren Grund, warum sie mich nach London gelockt hat.

Adrian ist mal wieder fort, um etwas zu erledigen, wovon ich langsam glaube, dass es sich dabei um einen Besuch bei seinem Drogendealer handelt, da er immer mit diesen verräterischen Augen nach Hause kommt. (Schließlich habe ich mein Leben in Häfen verbracht und weiß mehr, als man einem Mädchen aus dem Südwesten zutraut.) Ich bin mir nicht sicher, wie viel Toni über ihren Partner weiß, aber ihr muss doch klar sein, dass Adrians verstopfte Nase nicht die Folge einer ständigen Erkältung ist. (Er könnte etwas Vicks Sinex gebrauchen, was ich ihm aber mitnichten empfehlen werde.)

Toni ist bei ihrer zweiten Flasche Merlot angelangt und hat beinahe eine ganze Schachtel Maltesers vertilgt, als sie das Fernsehen ausschaltet und sich mir zuwendet.

»Ich will ein Baby«, sagt sie. »Aber das klappt leider nicht.«

Als ich nichts darauf antworte, fährt sie fort. »Ich habe mich untersuchen lassen, und irgendetwas ist nicht in Ordnung. Da stimmt was mit meinen Eiern nicht. Sind nicht mehr die jüngsten. Adrian weigert sich, sich untersuchen zu lassen. Ist ja schließlich ein Ding der Unmöglichkeit, dass ein so toller Hecht wie er mit Platzpatronen schießt. Also ist es eindeutig meine Schuld.«

Ich weiß wirklich nicht, was ich sagen soll. Wenn ich über Adrian und all den Kram nachdenke, streikt mein Hirn irgendwie.

»Also stecken wir in einer Sackgasse. Ich will ein Baby, aber das wird sich nicht realisieren lassen. Und da kommst du ins Spiel, Philly.« Sie betrachtet ihre glänzenden Fingernägel.

»Ich?«

»Ich möchte, dass du unser Baby bekommst.«

»Was meinst du damit?«

»Ich möchte deine Eier und sein Sperma, damit es funktioniert.«

»Ich werde nicht mit Adrian schlafen«, sage ich und springe auf. »Wie kannst du mich nur um so was bitten?«

»Nein, Phil«, erwidert sie mit einem Lachen, das fast schon hysterisch klingt, zieht mich wieder auf das Sofa zurück und bietet mir einen der letzten Maltesers in der Schachtel an, den ich aber ablehne, weil die Zeiten vorbei sind, in denen das Essen mein Seelentröster war und alles wieder gutmachen konnte. »Ich dachte da eher an die Methode mit der Bratenspritze.«

Ich bekomme ein ganz mulmiges Gefühl im Magen bei dem Gedanken an das, worum mich Toni da bittet. »Nein, das kann ich nicht.«

»Ich werde dich dafür bezahlen. Wir werden dich bezahlen. Und wir werden die ganze Zeit für dich da sein. Bitte, Phil, du bist die einzige Möglichkeit, die mir bleibt.«

Es fällt mir schwer, das zu glauben. Es klingt eher wie der Plan einer Verrückten. Zumindest einer Verzweifelten. Und was ist mit dem kokainberauschten Adrian?

»Was hält Adrian von der ganzen Sache?«

»Er weiß noch nichts davon.«

»Er wird niemals zustimmen.«

»Ich werde ihn schon überreden.«

»Du konntest ihn nicht einmal dazu überreden, zum Arzt zu gehen.«

»Das ist etwas anderes. Aber hierbei besteht nicht die Gefahr, dass sein Stolz verletzt wird.«

Dummheit und Stolz wachsen auf einem Holz, hätte Wink jetzt wohl gesagt. Ich hätte es zu gern in diesem Moment ausgesprochen, doch ich spüre, wie die Worte in mir zusammenschrumpfen und sterben, genau an jener Stelle, wo ich die Erinnerungen an jene Nacht aufbewahre, in der ich mich in den Ritter verwandelt habe. In der diese junge Frau zusammengekauert auf ihrem Bett lag, all das Blut verlor, ihr Baby verlor und beinahe auch ihr Leben.

»Ich kann das nicht«, sage ich wieder, dieses Mal mit Tränen in den Augen.

»Bitte, Philly, bitte sag ja. Hör zu, du musst es ja nur ein einziges Mal versuchen, und wenn es nicht funktioniert, dann lässt er sich vielleicht doch dazu überreden, zu einem Arzt zu gehen. Sieht vielleicht ein, dass er doch nicht Supermann ist. Dass es nicht zwangsläufig an mir liegt. Vielleicht gibt es ja etwas, was sie tun können, um uns zu helfen. Mir läuft die Zeit davon. Bitte, Phil.«

»Ich kann nicht. Es tut mir leid.«

Und dann erzähle ich ihr, warum. Ich erzähle ihr, was passiert ist, als ich sechzehn war. Ich erzähle ihr, dass sie beinahe Tante geworden wäre. Dass Terry der Vater meines Babys war. T-J. Justin. (Na, es hat doch wohl keiner geglaubt, dass es das Popelmonster war, oder?)

»Weiß er davon?«

»Niemand weiß davon. Nur ich. Und jetzt auch du.«

»Tut mir wirklich leid«, sagt sie. »Aber das ist zehn Jahre her. Du bist die Einzige, die mich glücklich machen kann.«

Ich denke an all die Male zurück, als ich ihr Pony war, über Bambusrohre gesprungen und mit Onkel Bernies Polyesterkrawatte um den Hals über seinen Rasen galoppiert bin. Ich denke an all die Abende, die ich in ihrem rosafarbenen Siebziger-Jahre-Zimmer in Torquay verbracht habe – noch unberührt und gespannt darauf wartend, dass sie nach Hause kommt –, auf ihrem Bett sitzend, umgeben von Pan's People, während mit Rouge und Lippenstift und Eyeliner an mir herumexperimentiert wurde. Ich war mit Leib und Seele dabei.

Aber damit ist nun Schluss. Ich stehe nicht mehr zur Verfügung.

Und deshalb antworte ich ihr: »Du bist die Einzige, die das tun kann.«

Am nächsten Tag rufe ich Joe an, der seinen Sozialistentraum in einer Sozialwohnung in Lambeth lebt und für eine Wohnungsgenossenschaft arbeitet. Ich erzähle ihm, was geschehen ist. Er rät mir, sofort meine Sachen zu packen und mich in ein Taxi zu setzen, was wahrscheinlich das Dekadenteste ist, was er jemals in seinem Leben vorgeschlagen hat.

Ich ziehe also nach Süden, wie die Schwalben und die Mauersegler. Südlich der Themse nach Lambeth, in eine Zukunft ohne Familie und ohne Job, aber mit meinem Freund, meiner Jiminy Grille an meiner Seite, die mir wie immer den Anstoß geben wird, etwas zu tun.

Und dort sind wir nun, obwohl das Krankenhaus eine etwas angesehenere Adresse hat als Joes Wohnsilo. Aber der Ort, die Aussicht, die Postleitzahl sind mir egal. Mir ist nur wichtig, dass es hier Ärzte gibt, die dir helfen können. Auch wenn ich mir sicher bin, dass du, je länger ich dich in meinen Armen halte, immer besser aussiehst. Und langsam, ganz langsam, anders als deine Mutter (ich), die von Anfang an niemals ein Problem mit der Nahrungsaufnahme hatte (all die Fläschchen!), kriegst du auch den Dreh raus. Der Milchflussreflex setzt ein, und ich spüre, wie sich etwas in meinem Schoß zusammenzieht. Aber tiefer als dieser Schmerz ist der Schmerz des Mutterseins. Der Schmerz der Liebe.

KAPITEL 17

1997

Ein weiteres Weihnachtsfest kommt und geht, dem ein weiterer Januar hinterherhinkt, der die ganzen lästigen Erwartungen an das kommende Jahr mit sich herumschleppt, wie ein Stück Toilettenpapier, das einem unter der Schuhsohle klebt. Doch ich weiß inzwischen, dass man nicht zu viel erwarten sollte. Andererseits sollte man immer mit dem Unerwarteten rechnen.

Ich lebe nun seit vier Jahren in London und habe fast die ganze Zeit nicht weit von meinem Geburtsort verbracht, wo all diese honorigen Herren sich langsam ein wenig Sorgen um ihre Sitze machen, die ihnen in ein paar Monaten eine neue Generation honoriger Herren wegschnappen wird. Ich wohne ganz in der Nähe von dem Ort, an dem meine Mutter aufgewachsen ist. In der Nähe dieses Parks mit den berühmten Rhododendren, wohin die Kindermädchen ihre Schützlinge bringen, um die Enten zu füttern. Nicht weit entfernt von dem Ort, wo mein Großvater immer noch wohnen könnte, wenn er noch am Leben sein sollte. Ich habe nie versucht, es herauszufinden. Ich habe meine Familie in Torquay. Mehr brauche ich nicht.

In der Zwischenzeit behelfe ich mich mit Joe – obwohl es in den vier Jahren manchmal ganz schön schwer zu verkraften war, mit einem reformierten Sozialisten zusammenzuleben, der sich diesem New-Labour-Experiment verschrieben hat. Was ist nur aus meinem radikalen Joe geworden? Meinem Zwischenrufe-aus-dem-Saal-Joe? Er ist Sozialarbeiter geworden, das ist passiert. Und Sekretär der Ortsgruppe der Labour Party. Und älter. Und höchstwahrscheinlich weiser, obwohl ich mir, was das angeht, natürlich nicht sicher sein kann, da ich immer noch kein politisches Gewissen besitze.

Und auch keinen Freund. Joes Freunde haben ihr Bestes versucht, aber ich bin nicht interessiert an anständigen Kerlen, die an nichts anderes als an Wahlpropaganda und »das Projekt« denken (das nicht annähernd so gut sein wird wie das, womit sich Lucas damals im Geheimen beschäftigt hat). Was Angehörige des anderen Geschlechts angeht, gibt es nur einen, der mich (abgesehen von Mr. Bob Sugar) interessiert, und das ist Joe, mein Mitbewohner, bei dem ich lebe, seit er mich an jenem Abend aus Belsize Park gerettet hat – zwar nicht auf einem Schimmel, sondern in einem geliehenen Fiat Panda (er hat sich am Ende doch gegen ein Taxi entschieden). Ich bin glücklich und zufrieden damit, mir ein Zuhause mit ihm zu teilen. Und ich bin glücklich und zufrieden mit meinem Job.

Denn einen Job habe ich. Und obwohl er nicht sonderlich gut bezahlt ist, macht er mir doch Spaß. Ich verkaufe Bücher in einer unabhängigen Buchhandlung wie meine Mutter. Aber im Gegensatz zum Bestand im *Jabberwocky* sind diese Bücher neu. Sauber und frisch und unberührt warten sie darauf, zum ersten Mal von Bücherliebhabern verschlungen zu werden. Ich habe die ganze Welt der Literatur um mich und hege immer noch die Hoffnung, dass ich irgendwann einmal den Schlüssel im

Schloss herumdrehe und sich mir die Bedeutung des Lebens offenbaren wird. Hier gibt es Figuren, mit denen ich mich identifizieren, von denen ich ein paar Wahrheiten lernen kann: Die gute alte Jane Eyre hat Gesellschaft bekommen von Bridget Jones und von dem Neuen im Bunde, Harry Potter (dessen Schöpferin nur zwei Tage nach mir zur Welt gekommen ist, wie ich herausgefunden habe).

Aber keine dieser Figuren ist so stark wie meine neue Chefin, die die vorerst Letzte in einer langen Reihe von furchteinflößenden Frauen ist, die mich unter ihre Fittiche genommen haben. Dieses Mal ist es Evelyn.

Evelyn sorgt dafür, dass der Laden so glatt läuft, wie es sich Patty nur wünschen konnte, jedoch ohne deren Sexappeal. Evelyn wohnt mit ihrer Lebensgefährtin Judith zusammen. In ihrer Freizeit kümmern sie sich um ihren Schrebergarten mit seinen streng reglementierten Gemüsereihen und sorgfältig zurückgeschnittenen Obststräuchern. Evelyn und Judith drängen mir so oft sie nur können frisch geerntetes Obst und Gemüse auf, weil sie der Ansicht sind, dass ich eine ungesunde Blässe habe, was wahrscheinlich stimmt, da ich meine Arbeitstage inmitten von Büchern verbringe und meine Abende vor dem Fernseher. Im Sommer kehre ich oft mit einer Tüte Zucchini oder einem Körbchen Himbeeren in die Wohnung zurück. Im Herbst spendiert mir Evelyn noch ein Glas Chutney zu meiner wöchentlichen Lohntüte. Im Winter muss ich mich (bedauerlicherweise) mit Rosenkohl zufriedengeben. Im Frühjahr führt mich der Weg notgedrungen zum Gemüsehändler oder zum Markt oder sogar in den Supermarkt, während Evelyn und Judith jede freie Minute mit Ausrupfen und Umgraben und Mulchverteilen (was immer das sein mag) beschäftigt sind, um den Boden für den nächsten Schwung Früchte und Gemüse vorzubereiten.

Der Januar ist ein ziemlich ruhiger Monat im Gartenkalender, und so besuchen Evelyn und Judith an ihren freien Tagen Museen und Kunstgalerien. Judith ist Beamtin und hat öfter mal frei, anders als Evelyn, die im Laden zu wohnen scheint (aber daran bin ich ja gewöhnt). Eines Montagmorgens erzählt mir Evelyn von ihrem Sonntag, den sie in der National Gallery verbracht haben.

»Wann bist du das letzte Mal dort gewesen, Philippa?«, fragt sie. »Du solltest wirklich auskosten, was diese tolle Stadt zu bieten hat.«

An meinem nächsten freien Tag bringt mich mein schlechtes Gewissen dazu, unter der Bettdecke hervorzukriechen und zumindest einen Teil meiner Freizeit produktiv zu gestalten. Nach einem ausgiebigen Bad und der enttäuschenden Suche nach etwas Essbarem im Kühlschrank (Bio-Brotaufstrich von Tartex und eine krumme Möhre geben ein karges Mahl ab) nehme ich den 12er-Bus bis Trafalgar Square, wo Nelson auf seiner Säule balanciert. Auf seiner Schulter sitzt eine Taube, so wie Captain immer auf Winks Schulter gesessen hat.

Als ich die Steintreppe zur National Gallery hinaufsteige, frage ich mich flüchtig, warum ich das hier allein mache. Hätte ich mir nicht jemanden suchen sollen, der mich in dieser Lebensphase bei kulturellen Veranstaltungen begleitet? Immerhin bin ich einunddreißig und stehe mit ziemlich leeren Händen da. Was auch immer ich einmal hatte, habe ich unterwegs verloren. Meine Mutter. Meine Ersatzgroßmutter. Meine Katze. Und verschiedene beste Freunde. (Joe habe ich zwar zurückbekommen, doch ich fürchte, dass ich ihn wieder verlieren könnte, und zwar dieses Mal an einen anderen Mann – Tony Blair – anstatt an den Kontinent Afrika.) Und was Männer angeht, so habe ich Sex mehr oder weniger aufgegeben, da er zu nichts führt, woran ich besonders interessiert bin. Aber es wäre schön, jemanden zu haben, mit dem ich über all dies reden kann. Es ist gar nicht so leicht, die berühmten Gemälde ganz allein in sich aufzunehmen. Gemälde, die ich auf Postkarten, auf Buchumschlägen, auf Athena-Postern gesehen habe (obwohl ich das Tennismädchen ohne Schlüpfer erst noch ausfindig machen muss).

Nachdem ich mir die Monets, die Matisses, die Gainsboroughs und die Bruegels angeschaut habe, finde ich mich an meinem Ausgangspunkt vor einem riesigen Gemälde wieder, das ich am Anfang gar nicht richtig sehen konnte, da sich eine Menschentraube davor versammelt hatte, die den Worten eines Museumsführers lauschte. Nun ist es ruhiger geworden, die Leute machen sich langsam auf den Heimweg, um sich Teekuchen und Darjeeling vor dem Fernseher zu gönnen. Sich religiöse Fernsehsendungen wie *Songs of Praise* anzusehen oder mit der *Antiques Roadshow* auf Antiquitätensuche zu gehen. Aber ich bin noch nicht bereit, nach Hause zu gehen. Ich finde tatsächlich Gefallen an meinem Schnuppertag in Sachen Kultur. Also lasse ich mich auf eine Bank nieder und blicke zu dem Bild auf: *Die Hinrichtung der Lady Jane Grey.*

Ich teile mir die Bank mit einem jungen Mann, einem Kunststudenten, der damit beschäftigt ist, Lady Janes Gesicht mit der Augenbinde zu malen. Er arbeitet gerade an ihrem Mund, an den geöffneten Lippen. Ein weiterer

Blick auf das Gemälde lässt erkennen, warum diese Lippen geöffnet sind: ein Moment der Panik, als sie nach dem Holzblock tastet. Sie erhält in diesem Augenblick Hilfe. Ein freundlich aussehender Mann führt sie behutsam zum Block. Dem Block, auf den sie ihren hübschen Kopf legen wird, damit man ihn ihr von ihrem jungen Körper abschlagen kann. Dann wird der Blick des Betrachters unweigerlich von dem beschämt dreinblickenden Henker angezogen, der an der Seite steht, verlegen sein großes Beil in der Hand hält und in seinen roten Strumpfhosen eher dafür gekleidet zu sein scheint, wie Rudolf Nurejew über die Bühne zu hüpfen. Und dann wird der Blick auf die beiden anderen Frauen gelenkt, vermutlich ihre Zofen, die eine der Ohnmacht nahe, während die andere dem Betrachter den Rücken zukehrt, das Gesicht zur Mauer, die Arme verzweifelt in die Höhe gereckt.

Es ist ein grausames und doch wunderschönes Gemälde. Und so real. Man hat das Gefühl, als könne man hinaufgreifen und die Seide von Lady Janes Kleid berühren. Das geschärfte Metall des Henkerbeils. Das auf dem Boden verstreute Stroh, das darauf wartet, ihr Blut aufzusaugen. Man hat das Gefühl, als könne man in das Bild hineinsteigen und dieses arme Mädchen vor seinem unglückseligen Ende bewahren. Am liebsten würde man dazwischenspringen und den Henker zu Boden stoßen. Sich Jane über die Schulter werfen und sie in Sicherheit bringen. Ihr einen guten Anwalt besorgen, der vor Gericht beweist, dass sie von denen, die sie umgeben, benutzt wurde. Von denen, die sich eigentlich um sie kümmern sollten. Aber das geht nicht. Sie ist bereits tot. Man kann die Uhr nicht zurückdrehen. Obwohl man manchmal zu gern die Batterien herausnehmen und darauf herumtrampeln würde, bis sie in tausend winzige Stücke zerbrochen ist.

»Geht's Ihnen gut?«, fragt mich der Student, und erst da wird mir bewusst, dass ich weine. »Ich würde Ihnen ja ein Taschentuch geben, wenn ich eins hätte.«

»Danke«, schniefe ich und durchsuche meine Tasche, finde aber nichts weiter als Fussel und einen Penny.

»Nimm meins«, sagt eine Stimme.

Als ich mich umdrehe, kommt es mir so vor, als würde ich träumen ... denn dort steht Adrian und hält mir ein Taschentuch von der Größe einer kleinen Tischdecke hin. Der letzte Mensch, den ich in einem Kunstmuseum zu sehen erwartet hätte, wo er doch dort draußen sein und Häuser verkaufen könnte.

Er ragt auf so kolossale Art und Weise hinter mir in die Höhe, dass ich mich kerzengerade hinstelle und es beinahe schaffe, ihm in die Augen zu sehen.

»Hallo, Adrian«, sage ich, nachdem ich sein Taschentuch benutzt habe. »Was machst du denn hier?«

»Ich mache blau«, erwidert er. »Hast du Lust auf einen Drink? Du siehst aus, als könntest du einen vertragen.«

Ich schaue auf die Uhr. Eigentlich hatte ich gerade darüber nachgedacht, nach Hause zu fahren und mir auch einen Darjeeling und ein Stück Teekuchen zu gönnen.

»Ist noch ein bisschen früh dafür, oder?«

»Dafür ist es nie zu früh.«

»Also gut. Einen auf die Schnelle.«

Und so enden wir in einer Weinbar in Soho, eins von Adrians zahlreichen Stammlokalen.

»Was machst du denn außerhalb von Belsize Park?«, frage ich ihn, als uns langsam der Small Talk ausgeht.

»Eine Verschnaufpause einlegen«, sagt er. »Toni nervt mal wieder.«

»Die arme Toni.«

»Die arme Toni? Und was ist mit dem armen Adrian?«

»Du bist ein großer Junge. Du kannst auf dich aufpassen.«

»Da irrst du dich«, erwidert er ein wenig mürrisch und lässt den Wein in seinem Glas kreisen. »Ich brauche hin und wieder auch mal jemanden, der auf mich aufpasst.«

»Soll das heißen, dass dich Toni nicht versteht?«

»Das soll heißen, dass Toni sich nicht die Bohne für mich interessiert. Es gibt nur eine Sache, die ihr wichtig ist.«

»Ein Baby?«

»Dann weißt du also Bescheid?«

Und irgendwie, nachdem wir den beträchtlichen Teil einer Flasche Chablis geleert haben, erzähle ich ihm von dem Vorschlag, den mir Toni vor so vielen Jahren gemacht hat.

»Ist das der Grund, warum du gegangen bist?«

»Ich frage mich manchmal, wie sich das Ganze entwickelt hätte, wenn ich geblieben wäre. Ob es ihr gelungen wäre, mich zu überreden. Ob es funktioniert hätte.«

»Sie hätte dich niemals darum bitten dürfen. Sie ist wie besessen. Und wenn du glaubst, dass es damals schon schlimm gewesen ist …«

»Ich nehme mal an, es gibt keinen Fortschritt auf diesem Gebiet?«

»Na ja, ich war beim Arzt.« Er versucht, eine Olive mit einem Partystick aufzuspießen, doch sie springt aus der Schüssel und landet auf dem Boden. Er starrt ihr mit hängenden Schultern hinterher. »Offenbar sind meine Spermien nicht ganz so beweglich, wie sie sein sollten. Die Kerlchen sind etwas faul.«

Bei der Vorstellung, wie Adrians Spermien die Schlummertaste drücken, muss ich ein Lachen unterdrücken – immerhin ist das hier lustiger als der Gedanke an die Bratenspritze, die Toni vorgeschlagen hatte.

»Sie will jetzt nach Rumänien und ein Waisenkind adoptieren.«

»Meine Güte!«, sage ich beeindruckt. »Das ist ein großer Schritt.«

Er reibt sich die Augen, die rotgerändert sind, die Art von Schminke, wie sie Toni vielleicht an mir ausprobiert hätte.

»Und wie sieht's bei dir aus?«, erkundige ich mich. »Hast du wieder aufs richtige Gleis zurückgefunden?« Ich ziehe sein Taschentuch aus der Tasche, um ihm auf die Sprünge zu helfen.

»Was meinst du damit?«

»Die alte Schnupfnase.«

»Ah.«

»Und?«

»Ja, alles geregelt.«

»Geregelt?«

»Ich mach das nicht mehr. Das war einmal.« Er wedelt flüchtig mit der Hand. »Ich versuche, sie glücklich zu machen.«

»Und was ist mit dir?«

»Was soll mit mir sein?«

»Bist du glücklich?«

»Nein«, sagt er. »Ich fühle mich verdammt mies.«

Und als ich ihn so dasitzen sehe, wie einen kleinen Jungen, der an seinen Nägeln kaut, wächst in mir die Überzeugung, dass es in meiner Macht liegt, ihn glücklich zu machen. Vor vier Jahren konnte ich Toni vielleicht nicht helfen. Aber damals war ich auch noch nicht so weit. Doch im Grunde denke ich weder wirklich darüber nach, welche Auswirkungen es auf Toni haben wird, wenn ich ihm helfe, noch, welche Auswirkungen es auf mein eigenes Leben haben wird.

Später, nachdem wir in einem kleinen, dunklen, schmuddeligen italienischen Kellerrestaurant gar nicht mal so schlechte Tortellini gegessen haben, winkt er ein Taxi für mich heran. Im letzten Moment springt er mit hinein, und ich protestiere nicht. Ich glaube, er möchte einfach Gesellschaft haben. Will noch etwas Zeit totschlagen, auch wenn dies bedeutet, in einem Taxi durch halb London und wieder zurück zu gondeln, bevor er nach Hause zu Toni fährt. Aber als der Wagen draußen vor der Wohnung hält, steigt Adrian mit aus und bezahlt den Fahrer mit einem Schein von einem Notenbündel, das er in sein Portemonnaie gestopft hat.

»Wie wäre es mit einem Schlummertrunk?«

Bedauerlicherweise haben wir nur eine Flasche Kirschlikör, die Joes Mutter aus der Schweiz mitgebracht hat, als sie vor geraumer Zeit zum Skilaufen dort war. Aber Adrian lässt sich nicht so leicht abschrecken und langt nach anfänglichem Widerwillen kräftig zu. Ich bleibe bei Tee. Ich habe das Gefühl, ich sollte besser meine fünf Sinne beisammenhalten, was gar nicht so leicht ist, nach dem ganzen überteuerten Wein, dem (bedauerlicherweise) noch einige dieser verdammten Sambucas gefolgt sind.

»Wo ist denn dieser Joe?«, fragt Adrian und blättert dabei durch eine Ausgabe des *New Statesman,* von der er weiß, dass sie keinesfalls mir gehört.

»Bei einem Treffen.«

»Von den Trotzkisten?«

»Das sind doch keine Trotzkisten mehr, weißt du das denn nicht?«

»Ach ja! Stimmt. Sie haben ja ihre Seelen verkauft, um an die Macht zu kommen.«

»Keine Ahnung.«

»Immer noch kein Zoon politikon, Philippa?«, fragt er und wirft die Zeitschrift auf den Couchtisch, der seinen Sessel von dem Sofa trennt, das ich in Beschlag genommen habe.

»Nicht wirklich«, erwidere ich gähnend. »Ich bin wohl eher ein Plüschhäschen.«

»Dann zeig mir doch mal dein Schwänzchen.« Er steht von seinem Sessel auf und schiebt meine ausgestreckten Beine zur Seite, damit er sich neben mir auf das Sofa setzen kann. Ganz nah.

»Ich muss doch sehr bitten.«

»Ach, komm schon«, sagt er. »Nur ein kurzer Blick.«

Er rutscht noch näher. Und ich bin der ganzen Sache nicht völlig abgeneigt, obwohl er natürlich Tonis Mann ist. Auch wenn sie nicht verheiratet sind. Sie haben nie den Bund fürs Leben geschlossen. Zählt das trotzdem?

Natürlich tut es das, höre ich Jiminy Grille in mein Ohr flüstern.

»Ich glaube, ich sollte dir besser ein Taxi rufen«, sage ich mit einer gewissen Bestimmtheit.

»Kann ich nicht hierbleiben, Philippa? Auf dem Sofa?«, fügt er hinzu. »Bitte, bitte.«

Offensichtlich besitzt er mehr Überzeugungskraft als ich, denn ich hole ihm eine Decke und ein Kissen und hinterlasse Joe eine Notiz in der Küche, damit er sich bis zum Morgen vom Wohnzimmer fernhält.

»Denk dran, Toni anzurufen«, sage ich, bevor ich die Tür schließe.

Auf diese Weise kann ich reinen Gewissens in dem Bewusstsein schlafen, dass ich mir alle Mühe gegeben habe. Ich habe versucht, ihn dazu zu bringen, das Richtige zu tun. Wohl wissend, dass es nichts nützen wird.

Wie Aschenputtel ist Joe normalerweise immer vor Mitternacht zu Hause. Aber das Schicksal funkt dazwischen und verleitet ihn dazu, die Nacht mit seiner Beinahe-Freundin zu verbringen, einer Blair-Tussi. Und zufälligerweise ist mein Gewissen wohl auch nicht ganz rein, denn ich kann einfach nicht schlafen, egal wie sehr ich mich auch bemühe. Vielleicht hat es damit zu tun, dass Adrian auf der anderen Seite der Wand auf dem Sofa liegt, aber ich frage mich auch, wie es Toni wohl gehen mag. Ob sie krank ist vor Sorge, weil Adrian nicht nach Hause gekommen ist. Oder erleichtert. Ich versuche, mir einzureden, dass es Letzteres ist. Es ist schon erstaunlich, wovon man sich überzeugen kann, wenn man sich etwas in den Kopf gesetzt hat. Wenn man verzweifelt genug ist. Und ja, ich bin verzweifelt. Ich muss es wohl sein.

Im Mai finden sich Joe und seine Genossen (die nicht mehr wirklich Genossen sind) ausnahmsweise einmal in der Siegermannschaft wieder. Tony ist Premierminister, und die Tage des Tory-Bashing sind zu Ende. Vorerst. Selbst ich mache mir Hoffnungen, denn endlich rührt sich auch mein politisches Gewissen – allerdings nicht mein moralisches, das ignoriere ich vergnügt und treffe mich weiterhin mit Adrian. Und inzwischen lasse ich ihn

auch durchaus näher an mich heran. Ich bin seine Gelieb-
te. Die andere Frau. Die Bezeichnungen *dreckiges Flittchen* und *widerwärtige Schlampe* kommen mir in den
Sinn, und ich sehe wieder einmal die kleine Margot Fonteyn vor mir, die auf der Straße hinter ihrer Mutter hereilt, das Haar zu einem ordentlichen Knoten zurückgebunden. Höre das Klirren von Glas, das zu Boden fällt.
Vielleicht bin ich doch wie meine Mutter. Die ihre Freundin Sheila betrogen hat. Und betrüge nun deren Tochter.
Die nächste Generation, die es vermasselt. Aber was soll's,
denke ich, Kopf hoch! Wie heißt es doch so schön: Es
kann nur besser werden.

Und für eine Weile sieht es gar nicht mal so schlecht aus.
Adrian macht sich, wann immer es ihm möglich ist, auf
seine betrügerische Reise südlich der Themse, und das ist
erstaunlich oft der Fall. Ich frage ihn nicht, welche Ausre-
den er für Toni erfindet. Sie ist in ihre Adoptionspläne
vertieft. Adrian behauptet, sie würde seine Abwesenheit
gar nicht bemerken – obwohl ich mir da nicht so sicher
bin. Aber wenn er nicht benötigt wird, bin ich nur zu
gern bereit, das zu nehmen, was übrig bleibt.

Abgesehen von der Affäre läuft alles wie bisher. Ich habe
immer noch meinen Job und Evelyns und Judiths Gaben
aus dem Schrebergarten. Und ich habe Joe.
»Ist es nicht an der Zeit, dass du dir eine eigene Wohnung suchst?«, fragt Adrian eines Abends, nachdem wir
uns das Wohnzimmer mit drei Gemeinderatsmitgliedern
und einem Mitglied des Parlamentarischen Forschungs-
dienstes geteilt haben, bevor wir uns diskret in mein Zimmer zurückzogen, um zum Wesentlichen zu kommen.

»Ich kann Joe nicht alleinlassen«, sage ich. »Er wäre ohne mich aufgeschmissen.«

»Ohne dich?«, erwidert er und küsst meine Schulter, die er gerade freigelegt hat. »Du bist eine Chaotin. Ich dachte ja, ich wäre unordentlich, aber du bist ein ganz anderes Kaliber.«

»Wir können uns nicht alle Putzfrauen leisten«, stichele ich gegen Toni.

Er hört auf, mich zu küssen, und wendet sich ab. »Ich habe mich nicht in Toni verliebt, weil sie so gut putzen kann.«

»Ich will gar nicht wissen, warum du dich in Toni verliebt hast, vielen Dank auch.« Meine Stimme klingt auf gespenstische Weise wie Helenas, hochnäsig und stolz.

Adrian wendet sich mir wieder zu. »Aber ich liebe sie nicht mehr.«

»Liebst du mich?«

»Vielleicht«, sagt er. »Liebst du mich?«

»Vielleicht.«

Ach herrje. Ein Stück Toilettenpapier klebt an meinem Schuh. Ich weiß, dass es da ist, aber egal wie sehr ich meinen Fuß auch schüttele, es will einfach nicht abgehen. (Und meine Metaphern werden auch nicht besser.)

Vielleicht lieben wir uns. Das ist schwer zu sagen. Ich bin gern mit ihm zusammen. Ich weiß, dass er nervig und arrogant und oberflächlich und Golfer ist und dass er mich zum Lachen bringt. Er gibt mir das Gefühl, ein Leben zu haben, ein eigenes Leben, nicht eins, das ich mir aus einer Bibliothek geliehen oder über das ich im Buchladen gelesen habe.

Aber da sind immer diese nagenden Zweifel. Die nichts mit Jiminy Grille zu tun haben, sondern mit meiner alten

Angst, derjenigen, die Helena an mich weitergegeben hat. Dieses Gefühl, dass alles in Tränen enden wird. Dass diese Tränen gleich hinter der nächsten Ecke auf mich warten.

Bis Ende August, als Evelyn und Judith bis über die Ohren in Zucchini und Spinat und Stangenbohnen stecken, sollten sich diese Zweifel als berechtigt erweisen. Bildlich gesprochen befinde ich mich an einem anderen Ort als zu Beginn des Sommers. Adrian würde mich gern leibhaftig an einen anderen Ort verfrachten. Er hat sogar vorgeschlagen, mir bei der Kaution für eine Wohnung behilflich zu sein.

»East Dulwich ist eine gute Gegend für den Südosten Londons«, sagt er. »Du solltest es dort versuchen. Es ist im Kommen. Die Preise werden in die Höhe schießen.« (Etc., etc., Maklergeschwätz.)

Doch nun ist Adrian woanders. Er ist übers Wochenende mit Toni verreist, und das ausgerechnet nach Torquay. Sie wohnen bei Sheila und Bernie und Coco, dem Hund. Selbst Justin wird sich offenbar blicken lassen – falls er sich überhaupt noch Justin nennt. Es ist schon so lange her, dass ich etwas von ihm gehört habe, da könnte er inzwischen auch Beowulf heißen.

Joe und ich bleiben mit den Touristen in London (nicht, dass es in unserer Gegend so viele geben würde). Wir nehmen uns vor, zusammen einen faulen, feuchtfröhlichen Samstag zu verbringen. Wir trinken Bier im Park (auf der anderen Seite von den Saufbrüdern und aus Flaschen, nicht aus Dosen), sitzen auf einer Wolldecke, sehen zu, wie junge Burschen Fußball spielen und Kinder auf dem Spielplatz schaukeln. Wir machen eine Bootsfahrt auf der Themse, dem einzigen luftigen Ort in der Stadt, und ich denke an Mr. Raby, der immer um drei Uhr nachmittags sein Abendessen auf dem Tisch haben will. Wir genießen einen langen lauen Abend im Garten eines Pubs, trinken noch mehr Flaschenbier und wehren die Mücken ab. Kein Adrian, keine Blair-Tussi. Nur zwei beste Freunde.

Am nächsten Morgen weckt mich Joe. Er steht in seinen Boxershorts neben meinem Bett, und ich frage mich im ersten Moment, ob er schlafwandelt. Es bleibt mir genügend Zeit, um zu bemerken, dass er die Beine eines Rugby-Spielers hat, obwohl er genauso wenig wie Evelyn wüsste, was er mit einem Rugby-Ball anfangen sollte. (Sie ist der Ansicht, dass Sport im zentralen Lehrplan durch Gärtnern ersetzt werden sollte. »Wozu soll die ganze Plackerei gut sein? Ich werde für meine Mühen wenigstens mit etwas Leckerem belohnt.«) Dann wird mir mit einem Mal bewusst, dass er mit mir redet.

»Telefon für dich«, sagt er. »Es ist Bob.«

Mein Herz schlägt höher. Wieso ruft mich Bob um diese Tageszeit an? Es musste etwas passiert sein. Vielleicht ist es Helena. Vielleicht ist sie tot. Sie ist tot, und ich werde sie nie wiedersehen. Niemals die Chance erhalten, eine Mutter zu haben.

All diese Gedanken schießen mir auf dem kurzen Weg zum Telefon im Wohnzimmer durch den Kopf.

»Bob?«

»Philippa«, hüstelt er. »Hast du es schon gehört? Schalte das Radio ein. Oder den Fernseher.«

Es kann nicht um Helena gehen. Sie würde nicht in den Nachrichten erwähnt werden. Und dann sehe ich, was geschehen ist. Zumindest glaube ich, es zu sehen, aber es ergibt keinen Sinn. Ich muss mich irren.

»Joe! Komm her!«, rufe ich.

Er betritt mit dumpfen Schritten das Zimmer und versucht, nichts vom Inhalt der beiden Teebecher zu verschütten, die er in den Händen hält (ach, warum bloß will ich nicht mehr von ihm als Freundschaft?). Da ist ein besorgter Ausdruck in seinen Augen. Ich zeige auf den Fernseher, wo sie das Bildmaterial eines Autounfalls zeigen. Aus einer Unterführung in Paris. Ich kann Bob am anderen Ende der Leitung hören, der in Tränen aufgelöst ist. Das Rappeln der Tabletten. Und ich erinnere mich daran, wie wir sie an jenem heißen Julitag gesehen haben. Cheryl mit dem Geschirrhandtuch auf dem Kopf. Eine frisch verheiratete Prinzessin, die in einem Lichthof aus Sonnenschein die Mall hinunterschwebte. Und nun ist sie tot. Selbst Joe, der überzeugte Republikaner, ist still. Es gibt nichts zu sagen. Noch nicht.

»Ich rufe dich später an, Bob. Reg dich nicht auf«, ist das Einzige, was ich rausbekomme. Natürlich bin ich erleichtert, dass nicht meine Mutter in dem Wagen saß, aber das, was ich gesehen habe, berührt mich auf eine seltsam tiefe Weise. Und ich hätte niemals erraten, was folgen würde.

»Ich werde Sheila anrufen«, sagt Bob, bevor er auflegt.

Da wird mir das Herz noch schwerer.

Ich bleibe den ganzen Tag zu Hause und schaue mir in meinem Pyjama mit einem Großteil der Nation die aktuellen Berichte an. Etwas Außergewöhnliches war geschehen. Und nichts konnte es ungeschehen machen. Während ich mir die Bänder der Überwachungskameras anschaue, auf denen Diana und Dodi zu sehen sind, wie sie das Ritz verlassen, möchte ich ihr am liebsten zurufen: Kehr wieder um, verbringe die Nacht im Hotel, reise erst am Morgen ab, damit du noch ein hoffentlich langes Leben vor dir hast. Aber wie schon bei der armen Lady Jane Grey ist es zu spät. Die Uhr tickt weiter. Das Herz der Prinzessin hat aufgehört zu schlagen. Sie ist von denen, die sie umgeben, benutzt worden. Es musste in Tränen enden.

Am nächsten Tag bei der Arbeit ist Evelyn nicht sie selbst. Sie seufzt immer wieder und schneuzt sich die Nase und sagt: »Ich kann es einfach nicht glauben.«

Viele Menschen sagen das: in der Schlange an der Kasse, in der Bäckerei, auf der Straße, im Laden.

Im Laufe der Woche gelangt Joe an einen Punkt, an dem er glaubt, dass die Nation von einer Massenhysterie heimgesucht wurde, findet aber noch die Zeit, auf seine Königin sauer und stolz auf seinen Premierminister zu sein, dessen Schonzeit mit einem Schlag vorbei ist. Falls das Land wirklich von einer Welle der Massenhysterie überrollt wird, so werden Evelyn und Judith davon mitgerissen und zerren mich mit sich. Evelyn teilt mir mit, dass Judith und sie vorhaben, ihr am Kensington Palace Achtung zu bezeugen.

»Möchtest du mit uns kommen? Sobald wir den Laden geschlossen haben, fahren wir mit dem Bus hin.«

»In Ordnung«, erwidere ich. Und staune darüber, wie sehr ich den Wunsch danach verspüre.

Und so taucht Judith ein paar Stunden später mit einem interessanten Strauß aus angeknabberten Nelken, müde herabhängendem Fenchelgrün und ein paar gewellten Selleriestangen auf.

»Ich weiß«, sagt sie mit ihrer Scheißegal-Stimme. »Ziemlich armselig, aber das war das Beste, was ich noch finden konnte.«

»Macht doch nichts.« Evelyn gibt sich gut gelaunt. »Ich bin mir sicher, dass sie die gute Absicht zu würdigen wüsste.«

»Glaubst du wirklich? Sie war eine so elegante Frau. Diese Zurück-zur-Natur-Herangehensweise ist doch eher Charles' Ding ...«

»Kommt schon, ihr zwei«, sage ich. »Wir können ja noch eine Kerze in diesem affigen neuen Laden gegenüber kaufen, um das Ganze ein bisschen aufzupolieren.«

»Ausgezeichnete Idee«, sagen sie einstimmig.

Aber ich bin mir nicht sicher, ob eine von uns dieser Pilgerfahrt besonders froh entgegensieht.

Als wir endlich in Kensington eintreffen, sind wir uns nicht ganz sicher, wie wir zum Palast kommen. Aber das ist überhaupt kein Problem, wir folgen einfach all den Leuten mit Blumen in der Hand. Ich habe noch niemals ein solch bizarres Schauspiel erlebt: Mit Frauen hatte ich wohl gerechnet, aber nicht mit den vielen Männern in Anzügen – als hätte es in der Gegend eine ganze Serie von Seitensprüngen gegeben, und dies wäre alles, was ihnen einfiele. (Ob Adrian wohl auch hier irgendwo ist?)

Ein Polizist weist uns an, wo wir uns anstellen sollen – eine ordentliche britische Schlange für eine außerordentlich unbritische Zurschaustellung von Gefühlen. Wir schieben uns langsam voran, lesen Zettel und Gedichte, die die Menschen ihrer Prinzessin geschrieben haben. Ganze Blumenfelder liegen ausgebreitet da. Fotos. Kerzen. Der Duft ist überwältigend.

Auch wir bringen unsere Gaben dar, und Judith zündet unsere Kerze mit einem Streichholz an, das ihr eine Amerikanerin gegeben hat, die angesichts der ganzen Prozedur mit ihren Nerven am Ende zu sein scheint. Ich selbst kann es auch gar nicht fassen, dass ich um eine Frau weine, die ich nie kennengelernt habe, der ich aber einmal an einem Sommertag sehr nahe gekommen bin. Eine Frau, deren Foto mir aus Zeitschriften und Zeitungen in *Bob's News* entgegengestarrte. Eine Frau, die eine Mutter war. Und die nun tot ist.

Was würde geschehen, wenn mein Leben zu Ende wäre? Würde es überhaupt jemand bemerken? Wer würde um mich trauern? Eine Kerze für mich anzünden? Evelyn reicht mir ein Papiertaschentuch. Nur gut, dass alle um mich herum weinen, dadurch wirke ich nicht fehl am Platz. Ich bin nur eine in einer Menschenmenge tränenüberströmter Fremder. Aber was sie nicht wissen, ist, dass ich um mich selbst weine. Um den schlechten Menschen, der ich bin. Um das, was ich Toni antue, die doch nur Mutter sein will.

Aber vielleicht täusche ich mich auch. Vielleicht wissen sie es sehr wohl. Vielleicht weinen sie ja alle um sich selbst.

Und das ist der Moment, in dem ich mich entscheide, die Sache mit Adrian zu beenden. Eine weitere zum Scheitern verdammte Beziehung hinter mir zu lassen. Jiminy Grille sagt mir, dass ich etwas tun muss.

Unglücklicherweise wird Joe von einer ganz anderen Hysterie heimgesucht. Er ist als Nächster an der Reihe, sich zu verlieben. Am Tag von Dianas Begräbnis, während ich allein auf der Mall stehe, fragt er seine Blair-Tussi, ob sie zu ihm ziehen will, und auch wenn er mich nie bitten würde, die Kurve zu kratzen, was bleibt mir anderes übrig?

Also mache ich mich notgedrungen auf die Suche nach einer Wohnung, die groß genug ist für Tiger und mich, und benutze dafür das Geld, das Wink mir für schlechte Zeiten hinterlassen hat. Wenn ich mal im Regen stehe. Und das tue ich definitiv. Es schüttet nur so, und der Regen wäscht mein Leben fort, lässt es im Gully verschwinden, und ich bleibe wieder einmal mit gebrochenem Herzen, schuldbeladen und allein zurück.

Von jetzt an kann es doch ganz bestimmt nur besser werden, oder?

2006

Es wird dir bessergehen. Du wirst stärker werden, weil ich nun stärker bin. Es heißt doch immer, was dich nicht umbringt, macht dich nur stärker. Und dieses kleine Loch wird dich bestimmt nicht umbringen. Es wird heilen, und dein Herz wird kräftig und munter und genau richtig schlagen. In einem unaufhörlichen Rhythmus. Einem guten Takt. Bumm, bumm, bumm. Du bist mein namenloses Baby, und ich liebe dich. Ich habe mein ganzes Leben auf dich gewartet.

KAPITEL 18

1999

Schon wieder ein Begräbnis. Dieses Mal ist es Bernies. Sein fehlerhafter Anlasser hat letztlich doch kapituliert und Sheila auf dem Seitenstreifen des Lebens stranden lassen. Als Witwe. Man sollte doch eigentlich glauben, dass sie erleichtert wäre, endlich frei zu sein, frei, um eine Mitfahrgelegenheit irgendwohin zu ergattern, vorzugsweise natürlich mit Bob, um mit ihm im reifen mittleren Alter in den Sonnenuntergang davonzufahren. Aber nun, da Bernie tot ist, ist sie schließlich doch noch darauf zurückverfallen, die liebende Ehefrau zu spielen, die sie einmal gewesen ist, als Bernie und sie vor so vielen Jahren in Wolverhampton den Bund fürs Leben geschlossen haben und noch gern nach Devon in Urlaub fuhren.

Sheila kümmert sich mit Leib und Seele um die Organisation der Beerdigung. Fast ganz Torquay und ein Großteil der West Midlands scheinen dort zu sein, um ihm die letzte Ehre zu erweisen. Aber all diese Leute werden miteinander auskommen. Es sind die paar wenigen aus London – Toni und Adrian, Justin und ich –, durch die eine Katastrophe vorprogrammiert sein könnte.

Ich habe schon an so mancher Beerdigung teilgenommen, doch diese hier findet glücklicherweise an einem anderen Veranstaltungsort statt, da Bernie und Sheila katholisch sind. Aber schließlich und endlich ist eine Beerdigung eine Beerdigung. Es wäre mal etwas anderes, zu einer Hochzeit oder einer Taufe eingeladen zu werden. Unter diesen Umständen sind die Aussichten darauf, dass jemals eines dieser Ereignisse um meinethalben veranstaltet werden sollte, höchst unwahrscheinlich. Vielleicht wird Toni mehr Erfolg haben. Sie wird es möglicherweise schaffen, Adrian eines schönen Tages vor den Traualtar zu zerren oder sogar von irgendwoher ein Baby aufzutreiben. Denn sie sind noch zusammen, irgendwie immer noch ein Paar, was angesichts Adrians Gleichgültigkeit überraschend ist, aber nicht, wenn man Tonis Beharrlichkeit kennt. (Das mit Rumänien hat nicht geklappt, und sie sieht sich jetzt weiter weg um, in China.)

Sie sitzen in der ersten Reihe neben Sheila. Toni hält in einer seltenen Geste der Unterstützung ihre Hand, auch wenn nicht ganz klar ist, wer hier wen unterstützt. Es könnte sogar auf Gegenseitigkeit beruhen. Zu meiner Schande muss ich gestehen, dass dieser Gedanke das alte grüne Ungeheuer weckt, das einst Zeuge war, als Toni im *Tip Taps* vor einem alten Kriegsveteran und einer in Tränen aufgelösten Mutter ihre Pirouetten drehte. Einer Mutter, die sie liebte. Die nicht wollte, dass sie das Nest verließ.

Im Augenblick aber sind Tutus und Ballettschuhe in weiter Ferne. Das Einzige, woran Toni denkt, ist der Vater, der in sie vernarrt war, der sie immer Terry, ihrem farblosen älteren Bruder, vorgezogen hat. Und dort ist er, neben seiner Mutter, hält ihre andere Hand, blickt eher ernst als kummervoll drein. Justin, der immer noch Justin ist und jetzt wohl auch endgültig Justin bleiben wird. Man kann ja nicht immerzu seine Identität wechseln (es sei denn, man ist Madonna). Er ist vierundvierzig. Endgültig erwachsen, obwohl er für mich immer noch wie der Teenager aussieht, der mit seinen Freunden in der Garage herumhing und bei mir Brennnessel gemacht hat. Er ist jetzt Reiseschriftsteller – ihn hat das Fernweh gepackt, als er mit seiner tollen Dänin zusammenlebte und gelegentlich einen Artikel verfasste. Wie sich gezeigt hat, ist er ziemlich gut in seinem Job. Viel besser als im Verkaufen von Häusern.

Justin hat eine neue Freundin, Mel, ein kleines zierliches Persönchen, beinahe so wie Mandy Denning – halb so groß wie ich und doppelt so hübsch, mit seidig glänzendem glattem Haar und Beerdigungsklamotten, die schick aussehen anstatt geborgt, wie meine. Ich musste Bobs Kleiderschrank auf der Suche nach einer schwarzen Strickjacke plündern, da ich meine Jacke in meiner Hast, nach Hause zu kommen, in London vergessen habe. Er sitzt neben mir, mein Bob, und er trägt einen neuen dunklen Anzug, der ihn sogar gepflegt aussehen lässt. Fast schon elegant. Es ist lange her, seit er sich einen neuen Anzug gekauft hat. Der letzte hatte große Aufschläge und eine Schlaghose, und er hat ihn nur zweimal getragen, bei beiden Gelegenheiten zu Ehren von Wink. Der Anzug hängt immer noch im Schrank zwischen seinen Strickjacken. »Den werde ich nie verhökern«, pflegt Bob immer zu sagen. »Der ist von großem historischem Wert.«

Sechs starke Männer schleppen Bernies Sarg an uns vorbei, und Bob reicht mir sein Taschentuch, da ich mir immer noch nicht angewöhnt habe, ein Päckchen mit Papiertaschentüchern bei mir zu tragen. Er kann mein Schniefen nicht mehr länger ignorieren, da sich der eine oder andere mir unbekannte Trauergast umgedreht hat, um die Quelle solch tiefer Trauer auszumachen. Und ich trauere wirklich. Ich betupfe meine Augen, in denen die Tränen stehen, als mir klarwird, wie gern ich Bernie gehabt habe. Bernie mit seinem Zwinkern und seinen Bambusrohren. Bernie, der mich vor langer Zeit an einem Sommerabend aus meinem Bettchen gehoben hat.

Doch meine Trauer ist nichts im Vergleich zu Tonis. Durch die Hüte kann ich sehen, wie ihre Schultern beben, sie den Kopf gebeugt hat, Sheila sich zu ihr hinüberlehnt. Und wie Adrian ihre feingliedrige Hand nimmt und sie küsst – eine liebevolle Geste, die das Ungeheuer in mir zur Raserei bringt, da ich mich nicht daran erinnern kann, dass er dies jemals bei mir getan hätte, aber unter diesen Umständen erhält er eine Sondergenehmigung. Er weiß, wie sehr Toni ihren Vater geliebt hat. Und es macht ganz den Eindruck, als würde sie von ihrer Trauer verzehrt, einer Trauer, die zweifellos noch durch die Erkenntnis verstärkt wird, dass er nun niemals Großvater sein wird. Dabei hätte er seine Sache ordentlich gemacht. Bei Sheila als Großmutter bin ich mir da nicht so sicher …

»Steh auf«, sagt Bob zu mir. »Wir sollen singen.«

Er reicht mir ein aufgeschlagenes Gesangbuch. Als mein Blick auf die Seite fällt, sehe ich, um welches Lied es sich handelt. *Bleib bei mir, Herr.* (Oje, oje, auch das noch.) Ich würde wahrscheinlich auf dieser Bank sitzen bleiben – nicht etwa aus Respektlosigkeit, sondern aus einem sehr viel komplizierteren Grund –, wenn mich Bob nicht in die Höhe ziehen und mir sagen würde, ich solle mich am Riemen reißen – einer von Captains Lieblingssprüchen, wenngleich Bobs Tonfall sehr viel freundlicher ist, als es die Worte vermuten lassen oder wie das dreckige Lästermaul von einem Papagei sie ausgesprochen hätte.

Später, als die Ansprachen des Geistlichen, von Sheila und von einem Autoschlosser aus Dudley vorbei sind, begeben wir uns zum Krematorium, da der Papst es nun erlaubt, dass auch Normalsterbliche wie Bernie eingeäschert werden. Die Veranstaltung hält all das, was sie verspricht, auch wenn wir auf das letzte Lied, *Hold Me Close,* hätten verzichten können. (Hat Tante Sheila denn seine Bedeutung vergessen?)

Nun sind wir alle wieder zurück bei ihr zu Hause, wo ich mich angeboten habe, die Ärmel hochzukrempeln und eine helfende Hand zu reichen. Ich schlängele mich durch die Anzüge und schwarzen Kleider und biete Tabletts an, die mit Blätterteigpastete und Würstchen im Schlafrock und Eier-Mayonnaise-Sandwiches beladen sind, allesamt Bernies Lieblingsspeisen, auch wenn es schon lange her ist, seit er solch fettem Essen frönen durfte – nicht mehr seit seiner nicht ganz freiwilligen Umstellung auf eine ballaststoffreiche Ernährung, die aus ihm in vielerlei Hinsicht einen anderen Menschen gemacht hat. Nicht, dass es geholfen hätte. Seine unzuverlässige Pumpe besaß nur eine kurze Haltbarkeit und ließ sich nicht einfach mit Klebeband oder Löten wieder reparieren.

Toni kommt in die Küche, aber sie ist keine große Hilfe, steht nur still da, starrt den Beerdigungskuchen an, den Sheila für ihren verstorbenen Mann gebacken hat und der nun den Ehrenplatz inmitten des Essens auf dem Küchentisch einnimmt. Ich kann mir den Luxus des Starrens nicht erlauben, da ich den nächsten Schwung erhitzter Cocktail-Würstchen vom Herd nehmen und auf kleine Spieße stecken muss. (Irgendjemand muss ja dafür sorgen, dass die Leute etwas zu essen bekommen, um die riesigen Mengen Alkohol aufzusaugen, die sie sich in Erinnerung an Bernie hinter die Binde kippen.) Toni reißt sich so weit am Riemen, dass sie sich selbst Sherry in ihr Glas nachgießt (das eigentlich viel zu klein ist für die zu erfüllende Aufgabe), aber es ist nicht zu übersehen, dass sie den Anblick von so viel Cholesterin auf einem Haufen erschreckend findet.

»Ich weiß nicht, wie Mum nur all dieses Essen machen konnte. Sie müsste es eigentlich besser wissen.«

»Du solltest es wohl als ein Zeichen des Respekts vor deinem Vater sehen.«

Sie zieht eine Augenbraue in die Höhe – vermutlich angesichts des Wortes »Respekt«.

»Dafür ist es ja jetzt wohl ein bisschen zu spät«, sagt sie und starrt aus dem Fenster in den winterlichen Garten hinaus. Auf Coco, Bernies nun herrenlosen jämmerlichen Köter, der gerade sein kleines Bein an einem nackten Maulbeerfeigenbaum hebt. »Ich hoffe nur, dass diese Herzsache nicht erblich ist«, fährt sie fort, legt dabei ihre Hand auf die Stelle ihrer Seidenbluse, unter der sich ihr eigenes Herz befindet. »Immerhin ein weiterer Grund für eine Adoption.« Ihr Gesicht hellt sich bei diesem Fünkchen Hoffnung auf, das ständig außerhalb ihrer Reichweite glimmt.

Es lässt mich an mein winziges Baby denken, das in mir herumschwamm, die Größe von einem von Evelyns reifen Äpfeln hatte – aber leider nicht reif genug war … Ob das der Grund ist, warum ich das Baby verloren habe? Hatte es vielleicht ein kaputtes, fehlerhaftes Herz? Hat Justin es auch? Gibt es irgendein Gen, das er in sich trägt?

Ich entschuldige mich, lasse Toni allein vor dem Kuchen vor sich hinbrüten und verschwinde in den Garten, um frische Luft zu schnappen. Auch nach seinem Tod ist

Bernie noch überall beklemmend präsent. Ich kann immer noch seinen verschleimten Husten hören, der mir von einem Zimmer in das andere folgt. Hier draußen kann ich das Positive seines Lebens sehen: das neue Gewächshaus, den kitschigen Steingarten, die chirurgisch zurückgeschnittenen Rosenbeete. Ich werde Bernie vermissen. Als Onkel war er nicht schlechter als jeder andere. Und ich glaube, dass er meine Mutter auch auf eine gewisse, ganz eigene Weise geliebt hat. Sheila hat er auf jeden Fall geliebt. Wie hätte er sonst all die Jahre ihre Schmachterei für Bob ertragen sollen?

Oje. Das ist einfach alles zu viel. Wenn ich Raucherin wäre, wäre jetzt der richtige Zeitpunkt, um mir eine Zigarette anzuzünden und tief zu inhalieren. Aber wie es aussieht, muss ich mich wohl mit einer Tasse lauwarmem Tee und einem Stück Früchtekuchen begnügen. Ein anderer hatte die gleiche Idee: Auf einer Bank unter dem Maulbeerbaum sitzt Justin und raucht eine Zigarre (ausgerechnet!).

Es ist lange her, seit ich das letzte Mal mit ihm gesprochen habe. Nun ist der Moment gekommen, um die Sache wieder einzurenken. Ich verlasse meinen sicheren Hafen hinter dem Pampasgras und gehe zu dem Baum hinüber. Die Bank ist feucht. Ich spüre, wie die Nässe durch den Rock und die Strumpfhose dringt, die zu tragen ich nicht gewöhnt bin.

»Woher hast du die?«, frage ich und deute auf seine Zigarre. »Hat sie deinem Dad gehört?«

»Nein.« Er bläst den Rauch in die Luft, von mir weg. »Adrian hat sie mir gegeben. Er verteilt die Dinger da drin wie Ferrero Rocher.«

»Da wird sich deine Mutter aber freuen.«

»Es juckt ihr in den Fingern, das Febreze hervorzuholen. Aber er darf sich ja aus irgendeinem Grund alles erlauben.«

»Tatsächlich?«

»Sie glaubt komischerweise, dass er gut für Toni ist.«

»Echt?«

»Ja, Philippa, echt. Was soll dieses überraschte Getue?«

»Ich hätte nicht gedacht, dass er in den Augen deiner Mutter gut genug für sie ist.«

»Er ist ihr mit der Zeit ans Herz gewachsen.«

»Wie nett.«

Seine Zigarre kommt mit dem windigen Wetter nicht so gut klar, und er muss sie erneut anzünden. Wir sitzen eine Weile da, ohne etwas zu sagen. Ich weiß nicht genau, worüber ich mich mit ihm unterhalten soll, es ist schon so lange her, seit wir zusammen waren. Aber das ist in Ordnung. Trotz allem.

»Ich schätze, Mum glaubt, Toni könne auf sich selbst aufpassen«, sagt er schließlich.

»Du klingst nicht so überzeugt.«

»Sie hat eine Menge um die Ohren.«

»Die Sache mit dem Baby.«

»Ja«, sagt er. »Dieses imaginäre Baby.«

In diesem Moment kommt Coco auf uns zugelaufen und kläfft und springt an unseren Beinen hoch. Ich befürchte, dass er mir eine Laufmasche in die Strumpfhose reißen könnte, und schiebe ihn weg, aber Justin streichelt ihm unter seinem albernen schottengemusterten Mäntelchen den Bauch. Dann entdeckt Coco eine Elster (bloß die eine) und jagt ihr ohne jede Strategie hinterher. Ich rechne schon fast damit, dass der Vogel den Spieß umdreht und Coco an seinem strassbesetzten Halsband aufgabelt, um mit ihm davonzufliegen. Das glänzende Zeug um seinen dürren Hals ist genau das, worauf es ein so diebischer Vogel abgesehen hat.

Justin nimmt einen weiteren Zug von seiner fetten Zigarre und bläst gekonnt Rauchkringel in die Luft, die Miss Goddards Hiawatha bestimmt ziemlich beeindruckt hätten.

Dann wendet er mir seine Aufmerksamkeit auf eine Weise zu, die mich hätte warnen sollen. Er blickt zum Haus hinüber und sagt: »Ist es zwischen euch aus?«

»Wie bitte?«

»Zwischen dir und Adrian.«

Darauf gebe ich keine Antwort.

»Er hat's mir erzählt.«

»Er hat was?«

»Er war zur Abwechslung mal betrunken. An dem Abend, als du mit ihm Schluss gemacht hast. Ist aus heiterem Himmel damit rausgerückt. Ich habe ihm eine verpasst.«

Mir muss wohl das blanke Entsetzen im Gesicht geschrieben stehen, denn er sagt (spöttisch): »Keine Sorge. Toni hat keine Ahnung. Ich habe es ihr nicht erzählt.«

Ich bediene mich einer Floskel, die Miss Mottenkugel sicherlich stolz gemacht hätte: »Ich wollte nie, dass so etwas passiert.« Dann füge ich meine eigene Version der Dinge hinzu. »Adrian war unglücklich. Ich habe ihn getröstet. Na ja, und dann führte eins zum anderen.«

»Und wie sieht der Status quo aus?«

»Der Status quo? Das geht dich einen verdammten Scheißdreck an.«

»Sie ist meine Schwester.«

»Sie ist ein erwachsener Mensch.«

»Ich wünschte, du würdest dich verdammt noch mal auch wie einer benehmen«, erwidert er ein bisschen zu laut für meinen Geschmack und springt auf. »Hör endlich auf, auf deine Mutter zu warten, und sieh zu, dass du dein verkorkstes Leben in den Griff kriegst. Es liegt allein an dir.«

Ein freakiges Echo der Worte, die ich damals zu seiner Schwester im Haus in Belsize Park gesagt habe. *Du bist die Einzige, die das tun kann.*

Er hat recht. Ich bin die Einzige.

Adrian wählt ausgerechnet diesen Moment, um in den Garten zu kommen, und ich bin versucht, die Zigarre anzunehmen, die er mir anbietet. Ich bin versucht, alles zu tun, was mir dabei hilft, das zu ignorieren, was Justin, der auf dem nassen Gras auf und ab geht, gerade gesagt hat. Über meine Mutter. Über Helena. Daher sehe ich Adrian an und stürze mich kopfüber hinein.

»Justin hat mir gerade gesagt, ich solle mich fernhalten.«

Justin bleibt abrupt stehen.

Adrian wirft ihm einen durchdringenden Blick zu. »Von wem?«, fragt er.

»Von dir.«

Adrian zieht an seiner eigenen Zigarre, mustert Justin durch zusammengekniffene Augen und schüttelt den Kopf. »Toll! Danke, Mann«, sagt er.

Ich erwarte eine große Auseinandersetzung, hier und jetzt, auf Bernies Rasen, aber ich habe meine Rechnung ohne Justin gemacht.

»Ich gehe wieder rein.«

Er wendet sich ab, und dort ist Mel, die den Weg entlang auf dieses Debakel zugetrippelt kommt. Er geht mit großen

Schritten auf sie zu. Der Wind fährt ihm durch sein immer noch ziemlich langes Haar und verleiht ihm merkwürdige, sonderbare Konturen, wie es Gel allein niemals schaffen würde. Ich habe meine Finger einst in diesem Haar vergraben, doch nun werde ich es niemals wieder berühren oder riechen oder spüren. Dieses Privileg gehört jetzt allein Mel.

»Ja, geh nur zu deiner Freundin«, rufe ich ihm hinterher – was angesichts der Umstände meiner Ansicht nach ziemlich redegewandt ist.

»Werde endlich erwachsen, Philippa.«

Werde erwachsen.

Ich erinnere mich an das erste Mal, *mein* erstes Mal, mit ihm, als er noch T-J war. An meinem sechzehnten Geburtstag. Damals fühlte ich mich erwachsen, so als würde ich niemals wieder dieselbe sein. Und vermutlich war ich es auch nicht. Aber ich war nur ein dummes Kind. Und er? Er war der Erwachsene. Er war derjenige, der es hätte besser wissen müssen.

Werde erwachsen.

Doch nun ist es Adrian, der in einem Drehbuch, das aus der Feder von Miss Mottenkugel oder Winks geliebter Danielle Steel stammen könnte, nach mir greift: Er zieht mich in seine Arme, presst seine Lippen auf meinen Mund und küsst mich, als hinge sein Leben davon ab. Als würde er ohne mich sterben. Als wäre ich die Einzige, die ihn retten könnte. Und es tut so gut, so zu empfinden. Als hätte ich die Macht zur Hand. Herz und Verstand mit Wissen gefüllt. Als läge mir die ganze große Welt zu Füßen und der Rest meines Lebens vor mir.

»Willst du mich heiraten?«, fragt Adrian.

Ich kann beinahe hören, wie die Vögel ein jubelndes Zwitschern anstimmen, pummelige Engelchen an ihren

Harfen herumzupfen, eine schnulzige Berieselungsmusik, die das Happy End eines Filmendes untermalt. Aber das Drehbuch wird schon bald von Tante Sheila umgeschrieben, die ebenfalls in den Garten gekommen ist, um frische Luft zu schnappen und sich ihren eigenen Erinnerungen an Bernie hinzugeben. Bei dem unerwarteten Anblick, der sich ihr in der Form von Adrian und mir in dieser kompromittierenden Situation darbietet, kreischt und flattert sie wie eine Möwenmutter und setzt sich von der Hintertür in Bewegung. Ich kann die unvergesslichen Wendungen *dreckiges Flittchen* und *widerwärtige Schlampe* vernehmen, die sie über den durchweichten Rasen in unsere Richtung ausstößt.

Und ich weiß ohne jeden Zweifel, dass ich eine Wahl getroffen habe, die die Dinge für alle Zeiten ändern und jede einzelne Beziehung in meinem Leben auf die Probe stellen wird.

»Ja«, sage ich und wende mich wieder Adrian zu. »Ich will.«

(Oje.)

Aber da ist ein Mensch, um den ich mir große Sorgen mache. Und das ist traurigerweise nicht Toni, die um ihren Vater trauert, sondern Bob, der, als er hinter Sheila durch Bernies feuchten Garten trampelt, nicht gleich kapiert, was vor sich geht. Er bedenkt Sheila, die immer noch in unsere Richtung kreischt, mit einem verwunderten Blick. Dann sieht er zu Adrian hinüber, als habe er nicht die geringste Ahnung, wer dieser Mann sein könnte. Und schließlich schaut er mich an, als ob er mich zu kennen glaubt, mich aber nicht richtig einordnen kann. Als handele es sich um eine Verwechslung. Als sei ich immer noch drinnen, hätte mir die Ärmel hochgekrempelt und in Sheilas Küche eine helfende Hand gereicht, um Cocktailwürstchen einen Spieß durchs Herz zu jagen. Doch in Wahrheit ist es sein Herz, das ich durchbohre. Seine Pumpe, die niemals wieder auf die gleiche Art und Weise funktionieren wird.

»Was tust du denn da?«, fragt er mich verwirrt.

»Adrian hat mich gefragt, ob ich ihn heiraten will«, verkünde ich der größer werdenden Gästeschar im Garten, unter der sich auch der Autoschlosser aus Dudley und (oh nein, bitte nicht) Toni befinden, die nicht imstande ist, einen Ton herauszubringen oder zu weinen, es aber schafft, einen Blick hervorzuzaubern, den man auf dem Schwarzmarkt verkaufen könnte, und die Adrian eine so schallende Ohrfeige verpasst, dass es ihn von den Füßen haut, er umfällt und blinzelnd auf dem Boden liegen bleibt.

»Raus hier«, flüstert Bob, der sich über ihn beugt. »Steh auf und verschwinde.«

Adrian rappelt sich mit dem letzten noch verbliebenen Rest an Würde, den er aufbringen kann, vom nassen Gras auf und nimmt meine Hand, ohne sich damit aufzuhalten, sich den Matsch von seinem Paul-Smith-Anzug zu wischen.

Bob wendet seine Aufmerksamkeit schließlich mir zu, ganz so, als erinnere er sich endlich, wer ich bin. »Wieso musstest du dir von all den Leuten in London ausgerechnet Tonis Mann aussuchen?«

»Er ist nicht ihr Mann.«

»Das spielt doch keine Rolle.«

»Doch, das tut es. Er will mich heiraten. Tut mir leid für Toni, aber er liebt sie nicht.«

»Mir tut's auch leid, Philippa. Weil du offensichtlich nicht weißt, wie man gut und richtig handelt.«

»Vielleicht wüsste ich es, wenn ich eine richtige Mutter und einen richtigen Vater gehabt hätte. Aber so, wie die Dinge liegen, muss ich wohl meine eigenen Entscheidungen treffen. Und ich habe beschlossen, dass ich eine eigene Familie haben will. Ein eigenes Leben. Ich will Adrian.«

»Er kann keine Kinder zeugen. Hat er dir das gesagt?«

»Ich will keine Kinder haben. Wieso sollte ich nach allem, was ich erlebt habe, Kinder haben wollen?«

Ich hätte ihm auch genauso gut mit der Faust ins Gesicht schlagen können. Und mir ist auch tatsächlich danach, genau das zu tun.

»Wenn du mit ihm gehst, rede ich nie wieder ein Wort mit dir«, sagt er.

Also was tue ich?

Ich schlage ihn nicht. Ich gehe.

Ich gehe an Adrians Hand davon, lasse mich den Gartenweg entlang und aus meinem alten Leben führen, und das möglichwiese für immer und ewig.

Sechs Wochen später heirate ich Adrian im Standesamt von Southward. Er ist salopp gekleidet. Ich trage ein Kleid. Beide haben wir unsere Wohlfühlzonen verlassen. Wir geben uns das Jawort vor einem armseligen Häufchen von Freunden und Familienmitgliedern (die, die bereit waren zu kommen). Jemand macht ein Foto mit einer dieser neuen Digitalkameras und zeigt es uns auf dem kleinen Bildschirm. Da sind wir, ein schäbiges Grüppchen: Joe, der seinen Arm um die Blair-Tussi (Rebecca) gelegt hat, die nun seine Frau ist und die Mutter eines blauen Bündels, das sie an ihren gewaltigen Busen presst. Cheryl, die sich freundlicherweise von ihren sterbenden

Patienten in Bristol losgeeist hat, um für einen Tag nach London zu kommen. Adrians Trauzeuge und Bruder, John, ein Banker mit origineller Krawatte und ebenso origineller Weste. Adrians Mutter, Pamela, die mich auf den ersten Blick gehasst hat (»Man muss mich bei der Geburt vertauscht haben«, sagt Adrian. »Es gibt keine andere plausible Erklärung.«). Adrians Schulfreund, Will, der ganz offensichtlich immer im Schatten meines Ehemannes gelebt hat (das Gefühl kenne ich). Evelyn und Judith, die passende Hosenanzüge tragen, als seien sie Anhängerinnen einer religiösen Sekte. Und – (wer hätte das nach all den Jahren gedacht) – Tante Nina.

»Ein Vögelchen hat es mir zugezwitschert«, sagt sie, als sie auf einer Wolke Chanel No. 5 und in einer Aufmachung, mit der sie mich zutiefst beschämt, auf mich zugeschwebt kommt.

Ich bin mir nicht hundertprozentig sicher, welches Vögelchen das gewesen ist, obwohl ich einen Verdacht hege. Jedenfalls ist jemand da, der Zeuge meiner Hochzeit sein wird. Jemand, der mich kannte, als ich noch ein Kind war. Jemand, der möglicherweise auf mich stolz sein und eine Träne vergießen könnte.

Erst später – im *Crown and Greyhound* – überreicht sie mir nach einigen doppelten Gin Orange die Karte. Sie ist von Helena, die natürlich das Vögelchen war.

Glückwunsch! steht auf der Vorderseite. *Ihr habt euch getraut!*

Na ja, das mag sein, aber ich bin mir nicht ganz sicher, ob man mir dazu gratulieren sollte.

Drinnen steht in ihrer schönsten Schulmädchenschrift eine etwas mysteriöse Nachricht, bei der ich mir aussuchen kann, ob ich sie beherzige oder ignoriere: *Kümmere dich nicht um das, was die Leute denken. Folge deinem Herzen.*

Ich bin nicht der Überzeugung, dass Helena die Richtige ist, um Ratschläge dieser Art zu erteilen. Aber ich kenne mich mit gebrochenen und kaputten Herzen aus, daher bin ich mir nicht sicher, ob ich darauf vertrauen sollte, dass mein eigenes fehlerfrei arbeitet.

Aber nun ist es zu spät. Ich habe mich an Adrian gebunden, der seine Frau betrogen hat, Golf spielt, Immobilienmakler ist, Ex-Junkie, Angeber und der Mann, von dem ich glaube, dass ich ihn liebe. Was auch immer das bedeuten mag.

»Helena hätte sich wohl über den großen Teich getraut, wenn sie nicht krank wäre«, sagt Tante Nina.

»Krank?«

»Bronchitis«, erklärt sie mit einem Seufzen und einem missbilligenden Ts-ts. »Sie sollte wirklich mit dem Rauchen aufhören.«

Kaum hat sie die Worte ausgesprochen, zieht Tante Nina eine Camel aus ihrer teuren Lederhandtasche und zündet sie sich im Stile eines Filmstars an.

Adrian und ich machen keine Hochzeitsreise, da die Heirat in finanzieller Hinsicht nicht gerade ein kluger Schritt war. Er muss sich daran gewöhnen, südlich der Themse in meiner winzigen Wohnung zu leben, ohne Geld für eine Putzfrau, ohne U-Bahn-Station im Umkreis von einigen Meilen. Doch mit der Zeit wird ihm East Dulwich ans Herz wachsen – selbst wenn ich es nicht tun werde. Mit der Zeit wird er eine Zweigstelle auf der Lordship Lane eröffnen, da es nur vernünftig ist, den Laden in Schwung zu halten, und er überlässt es Toni, die Geschäfte in

Belsize Park zu führen. Doch ich werde Evelyn und die Bücher nicht verlassen, denn wenigstens weiß ich, dass ich dort die Möglichkeit habe, meine Tage umgeben von anderen Welten, anderen Menschen zu verbringen. Sein kann, wer ich will. Mich an andere Orte begeben und mir ein Happy End gönnen kann, wann immer mir der Sinn danach steht.

Denn nun habe ich Adrian für mich allein. An den Abenden, wenn er irgendwann nach Hause kommt. Nachts, wenn er auf eine fast schon verzweifelte Weise die Hand nach mir ausstreckt. Zumindest für eine Weile. Aber wenn ich allein in der Wohnung bin, ist es aus irgendeinem Grund nicht Adrian, nach dem ich mich sehne. Jeder, nur nicht er.

Am 4. Januar komme ich früher von der Arbeit nach Hause und schalte den Fernseher ein. Es läuft *Blue Peter*. John, Peter und Valerie graben die Zeitkapsel aus. Der Inhalt ist ganz schimmelig und eklig, und für einen Moment überfällt mich Panik, als ich an Lucas' *Quality-Street*-Schokoladendose in Bobs Garten denke. Ich weiß, dass ich sie nicht ausgraben kann. Ich darf dort nicht hin. Ich habe kein eigenes Kind. Und angesichts von Adrians Erfolgsbilanz werde ich vielleicht auch niemals eins haben. Was mich wieder einmal zu Justin zurückführt, dem Vater meines Kindes, das es nicht ganz geschafft hat. Dem winzigen Baby, das es so eilig hatte. Zu früh dran gewesen ist. Und das ist der Moment, in dem mir bewusst wird, dass ich einen Fehler begangen habe. Einen großen Fehler.

Verdammter Mist.

Bist du ein Fehler? Oh nein, ganz bestimmt nicht. Du bist ein Schatz. Das kostbarste Geschenk, das ich jemals erhalten habe. Ich werde dich immer lieben. Mehr als Lucas, mehr als Bob, mehr als Wink oder Joe oder Miss Parry.

Niemand spricht mehr von der Neugeborenenintensivstation. Sie ist komplett voll mit Babys, denen es schlechter geht als dir. (Die armen Lämmchen.) Allerdings wird man dich weiterhin genau beobachten. Aber sie sind zufrieden mit dir. Überaus zufrieden, dass du endlich den Dreh mit dem Saugen herausbekommen hast, und jetzt bist du nicht mehr zu bremsen. Mit jedem Atemzug wirst du stärker, und meine Zuversicht wächst, dass du es schaffen wirst. Dass wir es schaffen werden.

KAPITEL 19

Fünf Jahre später bin ich immer noch verheiratet, immer noch so gut wie mutterlos und selbst immer noch keine Mutter, obwohl ich mir – im Stile von Miss Parry, meiner Tudor-Königin – zwei Langhaarkatzen namens Lesley und Valerie zugelegt habe, die ihre Tage damit verbringen, in unserer chaotischen viktorianischen Doppelhaushälfte mit vier Zimmern in einer von Bäumen gesäumten Straße, in unmittelbarer Nähe von Geschäften und öffentlichen Einrichtungen und mit uneinsehbarem Garten, herumzufaulenzen, und dabei Haarspuren hinterlassen, die meinen Ehemann zum Niesen bringen. (Zumindest schiebt er die Schuld an seiner laufenden Nase darauf.)

Meine Familie ist zum jetzigen Zeitpunkt sehr klein. Es hat keinen Sinn, sich ein Kind zu wünschen. Diese Chance hatte ich vor einem halben Leben, und sie wurde mir genommen. Seit wir aus diesem winterlichen Garten verschwunden sind, haben Adrian und ich uns nicht um Verhütung gekümmert. Weshalb auch, angesichts seiner Erfolgsbilanz. Selbst nach einigen hundert halbherzigen Chancen hat sich nicht ein einziges seiner faulen Spermien die Mühe gemacht, einmal in die Puschen zu kommen. Manchmal glaube ich, dass ich mich deshalb für Adrian entschieden habe, weil ich wusste, dass ich mit ihm vermutlich niemals Kinder haben werde. Weil ich wusste, dass ich eine unbrauchbare Mutter abgeben würde, nachdem mich meine im Stich gelassen hatte.

Unsere Kinderlosigkeit muss zumindest ein kleiner Trost für Toni sein, die nun sechsundvierzig ist und die Welt immer noch nach einem Baby absucht – nur dass sie nun jemanden an ihrer Seite hat, der sich ebenfalls dieser Suche verschrieben hat, nämlich Sheila. Offenbar braucht Toni keinen Mann – nicht, nachdem sie ihre Mutter wiederentdeckt hat. (Oje, ich fühle mich ins *Tip Taps* zurückversetzt.) Ich bin selbst auch nicht wirklich überzeugt davon, dass ich einen Mann brauche. Meine alte Freundin namens Enthaltsamkeit erscheint mir mit einem Mal wieder sehr verlockend. Und falls ich doch einen Mann brauchen sollte, so ist es aller Wahrscheinlichkeit nach nicht der an meiner Seite.

Sommerzeit. Ich muss nicht länger mitten am Nachmittag ins Bett, um hinter Gittern zurückgelassen den Holztauben und Silbermöwen zu lauschen. Ich bin beinahe vierzig. Vierzig! Und was habe ich nach fast vier Jahrzehnten vorzuweisen? Ein lächerlich teures Haus, das ich gemeinsam mit meinem arbeitssüchtigen Mann »bewohne«, der so gut wie nie zu Hause ist, zwei faule Fellknäuel, einen Freund, der immer weniger Zeit für mich hat, und einen Job, bei dem ich meine Tage in Welten vertieft verbringe, die so anders geartet sind als die Welt, in der ich bedauerlicherweise lebe.

Ich habe mehr als die meisten anderen, aber ich habe nicht das, von dem ich geglaubt hatte, dass ich es in dieser Phase meines Lebens haben würde. Ich rede nicht von den Dingen, die ich niemals besessen habe – einen hohen

IQ, Berühmtheit, atemberaubende Schönheit, Macht, Weisheit und Grips –, sondern von denen, die ich einst hatte: einen kleinen Jungen mit einer gewaltigen Stimme und einer Enteneierhaut, eine Katze mit Tigerstreifen, ein Mädchen mit Kirsch-Lipgloss aus Solihull, einen Jungen namens Raymond aus Preston, eine brummige alte Frau in einem Rollstuhl, einen Zeitschriftenhändler namens Mr. Bob Sugar, eine Mutter, die mich liebte, einen Vater im dunkelsten Peru, ein kleines Bündel Leben in mir. All die Menschen, die ich in dieser Zeit verloren habe. Ich hatte gehofft, wenigstens einige von ihnen wiederzufinden. Selbst ein Einziger hätte mir schon genügt.

»Wie wirst du deinen Geburtstag verbringen?«, fragt mich Evelyn eines Morgens.

Es ist ruhig im Laden, und ich war unterwegs, um Milchkaffee und Gebäck zu besorgen. Was gar nicht so leicht ist, angesichts der vielen Cafés und Feinkostläden, die nur einen Steinwurf entfernt aus dem Boden geschossen sind. (Adrian hatte mit seiner Prognose recht behalten, dass dieses Viertel hier im Kommen sei. Inzwischen ist es angekommen und mit ihm jede nur erdenkliche Sorte Kaffee, die man sich vorstellen kann.)

»Hast du was Besonderes vor?«

»Wenn's nach Adrian geht, holen wir uns was vom Inder und machen uns einen gemütlichen Abend mit einer Flasche Sancerre.«

Bei der Erwähnung seines Namens gibt sie einen komischen Laut von sich. Das tut sie immer. Es ist eine Mischung aus Schnauben und Ts-ts, das eindeutig ein Ausdruck der Geringschätzung für meinen Ehemann ist.

»Hättest du nicht Lust auf eine Party?«

»Eine Party? Oh Gott, bloß nicht.«

»Aber Partys sind doch toll.«

»Nein.«

»Warum denn nicht, Philippa?«

»Aus einigen ersichtlichen Gründen und hundert anderen.«

Seit ich zehn bin, habe ich keinen Spaß mehr an Geburtstagspartys. Meinen sechzehnten Geburtstag würde ich am liebsten vergessen (arme Diana, arme Philippa, ich wusste, dass es in Tränen enden wird). Und nun, in dieser Lebensphase, möchte ich meine peinliche Existenz nicht für jeden, den ich kenne, in den Mittelpunkt der Aufmerksamkeit rücken. Ich möchte nicht im Zentrum des Interesses stehen. Das endet selten gut.

Evelyn drängt mich nicht weiter. Sie trinkt schweigend ihren Mager-Latte, bringt den Ständer mit den Lesezeichen in Ordnung und lässt mich mit dem Aussortieren der Drei-für-zwei-Krimis fortfahren. Und ich nehme an, dass die Sache damit erledigt ist. Ein Pilz-Biryani und eine Flasche teurer französischer Wein genügen mir völlig, danke vielmals.

Und was geschieht stattdessen? Schock, Entsetzen, überraschende Wendung, denn Adrian macht mir ein tolles Geschenk, etwas, das ich mir schon seit einer Ewigkeit wünsche: einen iPod. Aber das ist noch nicht alles. Er scheut keine Mühen, die ganze Nation auf das Ereignis aufmerksam zu machen, und schmeißt eine Party. Nicht etwa eine zusammengeschusterte à la Bob, sondern eine durchaus gut organisierte Überraschungsparty, wenn auch die Feinabstimmung nicht ganz hinhaut – und deswegen erscheine ich zu meiner eigenen Feier in einem prolligen Trainingsanzug und dreckigen Reeboks. Woher hätte ich es auch wissen sollen? Er schickt mich – unfairerweise, wie ich finde – los, um bei *Oddbins* den Wein zu besorgen und auf dem Rückweg bei *Bombay Delights* das Curry zu holen. Er behauptet, aufräumen zu wollen und alles hübsch für mich herzurichten – was mir eigentlich komisch vorkommt, aber ich stelle es nicht in Frage. Ich bin froh, rauszukommen. Einen kleinen Spaziergang zu machen. Meinen Kopf von dem Gedanken an all die verlorenen Jahre freizubekommen.

Als ich mit der Aussicht auf einen langen Fernsehabend wieder nach Hause zurückkehre, sind sie da, haben sich im Flur und auf der Treppe aufgestellt: jeder (bis auf Dr. Cheryl), der an unserer Allerweltshochzeit erschienen war, plus einer Schar von Maklern und – oh Gott, bitte nicht – Toni.

»Überraschung!«, rufen sie alle im Chor.

Für einen kurzen Moment folgt Schweigen, während sie meine Aufmachung verdauen und ich die ihre, die sich in einigen wesentlichen Punkten von der meinen unterscheidet. Dann begibt sich die herausgeputzte Gästeschar mit Gläsern und Häppchen bewaffnet ins Wohnzimmer. Nur Toni bleibt in meiner Diele stehen, und der Spiegel, den Adrian und ich einmal in der guten alten Zeit, als wir unsere Sonntagmorgen noch gemeinsam verbrachten (anstatt durch sein Golfspiel getrennt zu werden), auf dem Markt in Greenwich gekauft haben, zeigt mir ihr Abbild. Toni und ihr Spiegelbild sehen in ihren passenden kostspieligen schräg geschnittenen langen Trägerkleidern und den perfekten Accessoires aus, als seien sie den Seiten der *Vogue* entsprungen. Sie nippen an ihrem Champagner und halten Händchen mit zwei umwerfend aussehenden afrikanischen Männern namens Adebayo.

Ich trete im Bemühen, die Illusion zu zerstören, vor den Spiegel. Ich kann immer nur mit einer Toni fertig werden (und selbst das ist schon schwierig genug).

»Hallo, Toni«, sage ich liebenswürdig.

»Herzlichen Glückwunsch, Philippa«, erwidert sie. »Ich hoffe, es macht dir nichts aus, dass ich hier bin? Adrian dachte, es sei an der Zeit, dass wir uns wieder vertragen.«

»Ach ja?«

»Ich sehe ihn ja andauernd, da ist es komisch, dass ich dich gar nicht mehr zu Gesicht bekomme.«

»Tja, daran ist wohl die Themse schuld. Es könnte genauso gut der Atlantik sein.«

Adebayo lacht höflich, und ich mag ihn sogleich. Was ich von Adrian, der mich in diese Situation gebracht hat, im Augenblick nicht sagen kann. Er weiß, dass ich Überraschungen hasse. Und das spätestens, seit er mich mit seiner Heirate-mich-Nummer in Bernies matschigem Garten ausgetrickst hat. Was zur Folge hatte, dass ich mich von Bob losgesagt habe. (Oh Bob, wo steckst du nur?) Und heute hat er Toni hierher eingeladen. Miss Tip Taps höchstpersönlich. Seine Ex, seine ehemalige Lebensgefährtin, seine Geschäftspartnerin. Toni, die das für Nordlondon zuständige Immobilienbüro leitet, während er sich um den Süden kümmert. Toni, die er andauernd sieht, mit der er sich jeden Tag unterhält. Toni, von der er nun gefesselt ist, über deren Witze er zu laut lacht, deren Bonmots sehr viel feinsinniger sind als alles, was aus meinem Mund kommt. Toni, mit der mich mein Ehemann ganz offensichtlich vergleicht, während er voller Neid den umwerfenden, großgewachsenen Mann an ihrer Seite betrachtet, der zu allem Überfluss auch noch die Stimme eines Shakespeare-Darstellers besitzt.

Ich entschuldige mich und entferne mich von dem Grüppchen. Irgendjemand drückt mir ein Glas Roséwein in die Hand, das ich rasch leere, während ich im Türrahmen des Wohnzimmers stehe, das überraschend voll ist mit Leuten, die sich die Mühe gemacht haben, zu meiner Party zu kommen, von denen mir aber nur wenige am Herzen liegen.

Drüben am Erkerfenster, das auf unsere belaubte Straße hinausgeht, sitzt Joe auf unserem Sofa, stopft sich mit Knoblauchbrot voll und unterhält sich mit Rebecca, die ihr drittes Kind, Gabriel, stillt. Joe winkt mir zu, ein kleiner ironischer Genossengruß, und ruft dann ein wenig zu laut »Herzlichen Glückwunsch!«, was ihm einen strafenden Blick von Rebecca einbringt, als Gabriel mit einem Schmatzlaut von ihrer Brust ablässt, um nach der Quelle der in Zwischenrufen geübten Stimme seines Vaters Ausschau zu halten.

Die Maklerschar, die ihre Krawatten abgenommen hat, um lässig zu wirken – obwohl ich an den pochenden Adern ihrer Schläfen erkennen kann, dass sie in Gedanken immer noch bei der Arbeit sind –, lehnt am Kaminsims. Früher einmal hätte Toni bei ihnen gestanden, mitgeredet, doch jetzt tritt sie mit dem umwerfend aussehenden Mann an mir vorbei durch den Türrahmen, und sie schreiten elegant in unser Wohnzimmer, wo sie dicht beieinander auf unserem sehr teurem Perserteppich stehen bleiben und in einem vertraulichen Ton miteinander reden – etwas, das ich schon sehr lange mit niemandem mehr getan habe.

Ein Stück weiter, neben dem Tisch, dessen Seitenteile ausgeklappt sind, um all die mitgebrachten Flaschen darauf unterzubringen, stehen Evelyn und Judith, die der Sammlung ihren selbstgemachten Brombeerwein hinzugefügt haben, ein starker Wein, der irgendwie den Weg in mein Glas gefunden hat und bald schon auf der Suche nach Gehirnzellen durch meinen Blutkreislauf sausen wird, um diese eine nach der anderen zu zerstören.

Evelyn und Judith sind am Tisch gefangen, denn ein ernster Nachbar belehrt sie über die humanste Art und Weise, den Nacktschnecken im Garten den Garaus zu machen. Wäre Tante Nina ansprechbar, könnte sie ihnen erklären, dass es nur eine einzige sichere Methode gibt, Nacktschnecken den Garaus zu machen, und dazu benötigt man eine Küchenschere. Aber Tante Nina ist am anderen Ende des Zimmers und sitzt am Klavier, wo sie mit der Begeisterung, aber leider nicht der Finesse eines Liberace Gershwin spielt.

Ich komme zu dem Schluss, dass ich mir, sofern ich nicht Tante Nina am Klavier Gesellschaft leisten möchte, besser etwas zu essen holen sollte. Bei der Gelegenheit stoße ich auf Adrian, der mit einer Flasche von Evelyns und Judiths Hexengebräu in Gedanken versunken am Aga-Herd lehnt (was mir fast wie ein Déjà-vu-Erlebnis vorkommt).

Als ich hereinkomme, blickt er auf und nimmt einen vernehmlichen Schluck aus der Flasche.

»Herzlichen Glückwunsch«, sagt er, gießt mir aus derselben Flasche ein, aus der er gerade getrunken hat und die er nun zu einem Toast in die Höhe hält. »Prost.«

»Wohl bekomm's«, murmele ich zur Erwiderung und wünschte, mein Hinterteil würde sich in diesem schlabberigen Trainingsanzug knackiger anfühlen.

»Soll ich mich umziehen?«, frage ich ihn.

»Quatsch«, entgegnet er. »Das bist doch du, Phil.« Er betrachtet mein Schmuddeldasein. »Warum willst du dich schick machen? Das wäre doch nur Verkleidung. Die Leute mögen dich so, wie du bist.«

Ich ignoriere Billy Joel, der gerade läuft (Adrians Musikgeschmack hat sich nicht verändert), und komme zu dem Schluss, dass jetzt eine gute Zeit wäre, um mit dem Rauchen anzufangen. Ich schnorre eine Camel von Tante Nina, die mit einer halb ausgetrunkenen Flasche von Harvey's Bristol Cream in die Küche geschlendert kommt. Und dabei ist es gerade erst zehn nach acht. Sie reicht mir ihr silbernes Feuerzeug, und Adrian schaut mir verwundert zu, wie ich einen Hustenanfall bekomme, sagt aber kein Wort. Allerdings erhält er dazu auch gar keine Gelegenheit. Ausnahmsweise einmal hat er in Tante Nina eine ebenbürtige Gegnerin gefunden. Sie veranlasst mich, am Tisch Platz zu nehmen.

»Wie schade, dass Helena nicht hier ist«, sinniert sie. Sie ist im Begriff, noch etwas anderes zu sagen, während sie Adrian ansieht, aber dann gehen ihre Worte in einem Nebel aus Rauch und Nostalgie verloren (eine gefährliche Kombination).

»Ja, nicht?«, stimme ich ihr zu, obwohl ich weiß, dass der eine Mensch, den sich Tante Nina wirklich herwünscht, niemals hier sein kann. Denn er ist immer noch ein Körnchen Sternenstaub, schwebt dort oben herum und wartet darauf, dass sich seine Mutter eines Tages – was in nicht allzu ferner Zukunft sein wird, so wie sie den Alkohol in sich hineinkippt – zu ihm gesellen wird.

»Ich sollte mich mal um die Gäste kümmern«, sagt Adrian. Und damit verschwindet er.

Tante Nina nimmt meine Hand und hält sie fest. Wir sind endlich allein mit unserem Lieblingsgeist. Aber wir machen nicht gerade das Beste daraus, denn sie beschließt mit ihm zu kommunizieren, indem sie den Kopf auf den Tisch sinken lässt. Ich schaffe es, meine Hand aus ihrem Griff zu befreien, um einige Pringles zu mampfen und Tante Ninas Sargnagel zu Ende zu rauchen.

Dann erinnere ich mich an den iPod in meiner Tasche und stecke mir die Kopfhörer in die Ohren. Während *Dancing Queen* spüre ich, wie mein Handy vibriert. Eine SMS von Dr. Cheryl, die mir alles Gute zum Geburtstag wünscht. Ich zünde mir eine weitere von Tante Ninas Zigaretten an und verliere mich in *Super Trouper*. Nach einer Weile taucht im Rauchschleier ein Gesicht auf. Ein Gesicht, mit dem ich nicht gerechnet habe. Ein ungeladener Gast.

»Herzlichen Glückwunsch, Phil«, formen die Lippen des Mannes, der vor nicht allzu langer Zeit selbst einen besonderen Geburtstag gefeiert hat (ein halbes Jahrhundert!). Ich habe ihn seit einer Ewigkeit nicht gesehen, das letzte Mal bei Bernies Beerdigung, obschon ich des Öfteren nachts im Bett liege, auf das Muster unserer von Hand gefertigten Gardinen starre und mich an einen Zettel erinnere, der mir einmal vor dem Mini-Badezimmer seiner Schwester auf der anderen Seite der Stadt in die Hand gedrückt worden war. Am Abend der besten Nacht meines Lebens, die einige Monate später zu meiner schlimmsten führte. Der Ritter, der mir eine Sauerstoffmaske auf das Gesicht drückt. Das Quietschen der Ambulanzliege. Die Spritzer von Erbrochenem auf dem Linoleum.

»Hallo, Justin«, sage ich und nehme die Kopfhörer heraus. »Mit dir habe ich überhaupt nicht gerechnet.«

»Dachte ich mir«, erwidert er und lässt das Bild auf sich wirken, das sich ihm bietet: Tante Nina, die mit dem Kopf auf der Tischplatte zusammengesackt ist, ich mit einem

Zigarettenstummel in der Hand, den ich in einer leeren Dose Stella versenke, der glänzende neue iPod. »Bin trotzdem gekommen.«

Er kramt in seiner großen Kuriertasche herum und zieht ein in Packpapier eingeschlagenes Päckchen hervor, das mit einer Kordel zugeschnürt ist.

»Für dich«, sagt er.

Als es mir schließlich gelingt, den Knoten zu lösen, finde ich darin ein *Blue-Peter*-Jahrbuch. Ein altes aus dem Jahr 1971 noch dazu. Leider nutzt Tante Nina ausgerechnet diesen Moment, um sich am Riemen zu reißen und schwer atmend aufzurichten. Ihr Blick fällt auf das Jahrbuch und sie denkt unverzüglich an ihren verlorenen Sohn mit dem unordentlichen Haar und dieser Stimme, die von einem Ende von Torquay bis zum anderen drang und offenbar auch von der anderen Seite bis hierher.

»Lucas«, flüstert sie wie in Trance. »Das ist von Lucas.« Sie greift nach Justins Arm und sagt: »Oh, vielen Dank. Vielen Dank, dass Sie das hergebracht haben. Haben Sie noch andere Nachrichten?«

Ich schaue Justin ermunternd an.

»Äh … ja«, stammelt er in dem Versuch, Zeit zu schinden.

Ich versetze ihm einen Tritt.

Er macht tapfer weiter. »Er hat mir gesagt, ich soll Ihnen ausrichten, dass er … dass er Sie vermisst.«

(An dieser Stelle beginnt Tante Nina bei dem Gedanken an ihren kleinen Jungen, der in der finsteren Nacht verzweifelt nach ihr ruft, zu jammern.)

Ich bringe Justin durch reine Willenskraft dazu, fortzufahren, versetze ihm aber vorsichtshalber auch noch einen kräftigeren Tritt als beim ersten Mal.

»Und er … er lässt Ihnen außerdem ausrichten, dass Sie … sich keine Sorgen um ihn machen sollen. Es geht ihm gut.«

»Gott sei Dank«, sagt sie. »Gott sei Dank.« Und sie verlässt die Küche mit einem frisch gefüllten Glas Sherry und einem heiteren Lächeln auf den geschminkten Lippen.

»Das war nett«, sage ich, als ich höre, wie in der Ferne wieder das Klavier erklingt.

»Wie bitte? Einer betrunkenen Frau vorzumachen, ihr toter Sohn habe gerade aus dem Jenseits Kontakt zu ihr aufgenommen, ist nett?«

»Du musst es ja nicht gerade so formulieren. Du hast sie beruhigt. Hast ihr ein kleines bisschen Frieden geschenkt.«

»Mag sein«, sagt er und bedient sich an dem mörderischen Wein (der eindeutig nichts für Weicheier ist). »Was ist mit dir? Hast du Frieden gefunden?«, fragt er auf eine Weise, als würde ihn die Antwort wirklich interessieren.

»Nicht wirklich. Und du?«

»Nicht wirklich.«

Er nimmt mir die Pringles-Packung ab und schiebt sich einen Stapel Chips in seinen großen Mund, deren Reste er mit noch mehr Brombeerwein hinunterspült. Dann sagt er: »Hast du was von Bob gehört?«

»Keinen Mucks«, sage ich, ein wenig verblüfft, dass er das Thema zur Sprache bringt, aber dennoch … der Klang seines Namens … »Wie geht's ihm denn?«

»Wieso fragst du mich?«

»Deine Mutter hat ihn doch bestimmt in ihren Klauen.«

»Es ist ja nicht so, als würde er sich dagegen wehren.«

»Vielleicht nicht. Aber soweit ich mich zurückerinnern kann, ist deine Mum schon immer hinter Bob her gewesen. Da war es wahrscheinlich leichter für ihn, nachzugeben.«

»Das ist doch jetzt ohnehin egal«, erwidert er seufzend und lehnt sich auf seinem Stuhl zurück. »Dad ist tot.«

»Ich weiß, tut mir leid.«

»Was genau tut dir denn leid?«

»Na, das mit deinem Dad. Dass er tot ist.«

Ein kleines Lächeln umspielt seine Lippen angesichts meines Unbehagens.

»Ich habe ihn gemocht, okay?«

»Wirklich?«, fragt er überrascht.

»Er hatte auch seine guten Momente.«

»Also, die muss ich verpasst haben«, sagt er und schüttet sich den Rest der Chips in den Mund. »Ich empfinde nicht viel, wenn ich an ihn denke. Es kommt mir nicht so vor, als hätte ich eine Menge verloren.«

»Du solltest mal versuchen, dich in mich zu versetzen. Ich habe inzwischen so ziemlich jeden verloren.«

»Aber du bist nicht gerade zu kurz gekommen, wenn du mich fragst.«

»Redest du von Adrian? Denkst du wirklich so darüber?«

»Es spielt doch keine Rolle, was ich denke. Es kommt darauf an, was du denkst.«

»Ich wünschte, ich hätte an dem Tag keinen Fuß in diesen Garten gesetzt. Niemals unter diesem Baum gesessen. Niemals ja gesagt zu ... alldem hier.« Ich vollführe eine ausholende Geste, die den Aga-Herd, den Tisch, den Dualit-Toaster, die Schränke voller Champagnerflöten und Dartington-Gläser umfasst. »Ich wünschte, ich wäre in der Küche deiner Mutter geblieben und hätte gespült.«

Das ist der Moment, in dem er mich mit unbewegter Miene ansieht. Kein Lächeln, kein spöttisches Grinsen, nicht einmal ein Anflug von Verzweiflung, aber etwas anderes, etwas, das ich nicht einordnen kann.

»Gib mir deinen iPod«, sagt er fordernd und holt noch etwas anderes aus seiner Tasche hervor. »Du brauchst bestimmt ein bisschen vernünftige Musik auf diesem Ding, aber das hier muss erst mal reichen. Das Beste von den Monkees.« Er geht mit der CD zu meinem PC hinüber und brennt sie, oder was immer man damit so macht, auf meinen iPod. Einfach so. Dann steckt er mir die Kopfhörer wieder in die Ohren, und ein lauter Schwall von *Daydream Believer* empfängt mich. Er lässt mich eine Weile mitsingen, was ich länger auskoste, als höflich ist.

Als er es nicht mehr aushält, fragt er: »Hast du Lust auf etwas frische Luft?«

Und ich kann nicht umhin, mich daran zu erinnern, wie seine Schwester mich damals im Laden von Bob weg in den Hafen geschleift hat, wo wir auf einer feuchten Bank saßen und sie mich bat, nach London zu kommen. Sie hatte ja keine Ahnung, was sie damit alles in Gang setzen würde.

»Ja, lass uns hier verschwinden.«

Und ich trete zur Küchentür hinaus in den schwülen Juliabend. Justin folgt mir. Wir sind weit entfernt vom Garten unserer Kindheit, wo wir Pony und schlechten Gitarrenrock gespielt haben. Vom unteren Ende des Gartens blicken wir zum Haus zurück, wo ich mit Adrian lebe, dem Mann, den ich seiner Schwester weggenommen habe. Wir sehen die Umrisse der Partygäste, die sich im Dämmerlicht bewegen. Schattenspielfiguren, die ihre Gefühle ausleben: Freude, Feierlaune, Trunkenheit, Begierde, Verlust und Liebe. Der letzte Blick, den ich erhasche, bevor ich Justin den Gartenweg hinunter zu unserem abgeschieden gelegenen Sommerhaus führe, ist der auf meinen Ehemann, der oben in unserem Schlafzimmer die Vorhänge zuzieht, deren Muster mir schon wieder entfallen ist. Ich habe den ganzen ersten Sommer nach der Arbeit in diesem Zimmer verbracht, all die Tapetenschichten entfernt, neu tapeziert und gestrichen. Ich habe es ganz allein gemacht. Jetzt ist er ohne mich dort, und seine vertraute Gestalt beugt sich zu einer anderen Frau herab. Einer Frau, die er nie aufgehört hat zu lieben. Zwei Schattenspielfiguren in ihrem eigenen betrügerischen Spiel.

Im Sommerhaus, das eigentlich nur ein besserer Schuppen ist, kann ich in der Dunkelheit den Strauchtabak riechen, den ich in Terrakottatöpfe gepflanzt habe, und ich muss die Gedanken an Helena verscheuchen. Und an Adrian. Nur dieser Moment zählt. Das Jetzt.

Ich vergrabe meine Finger in Justins Haar, etwas, von dem ich nie gedacht hätte, dass ich es noch einmal tun würde. Adrian mag mein Ehemann sein, und ich vielleicht sehr dumm, aber dort mit Justin auf dem Holzboden zu liegen ist womöglich das Einzige, was mich davon abhalten wird, den Verstand zu verlieren. Das mich daran erinnert, dass ich ein Mensch bin. Dass ich nicht einfach so von einer Windböe weggetragen werden kann. Es ist wirklich das Einzige, was mir zu tun bleibt.

Drei Wochen später unternehme ich einen Ausflug zum Apotheker. Aber dieses Mal mache ich den Test selbst. Ich mache ihn in der vertrauten Umgebung unseres Badezimmers, pinkele auf einen Plastikstreifen und warte darauf, dass eine schmale blaue Linie in dem kleinen Fenster auftaucht ... und ja, da ist sie. Aber mir bleibt keine Zeit, das Ganze in mich aufzunehmen, die Konsequenzen dessen, was dies bedeutet, zu begreifen, denn da ist ein Klopfen an der Haustür. Ich bin viel zu durcheinander, um es zu ignorieren, darauf zu warten, dass der- oder diejenige wieder verschwindet, damit ich in Ruhe das Stäbchen in meiner Hand betrachten und darüber nachdenken kann, also haste ich nach unten und reiße die Tür auf. Tante Nina steht vor mir.

»Ich bekomme ein Baby«, platze ich heraus.

»Tatsächlich? Nun, das sind ja wunderbare Neuigkeiten, Schätzchen. Glückwunsch.«

Sie kommt auf eine Tasse Kaffee herein. Sehr starker Kaffee, da sie eigentlich lieber einen Gin gehabt hätte. Sie nimmt am Küchentisch Platz, der nach all dem verschütteten Brombeerwein von der Party inzwischen gewienert und wiederhergestellt ist, und lauscht meinem Gestammel, um mich dann auf ihre direkte Art zu fragen: »Bist du nicht schon ein bisschen alt, um ein Baby zu bekommen, Philippa?«

Und da ist dieser nagende Zweifel, den meine begeisterte Aufregung gerade so in Schach halten kann.

»Vierzig ist doch heutzutage noch jung. Vierzig ist das neue Dreißig.«

»Nun, deine Mutter und ich stammen aus einer anderen Generation. Wir haben unsere Kinder früh bekommen. Nicht, dass es uns etwas genützt hätte.« Nina nimmt einen Schluck von ihrem Kaffe, dann sagt sie: »Ich bin froh, dass du dich für die cremefarbenen Kacheln entschieden hast. Creme wird niemals aus der Mode kommen. Warte nur ab, dein Kleines wird irgendwann erwachsen sein, und du wirst sie immer noch nicht ändern müssen.«

Es fällt mir schwer, Nina zuzuhören. Mir wäre es lieber, sie würde wieder gehen. Ich möchte allein sein mit dem Stäbchen. Allein. Denn die ganze Tragweite dieses Ergebnisses beginnt erst langsam in mein vernebeltes Bewusstsein zu dringen.

Nachdem sie eine zweite Tasse getrunken hat, bringe ich sie zur Tür, wo sie mir aufträgt, auf mich aufzupassen, eine Floskel, die sie aber im Sinne ihrer eigentlichen Bedeutung benutzt.

Dann fügt sie hinzu: »Sorge dafür, dass dein Ehemann zur Abwechslung mal dir nachläuft.«

Ich weiß, dass sie keine hohe Meinung von Adrian hat. Das geht vielen Leuten so. Sie greift nach meinem Arm, als wolle sie noch etwas sagen, lässt ihn aber für eine Camel wieder los, ohne es auszusprechen.

Ich schaue zu, wie Nina in den Wagen steigt – auf die Art und Weise, wie man das jungen Mädchen im Mädchenpensionat beibringt – und mit einem etwas nervenaufreibenden Reifenquietschen davonfährt. Der Geruch von verbranntem Gummi veranlasst mich, zurück ins Haus zu eilen und mich zu übergeben. Vielleicht ist es auch dieses Körnchen von einem Baby, das sich bemerkbar macht.

Während ich auf dem Badezimmerboden hocke, fühle ich mich plötzlich ganz schwach und wünschte, Tante Nina wäre noch da. Meine Hormone machen mich so launisch wie Helena. Ich möchte das hier nicht allein durchziehen wie letztes Mal. Ich habe ein Haus und einen Ehemann, die ich mir mit unverantwortlichen Mitteln beschafft habe, weshalb ich nun ohne weitere Familie dastehe. Ich sollte mich nach Kräften bemühen und versuchen, dass die Sache funktioniert, denn was würde das sonst über mein Urteilsvermögen aussagen? Was hätten die letzten fünf Jahre sonst gebracht? Und welche Alternative hätte ich? Wo ist Justin bei alldem? Mitten in seinem neuesten Reiseabenteuer ... Sofia ... Budapest ... Prag ... Scheißtimbuktu. Er ist an jenem Abend einfach gegangen. Er hat mich hinterher geküsst und gefragt, ob ich klarkommen würde. Da war eine Pause, in der ich hätte sagen können, nein, ich werde nicht klarkommen, lass mich mit dir gehen, aber stattdessen habe ich an Toni gedacht. An Tante Sheila. An Bob. Ich konnte Adrian, Tonis Ex-Partner, auf gar keinen Fall verlassen, um was mit ihrem Bruder anzufangen. *Von all den Leuten in London.* Also erwiderte ich, sicher, ich werde klarkommen. Und er verließ das Sommerhaus, ging über den Gartenweg zurück und verschwand zwischen den Büschen. Er ließ mich in dem vom Mond erhellten Garten allein zurück. Ist einfach gegangen.

Ich werde Adrian heute Abend die wunderbare Neuigkeit erzählen. Das sollte ausreichen, um ihn zur Vernunft zu bringen. Damit er ein für alle Mal über Toni hinwegkommt. Er muss es ja nie erfahren, dass ich es weiß. Ebenso wenig wie sie. Es kann alles beiseitegewischt, unter den Teppich gekehrt werden. Es hätte schlimmer kommen können. (Vielen Dank, Miss Mottenkugel. Heute brauche ich Ihre Floskeln dringender als jemals zuvor, denn ich kann keinen klaren Gedanken fassen.)

Schlechter Plan. Zögert nur das Unvermeidliche hinaus. Der Schock über meine Neuigkeit veranlasst Adrian, über dieses Wunder zu staunen, das er – im Alleingang, wie man meinen könnte – zustande gebracht hat. Ich tue nichts, um seinem ungläubigen Staunen, seiner Genugtuung einen Dämpfer zu verpassen. Aber der anfängliche Effekt lässt schon bald nach, und die Zukunft macht sich bemerkbar. Als ich bei Mothercare einkaufe und auf eBay nach Babysachen suche. In den kommenden Monaten, während ich fetter und unförmiger werde, sich Adrian zunehmend distanziert und gleichgültig verhält. Er behauptet, Geburtsvorbereitungskurse seien etwas für Frauen, was nicht gerade die Hoffnung nährt, dass er beabsichtigt, mich bei der Geburt zu unterstützen. Vielmehr gehe ich davon aus, dass er gar nicht dabei sein wird. Wir könnten genauso gut noch in den Sechzigern leben. Trotz all des Fortschritts könnte ich eigentlich Teil dieser Generation sein.

Und stelle ich Adrian wegen all dieser Dinge zur Rede? Nein. Ich sage nichts. Ich tue nichts. Ich möchte mein Baby nicht beunruhigen. Ich möchte eine gute Mutter sein. Ich *werde* eine gute Mutter sein.

Als ich im achten Monat schwanger bin und der Abwasch zu einer so großen Herausforderung geworden ist wie das Durchschwimmen des Kanals, rückt Adrian mit der Sprache heraus. Er steht nicht mit einem Glas Wein in der Hand am Aga-Herd. Er setzt sich an den Küchentisch und stützt seinen Kopf in die Hände. Ich sehe Tante Nina vor mir, aber Adrian ist nicht betrunken. Er ist nicht stoned. Er ist so nüchtern wie ein Richter. So nüchtern wie mein Großvater, den ich nie kennengelernt habe, der aber, wie ich – nachdem es mir eines dieser fleißigen Vögelchen zugezwitschert hat – gehört habe, kürzlich verstorben ist und niemals mehr in der Lage sein wird, über mich zu urteilen. Über mein Leben. Denn das fällt nun

Richter Adrian, meinem Ehemann, zu. Und er steht kurz davor, unsere Ehe in die Tonne zu treten.

»Es ist vorbei«, sagt er. »Ich liebe eine andere.«

Er glaubt, ich wüsste es nicht. Er glaubt, ich sei blöd. Sie glauben beide, ich sei blöd. Nun, vielleicht sind sie die Blöden. Vielleicht weiß ich mehr als sie. Oder vielleicht auch nicht. Vielleicht weiß ich rein gar nichts.

Er ist arbeiten, als meine Fruchtblase platzt. Ich ziehe in Erwägung, ihn anzurufen, verwerfe den Gedanken aber sogleich wieder. Ich überlege, Joe um Hilfe zu bitten, aber er hat jetzt eine eigene Familie, und seine Frau wäre davon wohl kaum begeistert. Daher gibt es niemanden. Ich rufe mir ein Taxi und verberge dabei den Schmerz in meiner Stimme aus Angst, dass sie mich nicht in einem ihrer Wagen haben wollen, aber zehn Minuten später steht ein Ire aus Mayo vor meiner Tür. Ich hätte ihn küssen können, wenn ich nicht vor Schmerzen gekrümmt dagestanden hätte. Er trägt mich beinahe zum Taxi (er hat glücklicherweise die Arme eines Gewichthebers), und dann braust er über die Fahrbahnhöcker von East Dulwich davon, durch Camberwell, die Walworth Road hinunter, Richtung St. Thomas. Hätte ich mich doch nicht in einer nostalgischen Anwandlung für das Krankenhaus entschieden, in dem ich selbst zur Welt gekommen bin! Ich hätte mir das King's aussuchen sollen, das ein verdammtes Stück näher liegt. Aber die Ave-Marias beruhigen mich ein wenig und auch der Gedanke, dass sich dies alles nun meiner Kontrolle entzieht. Es gibt kein Zurück mehr, selbst wenn ich das wollte, was gut möglich ist.

Michael, der Taxifahrer, biegt in die Krankenwagenzufahrt ein und schnappt sich einen der Pförtner, der sofort mit einem Rollstuhl angerannt kommt, als er die Geräusche vernimmt, die ich von mir gebe. Dann sind da Aufzüge und Flure und Linoleum, und ich versuche so gut es eben geht, den Platscher von Erbrochenem auszublenden, der in meinem Hinterstübchen widerhallt. Das Tatütata und Blaulicht, mit dem es durch Torquay ging. Der Ritter, der vor all den Jahren beleidigt abzog.

Endlich bin ich im Entbindungsraum. Die Höcker und das Schaukeln der Fahrt haben meinen Gebärmutterhals hübsch geweitet, und ich bin so gut wie bereit zu pressen. Das ist der Moment, in dem mich eine große Ruhe überkommt. Ein friedlicher Moment des Übergangs zwischen vollständig geöffnetem Muttermund und Geburt. Ich erinnere mich an meinen iPod. Ich bitte meine Hebamme, Fran, ihn mir aus meiner Tasche zu holen. Und dann höre ich mir die Monkees an. Und fange an zu weinen.

Komm schon, Philippa, reiß dich am Riemen. Du hast es beinahe geschafft.

Und dann ist da dieses übermächtige, allumfassende, nicht zu unterdrückende Bedürfnis zu pressen. Dieses ganze Zeugs über Melonen und Pampelmusen und was sonst noch stimmt wirklich. Nach dreimaligem qualvollem, hautzerreißendem Pressen wird sie mir in die Arme gelegt. Meine Tochter. Klein und glitschig und ein bisschen blau.

Du bist endlich da.

KAPITEL 20

2006

Hallo, Phil.«

Ein freches Grinsen ist das Erste, was ich sehe, als ich aufwache – nachdem ich gerade mal zwanzig armselige Minuten geschlafen habe –, gefolgt von einer Duftwolke von Krabbenchips.

»Hallo, Fremder. Wie geht's dir?«

»Das sollte ich dich fragen«, sagt Joe und bietet mir gleich einen Chip an.

Ich habe einen solchen Bärenhunger, dass ich eine ganze Handvoll nehme. Auf Joe ist Verlass, er denkt immer an die richtigen Snacks. Er ist der erste Mensch, den ich angerufen habe, um ihm von der Neuigkeit zu erzählen. Das erste vertraute Gesicht, das gekommen ist, um mich zu besuchen. Uns zu besuchen.

»Wieso hat es so lange gedauert, bis du dich gemeldet hast?«

»Ach, du weißt schon.« Aber natürlich weiß er es nicht, doch mein wunderbarer Joe drängt mich nicht. Stattdessen ist er von dir fasziniert. Meiner allerliebsten Kleinen.

»Wie geht's ihr denn?«

Er starrt mein Baby an, das schlafend in seinem Bettchen liegt.

»Wie heißt sie?«

»Ich bin mir noch nicht ganz sicher. Ich dachte an Maggie.«

»Was?«

Und in diesem einen Wort, dem Feuerfunken in seinen Augen, erkenne ich meinen alten Joe. Meine Jiminy Grille, die im Begriff ist, mir Vorhaltungen wegen meines mangelnden politischen Gewissens zu machen.

»War ja nur ein Witz«, beruhige ich ihn. »Ist dir nach Blairs Reformen etwa dein Sinn für Humor verlorengegangen?«

Er lacht, um mir zu beweisen, dass dies nicht der Fall ist, und hebt dich dann mit der Erfahrung eines dreifachen Vaters aus deinem Bettchen. Was ist nur mit dem Mann geschehen, der der Meinung war, es gebe genug Kinder auf der Welt? Er hat sich verliebt. Er ist erwachsen geworden. So, wie wir es eines Tages alle tun müssen. Wie ich es selbst langsam tue.

Am nächsten Morgen tauchen in aller Frühe Evelyn und Judith auf und bringen jede Menge frisches Obst mit, wovon das meiste aus dem Laden stammt, da im Schrebergarten zurzeit in puncto Obst ziemliche Ebbe herrscht. Du, mein Baby ohne Namen, quäkst zur Abwechslung gerade mal, dein Gesichtchen ist ganz rot, und du blickst sauer drein. Judith nimmt das Heft in die Hand und windet dich aus meinen Armen.

»Lass sie es nur versuchen«, sagt Evelyn, drückt mich auf einen Stuhl und wendet ihre Aufmerksamkeit der frischgebackenen, ein wenig perplexen Mutter zu. »Bekommst du auch deine fünf Mahlzeiten?«, fragt sie mit Blick auf mein Gesicht, das, wie mir ein gelegentlicher Blick in die Glastür auf dem Weg zum Klo sagt, von einer geisterhaften Blässe ist.

Judith fährt fort, dich zu wiegen, und streicht dir übers Haar, als ob du eine Katze wärest. Ich verspüre sogleich den Anflug eines schlechten Gewissens, wenn ich an Valerie und Lesley denke, die zur Vorbereitung auf diese Zeit schon länger bei Evelyn und Judith untergebracht sind.

»Du musst dir keine Sorgen um die beiden machen«, belehrt mich Evelyn. »Es geht ihnen gut. Die Schmusetiger haben ihre neuen Dosenöffner fest im Griff.« Sie deutet auf ihre teure Kaschmirweste, die mit Katzenhaaren verziert ist. »Judith und ich sind zu dem Schluss gekommen, dass wir Katzenmenschen sind. Und jetzt iss eine Banane. Das Letzte, was du bei allem, was da unten gerade bei dir vor sich geht, noch gebrauchen kannst, ist Verstopfung.«

Allerdings.

»Und, was sagst du zu ihr?«

»Sie ist wirklich allerliebst«, erklärt Judith. »Aber sie könnte einen Namen gebrauchen.«

»Ich weiß. Aber ich bin noch nicht so weit. Ich will das richtig gut hinkriegen. Es hat so was Endgültiges.«

»Sieh zu, dass du ihr einen anständigen zweiten Vornamen gibst. Dann kann sie ihren Rufnamen immer noch ändern, wenn sie älter ist.«

»Also schön. Dann werde ich auch darüber nachdenken.«

Ich habe keinen zweiten Vornamen. Philippa hat bei mir immer gereicht. Aber jemand anderes hat einen. Terry Siney.

Oh, Terry Justin Siney, wo steckst du nur?

Noch eine Besucherin. Es ist noch zu früh für Tante Nina, um schon den ersten Drink des Tages intus zu haben, daher ist sie recht munter, als sie mit einem schlabberigen rosafarbenen Hasen unter dem Arm zur Tür hereingestöckelt kommt und sich vorbeugt, um mich auf beide Wangen zu küssen.

»Für die Kleine«, sagt sie. »Wo ist sie denn?«

Im selben Moment sieht sie dich in deinem Bettchen liegen, wo du genau das tust, was Babys tun sollten, nämlich schlafen.

»Oh, Philippa«, sagt sie. »Helena wäre entzückt.«

Bei der Erwähnung ihres Namens tritt für einen Moment Stille ein. Doch Namen scheinen genau das zu sein, was Tante Nina beschäftigt.

»Wie wirst du sie nennen?«

»Wenn sie ein Junge gewesen wäre, hätte ich ihn Lucas genannt.«

»Oh, Schätzchen, wie lieb von dir, an ihn zu denken.«

»Ich denke immer an ihn.«

»Tust du das?«, fragt sie, schlendert zum Fenster und starrt zu den Bürogebäuden hinüber.

(Ich hatte auf ein Zimmer mit Aussicht auf die Themse, den Westminster Palace gehofft, aber alles, was ich bekommen habe, sind graue Mauern.)

»Manchmal kommt es mir so vor, als hätte ich ihn mir nur ausgedacht. Als hätte er niemals existiert. Als wäre alles nur ein Traum gewesen. Ein Märchen.« Sie greift hinauf in ihren Ärmel, um ein Taschentuch hervorzuziehen, und ihre Munterkeit ist verflogen. Sie kommt zu mir herüber und setzt sich auf das Bett. »Deshalb bin ich aus Torquay weggezogen. Deshalb bin ich nie dorthin zurückgekehrt. Vermutlich dachte ich, es sei einfacher, ihn zurückzulassen.« Sie putzt sich die Nase. »Aber das war nicht richtig von mir. Er war mein Sohn, und ich habe ihn ganz allein gelassen.« Sie beginnt zu weinen, und ich lege ihr die Hand auf den Arm.

»Tut mir leid, Philippa«, sagt sie eine kleine Weile später, nachdem sie einige Male tief Luft geholt, ein Glas Wasser getrunken und sich wieder beruhigt hat. »Das hier soll doch eine freudige Zeit für dich sein, und ich wühle in der Vergangenheit herum. Aber ich ... ich habe ihn wirklich sehr geliebt.«

»Das weiß ich doch, Tante Nina. Und du solltest dir keine Gedanken darüber machen, dass du ihn nicht besucht hast. Ich war oft an seinem Grab, als ich noch über dem Laden wohnte. Ich habe ihm all meine Geheimnisse erzählt.«

»Das hast du getan?«

»Natürlich. Er war mein bester Freund.«

»Mein Lucas«, haucht sie.

Und ich wäre am liebsten selbst in Tränen ausgebrochen, aber ich bin ja jetzt erwachsen. Ich bin Mutter.

»Also, Philippa, dann erzähle mir doch einmal, was dir so vorschwebt«, sagt Nina, deren Miene sich aufklärt, als sie dein hübsches Gesichtchen sieht.

»Was meinst du damit?«

»Was den Namen angeht. Du musst dich wirklich entscheiden.«

Ja ... sie hat recht. Ich muss mich entscheiden.

»Lucy«, sage ich. »Ich werde sie Lucy nennen. Näher komme ich wohl nicht an Lucas heran.«

Und vielleicht wird sie eines Tages, wenn sie größer ist, einen unordentlichen Haarschopf haben und eine laute Stimme, die über die Straßen hinweg erklingt und mein Herz mit einem Schuss Liebe durchdringt.

»Du bist Lucy Wink Smith«, sage ich zu meiner Tochter. »Und ich liebe dich.«

(So viel zum vernünftigen zweiten Vornamen, aber was bleibt mir anderes übrig?)

Schließlich kommt Adrian doch wieder, und dieses Mal lasse ich ihn herein.

»Wie geht es ihr?«, fragt er zögernd, sein sonst so selbstbewusstes Benehmen ein wenig gedämpft. Er vermeidet es, mir allzu nahe zu kommen, drückt sich im Zimmer herum, was ihn letztlich an Lucys Bettchen führt.

»Sie lässt sich inzwischen schon besser stillen«, erwidere ich – will sagen: Ich bin wunderbar ohne dich klargekommen.

»Gut.« Er ignoriert die unterschwellige Botschaft. »Das ist gut.« Er nimmt Lucy vorsichtig hoch und wiegt sie sachte. Vielleicht benutzt er sie als eine Art menschlichen Schutzschild, da er im Begriff ist, einige Dinge klarzustellen.

»Also los«, sage ich. »Erleuchte mich. Wer ist sie?«

»Kannst du es dir nicht denken?«

»Ich habe da so eine Vermutung.«

»Jemand, der sich mehr als alles andere auf der Welt ein Baby wünscht«, sagt er.

»Toni.«

Er nickt, fährt fort, dich zu wiegen, hin und her, hin und her, rundherum, das ist nicht schwer.

Mir ist schlecht.

»Es tut mir leid, Phil«, sagt er. »Ich schätze, ich habe nie aufgehört, sie zu lieben. Nicht wirklich. Ich dachte, das mit dir und mir würde funktionieren, aber als du mir erzählt hast, dass du schwanger bist, da hat es sich irgendwie nicht richtig angefühlt. Zumindest nicht für sehr lange. Es kam mir so vor, als hätte es eigentlich Toni sein sollen mit dem wachsenden Bauch, den Blähungen und dem Sodbrennen.«

»Ich gebe dir gleich Sodbrennen.«

Aber wie kann ich Groll empfinden bei dem, was er sagt? Natürlich hatte es sich nicht richtig angefühlt. Ich hatte ihn betrogen. Ihm vorgegaukelt, es sei sein Kind. Dass ich für ein Wunder gesorgt hatte. Während es doch Justin war. Zum zweiten Mal in meinem Leben ist es Tonis Bruder, dem der Volltreffer gelungen ist. Herzlichen Glückwunsch. Überraschung!

»Es ist nicht dein Baby«, sage ich.

»Ich weiß, dass du sauer auf mich bist, Phil, aber du wirst mich brauchen. Und Toni wird auch ihren Beitrag leisten, das weißt du doch.«

»Es ist nicht dein Baby!«

»Du musst keine Angst haben, dass wir sie dir wegnehmen.«

Um es mit Morrissey zu sagen, es ist an der Zeit, die Geschichte zu erzählen. Oje. Hol tief Luft, Philippa Smith, und erzähle es ihm.

»Es war ein anderer«, sage ich und schaue ihm in die Augen, die traurig sind, erfüllt von den Bürden des Lebens und endlich auch ... der Erkenntnis.

»Soll das etwa heißen ...?«

»Du hast nicht das große Los gezogen. Das war ein anderer.«

»Wer?«

Seine erstaunten, starrenden Blicke nageln mich auf dem Bett fest, während er auf meine Antwort wartet.

»Ich dachte, ich halte es im Kreise der Familie«, sage ich. »Es war ihr Bruder. Justin.«

»Dieser Loser?«

»Genau, dieser Loser. Terry. T-J. Justin. Er ist der Vater meines Babys. Er ist der Daddy. Was Toni zu einer Tante macht. Das sollte ihr doch ein gewisser Trost sein, oder? Sie bekommt dich zurück und noch eine Nichte obendrein.«

Weiter kommen wir nicht, weil sich meine Leibwächterin, die unerbittliche Fran, einmischt und meinen völlig verblüfften Ehemann mit der Wirksamkeit von Tränengas vertreibt. Ich höre, wie sie ihm erklärt, dass ich meine Ruhe brauche, was ein Luxus ist, der für mich von nun an möglicherweise für alle Zeiten außer Reichweite liegen wird. Danach sind nur noch das Quietschen von Schritten und das dumpfe Zuschlagen einer Tür zu hören. Dann vernehme ich bloß noch das tröstliche Geräusch von Lucys Atem. Das Schlagen ihres Herzens. Mehr brauche ich nicht.

Am nächsten Tag haben wir eine weitere Besucherin. Nicht gerade die, auf die ich gehofft hatte, aber eine, von der ich wusste, dass sie kommen würde. Und nun, da sie regungslos und unbeholfen vor mir steht, verwandeln sich sämtliche hässliche Gedanken in ein chaotisches Durcheinander von Emotionen.

»Hallo, Philly«, sagt Toni. »Wie geht's dir?«

»Schlechte Nachrichten verbreiten sich schnell.«

»Wenn sie von solcher Wichtigkeit sind, dann schon.«

Sie verschlingt dich mit ihren Augen, deine Winzigkeit, alles, was dich als Baby ausmacht, und innerhalb von Sekunden sind Tonis Augen feucht und glänzen, und meine eigenen Emotionen drohen sich dammbruchartig einen Weg zu bahnen.

»Sie ist deine Nichte. Hast du das auch mitbekommen?« Ich versuche meiner Stimme einen freundlichen Klang zu verleihen, versuche mich in Toni hineinzuversetzen und ein wenig nachzuempfinden, wie sie sich im Augenblick fühlen muss.

»Ja, das habe ich. Und ich freue mich. Ich freue mich, dass es nicht Adrians Kind ist. Freue mich für dich. Für Justin. Dass es dieses Kleine geschafft hat.«

Ich halte dich in die Höhe, und Toni streckt ihre Arme aus und nimmt dich, das kostbare kleine Bündel, drückt dich an sich und atmet den Duft deines Köpfchens ein. Dann setzt sie sich mit dir neben mich auf die Bettkante, so dass ein Parfümhauch in meine Nase dringt, der mich zurückversetzt in das Haus in Belsize Park mit all den leeren Zimmern, der Wohnung auf dem Haverstock Hill mit dem Mini-Badezimmer, in Tonis Jungmädchenzimmer mit dem rosafarbenen Flokati und der rosafarbenen Rauhfasertapete, wo sie an ihren Schminktechniken feilte, in die Zeit, als ein kleines Mädchen mit Margot-Fonteyn-Frisur die Straße hinuntereilte, Glas klirrend auf den Ladenboden fiel.

»Wirst du es Justin sagen?«, fragt sie nach einer Weile.

»Ich könnte den Ausdruck auf seinem Gesicht nicht ertragen«, erwidere ich leise, weil es albern klingt. Ich bin eine echte Niete.

»Findest du nicht, dass es langsam an der Zeit ist, dass er von beiden Babys erfährt?«

»Spinnst du?«

»Nein, ich erfreue mich völliger geistiger Gesundheit. Sag es ihm. Spiel nicht mehr länger die Märtyrerin.«

Märtyrerin? Ich bin keine Märtyrerin. Oder vielleicht doch? Ist es das, was ich tue? Warum bin ich nur so versessen darauf, das hier allein durchzuziehen, ohne Hilfe auszukommen? Vielleicht hat sie recht? Vielleicht sollte er von beiden Babys erfahren? Nein. Ich kann es ihm unmöglich sagen. Er wird mich wieder einmal für ein Kind halten, glauben, dass ich immer noch nicht erwachsen geworden bin. Aber warum sollte ich mich darum scheren, was er denkt? Natürlich ist es mir wichtig, was er denkt. Es ist mir schon immer wichtig gewesen, seit ich ein kleines Mädchen gewesen und über Bernies Bambusrohre gesprungen bin …

»Alles in Ordnung bei dir, Philly?«

»Kannst du es ihm nicht sagen?«

»Das solltest du besser selbst tun, Phil.«

»Ich kann nicht.«

Sie zuckt mit den Schultern. »Wenn du unbedingt willst, dann werde ich es machen. Es ist höchste Zeit, dass er endlich sesshaft wird.«

»Das wird er niemals tun. Zumindest nicht mit mir.«

»Würdest du es dir denn wünschen?«

»Das war schon immer mein Wunsch.«

Woraufhin sie mich verständlicherweise fragt: »Und warum zum Teufel hast du dann Adrian geheiratet?«

Da ist was dran.

»Dafür gibt's eine Menge Gründe. Bescheuerte Gründe. Allesamt die falschen Gründe … Es tut mir leid.«

»Das sollte es auch.« Sie schnuppert wieder an Lucy, um nicht außer Fassung zu geraten. »Aber was passiert ist, ist passiert. Daran lässt sich nun nichts mehr ändern. Und vermutlich sollte ich mich wohl auch entschuldigen. Weil ich ihn wieder zurückgenommen habe.«

»Ja, das solltest du allerdings. Adrian ist schließlich streng genommen immer noch mein Ehemann.«

Was ich beinahe vergessen hätte.

»Tut mir leid.«

Mit einem Mal ist da ein Meer des Schweigens, in dem wir uns, um uns schlagend, über Wasser zu halten versuchen und verzweifelt bemühen, an Land zu gelangen, doch dann bekomme ich dich zu fassen, mein kleines auf der Oberfläche tanzendes Rettungsfloß ... nun ja, Toni reicht dich an mich zurück, nachdem sie dir noch einen Kuss auf deine winzige Boxernase gegeben hat.

»Lucy bringt ihn vielleicht dazu, sesshaft zu werden«, sagt sie, die ewige Optimistin.

»Wir kommen schon allein klar.«

»Du brauchst eine Familie.«

»Sie ist meine Familie.«

Toni steht auf, um zu gehen, zögert dann.

»Erinnerst du dich noch an Diana?«, fragt sie.

»Jaaa«, sage ich gedehnt, bin mir nicht ganz sicher, worauf sie hinauswill.

»Dann weißt du ja, dass es so was wie ein Happy End gar nicht gibt.«

Ich erinnere mich an den Tag, den frühen Sonntagmorgen, als Joe mich mit einer Tasse Tee weckte, erinnere mich an seine Rugby-Spieler-Beine. An Bob in Tränen aufgelöst am Telefon. An die Unterführung in Paris. An die Woche, die folgte.

»Und trotzdem sollten wir versuchen, es anzustreben«, fährt Toni fort. »Adrian ist mein Happy End. Nicht gerade ein Sie-lebten-glücklich-miteinander-bis-ans-Ende-ihrer-Tage-Schluss wie im Märchen, eher ein bisschen mehr einundzwanzigstes Jahrhundert, aber dennoch. Ein Schluss. Mit der Aussicht auf ein bisschen Glück.«

»Und ich habe Lucy.«

»Ja«, sagt sie, »du hast Lucy. Aber wäre es nicht schön, noch jemand anderen zu haben? Jemanden, mit dem du das alles teilen kannst?«

Damit verlässt sie uns und macht einen sehr wichtigen Telefonanruf, um mit ihrer Mutter zu sprechen, die nun eine Art Großtante ist, aber viel wichtiger noch, eine Großmutter – eine Neuigkeit, die Sheila völlig überraschen wird. Dann erwischt sie Justin auf seinem Handy in Warschau. Teilt ihm mit, dass sie Tante geworden ist.

Anschließend ist Sheila an der Reihe, die Neuigkeit weiterzugeben. Sie marschiert zum Laden und teilt Bob mit, dass er Großvater ist. Ich habe keine Ahnung, welcher Ausdruck über sein Gesicht huscht, doch ich spüre, dass mir in diesem Moment vergeben wird. Ich bin wieder seine Tochter.

Mir bleibt es überlassen, Helena die Neuigkeit zu übermitteln, und am nächsten Morgen, als du noch schläfst und es in der näheren Umgebung verhältnismäßig ruhig ist, nehme ich all meinen Mut zusammen. Irgendwie werfe ich das mit dem Zeitunterschied durcheinander und merke erst zu spät, dass es in Toronto noch mitten in der Nacht ist. Aber der Hörer wird abgenommen, und durch das Knistern in der Leitung hinweg höre ich eine matte, rauhe Stimme, die ein panisches »Hallo?« murmelt.

»Glückwunsch!«, sage ich. »Du hast es geschafft!«

»Philippa? Bist du das? Was habe ich geschafft?«

»Du bist Großmutter geworden!«

»Nein, bin ich nicht ... wirklich ... bin ich das? Erzähl es mir.«

Und das tue ich. Ich erzähle ihr die ganze Geschichte.

»Terry«, murmelt sie verwirrt. »Wer hätte das gedacht?« Eine Pause entsteht, in der ich nur das Knistern in der Leitung hören kann ... oder ist es ihr keuchendes Atmen? »Ich würde ja kommen, wenn ich könnte.«

»Warum tust du es nicht?«

»Ich habe ein Emphysem.«

»Ich dachte, so etwas würden nur alte Bergarbeiter bekommen.«

»Und alte Raucher.«

Oje. Ein Emphysem. Das klingt nicht gut. Ich verkneife es mir, auf Einzelheiten über Adrian oder Justin oder andere Dinge einzugehen, über die ich eigentlich sprechen sollte – wie zum Beispiel, warum sie solch eine Null als Mutter war –, aber dafür ist jetzt nicht der richtige Zeitpunkt.

»Es war schön, mit dir zu reden«, murmele ich. »Ich wollte es dich nur wissen lassen.«

»Ich danke dir, Philippa. Ich freue mich so für dich. Pass gut auf dein kleines Mädchen auf. Wie hast du sie eigentlich genannt?«

»Lucy«, sage ich. »Sie heißt Lucy. Das kommt Lucas am nächsten.«

»Lucas«, flüstert sie, und mir wird klar, dass das Knistern eindeutig auf ihr Konto geht. »Nun, dann wirst du es schon bald erfahren. Wirst verstehen, worum es bei dieser ganzen Sache ging.«

»Wie bitte?«

»Ich muss Schluss machen. Orville ruft mich. Lass uns bald wieder telefonieren.«

Und dann ist sie fort.

Als ich den Hörer auflege und in Erwägung ziehe, in Tränen auszubrechen, kommt jemand zur Tür herein, mit dem ich nicht gerechnet habe: ein etwas älterer, ein wenig kahlerer Bob, just dem Paddingtoner Zug entstiegen, mit einem welken Strauß von Andys Rosen.

»Ich wollte für eine Weile hierbleiben«, sagt er und küsst mich auf die Wange, als sei er gerade von einer seiner therapeutischen Moorwanderungen zurückgekehrt. »Wenn es dir recht ist.«

Mein Mr. Bob Sugar.

KAPITEL 21

Du bist drei Monate alt. Du bist klein und siehst aus wie eine Puppe, aber deine Augenlider schließen sich nicht mit einem Klicken, wenn du einschläfst. Sie schließen sich flatternd, und ich kann ihre Eierschalenhaut sehen, die mich daran erinnert, warum ich dir deinen Namen gegeben habe. Und dein Herz? Es schlägt wunderbar und immer kräftiger.

Du und ich, wir leben allein in diesem großen Haus in East Dulwich, und wir verstehen uns blendend. Adrian lebt nun wieder auf der anderen Seite der Themse, auf vertrautem Terrain, in der viktorianischen Villa mit Doppelfront, in der er abermals zusammen mit Toni wohnt. Sie werden bald nach Afrika reisen, um sich dort ein Baby zu beschaffen – womit sie Madonna einige Monate voraus sind. Aber Toni und Adrian werden es in aller Stille und ohne viel Trara mit Hilfe von Adebayo tun. Sie werden ein pummeliges kleines Waisenmädchen mit nach Hause bringen. Und es wird in Belsize Park, in diesem Haus, das schon so viele Jahre nach ihm geschrien hat, umgeben von Menschen aus allen Teilen der Welt, glücklich und zufrieden leben. Und dieses Haus wird endlich ein Heim sein, seine riesige Küche endlich erfüllt von Lärm und einem Durcheinander, das selbst Tonis Putzfrau nicht in den Griff bekommen wird, was Tante Sheila zu der Vermutung verleiten könnte, dass der Einbrecher zu guter Letzt zurückgekehrt ist.

Wir beide dagegen sind bereit, dieser Weltstadt den Rücken zuzukehren und uns auf den Weg nach Westen zu machen, zu diesem Ort, der ein Teil von mir ist. Wir verlassen Paddington mit seinem von schmiedeeisernen Stützen getragenen und mit Taubenkot übersäten Glasdach an einem warmen Augustmorgen. Ich habe mein kleines Mädchen in eine gelbe Decke gehüllt, die ich gekauft habe, weil sie mich daran erinnert, wie Helena mich einst in eine ähnliche gewickelt hatte (habe ich denn überhaupt nichts gelernt?) und die später als Andys Leichentuch diente.

Wir sind nicht allein auf dieser Reise. Wir haben jemanden, der uns durch die Stadt und in der U-Bahn begleitet. Uns beim Besteigen des Zuges hilft. Unser Gepäck in der Gepäckablage verstaut. Lucy im Arm hält, während ich mein Eier-Kresse-Sandwich verspeise. Und dieser Jemand ist Bob.

Wir nehmen den Zug, weil Bob nicht mehr Auto fährt. Sein Nervenkostüm ist dem nicht mehr gewachsen. Ich selbst habe meinen Laguna an Joe und Rebecca verschenkt, die mit dem vollen Terminkalender ihrer Kinder und ihrer knappen Kasse einen Zweitwagen benötigten.

»Du besitzt also doch ein politisches Gewissen, Phil«, sagt Joe, als ich ihm die Schlüssel übergebe.

»Und du ganz offensichtlich kein ökologisches«, erwidere ich, ausnahmsweise einmal schlagfertig. »Besitzer von zwei Autos, na, so was aber auch!«

Die beiden faulen Fellknäuel, Valerie und Lesley, sind so glücklich bei Evelyn und Judith, dass sie dort bleiben werden. Deshalb muss ich mir auch keine Sorgen machen, dass sie sich im Kinderbett zusammenrollen oder einen Asthmaanfall auslösen könnten. Ich werde alles tun, damit du in Sicherheit bist. Damit du bei mir bleibst.

Der Rest unseres Hab und Guts – viel mehr, als Helena und ich besessen haben – wird in einem Umzugswagen folgen. Das Haus in East Dulwich steht zum Verkauf (es dürfte nicht schwer zu erraten sein, welcher Makler sich darum kümmert). Für den Moment werden wir bei Bob über dem Laden wohnen, dem einzigen Ort auf der Welt, wo ich sein möchte.

»Ein Neuanfang«, sagt Bob, als er sieht, wie ich wehmütig das weiße Kalksteinpferd auf dem Hügel vor Westbury betrachte.

»Ein Neuanfang«, stimme ich ihm zu. Ich greife beherzt in die Tasche seiner Strickjacke, denn ich weiß, dass ich dort das Tablettenfläschchen finden werde. »Die hier brauchst du jetzt nicht mehr, wo ich mich wieder um dich kümmere.«

Er runzelt die Stirn, fragt sich, wie ich das genau bewerkstelligen will, da ich genug mit anderen Dingen beschäftigt bin.

»Hast du etwas von Sheila gehört?«, erkundige ich mich, um das Thema zu wechseln.

»Sie holt uns vom Bahnhof ab«, erwidert er. Und als ich nicht darauf eingehe, fügt er hinzu: »Ich hätte es dir sagen sollen.«

Ich habe Sheila das letzte Mal auf Bernies durchweichtem Rasen gesehen. Damals war sie auf mich zugerannt gekommen und hatte wie eine Möwenmutter gekreischt, die ihre Jungen beschützt. Hatte Toni beschützt. Ich freue mich nicht gerade darauf, sie wiederzusehen, nicht jetzt, wo sich zudem noch meine eigenen Mutterinstinkte mit Macht in mir regen. Aber irgendwann muss sie dich ja einmal kennenlernen.

»Sie freut sich«, sagt Bob, der meine Angst spürt, die an Panik grenzt. »Sie freut sich wirklich.«

»Tatsächlich?«

»Sie wünscht sich nur, Justin würde nach Hause kommen.«

»Das wird er bald.«

»Ach, wirklich?«

»Er hat mir einen Brief geschrieben. Hier, sieh nur.«

Ich krame in der Wickeltasche herum und reiche ihn ihm. Es sind ein paar Zeilen mehr als auf dem Zettel, den er mir damals, am Vorabend meines sechzehnten Geburtstages, in die Hand gedrückt hat. Und sie sind auch nicht in seiner kritzeligen Handschrift geschrieben, sondern in irgendeinem Hotel in Osteuropa auf seinem Laptop getippt worden. Ich habe sie immer und immer wieder gelesen, höre dabei jedes Mal seinen näselnden Birminghamer Dialekt, traue mich kaum, die Worte zu glauben, von denen ich dachte, dass ich sie niemals hören würde. Sie Bob zu zeigen führt vielleicht dazu, dass sie Wirklichkeit werden.

Liebe Phil,
eigentlich könnte ich dir auch eine E-Mail schicken, aber irgendwie scheint mir ein Brief doch angemessener zu sein. Frag mich nicht, warum. Vermutlich, weil er förmlicher ist. Bedeutender.
Toni hat mir alles über Lucy erzählt. Sie sagte mir, sie sei jetzt Tante, und es hat eine Weile gedauert, bis ich hinter die ganze Sache gekommen bin. Und sie hat mir noch

etwas anderes erzählt. Nämlich, dass das nicht das erste Mal ist. Phil, du hättest es mir erzählen sollen. Ich habe wirklich auf der ganzen Linie Mist gebaut. Ich bin egoistisch und rastlos und meine, immer alles besser zu wissen. Ich dachte, du seiest mit Adrian besser dran, auch wenn er ein schlechtgelaunter Sack ist. Aber du hattest ein Zuhause, einen Job, ein Leben, Sicherheit – all die Dinge, die du dir gewünscht hast, seit dich deine Mutter damals im Stich gelassen hat. Doch ich habe mich geirrt. Ebenso wie du. Denn du hattest all das in Torquay. Ich hätte nur die Klappe aufmachen müssen, und all deine Wünsche wären in Erfüllung gegangen. Das fehlende Glied. Stattdessen bin immer weiter herumgezogen. Bin an all diese fremden Orte gereist, um so weit weg von dir zu kommen wir nur eben möglich. Weil ich dachte, dass du niemals ja sagen, sondern mir ins Gesicht lachen würdest.

Ich werde in ein paar Wochen nach Hause kommen, und ich habe keine Ahnung, was mich dort erwartet. Aber ich hoffe, dass du mich zur Ladentür hineinlassen wirst. Ich hoffe, dass du mir erlaubst, unsere Tochter in den Armen zu halten. Dich in den Armen zu halten. Und alles wiedergutzumachen.

Terry

Und dieses letzte Wort, dieser Name, lässt mich zu der Entscheidung gelangen, dass ich genau das tun werde.

Sheila wartet auf dem Bahnsteig auf uns, als wir aus dem Zug steigen, ganz die gespannte Großmutter, die es gar nicht erwarten kann, dich, die du so umwerfend in deiner gelben Babydecke aussiehst, in die Hände zu bekommen.

»Sie ist wunderschön, Philippa. Ganz entzückend.«

»Hier, nimm sie«, fordere ich sie auf und reiche dich ihr.

Als der Zug den Bahnhof verlässt, kommt es mir so vor, als wäre ich in einem alten Film, *Begegnung* oder *Die Eisenbahnkinder*, auch wenn es keinen Dampf gibt, keine langen roten Unterhosen, nur den Augustsonnenschein, aber da ist diese Emotion, die um uns herumwogt, drei Erwachsene, die sich fragen, wohin die Jahre verschwunden sind, sich wünschen, Bernie und Wink hätten diesen Tag noch erlebt.

Bevor wir gehen, werfe ich einen letzten Blick die Gleise entlang, lasse die Brise über mich hinwegstreifen, atme die Meeresluft ein. Ich bin zu Hause. Wir beide sind zu Hause.

Sheila fährt uns ganz langsam und vorsichtig zu *Bob's News*.

»Ich komme später noch einmal vorbei«, sagt sie. »Gewöhnt euch erst mal etwas ein.«

Als ihr Volvo verschwindet, bleiben Bob und ich vor dem Laden zurück.

»Du wirst dein altes Heim nicht mehr wiedererkennen«, sagt er. »Ich habe einige Veränderungen vorgenommen.«

Die Veränderungen beinhalten eine neue Kasse, eine neue Produktreihe gesunder Snacks (*Wie laufen die?* – *Nicht so gut.*) und eine neue abgehängte Decke, was bedeutet, dass man im Winter nun ohne Halbfingerhandschuhe auskommt. Im hinteren Teil ist die alte kleine Küche durch eine schicke neue Einbauküche aus dem Baumarkt ersetzt worden. Und draußen im Garten wächst und gedeiht Andys Rosenbusch. Dann gehen wir nach oben … wo mich die größte Überraschung erwartet. Die Rauhfasertapete ist überall verschwunden, und an ihrer Stelle ist nun glatter neuer Putz, der die Farbe des Himmels über Torquay an einem guten Tag trägt. Was eine nette Abwechslung zu dem alten Beige darstellt. Es war ein Restposten, daher wurde jedes Zimmer damit gestrichen. Das Wohnzimmer, das Bad, Bobs Zimmer, Helenas Zimmer, jedes Zimmer außer meinem, das immer noch dieselbe alte Tapete mit den Glockenblumen ziert, die so gut zu den Augen des Ritters passen. Und da ist er, der alte Säbelrassler, liegt im Moment noch versteckt im Muster auf der Lauer, aber zur Schlafenszeit heute Abend wird er sich wundern, was ich da mit nach Hause gebracht habe.

»Warum hast du mein Zimmer nicht auch gemacht?«, frage ich Bob.

»Ich dachte, du würdest lieber mitentscheiden.«

»Du wolltest mich doch nie wiedersehen.«

»Lass uns nicht mehr daran denken.« Er rückt ein Bild an der Wand gerade, Adam Ant in all seiner Pracht. »Das ist Vergangenheit. Du bist wieder daheim.«

»Ja«, entgegne ich. »Ich bin wieder daheim.«

Eigentlich sollte ich darüber traurig sein, enttäuscht, dass mein Leben eine solche Wendung genommen hat und ich in meinem Alter (beinahe einundvierzig!) wieder zu Hause wohne, doch ich empfinde nur Erleichterung. Und das Beste an meinem Zimmer ist, dass ich es jetzt mit meiner Tochter teilen kann, die in einem Gitterbettchen schlafen wird, das ihr ihre Großmutter Sheila gekauft hat. Und an dem nicht eine Spur von Bleifarbe zu finden ist.

Später, als Sheila zurückgekehrt ist und wir einen ihrer Kartoffel-Fleisch-Aufläufe gegessen haben, den sie extra für diesen Anlass zubereitet hat, sitzen wir im Wohnzimmer. Captain putzt sich auf seiner Stange, das Fernsehen ist ausgeschaltet, das Fenster geöffnet, so dass wir die Möwen hören und die Abenddämmerung an einem Himmel betrachten können, der einst teilweise durch eine instabile Rosskastanie verdeckt war.

»Helena wäre stolz«, sagt Sheila, die dich hält und deine kleinen Finger streichelt, derweil du den schlecht gefärbten Haarschopf deiner Großmutter bestaunst.

»Ich möchte euch beide bitten, morgen etwas für mich zu tun«, verkünde ich mit bedeutungsschwerer Stimme, denn wir stehen kurz vor einem historischen Ereignis.

Bob und Sheila wechseln einen skeptischen Blick, da sie sich nicht sicher sind, auf welche Idee ich nun wieder gekommen bin. Ich habe in diesem Moment keine Ahnung, dass sich ihre Skepsis morgen durchaus als gerechtfertigt erweisen wird.

Heute Nacht werde ich meine Vorhänge nicht zuziehen. Ich möchte nicht, dass der Ritter meinem kleinen Mädchen Angst einjagt. Die beiden haben noch genug Zeit, einander kennenzulernen. Einstweilen möchte ich mir die Sterne ansehen, die ich trotz dem hellen Natriumlicht von Torquay ausmachen kann. Ich möchte an deinen Namenspatron dort oben denken, ein ganz besonderes Körnchen Sternenstaub, das über dich wacht. Zusieht, wie du heranwächst.

Du weckst mich in aller Frühe, weil du gestillt werden willst und deine Windel gewechselt werden muss, und ausnahmsweise einmal springe ich aus dem Bett, anstatt herauszukriechen. Heute bin ich in einer Mission unterwegs. Es hat lange gedauert, ehe ich die nötigen Bedingungen dafür erfüllt habe. Über dreißig Jahre. Jetzt, da ich selbst Mutter bin, kann ich in den Garten gehen und die Zeitkapsel ausgraben.

Das Frühstück ist eine ruhige Angelegenheit. Sheila ist über Nacht geblieben. (»Damit spare ich mir die Hin- und Herfahrerei, da du mich ja morgen mit dabeihaben willst, Philippa.«) Sie und Bob essen ihr Zaubermüsli, das seinen Weg in unsere Vorratskammer gefunden hat. Ich arbeite mich durch einen halben Brotlaib von *Hovis* durch, denn Stillen macht hungrig – selbst angesichts all der Befürchtungen, die in meinem Bauch herumwirbeln. Was, wenn alles verschimmelt ist, wie damals bei *Blue Peter*? Was, wenn ich das alles viel zu traurig finde, jetzt, wo ich gerade anfange, mein neues Leben in den Griff zu bekommen?

Bobs aktuelle Verkäuferin, Karen, ist in Devon geboren und aufgewachsen. Als die Milchkühe ihres Mannes allesamt der Maul- und Klauenseuche zum Opfer fielen, musste sie losziehen, um Geld zu verdienen, während er sich etwas Neues überlegte und wieder die Schulbank drückte, um am College einen pädagogischen Abschluss zu machen (schlechter als ich konnte er wohl kaum sein). Daher haben Bob und Sheila Zeit, um mit mir in den Garten zu gehen.

Bob und ich stehen mit Schaufeln bewaffnet da. Sheila sitzt mit dir im Arm auf einem der drei Liegestühle, knuddelt dich und erzählt dir, wie hübsch du in deinem neuen (furchtbar puffärmeligen und spitzenverzierten) Sommerkleid und dem dazu passenden Mini-Sonnenhut aussiehst, die beide ein Willkommensgeschenk von ihr sind.

»Denkt an Andy«, sagt Sheila warnend, als wir mit dem Graben beginnen.

»Keine Sorge«, beruhige ich sie. »Er ist näher am Rosenbusch.«

Der nicht identifizierbare Strauch ist in den letzten Jahren ein ganzes Stück gewachsen, und Bob und ich haben einige Schwierigkeiten mit holzigen Wurzeln, aber nach einer Weile, als meine Muskeln zu schmerzen beginnen (obwohl sie eigentlich durch das Baby-Tragen gut in Form sind), stößt Bob mit seiner Schaufel auf einen Widerstand. Etwas Hartes.

»Ein Stein?«

»Nein«, sagt er. »Ich glaube, das ist es.«

»Sie ist also noch nicht ganz verrostet?«

»Ich habe die Dose damals, als wir sie schon einmal ausgegraben hatten, in Plastik gewickelt, weil die Sachen darin anfingen, feucht zu werden.«

»Du hast was? Aber du solltest doch nicht reinschauen!«

»*Du* solltest nicht reinschauen. Und das hast du ja auch nicht getan. Du bist ohnmächtig geworden, schon vergessen? Wir mussten dich ins Haus tragen und auf das Sofa legen. An dem Tag hatte ich das Gefühl, meine Berufung verfehlt zu haben. Ich hätte bestimmt einen guten Bestatter abgegeben.«

»Ich kann mich daran gar nicht mehr erinnern. Ich weiß nur noch, dass ich aufgewacht bin und Andys Fell nicht mehr neben mir gespürt habe.« Ich zögere kurz, bevor ich frage: »Hast du wirklich reingeschaut?«

»Ja«, erwidert er finster und schmiert sich bei dem Versuch, sich den Schweiß von der Stirn zu wischen, Dreck ins Gesicht.

Jetzt beginne ich, mir langsam Sorgen zu machen, denn da ist wieder dieser skeptische Ausdruck in seinen Augen. Wieso bloß musste ich diese letzte Scheibe Brot auch noch essen?

Bob widmet sich wieder der eigentlichen Sache und zieht die Dose aus der Erde. Nach anfänglichem Zaudern wischt er mit seinen weichen Ladenjungen-Händen die klumpige rote Erde ab. Dann richtet er sich auf und reicht mir feierlich die Dose. Ich setze mich auf einen Liegestuhl, auf den, den Helena immer zum Sonnen benutzte, während ich mit einer Spülschüssel voller Seifenwasser herumspritzte. Der Geruch von Fairy-Spülmittel vermischt mit Sonnenschein. Regenbogenfarben, die auf dem Wasser tanzen. Seifenblasen in der Luft. Zerdrückte Geranienblütenblätter zu meinen Füßen …

»Der Moment ist gekommen«, sage ich und stemme den rostigen Deckel mit einem Schraubenzieher auf, den Bob aus dem Schuppen geholt hat.

Ja, das ist er. Lucas' Leben in einer Dose, einer *Quality-Street*-Schokoladendose, ausgeschlagen mit Helenas Laura-Ashley-Bluse. Ich nehme ein Teil nach dem anderen heraus, allesamt ziemlich gut erhalten, auch wenn sie nach einem starken Cocktail aus toter Luft und süßen Erinnerungen riechen.

Ein Satz Dezimalmünzen.

Ein Satz Briefmarken.

Eine Ausgabe der Comic-Zeitschrift *Beano*.

Eine Single von den Monkees: *Daydream Believer*.

Eine Locke eines herrlich unordentlichen Haarschopfes.

Das *Blue-Peter*-Begleitbuch.

Ein Schulfoto. Unsere Klasse, zusammengedrängt, einige sitzen im Schneidersitz auf der Erde des Schulhofs, andere befinden sich auf Bänken, auf denen sie je nach Größe sitzen oder stehen: Miss Mottenkugel, Mandy Denning, Christopher Bennett, Lucas mit seiner Pudelmütze auf dem Kopf. Und all die anderen Kinder, an deren Namen ich mich nicht mehr genau erinnern kann oder die ich vergessen habe. Kinder, die inzwischen Zahnärzte oder Finanzbeamte oder Politessen sein könnten. Oder vielleicht sogar tot, wie Lucas … Und dort, über meinem Ding zwei, ist ein fettes kleines Mädchen namens Philippa zu sehen, das überhaupt nicht in die Kamera schaut, sondern auf ihren besten Freund in der ganzen Welt herabblickt.

Und hier sind all die Sachen, die ich im letzten Moment hineingelegt habe, meine Schätze aus dem alten Außenklo: eins von Andys Schnurrhaaren, ein goldener Knopf, einige Muscheln vom Strand, plus einer Locke meines eigenen Kraushaares, das Friseure von hier bis London ratlos gemacht hat.

Und dann. Am Boden, in einem Plastiketui, ist ein weiteres Foto, eines, an das ich mich nicht erinnere, obwohl mir in den Gesichtern, die mir über die Jahre hinweg daraus entgegenstarren, etwas irgendwie bekannt vorkommt. Es ist ein Polaroidfoto. Eine füllige, grobknochige Frau, deren Krähenfüße an den Augen und deren etwas matronenhafter Haarschnitt verraten, dass sie die Vierzig überschritten hat, sitzt mit einem Bettjäckchen auf einem Stuhl und hält ein hübsches Baby, ein Neugeborenes, in den Armen. Der Hintergrund hat etwas Institutionsmäßiges … vielleicht ein Krankenhaus … an der Seite kann man ein Metallbett erkennen … Wer sind diese Leute? Warum sind sie in Lucas' Zeitkapsel?

Ich drehe das Foto um, und dort stehen in wunderschöner Schulmädchenschrift die Worte, die ich eines Tages lesen sollte. *Elizabeth und Philippa, 6. August 1965, St. Thomas, London.*

Das bin ich als Baby, gerade mal eine Woche alt. Es ist das erste Mal, dass ich mich selbst so klein sehe. Es mag Wunschdenken sein, aber ich bin mir ziemlich sicher, dass ich dich, Lucy, darin erkennen kann. Und endlich bekomme ich doch noch meine Großmutter zu sehen, die vor so langer Zeit gestorben ist. Sie hat mich also doch noch in den Armen halten können, genauso wie Sheila ihre frischgebackene Enkelin auf dem Liegestuhl in den Armen hält. Vielleicht lag sie bereits schwerkrank im Hospital, als ich geboren wurde. Ein Tod und eine Geburt. Wie oft gehen diese beiden Hand in Hand ... Aber wie ist dieses Foto in die Dose gelangt?

Bilder schießen mir durch den Kopf: Helena, die ein leeres Esszimmer betritt. Nackte Dielen und Staub. Eine vergessene Murmel. *Jetzt weiß ich, wohin meine Laura-Ashley-Bluse verschwunden ist.* Helenas feingliedrige Hände, die mir die Dose reichen. *Das Geheimprojekt.* Sie wusste darüber Bescheid. Sie musste das Foto in die Dose getan haben, bevor ich sie vergrub. Vor so vielen Jahren ... Warum hat sie es mir nicht einfach gegeben? Warum es im Garten vergraben?

Wir sitzen schweigend da, lauschen der Ladenglocke im Hintergrund, dem leisen Gemurmel, das durch die Hintertür nach draußen dringt, Karens Getratsche, das Pieps-Pieps-Pieps der neuen modernen Kasse. Über uns kreist eine Möwe, die sich Hoffnungen auf Essensabfälle macht, dann aber wieder verschwindet. Eine beinahe ehrfurchtsvolle Stille tritt ein. Als sei dies ein Moment der Offenbarung. Was es sicherlich auch ist, denn Bob ist kurz ins Haus verschwunden und mit einem mitgenommen aussehenden alten Brief wieder aufgetaucht. Er legt einen Basildon-Bond-Umschlag in einem ausgebleichten Blau in meine Hand.

»Ich habe ihn aus der Dose gerettet, als Lugsy und ich sie versehentlich ausgegraben haben.« Er deutet auf das Loch in der Erde. »Nachdem du ohnmächtig geworden warst, haben Wink und ich alles durchgesehen, da unschwer zu erkennen war, dass die Sachen nicht ewig halten würden. Und es war gut, dass wir es getan haben. Wir konnten ja nicht ahnen, dass wir so lange würden warten müssen.« Er nickt zu dir hinüber. Ein Versuch, einen Witz zu machen, der im Augenblick ganz und gar nicht angebracht scheint.

»Red weiter.«

»Deshalb haben wir dieses Foto entdeckt, das Wink in das Plastiketui gesteckt hat. Aber es ist der Brief, der die eigentliche Geschichte erzählt. Das große Ganze sozusagen. Und ich habe ihn drinnen aufbewahrt, weil du die Wahrheit vielleicht niemals herausgefunden hättest, wenn er ruiniert worden wäre. All das, was Helena dich wissen lassen wollte, wenn du ein eigenes Kind hast. Damit du es verstehst. Sie wollte, dass du Mutter bist, wenn du das hier liest, deshalb hat sie es zum Vergraben in die Dose gelegt. Deshalb haben Wink und ich es gerettet.«

»Hast du den Brief gelesen?«

Bob errötet. »Ich fürchte, ja.«

Nichts, noch nicht einmal Bobs hilflose Worte, kann mich auf das vorbereiten, was ich darin erfahre, während ich auf dem Liegestuhl sitze, die Dose auf dem Schoß, den Brief in der Hand. Es ist der längste Brief, den Helena mir jemals geschrieben hat.

Liebe Philippa,

inzwischen dürftest du Mutter sein. Und das Foto gesehen haben, das dich als Baby in Elizabeths Armen zeigt. Nun ist die Zeit gekommen, um dir die Geschichte zu erzählen, die hinter diesem Foto steckt. Zeit für die Wahrheit.

Stelle dir einmal Folgendes vor: Bei Elizabeth, der Frau eines Richters, der Mutter von Helena, wird Brustkrebs festgestellt. Es ist 1964, und ihre Überlebenschancen sind nicht gut. Sie ist zweiundvierzig Jahre alt, eine Frau, die eigentlich in der Blüte ihres Lebens stehen sollte. Sie hat das Gefühl, nichts aus ihrem Leben gemacht zu haben, außer ihren Mann zu unterstützen und um seinetwillen Gäste zu unterhalten. Ihre Tochter, Helena, wurde in ein Internat in Wales gesteckt, so dass Elizabeth nicht einmal Erfüllung darin finden kann, ihr eine gute Mutter zu sein. Und nun droht ihr das Todesurteil. Jede Sekunde, die verstreicht, erinnert sie daran, dass sie noch nicht einmal begonnen hat, wirklich zu leben.

Und nun gehen wir ein paar Jahre weiter in die Vergangenheit zurück. Helena ist acht Jahre alt, und der Richter hat entschieden, einen zweiwöchigen Urlaub mit seiner Frau und seiner Tochter in Torquay zu verbringen. Vielleicht denkt er ausnahmsweise einmal an seine Familie, doch andererseits könnte es auch sein Golf-Handicap sein, das ihm am Herzen liegt. Sie logieren im Palace Hotel, wo es einen jungen Kellner gibt, der Gefallen findet an Mutter und Tochter, die häufig allein essen. Er hat selbst keine Familie und liebt es, sich mit der intelligenten, geistreichen Elizabeth zu unterhalten und der hübschen, aufge-

weckten Helena eine extragroße Portion Eiscreme zu servieren. An ihrem letzten Abend, nachdem sie Helena zu Bett gebracht und sich ihr Ehemann für den restlichen Abend in die Hotelbar zurückgezogen hat, unternimmt Elizabeth einen Spaziergang auf dem Hotelgelände, bei dem sie zufällig dem jungen Kellner begegnet, der heimlich raucht. Er sollte eigentlich nicht dort draußen sein, aber irgendetwas anderes als die Gelegenheit, unbemerkt eine Zigarette zu rauchen, hat ihn dazu veranlasst, an die frische Luft zu gehen. Sie verbringen die nächsten zwei Stunden damit, sich angeregt zu unterhalten, und obwohl sie aus verschiedenen Welten stammen, aus verschiedenen Generationen sogar, stellen sie fest, dass sie miteinander über alles und nichts reden können. Elizabeth erinnert sich daran, wie es ist, jung zu sein, und aus diesem Grund steckt sie dem Kellner am nächsten Tag, bevor sie das Hotel zum letzten Mal verlassen, einen Zettel zu. Auf diesem Zettel hat sie Adresse und Telefonnummer notiert und eine einzige Zeile, in der sie ihn auffordert, sie zu besuchen, falls ihn sein Weg jemals nach London führen sollte. Sie glaubt nicht im Traum daran, dass er dies tun wird, aber es scheint ihr eine romantische Geste zu sein, und ausnahmsweise einmal ist sie einer verrückten Eingebung gefolgt.

Neun Jahre später kommt er ihrer Aufforderung nach. Er ruft sie an, und Elizabeth nimmt seinen Anruf sogleich entgegen, ganz so, als hätte sie gewusst, dass er es sein würde. Sie hat erst kürzlich die Hiobsbotschaft von ihrer Erkrankung erhalten und fragt sich, wie sie die nächsten Monate überstehen soll, macht sich Gedanken darüber, Helena, die so launisch sein kann, mit dem Richter, der so jähzornig ist, alleinlassen zu müssen. Als der junge Mann einen Kinobesuch vorschlägt, muss sie unwillkürlich lachen, da es etwas ist, das junge Leute tun würden. Und so romantisch dazu. Doch ehe sie es sich anders überlegen kann, stimmt sie zu, und so kommt es, dass die beiden zusammen ins Kino gehen und sich eine Matinee-Vorstellung von Goldfinger ansehen. Er wartet mit einer roten Rose in der Hand draußen vor dem Kino auf sie. Sie erkennt ihn kaum wieder. Er ist nun um die dreißig, endgültig zum Mann geworden, und er trägt keine Kelleruniform, sondern einen modischen, eleganten Anzug. Sie amüsieren sich so gut, und die alte Vertrautheit ist sogleich wieder da, dass sie vereinbaren, am nächsten Nachmittag noch einmal eine Vorstellung zu besuchen. Und am Tag darauf ebenfalls. Beim vierten Mal kennen sie die Dialoge fast auswendig, sind mit den dick aufgetragenen orchestralen Manövern vertraut, und aus ihrer freundschaftlichen Beziehung ist etwas ganz anderes geworden, das sie dazu bringt, sich ein Zimmer in einem ruhigen, vornehmen Hotel im West End zu nehmen, in dem ein leidenschaftlicher Nachmittag zur Folge hat, dass Elizabeth schwanger wird – und das trotz der neumodischen Spirale, die sie sich hat einsetzen lassen, um genau dies bei den seltenen Gelegenheiten, wenn der Richter und sie einmal das Bett teilen, zu verhindern. Ihr Körper ist voller Krebs, und das Letzte, was sie will, ist ein Baby. Der Kellner kehrt wieder nach Torquay zurück, ohne jemals von dem Baby oder dem Krebs zu erfahren, und er ver-

spricht ihr, dass er in ein paar Monaten zurückkehren wird. Unglücklicherweise braucht er länger dafür, da er an einer schlimmen Gürtelrose erkrankt, und als er schließlich doch zurückkehrt und in dem Haus in Dulwich anruft, erfährt er, dass die Frau des Richters bedauerlicherweise verstorben ist. Was man ihm nicht sagt, ist, dass sie jede Behandlung, die ihr Leben womöglich hätte verlängern können, abgelehnt hat, um ihr ungeborenes Kind zu retten.

Elizabeth traf eine mutige, vielleicht auch eine dumme Entscheidung, als sie dem Richter ihren Fehltritt und die daraus resultierende Schwangerschaft gestand. Anstatt viel Aufhebens darum zu machen und sich von seiner todkranken Frau scheiden zu lassen – was in der feinen Gesellschaft nicht so gut angekommen wäre –, traf der Richter Vorkehrungen für eine private Adoption, obwohl eigentlich nur ein Wunder Elizabeth dabei helfen konnte, noch so lange zu leben, um ihr Kind auszutragen. Doch sie schien derart entschlossen, dass der Richter für alle Fälle gewappnet sein wollte.

Als die Zeit kam, vermochte der Richter seine Frau nicht länger zu Hause einzusperren, da sie zu krank war. Er brachte sie in einem Privatzimmer im St. Thomas Hospital unter, wo eine strenge und überaus professionelle (wenn auch ein wenig feldwebelhafte) Schwester in die Sache eingeweiht wurde. Am 29. Juli 1965 brachte Elizabeth ein Mädchen zur Welt, das sie Philippa nannte. Es hielt bei der Geburt die Spirale in der Hand, die Elizabeth im Stich gelassen hatte, aber das war ein Symbol für das Wunder, das dieses Baby verkörperte. Die Beteiligten hatten vereinbart, dass Elizabeth ihr Kind noch zehn Tage behalten durfte – das war die einzige Forderung, die sie gestellt und die ihr der Richter in einem seiner seltenen schwachen Momente erfüllt hatte. Danach sollte Philippa in ihr neues Leben übergeben werden, ihre neue Identität erhalten.

Doch bevor dies geschah, als sie – du – ein paar Tage alt war, schlich ich mich, verbotenerweise und gegen die ausdrückliche Anordnung meines Vaters, ins Krankenhaus und lernte meine kleine Schwester – nun, eigentlich meine Halbschwester – kennen. Du hattest krauses Haar und große Augen, die alles um sich herum voller Staunen zu betrachten schienen. Am Ende konnte ich dich nicht hergeben. Also erklärte ich meiner Mutter – unserer Mutter –, dass ich dich als meine eigene Tochter großziehen wollte. Dich weit weg bringen, an einen Ort, wo uns niemand finden würde. Elizabeth stimmte zu – welche Mutter würde nicht wollen, dass ihre beiden Töchter zusammenbleiben? –, und bevor irgendwelche Papiere unterzeichnet worden waren, wies sie ihren Anwalt vom Krankenbett – das auch ihr Totenbett werden sollte – an, einen Treuhandfonds einzurichten, aus dem ich bis zu deinem achtzehnten Geburtstag jeden Monat einen festen Betrag auf mein Konto erhielt.

Damit war alles geregelt, Philippa. Ein paar Tage später, als du eine Woche alt warst, kam ich während der normalen Besuchszeit ins Krankenhaus, um euch beide zu besuchen. Als dich unsere Mutter zum letzten Mal in den Armen hielt und dir übers Haar strich, machte ich ein Polaroidfoto mit einer Kamera, die ich mir von einem glücklichen Vater weiter unten auf dem Flur geliehen hatte, bevor sie dich zum Abschied küsste und dich für dein Fläschchen an eine Schwester weiterreichte. Dann gab sie auch mir einen Abschiedskuss, flüsterte ein Dankeschön und schob mir ihren Ring auf den Finger, bevor sie, wie wir es verabredet hatten, zur Toilette ging. Ich nahm ihren Platz auf dem Stuhl ein. Als du ganz erschöpft und rosafarben zurückgebracht wurdest, wiegte ich dich in meinen Armen und erklärte der jungen Schwester, dass ich mich um dich kümmern würde, bis Elizabeth zurückkam. Und ich bat sie um eine Tasse Tee, da ich bei dem heißen Wetter furchtbaren Durst hätte. Daraufhin verschwand sie umgehend. Ich wickelte dich in eine gelbe Babydecke, die ich in meiner Harrods-Tüte hereingeschmuggelt hatte, in der sich außerdem Windeln und Babycreme aus Elizabeths Nachttisch befanden. All meine anderen Besitztümer hatte ich in meinen Kosmetikkoffer gestopft, den ich unter dem Bett versteckt hatte. Und dann, als ob es das Schicksal so eingerichtet hätte, spazierte ein Mann in einem Nadelstreifenanzug zur Tür herein, der sich im Zimmer geirrt hatte. Ich fragte ihn, ob er ein Kavalier sein und mir kurz helfen könnte, denn ich wusste, dass wir in Begleitung eines Mannes weniger auffallen würden. Ich lächelte nett, und er erwiderte »gewiss« und trug meine Tasche, während ich dich an mich drückte. Ich marschierte mit dir auf dem Arm aus dem Krankenhaus, und wir traten in den heißen Sonnenschein hinaus. Der Beginn unseres neuen Lebens.

Das ist die Wahrheit, die sich hinter diesem Foto verbirgt. Was den Rest angeht, musst du Bob fragen. Ich

hoffe inständig, dass er immer noch da ist, um es dir zu erzählen.
Deine dich liebende Schwester
Helena

Helenas Worte schwimmen vor meinen Augen, und ich frage mich, ob mir mein Verstand einen Streich spielt. Habe ich das hier gerade wirklich gelesen? Bob ist auf den dritten Liegestuhl gesunken. Er hat den Kopf zurückgelehnt und die Augen geschlossen, so dass man fast meinen könnte, er würde schlafen.

Helena ist meine Schwester.

Ich betrachte das Foto noch einmal genauer, betrachte meine richtige Mutter, Elizabeth. Ihr Haar ist zu einem Knoten gebunden, doch was ich beim ersten Mal nicht gesehen habe, mir aber nun auffällt, sind die krausen Locken, die sich daraus gelöst haben. Ich erblicke ihre breiten, kräftigen Schultern, und obwohl sie sitzt, weiß ich, dass ihre Beine lang sind. Ich entdecke den Ring an einem ihrer Finger. Es ist nicht leicht, ihn zu erkennen, aber ich weiß, dass es derjenige ist, den ich an meinem eigenen Finger trage. Der, den mir Bob zu meinem sechzehnten Geburtstag gegeben hat, weil Helena es so wollte. Meine Schwester Helena.

Warum nur hat sie sich meiner angenommen? Sie war viel zu jung. Ist mit der ganzen Situation überhaupt nicht fertig geworden. Sie hätte mich abgeben sollen. Und warum hatte meine richtige Mutter der Sache zugestimmt? Sie musste doch gewusst haben, wie Helena war. Schuhe, Lippenstift, Handtaschen. An wen sollte sie sich wenden?

»Warum hat Elizabeth nicht einfach die Papiere unterschrieben?«, frage ich Bob, dessen Augen nun geöffnet und auf den blauen Himmel gerichtet sind. Auf einen Kondensstreifen. Überallhin, nur nicht auf mich. »Ich hätte eine richtige Familie haben können.«

»Sie war deine Familie.« Bob senkt den Blick auf seine Knie, reibt sich über das Kinn, so dass ich das Kratzen seiner Bartstoppeln höre, die er noch rasieren muss. »Und was genau ist eine richtige Familie?«, fragt er ein wenig zu philosophisch für meinen Geschmack.

»Keine Ahnung.« Ich muss darüber nachdenken. Es muss doch unter meinen Bekannten jemanden geben, der eine richtige Familie hat. »Cheryls!«, sage ich triumphierend, als hätte ich den Buzzer bei einem Fernsehquiz gedrückt. »Cheryl ist in einer richtigen Familie groß geworden. Und sieh sie dir nur an. Sie ist Ärztin. Ich hätte mit einer solchen Familie auch Ärztin werden können.«

»Nein, hättest du nicht«, erwidert er sanft. »Du warst ein hoffnungsloser Fall, wenn es um Naturwissenschaften ging.«

Ich erinnere mich daran, wie ich mit Nathan auf dem Rücksitz von Dougs Mini saß. Wie ich seinem ganzen Gerede von Molekülen und Genetik nie folgen konnte. Vielleicht hätte ich aufmerksamer zuhören sollen.

»Fällt dir sonst noch jemand ein?«

Nein, mir fiel sonst niemand mehr ein.

»Darum geht es doch gar nicht«, sage ich, da mein Argument seiner Schlagkraft beraubt ist. »Helena hätte es mir von vornherein sagen sollen. Wozu diese ganze Geheimniskrämerei?«

»Sie wollte ein neues Leben. Und niemand sollte wissen, wer du warst, für den Fall, dass dein Großvater nach dir suchen würde. Er war Richter. Er kannte viele Leute. Er hätte dafür sorgen können, dass sie nach London zurückkehrt. Hätte dich loswerden können. Sie hat dich geliebt.«

»Wieso hast du da mitgemacht? Du hast es doch schon seit Jahren gewusst.«

Ich sehe, wie sich Sheila auf die Lippe beißt, dich fester hält, die du in deiner eigenen unschuldigen Welt lebst, dir des Dramas nicht im Geringsten bewusst bist, die Augen geschlossen hast, während deine kleinen Finger zucken. Sheila fixiert Bob mit einem Gesichtsausdruck, der ziemlich klar und deutlich sagt: *Erzähle es ihr.*

Das ist der Moment, in dem Bob zu weinen beginnt. Genau dort auf dem Liegestuhl mitten im Garten. Es sind richtige Tränen, begleitet von einer laufenden Nase, das ganze Drum und Dran, was dazu führt, dass mit einem Mal dieser große mächtige Hammer vom Himmel herabgesaust kommt und mir eins überbrät … Aber natürlich! Oh, Gott! Wieso bin ich bloß bisher noch nicht darauf gekommen?

»Du bist es«, sage ich. »Du bist der Kellner. Der Mann in dem eleganten Anzug. Du bist es.«

»Ja«, erwidert er und durchsucht seine Taschen nach einem Taschentuch. »Es tut mir leid.«

»Aber wie um alles in der Welt …«

Er beantwortet meine Frage nicht auf direkte Weise. Stattdessen erzählt er mir auf die ihm ganz eigene Bob-Art auf Umwegen die Geschichte, die er mir schon vor langer Zeit hätte erzählen sollen.

»Helena hat mich gefunden«, sagt er, als wäre er ein streunender Kater oder ein Paar weiße, verlorengegangene Handschuhe. »An deinem ersten Schultag. Weißt du noch? Sie hatte eine neue Stelle als Verwaltungsassistentin im Palace Hotel bekommen. Es war ihr erster Arbeitstag, und er ist nicht so gut gelaufen. Genau genommen war er schrecklich – sie hatte eine unangenehme Begegnung mit einem ihrer Vorgesetzten. Doch sie hatte noch die Gelegenheit, ein paar Nachforschungen anzustellen, denn eine der Frauen im Büro war schon seit Urzeiten dort. Helena erkundigte sich nach dem Kellner, der sich vor so vielen Jahren mit ihnen angefreundet hatte. Elizabeth hatte ihr erzählt, was in London geschehen war, und Helena konnte sich noch ziemlich genau an mich erinnern – was wohl den vielen Extraportionen Eiscreme zu verdanken war. Die Frau erinnerte sich auch noch an mich. Sie kam ab und zu in den Laden und erzählte Helena, wo sie mich finden konnte. Also hat Helena dich von der Schule abgeholt und ist hergekommen. In dem Augenblick, als die Ladenglocke ertönte und sie auftauchte, wusste ich, dass sie etwas Besonderes an sich hatte. Ich habe ihr eine Stelle angeboten, und sie hat angenommen.«

»Wusstest du, wer sie war?«

»Ich hatte nicht die leiseste Ahnung. In all den Jahren, die sie hier gewohnt und gearbeitet hat, ist mir niemals auch nur der Gedanke gekommen.«

»Also, wann hast du es herausgefunden? Als du Andy begraben hast?«

»Nein. Um ehrlich zu sein, es war vorher. In Kanada.«

»In Kanada?«

»An dem Tag, als ich krank war. Sie kam vorbei, während du unterwegs warst, um einzukaufen. Sie hat mir alles erzählt. Dass ich … na, du weißt schon … dass ich dein Vater bin. Dass sie Elizabeths Tochter ist. Sie sagte, es tue ihr leid, dass sie es mir nie erzählt habe. Sie konnte nicht erklären, warum. Wer könne das auch schon?«

Für einen Moment macht sich Schweigen breit, während wir darüber nachdenken.

»Und ich fürchte, dass ich mich ziemlich zum Narren gemacht habe«, fährt er fort.

»Wieso?«

»Weißt du, es ist etwas passiert ... nur dieses eine Mal ... eines Nachts, kurz bevor Orville in Torquay auftauchte ...«

»Du und Helena? Ich hatte ja keine Ahnung ... na ja, mir war schon klar, dass du scharf auf sie warst, aber Helena ...«

Bob versucht seine roten Wangen mit den Händen zu bedecken. »Nun ja, sie hat darauf bestanden, dass es nicht wieder vorkommt. Hat mir erklärt, dass sie nicht mit mir zusammen sein könne. Aber den Grund dafür hat sie mir erst in diesem Motelzimmer genannt. Ihre Mutter. Elizabeth. Dass sie sich schäme. Es sich falsch anfühle. Wegen Elizabeth. Und dir. Es war einfach alles so verfahren. Die Generationen durcheinandergeraten. Und so ergriff sie die Chance, die Orville ihr bot, und dachte, sie tue das Richtige für dich. Indem sie dich bei deinem Vater ließ. Aber sie hat es mir nie gesagt. Mir niemals die Wahrheit erzählt. Das war ihr größter Fehler.«

»Aber du hast dich doch nicht zum Narren gemacht. Sie hat doch mitgezogen.«

»Nein, ich meinte ja das im Motelzimmer.«

»Was hast du denn getan?«

»Ihr gesagt, dass ich sie liebe. Dass ich sie seit diesem Tag liebte, als sie auf der Suche nach einer Stelle den Laden mit dir betrat. Euch beide liebte und mir wünschte, dass wir eine Familie würden. Ich habe sie angefleht, nach Torquay zurückzukommen. Wes mitzubringen.

Aber nach meiner großen Rede sagte sie nur: ›Ich kann Orville nicht verlassen.‹ Ich habe mir wirklich alle Mühe gegeben, habe protestiert, mich immer tiefer reingeritten. ›Er wird jemand anderes finden, der sich um ihn kümmert‹, erwiderte ich. ›Er ist ein zäher Bursche.‹ Aber sie sagte: ›Nein, ich wollte damit sagen, dass ich Orville nicht verlassen kann, weil ich ihn liebe.‹ Genau das hat sie gesagt. Und damit die kleine Hoffnung zerstört, die ich noch gehegt hatte. Nämlich, dass die Tatsache, dass ich dein Vater war, ausreichen würde, um sie wieder zurückzubringen.«

»Deshalb also die Tabletten … als wir nach Hause kamen … deshalb hast du diese Tabletten gebraucht.«

»Ich habe sie so sehr geliebt. Ich habe sie angefleht, aber sie blieb unnachgiebig. Sie könne Orville niemals verlassen. Und Wes könne das ebenso wenig. Und dann zwang ich mich, an den Jungen zu denken. Wie wir beide, du und ich, mit eigenen Augen gesehen hatten, wie er von der Schule nach Hause gelaufen war, damit sein Dad nicht allein in der Wohnung sein musste.«

Ja, ich erinnerte mich noch an ihn. Ein Junge mit einer komischen Strickmütze, der uns Kaffee kochte und so lieb und nett war.

Du beginnst zu schreien, immer nachdrücklicher, so dass ich es nicht mehr ignorieren kann.

»Ich glaube, sie hat Hunger«, sagt Sheila.

Ich stehe auf und nehme mich deiner an. Du beruhigst dich so weit, dass ich Bobs Schniefen hören kann. Sheila betrachtet ihn mit besorgtem Blick, als er sich zu seinen vollen ein Meter sechsundsiebzig aufrichtet (ich glaube, den halben Zentimeter hat ihm das Alter inzwischen gestohlen), aber er sieht mich an, und ich höre ihn die Worte sagen, die ich schon immer hören wollte. Worte, die ich immer glauben wollte. Das Unmögliche ist wahr geworden. Es ist schon die ganze Zeit wahr gewesen.

»Du bist meine Tochter«, sagt er.

Später stehen du und ich im Garten, während ich mit einer Hand zwei Rosen von Andys Strauch abschneide.

»Auf geht's, mein Schatz. Lass uns einen Spaziergang machen.«

Ich lege dich in den Kinderwagen – ebenfalls ein Geschenk von Grandma Sheila – und schiebe dich die Straße hinauf vorbei an Winks altem Haus und dem Fischimbiss zum Friedhof, wo ich die Gedenkmünze zum silbernen Kronjubiläum vergraben und mir eine Flasche Pomagne mit Christopher Bennett geteilt habe.

Es hat sich nicht viel verändert. Da sind immer noch dieselben Eiben und Zedern und die hübsche Steinkirche. Die Granitkreuze, die gemeißelten Engel. In diesem Teil werden schon lange keine Toten mehr begraben. Lucas war einer der Letzten, die an diesem friedlichen Fleckchen ihre letzte Ruhestätte gefunden haben. Friedlich, solange hier keine Kinder Verstecken spielen. Obwohl ihm das wohl gefallen hätte. Ihm und auch Albert Morris. Sie hätten es gemocht, wenn der Klang der Kinderstimmen wie beim Flippern zwischen den Gräbern hin- und hergesprungen wäre.

Wir finden die Stelle, wo er liegt. Sie ist ein bisschen überwuchert, aber nicht so schlimm, wie ich befürchtet hatte, und ich lege eine der Rosen an den Grabstein. Nein, nichts hat sich verändert. Lucas ist immer noch tot. Immer noch sieben Jahre alt. Aber ich bin zurückgekommen, und ich habe dich mitgebracht.

»Hier ist sie«, verkündige ich. »Hier ist Lucy.«

Dann erzähle ich ihm, dass sie *Doctor Who* wieder zum Leben erweckt haben und man alle möglichen Fanartikel zur Serie kaufen kann. Und ich erzähle ihm von *Blue Peter* – von all den jungen trendigen Moderatoren und dass die Show so gut ist wie eh und je. Und von all den Sendern, die es heutzutage gibt, sogar solche, auf denen ausschließlich Kinderprogramme laufen. Und dann erzähle ich ihm von dir. Dass ich alles dafür tun werde, dass du ein glückliches Leben führen kannst. Ich wild entschlossen bin, dafür zu sorgen. Ich erzähle ihm auch von Helena. Dass die junge hübsche Frau, die eine so gute Freundin seiner Mummy war, gar nicht die ist, für die wir sie gehalten haben. Sie am Ende doch keine schlechte Mutter war. Sondern meine Schwester. Und mich geliebt hat. Und schließlich erzähle ich ihm von Bob. Dass er in einem früheren Leben einmal Kellner war. Und dass er in Wahrheit mein Vater ist. Er war nie im Dschungel. Er war die ganze Zeit hier, in einem Süßwarenladen in Torquay.

Ein Schatten fällt auf das Grab. Ich habe mich hier nie gefürchtet, nicht mehr seit dem ersten Tag, als wir dachten, dass uns Albert Morris durch das riesige Kaninchenloch hinterherjagte, aber ich schnelle vorsichtshalber dennoch herum – man weiß ja nie.

Es ist Bob.

»Es tut mir leid«, sagt er. »Es tut mir leid, dass ich dich einfach so aufgegeben habe. Das hätte ich niemals tun dürfen. Ich könnte es auf die Tabletten schieben – sie bringen einen dazu, eigenartige Dinge zu tun. Aber das werde ich nicht. Ich gebe mir selbst die Schuld. Ich hätte dir die Wahrheit sagen sollen. Wenn ich das getan hätte, hättest du vielleicht nicht so einen Mist mit Adrian gebaut.«

»Darf ich denn keinen Mist bauen?«

Darauf fällt ihm keine Antwort ein. Darauf gibt es keine Antwort.

»Ich habe Lucy«, sage ich nach einer kleinen Weile. »Sie ist das Einzige, was bei alldem zählt.«

»Das solltest du niemals vergessen«, sagt er.

»Das werde ich auch nicht«, erwidere ich. »Ich bin ihre Mutter. Ich liebe sie.«

Wir besuchen Winks kleinen Gedenkstein in einer stillen Ecke in der Nähe der Mauer. An ihrer letzten Ruhestätte fliegt sie zwar mit den Möwen über den Hafen, aber ich lege trotzdem eine Rose für sie nieder, und ich erinnere mich daran, wie sie auf der Rückfahrt von London in Lindas Maxi hinten auf der Rückbank mit ihrem lahmen Bein auf meinem Schoß Infos über Larrys Kindheit heruntergerasselt hat … unehelich geboren … in einer Pflegefamilie aufgewachsen … und dann mit einem Mal fällt sie mir wieder ein, diese andere äußerst wichtige Information, die Wink mir mitgeteilt hat, die, die ich aus meiner Erinnerung verdrängt oder die ich schlichtweg vergessen habe. Er war von seiner Pflegeschwester großgezogen worden. Einer Schwester, die er als seine Mutter angesehen und die er »Mum« genannt hat.

Meine Wink.

Ich zeige dich ihr, meinen Hauptgewinn, der Tiger und Captain in den Schatten stellt. Der mehr glänzen wird als alle anderen.

»Sieh nur, was ich hier habe«, sage ich. »Habe ich das nicht gut hingekriegt?«

Zwei Wochen später steht jemand anderes vor meiner Tür. Terry Siney. Denn im Moment ist er, wie sich bereits in seinem Brief andeutete, wieder der gute alte Terry.

»Man kann seinen Wurzeln nun mal nicht entkommen«, sagt er in seinem besten Birminghamer Dialekt. »Egal, wie sehr man sich auch bemüht.«

»Was soll ich denn sagen?«, entgegne ich. »Ich stehe wieder hinter der Theke und verkaufe Süßigkeiten.«

»Du bist meine Wurzel, Phil«, sagt er. »Um es einmal mit den Worten Barry Whites zu sagen«, fährt er schniefend fort. »Du bist mein Ein und Alles. Du und Lucy, natürlich.«

2007

Um deinen ersten Geburtstag zu feiern und die Tatsache, dass dein kleines Herz von ganz allein gesund wird, werden wir eine Reise machen. Dazu müssen wir gar nicht erst beim Reisebüro in der Castle Circus vorbeischauen, denn dein Daddy bekommt als Reiseschriftsteller – und ganz besonders als einer, der so gefragt ist wie er – ständig Freiflüge. Es ist ihm gelungen, vier Flugtickets zu organisieren, und da sich Sheila um den Laden, Coco und Captain kümmern wird, begleitet uns Bob. Wir fliegen nach Kanada!

Du bist nicht gerade begeistert, als wir beim Start abheben, fasst an deine Öhrchen und jammerst. Aber als wir erst einmal oben sind, da sitzt du fröhlich auf Daddys Schoß und plapperst auf Tiger ein, den du in deinen Armen hältst. Ich schaffe es sogar, eine Weile zu schlafen, aber die Träume über unser verlorenes Baby sagen mir, dass dies keine gute Idee ist. Ich muss meine fünf Sinne beisammenhalten, denn in ein paar Stunden landen wir in Toronto, wo ich meine Schwester, deine Tante Helena, treffen werde.

Nun ist Bob an der Reihe, dich auf dem Schoß zu halten. Er singt dir ein Schlaflied vor – wenn man *Goldfinger* als solches bezeichnen kann. Ich betrachte seine Finger und stelle mir vor, wie sie mit Elizabeths Händen verschlungen sind. Die flüchtigen, gestohlenen Momente, die sie miteinander verbracht haben. Meine Eltern.

Wie Dick Whittington verschlug es auch Bob auf der Suche nach Gold nach London. Und er hat es gefunden, auch wenn er es gar nicht wusste. Vielleicht begreift er nun, während wir über Island hinwegfliegen, dass er das Gold in seinen Händen hält. Seine Enkeltochter.

Oje. Meine Augen füllen sich mit Tränen, aber nun habe ich Terry, der in seine Tasche greift, wo er die Papiertaschentücher parat hält. Ich werde diesen Mann heiraten.

Als die Sonne über dem Großen Weißen Norden aufgeht, lutschen wir an Lollis und versuchen, dich während des Sinkfluges von deinen Öhrchen abzulenken. Wir sind die Letzten, die das Flugzeug verlassen. Aber es eilt nicht. Wir haben lange genug gewartet.

Ebenso wie Helena, die nach Orvilles Tod nun seit ein paar Monaten Witwe ist und, als wir es endlich bis zum Ankunftsbereich geschafft haben, in einem Rollstuhl – Sauerstoffflasche zur Rechten und Wes zur Linken – auf uns wartet. Ihre Gesichter hellen sich auf, als sie unsere kleine Gruppe bemerken. Wes schiebt Helena auf uns zu, und wir treffen uns auf halber Strecke.

Ich beuge mich zu ihr herab, um ihr einen Kuss auf die Wange zu geben, und flüstere: »Schön, dich zu sehen.«

»Nein, schön, *dich* zu sehen«, flüstert sie zurück.

Und für einen kurzen Moment frage ich mich, was hätte sein können, wenn uns das Leben erlaubt hätte, als Schwestern aufzuwachsen. Doch stattdessen sind wir nun hier, und es hat keinen Sinn, es in Frage zu stellen. Es ist, wie es ist.

Wes räuspert sich und begrüßt uns: »Willkommen in Kanada!« Dann umarmt er mich und sagt: »Wurde aber auch mal Zeit, dass wir uns wiedersehen, Tante Philippa.«

Daraufhin überkommt mich ein Gefühlsmischmasch und ich fühle mich zugleich alt und glücklich und aufgeregt.

Er ist jetzt ein großgewachsener Mann, und als er sich herabbeugt, um einen unserer Koffer aufzuheben und ihn auf den Trolley zu stellen, erblicke ich den Beginn einer glänzenden kahlen Stelle oben auf seinem Kopf … und für einen kurzen Moment frage ich mich … in Anbetracht dieser einen leidenschaftlichen Nacht über dem Laden, bevor Helena Orville Tupper begegnete … ob vielleicht noch ein anderes Geheimnis darauf wartet, gelüftet zu werden.

Mich würde in diesem merkwürdigen Spiel namens Leben nichts mehr überraschen. Aber die eine Gewissheit, die ich habe, ist, dass ich dieses Spiel mit all diesen Menschen hier weiterspielen möchte, die gerade einen ziemlichen Lärm in der verlassenen Ankunftshalle veranstalten. Und während ich zusehe, wie sie ein großes Tam-tam um dich machen, dich küssen und herzen, da weiß ich, dass ich dieses Spiel so gut spielen möchte, wie ich nur kann.

Und ich möchte es mit dir spielen.

DANKSAGUNG

Man möge mir die dichterischen Freiheiten verzeihen, die ich mir bei der Darstellung der TV-Gameshow *The Generation Game* erlaubt habe (ein ähnliches Format wurde in Deutschland in den 1970er Jahren unter dem Titel *Am laufenden Band* ausgestrahlt) – es ist mir bewusst, dass es sich dabei um eine *Institution* handelt. Mein aufrichtiger Dank gilt Bruce Forsyth, Anthea Redfern, Isla St. Clair und dem verstorbenen Larry Grayson, die alle einen besonderen Platz in den Erinnerungen an meine Kindheit einnehmen. Dieser Roman ist unter anderem auch eine Würdigung ihrer Dienste am Showgeschäft. Ich hoffe, dass Brucie bei der Veröffentlichung dieses Buches in den Adelsstand erhoben sein wird (was auch geschehen ist, als das Buch in Druck ging).

Ich möchte mich bei den folgenden Leuten für ihre Unterstützung, ihr Feedback und ihren Zuspruch bedanken:

Bei Elaine Hanson und Tiffany Orton, Luke Bitmeads Mutter und Schwester, die an mich und mein Buch geglaubt haben. Bei Legend Press für ihren Enthusiasmus und ihre harte Arbeit. Bei Debbie Watkins und Liz Tait, die von Anfang an dabei waren, und bei Katie Glover, die später dazustieß. Bei der echten Wink, die mich mit *The Generation Game* bekannt gemacht hat.

Bei meinen Lehrern, Jean Whatling, David Milnes, Jan Henley und Graham Mort. Bei meinen Mitstreitern beim Lancaster University MA 2002–2004, insbesondere Carol Anderson und Ren Powell. Bei den Exeter Writers. Bei meiner literarischen Patin, Margaret James. Bei Louise Rattenbury für die erste Lektüre. Bei Margaret Graham und dem Yeovil Literary Prize. Bei Ruth Kirkpatrick für die Reise nach Bulgarien zu Recherchezwecken, die nichts mit diesem Buch zu tun hatten. Bei meinen vergangenen und gegenwärtigen Hauskreisen. Bei den Teignmouth Library Bookseekers.

Bei meiner Mum für ihre Liebe, ihre Unterstützung und für all das Staubsaugen. Bei meinen Kindern, Johnny, Eddy und Izzy, die ihre abgelenkte Mutter und deren Versäumnisse beim Staubsaugen ertragen haben. Bei Niall, der den ganzen Weg gemeinsam mit mir zurückgelegt hat.

Nicht unsere Träume machen uns glücklich,
sondern die Menschen, mit denen wir sie teilen.

ANDREW CLOVER

Das große Glück tanzt auf den kleinen Wellen

Roman

Wie wurde ich zu dem Menschen, der ich heute bin?
Wäre ich glücklicher, wenn ich im Laufe meines Lebens
andere Entscheidungen getroffen hätte? Diese Fragen
muss sich auch Lucy stellen. Sie hat ein schönes Zuhause,
einen liebevollen Mann und zwei wunderbare Kinder.
Trotzdem wird die Dreiundvierzigjährige das Gefühl
nicht los, dass ihre großen Träume und Wünsche irgendwann auf der Strecke geblieben sind.
Erst als ein dramatisches Ereignis alles zu zerstören
droht, erkennt sie, wie erfüllt ihr bisheriges Leben war.
Doch da ist es beinahe zu spät …

»Ein Roman über das,
was wirklich wichtig ist im Leben.«
Daily Express

GABRIELLA ENGELMANN

Wildrosensommer

Roman

Im Licht der glitzernden Nachmittagssonne sieht es beinahe aus wie ein Schlösschen. Ein verwunschenes Schlösschen mitten auf der Elbe. Tatsächlich aber ist es ein Hausboot, das der alleinerziehenden Mutter Aurelia in einem Bildband ins Auge fällt. Nun lässt die Sehnsucht nach einem idyllischen Zuhause wie diesem sie nicht mehr los. Denn seit dem plötzlichen Verschwinden ihres Mannes Nic fühlt Aurelia sich einsam und entwurzelt. Als sich wenig später die Gelegenheit ergibt, dieses Hausboot zu kaufen, sieht sie darin einen Wink des Schicksals – und zieht schon wenige Wochen später mit ihren widerstrebenden Töchtern, Katze Molly und vielen Träumen im Gepäck von München vor die Tore Hamburgs. Für die gelernte Floristin sind die Vier- und Marschlande mit ihren Rosenhöfen, alten Bauernkaten, Deichen und zahllosen Gärten ein Paradies. Doch auch Rosen im Paradies haben ihre Dornen …

TERESA DRISCOLL

Für alle Tage, die noch kommen

Roman

Wie fühlt es sich an, wenn die Mutter ohne Abschied geht? Auch 17 Jahre nach deren Tod ist Melissa zutiefst verunsichert. Gerade hat sie den Heiratsantrag ihres Freundes Sam abgelehnt, obwohl sie ihn innig liebt. Da bekommt sie ein Buch zugestellt. Von ihrer Mutter. Ein Buch, das Melissa lehren kann, sich selbst zu vertrauen und den Menschen, die sie liebt.

»Die Engländerin Teresa Driscoll begeistert mit einem Debüt über die Macht der Liebe und eine junge Frau, die lernt, ihren Gefühlen zu vertrauen.«
Für Sie

Dieser Roman greift nach unseren Herzen!

DANI ATKINS

Der Klang deines Lächelns

Roman

Ally und Charlotte haben sich seit sieben Jahren nicht gesehen. Ausgerechnet auf der Intensivstation eines Krankenhauses treffen die beiden wieder aufeinander. Ally bangt um das Leben ihres Mannes Joe, der einen Jungen aus einem zugefrorenen See vor dem sicheren Tod rettete und nun im Koma liegt. Charlotte hingegen betet für ihren Verlobten David, dessen Herz nach einer Vireninfektion schwer geschädigt ist. Während beide Frauen auf ein Wunder hoffen, prasseln Erinnerungen auf sie ein – an ihre gemeinsame Studentenzeit, an Partys, an endlose Sommernächte. Aber auch an Verrat, an Untreue und daran, dass sie beide David geliebt haben.

In der dunkelsten Stunde der Nacht müssen Ally und Charlotte eine folgenschwere Entscheidung treffen. Werden Sie mit der Vergangenheit Frieden schließen können? Von dieser Frage hängt am Ende alles ab – sogar das Leben von Joe und David.